万卷楼
国学经典
修订版

汲取先贤智慧
铺就成功阶梯

万卷楼

万卷楼国学经典 修订版

豪放词

[北宋] 苏轼 等 著

杨帆 编译

张真 修订

北方联合出版传媒（集团）股份有限公司
万卷出版有限责任公司
2023年·沈阳

图书在版编目（CIP）数据

豪放词 /（北宋）苏轼等著；杨帆编译；张真修订. —沈
阳：万卷出版有限责任公司，2023.5
（万卷楼国学经典：修订版）
ISBN 978-7-5470-6199-2

Ⅰ.①豪… Ⅱ.①苏… ②杨…③张… Ⅲ.①豪放
派—宋词—作品集 Ⅳ.① I222.82

中国国家版本馆 CIP 数据核字（2023）第 035381 号

出 品 人：王维良
出版发行：北方联合出版传媒（集团）股份有限公司
　　　　　万卷出版有限责任公司
　　　　　（地址：沈阳市和平区十一纬路 29 号　邮编：110003）
印 刷 者：辽宁新华印务有限公司
经 销 者：全国新华书店
幅面尺寸：170mm×240mm
字　　数：450 千字
印　　张：20.5
出版时间：2023 年 5 月第 1 版
印刷时间：2023 年 5 月第 1 次印刷
责任编辑：朱婷婷
封面设计：徐春迎
版式设计：范　娇
责任校对：高　辉
ISBN 978-7-5470-6199-2
定　　价：58.00 元
联系电话：024-23284090
邮购热线：024-23284050

出版说明

"读万卷书，行万里路"这是中国古人"修身"的两条基本途径。晋代著名史学家陈寿给自己的书斋命名为"万卷楼"，此后，历代以"万卷楼"命名的书斋，由宋至清有数十家：宋代有方略、石待旦等；元代有陈杰、汪惟正等；明代有项笃寿、杨仪、范钦等；清代有孙承泽、黄彭年等。可见，"读万卷书"的理想在中国传统知识分子中是何等的根深蒂固。

读"万卷书"不仅是古人的理想，当我们懂得了读书的意义，都会自然而然地产生强烈的"博览群书"的愿望。然而，人类历史悠久，书籍浩如汪洋大海，时代发展到今天，科技与经济的发展更使得人类的精神领域空前丰富，获取信息与知识的途径不断增加。"万卷书"早已不再是一个象征性的概念，如何从这"万卷"之中，找到最值得细细品读的作品，已经成为人们必须解决的问题。

爱因斯坦曾说过："在阅读的书中找出可以把自己引到深处的东西，把其他一切统统抛掉。"这正是在阐述读书时选择的重要性。而他所说的把我们"引到深处的东西"无疑就是我们所需要深度阅读的作品，也就是我们常说的经典作品。

卡尔维诺对经典作出的定义之一是：经典就是我们正在重读的。的确，在对经典作品反反复复的品味中，人们思想得到了升华，从浅薄走向思考，最后走到通达。我们都曾有这样的感触，面对海量的书籍和信息，一方面，人们在向着功利性浅阅读大张其道，另一方面，我们的精神深处又在不断地呼唤能够滋养自己内心的深度阅读。因此，经典的价值不仅没有因为浅阅读时代的到来而有所损失，反而更显示出其珍贵来。

在惜字如金的中国传统典籍当中，从来不乏这种需要反复品味的经典。从先秦诸子到历代的经史子集，这些经典为一代代的中国人提供了取之不尽的精神滋养，为中华文化的传承和发展建立了基础。我们把这种包蕴中国文化的学问称为国学。国学的范围非常广泛，它包含了文学、历史、哲学、艺术、语言、音韵等在内的一系列内容。

包罗万象的国学经典为我们提供了广泛的教育。阅读国学经典，也就是在与我们的"先圣先贤"对话和交流，一步步地揳进我们的历史和传统。这个过程可以让我们领会先贤的旨趣，把握他们的神髓，形成恢宏的历史意识，可以让我们通晓文义、熟习经史、通彻学问，让我们成为博学之士。另一方面，国学经典所代表的传统学问，更是具有极为厚重的伦理色彩。阅读国学经典的过程，不仅是增进知识的过程，而且是一个熏陶气质、改善性情、提高涵养的过程，这个过程在潜移默化中培养着行谊谨厚、品行端方、敦品励行的谦谦君子。

当然，随着时代的发展，国学早已不再是人们追求事功的唯一法典，我们也不赞成对国学的功能无限夸大。但毫无疑问，阅读国学经典，必能促进我们对真、善、美的崇敬之心，唤起我们对伟大、深邃、美好事物的敏感和惊奇，同时也让我们了解到先贤们在探寻知识过程中思考的重大课题和运用的基本原则。这些作品体现着我们民族精神的精髓，如《周易》所阐述的"自强不息"的君子人格，《论语》

所强调的"和而不同"的包容精神，《诗经》所培养的温柔敦厚的情感，《道德经》所闪耀的思辨智慧，等等，它们共同构筑了中华民族传统的精神范式。品读先贤留下的经典，恰如与他们进行一次次心灵的直接触碰，进而去审视我们自己的内心，见贤思齐，激浊扬清。

正是基于对国学经典的这种认识，我们精选了这套《万卷楼国学经典》系列丛书，以期引导步履匆匆的现代人走近国学经典、了解国学经典。在选编过程中，我们希望能够体现这样一些特点。

首先，我们希望这套丛书能够最具代表性。在选目中，我们注重于最经典、最根源的作品，在有限的时间内，把那些最具影响力，最应该知道的作品提交给读者。四书五经、先秦诸子、唐诗宋词等这些具有符号意义的作品无疑是最应该为我们所熟知的，因此，丛书所选的30种作品都是这些经典中的经典。

其次，我们希望能够做出好读的经典。在面对国学作品时，佶屈的文言和生僻的字词常让普通读者望而却步。所以，我们试图用简洁易懂的形式呈现经典，使读者可随时随地以自己的时间、自己的速度来进入阅读。因此，我们为原著精心添加了注音、注释和译文，使读者能够真正地"无障碍阅读"。同时，我们还邀请北京大学、南京大学、复旦大学等知名学府的古代文学方面专家对丛书进行了整体修订，对原文字句及标点进行核准，适当增删注释条目、校订注释内容，对白话翻译做进一步校订疏通，使图书内容臻于完善，整体品质得到了大幅度提升。作为一名读者，也许你会常常感慨，以前没有花更多的时间去读更多的经典，如今没有机会或能力来细读，但实际上，读经典什么时间开始都不算晚，"万卷楼"就是一个极好的途径。重读或是初读这些经典，一样可以塑造我们未来的生活。

第三，我们希望呈现一套富有美感的读物。对于经典而言，内容的意义永远排在第一位，但同时，我们也希望有精彩的形式与内容相匹配，因而，我们在编辑过程中选取了大量的古代优秀版画作为本书的插图，对图片的说明也做了精心设计。此外，图书的编排、版式等细节设计都凝聚了我们大量的思索。我们希望这套经典不只是精神的食粮，拥有文本意义上的价值，更能带来无限美感，成为诗意的渊薮。

"经典作品是这样一些书，我们越是道听途说，以为我们懂了，当我们实际读它们，我们就越是觉得它们独特、意想不到和新颖。"卡尔维诺经典的评论让人击节叹赏，我们也希望这套丛书能够彰显经典的价值，使读者在细细品读中真正融化经典，真正做到"开茅塞、除鄙见、得新知、增学问、广识见"。同时，经典又是可以被享受的。当我们走进经典之时，不能只作为被动的接受者，也可用个人自我的方式进入经典，做精神的逍遥之游，对经典作品进行贴近个体生命的诠释和阅读，在现实社会之中营造自由的人生意境和精神家园，获取一种诗意盎然的人生。

怎样阅读本书

译文： 流畅、贴切，以现代白话完整展现原著全貌。

原文： 根据权威版本，精心核校，确保准确性，对生僻字反复注音，使读者无障碍阅读。

图注： 以图释义，扩展阅读，丰富全书知识含量。

插图： 精选历代精品古版画，美妙传神，增强美感。

说明： 交代写作背景，展现词境。

注释： 准确、简明，极具启发性。

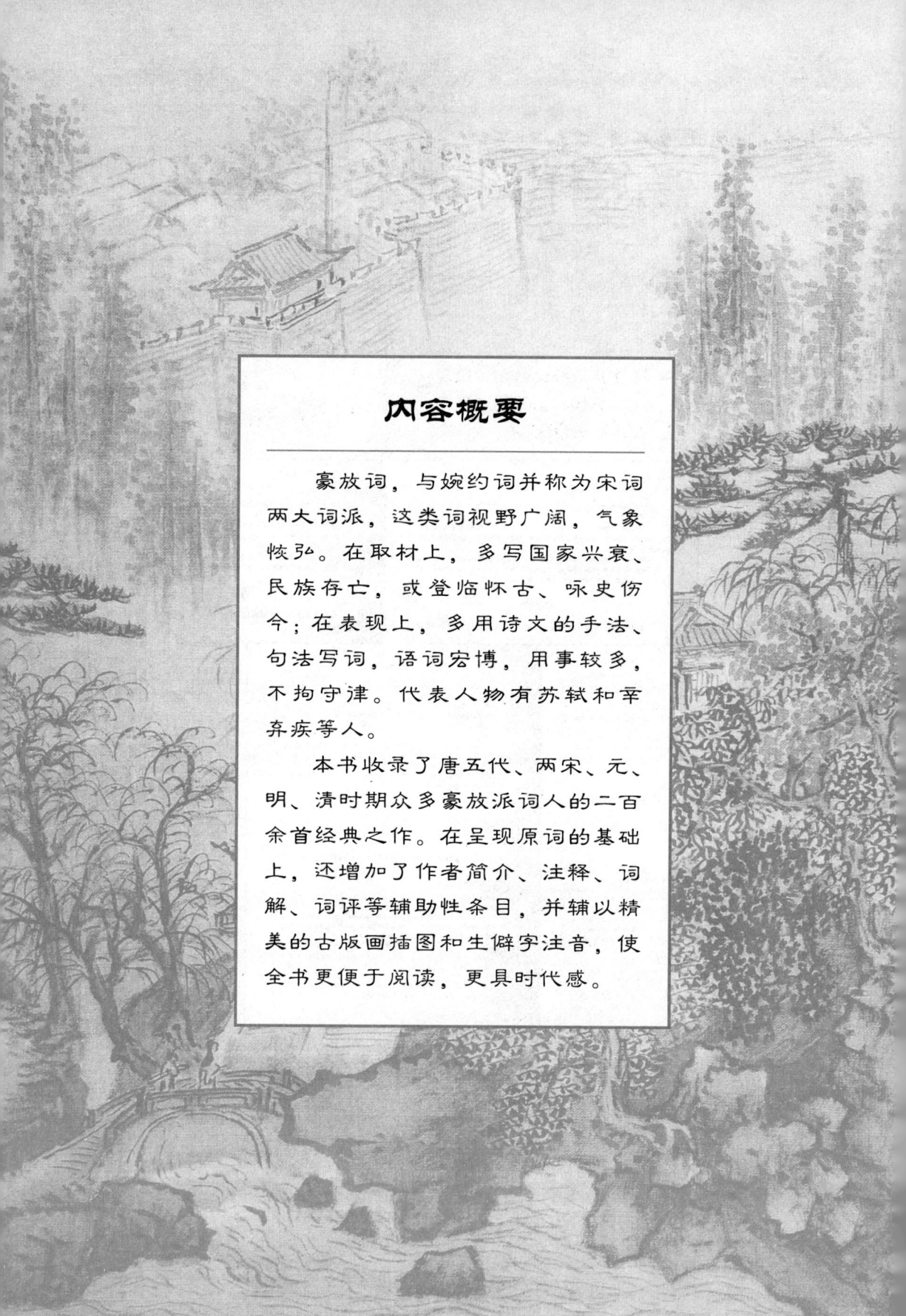

内容概要

　　豪放词，与婉约词并称为宋词两大词派，这类词视野广阔，气象恢弘。在取材上，多写国家兴衰、民族存亡，或登临怀古、咏史伤今；在表现上，多用诗文的手法、句法写词，语词宏博，用事较多，不拘守律。代表人物有苏轼和辛弃疾等人。

　　本书收录了唐五代、两宋、元、明、清时期众多豪放派词人的二百余首经典之作。在呈现原词的基础上，还增加了作者简介、注释、词解、词评等辅助性条目，并辅以精美的古版画插图和生僻字注音，使全书更便于阅读，更具时代感。

目录

卷一　敦煌曲子词

卷二　唐·五代

卷三 两宋

卷四 金·元·明·清

卷一　敦煌曲子词

菩萨蛮①

再安社稷垂衣理②，寿同山岳长江水③。频见老人星④，万方休战征。

良臣安国步，今喜回鸾辂⑤。从此后泰阶清⑥，齐钦呼圣明。

说　明

　　这首词作于唐朝经战乱洗礼之后，君主重回京城之际。此前叛军曾攻入京城，杀伤抢掠，放火焚烧。宫室被毁，皇帝出逃，暂时避难。百姓苦不堪言，平静的生活已不再。词中重在表现黎民百姓对战争动乱的厌恶，渴望天下太平，盛世重现。词中同样表达了百姓对平静生活的向往和生活在盛世年华的美好愿望。希望君主重回京城后可以善用良臣，治理朝廷，使得天下太平，百姓安居乐业。

注　释

　　①菩萨蛮：原为唐教坊曲，亦称《菩萨鬘》《花溪碧》《子夜歌》《晚云烘日》《重叠金》等，用作词牌名，有时也用作曲牌名，属于北曲正宫，其字句和格律同词牌的前半阕相同，用在套曲里面。宋人钱易《南部新书》以为此调始创于唐宣宗大中初年。近人杨宪益《零墨新笺》考其为古缅甸乐，唐玄宗开元、天宝年间传入中国。

　　②社稷：指国家，原为古代帝王诸侯所祭的土神和谷神，因土地和五谷是古代立国之本，故以此代国家。《礼记·檀弓下》："能执干戈以卫社稷。"垂衣理：指实行宽简政治治理国家。垂衣，古代形容太平无事，可垂衣拱手无为而治。又作"垂裳"。《论·自然》："垂衣裳者，垂拱无为一也。"《易·系辞下》："黄帝、尧、舜垂衣裳而天下治。"

　　③寿：原卷作"受"，据王重民校改。

　　④老人星：即南极星，也称为"南极老人"或"寿星"。多指国泰民安、天下太平、人寿心安。杜甫《泊松滋江亭》："今宵南极外，甘作老人星。"

　　⑤今：原卷作"金"，据王重民校改。

　　⑥太阶：指朝堂、天下。原为古代帝王之祖庙。

译　文

　　盼望着国家得到明君治理，开辟天下盛世，如同高山不断，江水延绵不绝。盼望着国泰民安，百姓可以长寿，年年丰收无饥荒之时。盼望着天下太平，处处和平安宁，从此不再有战事和动乱。

期望有一天，君主善用良臣，使国家清明而天下太平，有盛世而民风淳。如此一来，便可迎皇上重回京城，举国上下一片欢喜。从此以后朝廷必将治理有方，生机勃勃，天下安康。到那时，必定以美酒祭奠天地神灵，感谢庇佑我国。

菩萨蛮

清明节近千山绿。轻盈仕女腰如束[①]。九陌正花芳[②]。少年骑马郎。

罗衫香袖薄[③]。佯醉抛鞭落[④]。何用更回头[⑤]。谩添春夜愁[⑥]。

说　明

《辇下岁时记》载："唐人上巳日之辰在曲江倾都禊饮踏青。"由此可见唐人素有在清明时节外出踏青的习俗。每值清明时节，春光正好，男男女女便都外出踏青，穿红戴绿，心情恰好。这首词便是描绘了一幅这样的情景。上阕写踏青时节，一位女子看到了一位翩翩公子，并心生腼腆。下阕写这位翩翩公子同样注意到罗衫香袖的女子，并中意动心。全词生动地刻画了一对青年男女冲破封建礼教，互生好感，相识交往的画面，对彼此的相思之情表达得惟妙惟肖。

注　释

①**仕女**：同"士女"，词中指游春踏青的少女。泛指男女，《诗经·小雅·甫田》："以穀我士女。"《荀子·非相》："处女莫不愿得以为士。"后也有贵族女子之意。**腰如束**：将腰束起，形容腰很细。古时女子以束腰的体形为美。

②**九陌**：此处指原野上的条条道路。苏轼《次韵蒋颖叔钱穆父从驾景灵宫二首》诗："雨收九陌丰登后，日丽三元下降辰。"九，泛指数量之多；陌，原野之道，田野。也指京城闹市的通衢大道。《三辅黄图》："长安城中八街九陌。"

③**罗衫**：指丝织品做成的华美衣裳。

④**佯**：假装。

⑤**更回头**：再回头，又回头。更，再一次。

⑥**谩**：徒然。

译　文

清明节时，春风吹拂着大地，也吹绿了群山。少女们步伐轻盈，均是紧身束腰的打扮，

豪放词

展示着体形之美。近郊的小路上，男男女女，行人不断，都是为了在这样的好时节出来踏青。看，那边正过来一位翩翩少年。

他看见了那穿着轻罗衫的少女，窈窕靓丽，像喝醉了一般丢了手中的马鞭。他已为此人迷动心，不用再回头细细看上一番，只这一眼，便生了相思之情，夜夜不能眠。

菩萨蛮

敦煌古往出神将[1]。感得诸蕃遥钦仰[2]。效节望龙庭[3]。麟台早有名[4]。

只恨隔蕃部[5]。情恳难申吐。早晚灭狼蕃[6]。一齐拜圣颜[7]。

说 明

安史之乱后，唐朝西北边境被吐蕃占领，长达七十余年。这首词表达了敦煌人民深深的爱国之情。纵使身在吐蕃，心依旧为唐。词中刻画了离家离国的百姓始终惦念着家国，渴望被侵占的土地尽早回归祖国的情感。期望能出现英勇善战的将领，如汉朝那般收回被外邦侵占的土地，使其不敢再来犯。全词慷慨激昂，爱国之意深切。

注 释

①**敦煌**：郡名，西汉武帝元鼎六年（前111）分酒泉郡置，位于今甘肃省敦煌市，西当玉门关、阳关。清光绪二十六年（1900）在此发现大量唐五代写本曲子词，故称敦煌曲子词。**神将**：作战神勇的将士。此特指后汉张奂。桓帝时为度辽将军、护匈奴中郎将，其有勇有谋，屡建战功。

②**诸蕃**：指边疆各个少数民族。**钦仰**：敬仰。

③**效节**：为国尽忠。**龙庭**：古代匈奴祭祀天神的处所。此处指朝廷。《后汉书·窦宪传》："蹑冒顿之区落，焚老上之龙庭。"李贤注："匈奴五月大会龙庭，祭其先、天地、鬼神。"

④**麟台**：即麒麟台，汉代阁名。汉宣帝曾将十一位功臣的像画于此阁，后代便以此代称建立卓著功勋。

⑤**蕃部**：指吐蕃部落。

名金始终位惠将祠
有才有德有识有量
郭子仪

● 郭子仪

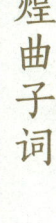

⑥**狼蕃：**对边地异族部落的蔑称。此指吐蕃。

⑦**圣颜：**指唐皇。

译 文

汉朝时，有神勇无畏的大将军，他名扬四方，受天下人所敬仰，一生战功赫赫。如此，外族都敬仰汉朝，不敢来犯。他忠肝义胆，铁血强国，为国为民，其功劳不可估量。麒麟阁上绘着他的画像，受君主喜爱，后人敬仰。

现如今边防薄弱，外藩猖狂，屡屡侵我边境，占我领地。而今深处吐蕃占领之地，难以入唐以示忠心，表衷肠。愿有朝一日朝廷能派出如汉朝将军那般勇猛威武的将领，前来一举重败吐蕃，收复领地，那时我便能回到大唐同大唐子民一起参拜明君。

菩萨蛮

千年凤阙争离弃①，何时献得安邦计。銮驾在三峰②，天同地不同。

宇宙憎嫌侧③，今作蒙尘客④。阃外有忠臣⑤，常思佑圣人⑥。

说 明

此词写于朝臣叛乱、天下不平之时，皇帝被迫离京出逃。从词意及其包含的感情色彩来看，是以出逃皇上口吻所作，表达了遭遇叛乱、被迫离京之时皇帝的情感。看着居住多年的京城，离开是不舍的，却又是没有选择的。看着京城颓败、百姓慌乱的情景，顿时伤感而悲愤。一路上奔波之辛苦也在词中一一道出，感慨幸有忠臣，又渴望更多的良臣辅佐于自己左右。全词腔调抑郁而寡欢，心中之愁，难以道尽。愿天下早日重回太平盛世。

●华山

注 释

①**凤阙：**本为汉代宫阙名，后用为皇宫的通称。《太平御览》卷一七九引《阙中记》言："建章宫圆阙临北道，凤在上，故号曰凤阙也。"

②**銮驾：**帝王的代称，原指皇帝的车驾。銮，原卷作"鸾"，王重民校改。

三峰：华州，因华山而名。崔颢《行经华阴》："岩峣太华俯咸京，天外三峰削不成。"

③**宇宙**：此指天下，国家。**侧**：此处指唐昭宗近侧的朝臣。

④**蒙尘客**：此处指避难华州的唐昭宗。旧时帝王或大臣逃亡在外，蒙受风尘苦难，被称为"蒙尘"。《左传·僖公二十四年》："天子蒙尘于外，敢不奔问官守？"

⑤**忠臣**：忠厚贤良之臣，此处指华州守将韩建。

⑥**常思佑圣人**：原卷作"思佑圣人王"，据刘盼遂校改。佑，辅佐。

译文

怎么舍得离开这居住多年的京城，曾经的盛世年华已然颓败，百姓康乐的景象已不复存在。何时才能有良策平定这祸乱。皇上已经前往华州城，居于华州城虽尚有皇威，却不如从前。

天下黎民百姓心中都憎恨着那乱臣贼子，逼迫皇上逃离京城，一路上蒙受风尘、困苦。所幸华州城尚有忠臣名将，迎接皇上，效忠于君王、国家。

菩萨蛮

昨朝为送行人早①，五更未罢金鸡叫②。相送过河梁③，水声堪断肠④。

唯念离别苦⑤，努力登长路。住马再摇鞭⑥，为传千万言。

说明

古时送别常选于清晨或傍晚。清晨之意在于希望送别之人前程似锦，如清晨般新生，有希望。傍晚之意在于表达依依不舍之意，以示情谊深厚。这首送别词情真意切，全文蕴含了浓烈的不舍之意。此词所描述的是一对分别的夫妻，丈夫远行离去之时，二人均依依不舍。一方面表达了夫妻感情之深切，另一方面表达了离别的断肠之痛。妻子不舍目送，丈夫亦不愿离去，一步三回头。以景衬情，具有强烈的艺术感染力。

●昨朝为送行人早

注 释

①**昨朝**：昨日清晨。朝，早晨、清晨。**行人**：外出远行之人，也指出征的人。杜甫《兵车行》："车辚辚，马萧萧，行人弓箭各在腰。"

②**五更**：凌晨时分，天尚未亮。

③**河梁**：指桥，多以此指送别。

④**堪**：几乎、近乎。**断肠**：肝肠寸断，形容悲痛到极点。蔡琰《胡笳十八拍》："空断肠兮今思悒悒。"

⑤**唯**：只是。

⑥**住马**：停马不前。住，同"驻"，停留。

译 文

昨日清晨天刚蒙蒙亮，便起床为远行之人送别。那时还未到五更天，雄鸡刚开始鸣叫。这样朦胧的天色间，我陪着他走过了河上的石桥，听着流水声宛若人哭泣一般，不觉得便生了伤心愁苦之意，如肠断魂散一般。

他亦难过哀伤，心中萦绕着离别的伤感。勉强打起精神背着包袱远行。赶着马儿，手中持鞭，却是一步三回头，不忍心驾马离去。心中还有千言万语要说，却只得频频回头，难舍难分。

菩萨蛮

数年学剑攻书苦①**，也曾凿壁偷光露**②**。堑雪聚飞萤**③**，屡年事不成。**

每恨无谋识④**，路远关山隔**⑤**。权隐在江河**⑥**，龙门终一过**⑦**。

说 明

该词刻画了一位勤奋好学、刻苦奋发，意在求取功名、实现抱负的读书人。从词中可看出此人家境贫寒，虽多年来努力读书、力求中第，却屡屡失败。寒窗苦读数载却依旧败于科举考试黑暗之处。虽抱有不甘，为此愤愤不平，内心却尚有期冀。只是这份期望却近乎不可能实现。鲤鱼跳龙门，又岂非易事。全文善用典故，且用典自然贴切，表现了文中所写之人读书之刻苦，更显屡屡不及第的失意与苦闷。

注 释

①**数年学剑攻书苦**：多年来学剑读书，刻苦发奋。古代读书人也习剑术，以示志向。高适《人日寄杜二拾遗》："一卧东山三十春，岂知书剑老风尘。"攻，原卷作"工"，

据王重民校改。

②**凿壁偷光**：在墙壁挖孔以借邻居家的灯光读书，后用来形容刻苦好学。《西京杂记》卷二载："匡衡勤学而无烛，邻居有烛而不逮，衡乃穿壁引其光，以书映光而读之。"

③**堑雪**：映着雪光读书之苦。堑，苦头、挫折。雪，此处借指映雪读书之意，比喻虽贫困但好学。《尚友录》卷四："孙康，晋京兆人，性敏好学，家贫无油，于冬月，尝映雪读书。"**聚飞萤**：收集萤火虫放入袋中，借助其亮光读书，比喻勤奋好学。出自《晋书·车胤传》："（胤）博学多通，家贫不常得油，夏月则练囊盛数十萤火以照书，以夜继日焉。"

④**谋识**：指谋略，方法。

⑤**关山**：本指道路上的关隘河山，此处比喻通往仕途之路的困难与障碍。

⑥**权**：暂且，暂时。

⑦**龙门**：原为黄河流经陕西韩城县与山西河津县之间的一段，传说鲤鱼跳过龙门便可成龙，后人们将科举及第称为跃龙门。

译文

多年来读书学剑，刻苦奋发，心中藏有一番志向。曾经也学匡衡凿壁借光，彻夜而读。也曾用萤囊为灯、映雪读书，困苦而不言弃。只为读书求学，考取功名。不承想多年来应试无一成功，唯有一身空。

叹息是因为我没有方法谋略来结识考官，曾经刻苦的岁月化为一场空。为官出仕之路仿佛有着重重艰难险阻，一障叠一障。暂时先在这偏远荒村过尽这千般障碍，总有一天我会科举及第，成就凤愿。

菩萨蛮

自从宇宙兴戈戟①，狼烟处处燻天黑②。早晚竖金鸡③，休磨战马蹄。

淼淼三江水④，半是儒生泪。老尚逐金财⑤，问龙门何日开。

说明

此词写于国家动荡、科举暂废之时。战争连绵，处处有狼烟，可见天下之不太平。正因战争连年才致使科举不能如常举行。文人对此心怀不忿，渴望战争早日结束，科举重新实施，以此博得功名。心中空有一番志向，奈何世事无常，文中更是用了夸张的修辞手法，用"淼淼三江水，半是儒生泪"来表达文人对此悲愤之情，使情感表达更为浓烈与深刻。

注　释

①**宇宙**：一般作天地万物的总称，此处指国家。**戈戟**：古代兵器名，此处指战争。

②**狼烟**：即烽火，古时边疆用烧狼粪以报警，故称狼烟。段成式《酉阳杂俎·广动植》："狼粪烟直上，烽火用之。"

③**竖金鸡**：此处指希望没有战事，天下太平。原为古代大赦天下时举行的一种仪式，以示太平年间，世道清白。《新唐书·百官志》三："赦日，树金鸡于仗南，竿长七丈，有鸡高四尺，黄金饰首。"

④**淼淼**：水势浩大的样子。**三江**：此处泛指全国江河。《吴地记》认为，三江为太湖支流，即松江（今吴淞江）、娄江（位于今江苏省）、东江（位于今江苏省果江县东南）。

⑤**金财**：钱财，泛指功名利禄。金，原卷作"今"，据曾毅公校改。

译　文

国家开始出现战争以来，祸乱遍布四处，生灵涂炭，百姓流亡。放眼望去，天地间狼烟四起，处处有战乱。究竟要到什么时候才能停止这样的景象，迎来太平盛世呢？不用再拿起武器，战马也不必驰骋沙场，得以休憩。

看到那浩瀚的江河了吗？江水浩荡宏大，一眼望不到尽头。其中大半是读书人的眼泪流淌而成啊。年华逝去，人也不复壮年，但依旧有一颗建功立业的心，盼望着仍有这样的机会，却不知何时才能跃龙门，以实现这般抱负。

西江月①

浩渺天涯无际②，旅人舡薄孤舟③。团团明月照江楼，远望荻花风起④。

东去不回千万里，乘舡正值高秋⑤。此时变作望乡愁，一夜苦吟云（缺）⑥。

说　明

这是一首思乡词，离家已远，路途遥遥，尚未到目的地。中秋佳节，尚在旅途，独自一人，唯有黯然神伤，道不尽那思乡之情。看着眼前之景，作者各样的情感便涌上心头，难以退却。中秋本应团圆，一起赏月。此刻徒有天上圆月，却不见故乡与家人，这月便更显凄凉与寂寥。江边小楼与远处飘散的荻花，这样的景更显悲凉，孤舟无处可靠，只得独自在江上看着明月，思念着故乡，道不尽的酸楚与悲凉。情景交融之间，更显情之悲，

真实感人。

译　文

天涯是多么广阔又多么渺茫，看不到边际。乘着孤舟的旅人独自远离了家乡，现在已经十分遥远。天上的明月看起来圆圆的，又是中秋佳节。月光空照着江边小楼，荻花也随着秋风飘落。

孤苦伶仃离乡万里，此刻徒有思念而无法归乡。深秋之中，独自驾一叶扁舟远行，心中顿感悲凉惆怅。一瞬间思乡之情便涌上心头，止不住难过。彻夜未眠，唯有将这般思乡情缓缓吟唱。

西江月

云散金波初吐①，烟迷沙渚沈沈②。棹歌惊起乱栖禽③，女伴各归南浦④。

船压波光摇橹⑤，贪欢不觉更深⑥。楚词哀怨出江心⑦，正值月当南午。

说　明

这首词描写的景色十分优美，却不止于描绘景色。本是少女游船之乐，游玩之人尽兴，以至于忘归家。风景之优美，月光绵绵，薄雾朦胧，白沙点点。风景独好，人们心中也都欢快。可作者没有让这份欢乐得以延续，在人们高歌欢畅之际，突然听闻伤感之曲。这也恰是全文点睛之笔。人们虽开怀，却也被这歌声所影响，心头一滞，产生共鸣。全词表达了作者对生活、对社会的思考，使此词从写景之美提升了一个意境，包含了更多意味。

●女伴各归南浦

注 释

①**金波**：金色的光芒，此处形容月亮的光华。

②**沙渚**：指水中的小沙洲。出自《尔雅·释水》："即水中可居者曰洲，小洲曰渚。"**沈沈**：同"沉沉"，形容深浓的样子。

③**棹歌**：行船时所唱之歌。**栖**：原卷作"西"，据赵万里校改。

④**南浦**：泛指面向南的水边，通常与美女相连用，为女子嬉戏之地。屈原《九歌·河伯》："子交手兮东行，送美人兮南浦。"欧阳炯《南乡子》："红袖女郎相引去，游南浦。"

⑤**摇橹**：摇桨，撑桨。原作"遥虏"，据任二北《敦煌曲校录》改。橹，船桨。

⑥**贪欢**：指男女欢会。

⑦**楚词哀怨出江心**：战国时期楚国大夫屈原因不被楚怀王所用，故作《楚辞》以抒胸怀，后投汨罗江而死。此处借《楚辞》来表达哀愁忧虑。

译 文

夜晚天上的云渐渐散开，月光缓缓泻下，大地笼罩着美丽的光华。像烟一般朦胧的月光混着江上的薄雾衬着江边白沙，景色亮丽而动人，颇有意境。船上的歌声飘散而出，惊扰了栖息的鸭子，少女们各自为伴游江玩耍，欢快而雀跃。

波光粼粼下，小船不断地划动着，人们尽情地玩耍着，近乎要忘记归家。忽然江心传来了阵阵哀怨歌声，惊扰了这份欢快。略带忧伤的歌声荡漾在每个人心中，大家各自想着心事。

浣溪沙①

五两竿头风欲平②，张帆举棹觉船行③。柔橹不施停却棹④，是船行。

满眼风波多战灼⑤，看山恰似走来迎⑥。子细看山山不动⑦，是船行。

这首词描写了行船时的情景。四周都是波光粼粼的江水，远处有着青山。整首词意境优美，基调轻快。船顺风而行，作者心情十分喜悦。两岸景色飞快移动，甚至使人产生了青山在动的错觉。将景物赋予动的形态，使整篇文都灵动起来。一个"迎"字用得恰到好处，拟人化的用法使读者感受到山的热情，细腻而生动。

注 释

①浣溪沙：唐教坊曲名，后用为词调。"沙"或为"纱"，也作《浣纱溪》。取自西施溪边浣纱的故事。该篇原误作《浪涛沙》。

②五两：古时候风器，用鸡毛五两或八两系在竿顶，用以观测风力、风向的变化，常用于舟船上和军营中。原作"五里"，是"五量"的形误。古时"两""量"二字通用。

③棹：划船的桨。

④柔橹：原卷作"柔房"，据王重民校改。橹，划船的工具，船桨。

⑤战灼：形容水光忽明忽暗，摇闪不定。

⑥走：跑。

⑦子细：仔细。

译 文

船行至五里滩头，风势开始转顺，不再是逆风而行。将船帆升起，行船变得轻快，几乎不费力气。不用举棹也不用摇橹，船只凭借着这股风劲，自会前行。

四处张望着，眼中满是波光粼粼的江水，泛起丝丝波纹。看着远山，好似那远山会自来相迎。仔细再看，山依然伫立于那儿，并未移动。原来是船只行驶太快，带来了这样的错觉。

浣溪沙

浪打轻船雨打篷①，遥看篷下有渔翁②。蓑笠不收船不系③，任西东④。

即问渔翁何所有？一壶清酒一

●长风举棹觉船行

竿风。山月与鸥长作伴⑤，五湖中⑥。

说明

这首词描写了渔翁平静闲适的生活场景。细雨蒙蒙，风吹船动，渔翁仿佛置身于世外，任凭雨打风吹，蓑衣不紧，船绳不收，淡然而习惯。这样的渔翁怕是常人所不能理解，不问世事，不论风雨。这样的生活却也是令人向往的，无拘无束，自由自在。一只船一壶酒。同山水，同鸟鱼，同自然。风景独好，生活惬意，又怎么不吸引人。描绘自然之景，亦抒自然之情，意境自成，表达了作者对这种生活的向往与憧憬。

注释

①篷：原卷作"蓬"，据王重民校改。

②渔翁：原作"鱼翁"，据王重民校改。

③蓑笠：原作"莎笠"，据王重民校改。蓑，由草制成的雨披。笠，斗笠。

④任西东："西东"二字原卷残缺，今据文义暂补。任，任凭，尽管。

⑤鸥：水鸟。原卷作"沤"，据王重民校改。

⑥五湖：词中指渔翁隐居打鱼的地方。

译文

天空下起了雨，江面上依稀起了浪。浪打着船舷，雨滴落在船篷沙沙作响。打鱼老翁站立于船篷之下，头戴着斗笠，也不将蓑衣合拢，亦不将船系好，任凭风浪吹得船忽东忽西，漂泊不定。

想要问渔翁这样的生活有什么乐趣，渔翁答曰：喝着壶中清酒，吹着这江风，任凭世事如何。在山水之间，云月之下，以鸟为伴风为友，只隐居于此，怎能不逍遥自在。

浣溪沙

一阵风去吹黑云①，船中撩乱满江津②。浩汗洪波长水面③，浪如银。

即问长江来往客，东西南北几时分④。一过教人肠欲断⑤，为行人⑥。

说明

这首词以景见情，情景交融。描写了常年漂泊于外，来往船只上商人旅客的酸楚与伤感。常年行船于外，不仅孤苦伶仃，独自漂泊，更是环境恶劣，危险重重。上阕以写景为主，将江上风浪之巨大描写得惟妙惟肖，格外动人心魄。云黑风大，浪接天际。这样的风浪着实骇人。下阕以景引出情，重在表达路途之艰辛，行人之焦虑。用景的骇人与可怖渲染情的哀伤与忧虑，使情之表达自然而传神，具有很强的艺术感染力。

①**一阵**：原卷作"一队"，据孙贯文校改。任二北《敦煌曲校录》中"队"亦作"阵"。

②**江津**：港口、渡口。长江中用以停泊船只之处。

③**浩汗**：同"浩瀚"，形容水波盛大的样子。张缵《南征斌》："观百川之浩汗。"

长水面：浩瀚的波涛在辽远无际的水面上汹涌滚翻。"长"或校为"涨"，形容波涛高涨出水面。

④**东西南北**：指来自各地的船只。

⑤**一过**：一遭，一趟。**教**：原作为"交"，据王重民校改。**肠欲断**：形容极其忧虑惆怅的样子。

⑥**为行人**：原卷作"谓行人"。孙贯文疑"谓"当是"为"。

忽然刮起了大风，声势浩大，乌云滚滚。剧烈的风吹得船只胡乱漂泊在江上，四处都是。浩瀚的江面不再平静，波涛汹涌，仿佛江底要翻滚过来一般。巨浪一阵阵被掀起，白茫茫的浪花仿佛要与天相连。

江上来来往往的商旅客船都停留在这儿，不知何时才能离开此处，各奔东西。这样可怕的大风浪真是惊心动魄，一阵接连一阵，不知何时才会归于平静。看着行人旅客，我不由得为他们担心。

浣溪沙

卷却诗书上钓船①，身披蓑笠执鱼竿②。棹向碧波深处去③，几重滩。

不是从前为钓者，盖缘时世厌良贤。所以将身岩薮下④，不朝天⑤。

这首词上阕描写隐居于世，享山水之乐，俨然一派山水打鱼诗。作者好似过着自由自在、无拘无束的生活。看到下文，才发觉作者并非有意不谙世事，以山水为乐，不愿理会朝堂之事。而是作者有一颗抱负之心，奈何世道艰辛，政治不清明，为官难以为百姓、为国家。如此世道，为官怕只是罪过。作者因此宁愿游于山水，而非同流

合污。此诗并非表达闲适之情，而是意在抒发心中的苦闷与无奈。作者直白而有力的腔调，抒发了自己愤世嫉俗之感，全词含批判与揭露之意。

注 释

①**卷却**：卷起、收起。卷，原作"倦"，据刘盼遂、启功校改。**诗书**：原指《诗经》与《尚书》二书。此处泛指旧时文人所习之书。

②**蓑笠**：原卷作"莎笠"，据王重民校改。蓑，由草制成的雨披。笠，斗笠。

③**棹**：原指撑船的用具，船杆、船桨等。此处用作动词，撑、划。

④**岩薮**：深山幽湖，此指作者隐居之处。岩，高峻的山。薮，湖泊沼泽的通称。

⑤**不朝天**：即不朝拜天子，意为不出仕，不为官。

●江边垂钓

译 文

将诗书收拾一旁，抛却那些俗气的功名利禄，踏上一叶渔船。穿戴上蓑衣斗笠，拿起钓鱼竿。乘着渔舟到碧水荡漾的江水深处自寻清闲。就这样船驶过了一滩又一滩。

隐居于山水间，做一个清闲自在的渔翁并非我本愿，可惜世事无常，政局动荡，天下不清，所以才这般埋没了贤良。我也是如此才居于这山水湖泊之间，过着悠然自得的生活。我将永远不出仕为官，在这世道祸害黎民百姓。

浣溪沙

海燕喧呼别渌波①，双飞迢遰厉山河②。坚志一心思旧主，垒新窠。

出入岂曾忘故室③，往来未有不经过。辞主南归声上切④，感恩多。

说 明

这首词借物喻情，以燕子对旧巢的留恋之意，表达作者对曾给予其恩惠的故主一直存有感激之情。上阕主要写燕子虽离开并筑了新巢，尚且对旧巢一直牢记于心。燕子尚且如此，身为人，自当有恩必报，这也是本词所传达的美德。下阕主要写作者时刻谨记这份恩情，不敢相忘。虽要辞别归乡，心中依然留恋不舍，并始终将这份恩情放于心间。生动形象地表达了作者心怀感恩、知恩必报的情感。

注　释

①**渌波**：清澈明亮的水波。渌，清澈。曹植《洛神赋》："灼若芙蕖出渌波。"

②**迢遰**：路途遥远而又多阻碍。迢，形容路途遥远。遰，同"递"。

③**出入**：重在"出"，这里指离去。**忘**：原卷作"望"，据王重民校改。

④**声上切**：形容声音凄厉、情意浓浓的样子。

译　文

海燕不舍地啼叫着，渐渐远去，飞离了泽波。路途遥遥，它飞过了大山大河，远离了原来的栖息地。虽然是离开了旧时的居所，建好了新的居所，心中却仍然念着旧巢。

怎么会因为远去而全然忘记了旧时居所，往来间必将行礼拜访，不敢缺失。同故主辞别而归乡，心中的留恋之情溢于言表，你实在给予了我太多恩德，如何也感激不尽。

浣溪沙

云掩茅庭书满床①**，永川松竹自清凉**②**。幽境不曾凡客到，岂寻常**③**。**

出入每教猿闭户④**，回来还伴鹤归装**⑤**。夜至碧溪垂钓处，月如霜。**

说　明

这首词表达了作者清静悠闲、怡然自得之情，描绘了一幅远离尘世、只于山水间纵情作乐的画卷。全词笔触优美，描写生动形象。景自然而令人神往，情交汇于景中，自然流露。白云朵朵，只一间茅草屋，周围有竹林，有松树，有溪流，有猿鹤。高雅的情怀自然凸显出来，宛若一幅闲云野鹤之画。作者不与凡人相交，只与猿、鹤相处。"出入每教猿闭户，回来还伴鹤归装"两句运用物我交融的艺术手法，把幽静的画意、闲雅的情致表现得淋漓尽致，境界全出。

注 释

①**床**：茶几、案桌，指放书的长形桌子。

②**永川**：绵延悠悠的溪水。这里指作者隐居之地。

③**岂寻常**：怎么能同寻常相比。岂，原卷作"起"，据刘盼遂、启功校改。

④**出入**：偏义复词，偏在"出"。指外出。**教**：使、让。原卷作"交"，据王重民校改。

⑤**归装**：整理行装。

译 文

白云朵朵，环绕着山间茅屋，诗书堆满了屋子。周围有着松竹与流过此地的小溪，是多么清凉。纵情于山水，不与凡夫俗子来往，这样美丽的景色怕是仙境也无法比拟。

外出时常常教老猿守着屋门，待游行归来后又有仙鹤帮忙整理行装。夜晚常常去海湾钓鱼，看着清澈的水面荡漾着波纹。月光洒在地面，好似结成了一层霜。

浣溪沙①

结草城楼不望恩②，些些言语莫生嗔③。比死共君缘外客④，悉安存。

百鸟相忆投林宿⑤，道逢枯草再迎春。路上共君先下拜，如若伤蛇口含珍⑥。

说 明

这首词全文字里行间都表达了作者对恩人的感激之情，将来必定报之，永世不忘。情感真挚诚恳，十分令人感动。全文情真意切，对恩人满腔热情，但又怕措辞有误，故特地标注，可见其情感深厚，考虑周到。词中列举了"结草城楼"和"隋蛇衔珠"两个典故，进一步表达自己必当报恩，绝非忘恩负义之辈。全文胜在情感真诚动人。

注 释

①该词原卷题为《浪淘沙》，有误，故据蒋礼鸿《敦煌曲子词集校议》改正作《浣溪沙》。

②**结草**：比喻恩情深厚，至死也要报答。典故出自《左传·宣公十五年》。晋时，魏武子弥留之际命其子魏颗将其妾一同殉葬。后魏武子死，魏颗未使其妾一同殉葬，将其改嫁。当魏颗与秦国大力士杜回作战之时，一老人在地上把草打成结，使杜回摔倒，被魏颗捕获。颗夜梦一老人说："余，而（你）所嫁妇人之父也。"**望**：当作"忘"，忘记、忘却。

③**些些**：一点点。

④**比死共君缘外客**：和你至死也是好友。比死，至死、到死。缘外，指这一生的缘分之外，指死后。

⑤**相忆**：互相忆恋。忆，或为"依"，相互依恋。**宿**：原卷作"肃"，据王重民校改。

⑥**如若伤蛇口含珍**：古代传说中报恩的故事。高诱注《淮南子·览冥训》说："隋侯，汉东之国，姬姓诸侯也。隋侯见大蛇伤断，以药敷之。后蛇于江中衔大珠以报之。"

译文

我这一生都不会忘却你对我的恩德，若是我言语间有所冲撞，请千万理解。即便是死后，也想要同你结为好友，互相帮助各自安好，共同建立起这份情谊。

如同鸟儿在树林间成群，夜晚共同宿于树林。希望我们的友谊能如同枯木逢春，生机盎然，生长得越发旺盛。如果在路上遇见你，我必将先行行礼，如同隋蛇口含大珠一般报答你的恩情。

献忠心①

臣远涉山水，来慕当今②。到丹阙③，向龙楼。弃毡帐与弓与剑，不归边土。学唐化，礼仪向④，沐恩深⑤。

见中华好，与舜日同钦。垂衣理⑥，教化隆。臣遐方无珍宝⑦，愿公千秋住⑧。感皇泽，垂珠泪，献忠心。

说 明

这是一首边塞少数民族所作之词。其不远千里来到长安，感受到中原人民的富足与安康，愿永留于大唐，共享盛世年华。唐朝是我国古代封建社会最为鼎盛的朝代，亦十分开明。因当时国富民强，人民安居乐业，经济繁荣，文化丰富而多样，使各边塞人民仰慕。许多人来到长安后便长居于此，感受文化与盛世。这对于我国各民族团结发展有着积极意义。作者便是其中一员，被大唐盛世所吸引，故发自内心赞美。

注 释

①**献忠心**：唐时教坊曲名，后用为词牌名。《花间集》作《献衷心》。

②**慕**：原卷作"暮"。刘盼遂："来慕，出《后汉书·廉范传》。"王重民："此说可通，但未免生硬，通作'慕'亦可。"故从王重民校改。**当今**：古时对当时在位皇帝的称呼，也作"今上"。

③**丹阙**：原意为红色的宫门，后比喻皇宫。李白《邯郸才人嫁为厮养卒妇》："妾

本丛台女，扬蛾入丹阙。"

④ **礼仪向**："向礼仪"的倒装，意为敬仰唐朝的礼仪文化。向，敬仰，崇拜。

⑤ **沐**：沐浴。原卷作"休"，据王重民校改。

⑥ **垂衣理**：喻指太平年间，风调雨顺。

⑦ **遐方**：远方。遐，原卷作"霞"，据王重民校改。

⑧ **千秋住**：寿命永存。

译 文

因仰慕大唐盛世之名，故千里迢迢前来参拜圣君。远赴京城来看皇宫，瞻仰龙凤楼。丢弃了弓和箭，抛却了毛毯与帐篷，再也不愿回边疆受荒漠之苦。愿学习大唐的礼仪与文化，永远做大唐百姓，沐浴皇恩浩荡。

看大唐山河甚好，像舜在世时那般模样。国泰民安，天下太平，繁荣似锦，一派祥和之景。我久居边塞，并没有珍宝可以进贡，只愿您万寿无疆，深深感激您遍布天下的皇恩，我愿献出我的热泪与一颗赤子之心。

酒泉子①

每见惶惶，队队雄军惊御辇②。蓦街穿巷犯皇宫③，只拟夺九重④。

长枪短剑如乱麻⑤，争奈失计无投畕⑥。金箱玉印自携将⑦，任他乱芬芳⑧。

说 明

这首词描写了起义军进入京城攻克皇宫、皇帝仓皇而逃的情景。上阕重在写起义军雄赳赳气昂昂的威武场面，下阕重在表现起义军的勇武与皇帝的懦弱。作者显然是站在起义军一边，歌颂起义军的英雄气概，势如破竹，同时嘲讽皇亲贵族落荒而逃、束手无策的狼狈景象。全词表达直白，起义军和皇宫内众人产生了鲜明的对比，更加重了对皇室的批判和讽刺。

注 释

① **酒泉子**：唐教坊曲名，词牌名。又名《杏花风》《春雨打窗》《忆余杭》等。酒泉，今甘肃省酒泉市。汉代应劭《地理风俗志》言："酒泉郡，其水若酒，故曰酒泉。"

② **"每见"二句**：一作"每见惶惶队队，雄军惊御辇"。惶惶，鲜明、明亮的样子。御辇，皇帝的车驾。《韵会》言："凡天子所止曰御。前曰御前，书曰御书，服曰御服。皆取统御四海之义。"

③**蓦街穿巷**：过街穿巷。蓦，原意指忽然、突发，此处指超越、越过。

④**拟**：预计、打算。白居易《自咏五首》(其四)："为贪逐日俸，拟作归田计。"**九重**：指帝王居所，因其有九重门而名。

⑤**如乱麻**：原意指像乱麻一样纷乱，此处形容刀枪多。

⑥**争奈**：怎奈。

⑦**将**：携带。

⑧**芬芳**：意指京城皇宫之繁华。一说指皇室贵族的公子、小姐们。

●长枪短剑如乱麻

译 文

起义军一队队从眼前经过，衣甲颜色分外鲜明。雄伟壮阔的气势令皇帝心惊肉跳。穿过大街，穿过小巷，起义军直冲皇宫禁城，只为推翻那昏庸朝廷，夺取帝位。

长枪短剑各色兵器种类繁多，打斗声十分纷乱。皇帝束手无策只得仓皇而逃，逃命时携带了诸多金银财宝，却不曾管那些皇族子孙血脉，任人宰割。

酒泉子

三尺青蛇①，斩新铸就锋刃刚②。沙鱼裹欛用银装③。宝剑七星光④。

曾经长蛇偃月阵⑤。一遍离匣神鬼遁⑥。鸿门会上佑明王⑦。胜用一条枪。

说 明

这首词重在赞颂宝剑，表达了作者对此宝剑的喜爱。上阕主要描写宝剑的外观华美，透着寒气，预示着这是一把锋利且优良的宝剑。作者仔细描绘了剑刃之锋利，剑柄之特别，剑身之装饰，剑鞘之材料，一把三尺青蛇宝剑仿佛就在眼前。下阕主要描写宝剑陪同作者经历过的凶险场面，以此进一步表现宝剑之出众，以及作者对宝剑的喜爱之情。宝剑屡建奇功，也表现了作者内心志向。

注 释

①**三尺青蛇**：传说中的宝剑，也泛指一般的剑。剑长约三尺，故以此代称。《汉书·高帝纪》："吾以布衣提三尺取天下，此非天命乎？"杜甫《重经昭陵》："风尘三尺剑，社稷一戎衣。"又因剑身形似青蛇且锋芒青幽，喻作青蛇。唐人元稹《说剑》："白虹坐上飞，青蛇匣中吼。"明人梅鼎祚《昆仑奴》："腰悬着百炼锤，胸挂着双文镜，袖三尺青蛇炯炯，写太乙神名头上顶。"

②**斩新**：同"崭新"，意为全新。**铸就**：原作"注就"。

③**欛**：同"把"，指剑柄。《广韵·祃韵》："欛，刀柄名。"**装**：原卷作"轶"，据《隋唐盛世》校改。

④**剑**：原卷作"见"，据王重民校改。

⑤**长蛇偃月阵**：长蛇阵和偃月阵。长蛇阵，全军阵势如一字长蛇形。偃月阵，全军阵势如弯月之弧形。

⑥**离匣**：意为剑术之精妙，出神入化。

⑦**鸿门会**：即鸿门宴。喻指有阴谋、危险的宴会。

译 文

宝剑三尺余长，形同青蛇。铸造时剑刃锋利，剑鸣作响。剑柄用鲨鱼皮裹着，剑身配以银鞘。宝剑寒气逼人，剑身上刻着北斗七星，闪闪发亮。

宝剑曾经历过长蛇阵与偃月阵的凶险，剑术出神入化，惊天骇地。也曾在鸿门宴上保护明主脱离险境，长枪虽也是好兵器，又怎能同这宝剑相比，既可杀敌，又可防身。

望江南①

曹公德②。为国拓西关③。六戎尽来作百姓④。压坛河陇定羌浑⑤。雄名远近闻。

尽忠孝。向主立殊勋。靖难论兵扶社稷⑥。恒将筹略定妖氛。愿万载作人君。

说 明

词中曹公指敦煌归义军首领曹议金，全词歌颂了其为国尽忠尽力，保家卫国。上阕写曹公在边疆时的丰功伟绩，深受百姓爱戴，使边疆安宁祥和，人民安居乐业。下阕写曹公回归大唐后的作为，进一步表现其英勇正义，爱国爱民。最后两句再次点明百姓对其的爱戴与尊敬。这首词不仅歌颂曹公，同时也在赞颂这般爱国主义的精神。

注释

①**望江南**：唐教坊曲名，后用为词牌。词有单调、双调两体，敦煌曲子词可见。

②**曹公**：敦煌归义军首领曹议金。王重民《敦煌曲子词集·叙录》言："此为述归义军曹氏功德，不似在曹元忠以后，疑当在曹议金时代。"

③**拓西关**：开拓、平定西部边疆。

④**六戎**：原指侥夷、戎夷、老白、耆羌、鼻息、天刚六个部族。此处泛指西域边疆各少数民族。

⑤**压坛**：镇压。

⑥**靖难**：平定叛乱。

译文

　　远近各处的人们都赞颂着曹公美德品行，他为国家安宁镇守西部边境，平定边疆叛乱，保家卫国，屡屡建功。西域边疆各族人民都愿做他的百姓，人们互相称赞着他的英勇与伟大，将他的英雄之名四处相传。

　　带归义军重回大唐，愿为国尽忠，又屡屡向朝廷建立功业。带领着雄兵四处平乱，匡扶正义，稳定社会。有谋有略，安定边疆，击退贼人。百姓们衷心希望他永远都为西疆之王，守卫西疆。

望江南

　　敦煌悬①。四面六蕃围②。生灵苦屈青天见。数年路隔失朝仪③。目断望龙墀④。

　　新恩降。草木总光辉。若不远仗天威力。河湟必恐陷戎夷⑤。早晚圣人知。

说明

　　这首词描写了敦煌因被外族阻隔，百姓遭受苦难，渴望早日重回大唐的心愿。上阕重在描绘敦煌百姓生活之艰难，内心之煎熬。下阕重在写大唐国力强盛，为外邦所惧怕，敦煌人民渴望重回大唐的迫切心愿。整首词表达了边疆人民对重回大唐的渴望，同时对大唐充满了期望与信任，相信大唐可以解救他们于水火中。

注释

①**敦煌悬**：敦煌百姓饱受苦难如同倒悬一般难受。

②**六蕃**：泛指周围少数民族。蕃，外族。《周礼·秋官》："九州之外，谓之蕃国。"

③**失朝仪**：不能到朝廷参拜君王，古称人臣朝君之礼仪为朝仪。

④**龙墀**：代指朝廷。宫殿前台阶叫"墀"。

⑤**河湟**：指黄河以西的河西走廊与湟水流域地区。

译 文

　　敦煌地处国家边陲，远在西疆，百姓如倒悬般难受。四处都有外族人虎视眈眈，百姓们生活难熬，痛苦忧愁。数年来难以前往大唐参拜朝堂。百姓们心中一片苦楚，盼望着，却不知究竟何时才能重回大唐，泪流满面。

　　只能盼着皇上早日施以恩泽，让外族人感受到我朝天威，收复西疆之地，草木重生。若不是因我大唐国力强盛，天威浩荡，周围地区怕也是要被外族侵占。百姓们发自肺腑的呼声，慷慨激昂，愿皇上能看到一片赤胆忠心。

望江南

　　龙沙塞①，路远隔恩波②。每恨诸蕃生留滞③。只缘当路寇仇多④。抱屈争奈何⑤。

　　皇恩博，圣泽遍天涯。大朝宣差中外使。今因绝塞暂经过⑥。路远合通和⑦。

说 明

　　该词为边疆人民所作，深深表达了敦煌一带百姓和将士对重回祖国的迫切心愿，同时对外族入侵占大唐领土的愤恨之情。上阕主要描写了边疆百姓的现状，他们想要前往京城而不得，路途遥遥又重重阻碍。下阕表现了内心的期盼，渴望大唐早日收复敦煌等地，使边疆百姓重感皇恩浩荡，从此安居乐业，不再遭受苦难。

注 释

　　①**龙沙塞**：指敦煌郡一带的边塞地区。庾信《对烛赋》："龙沙雁塞甲应寒，天山月没客衣单。"李白《塞下曲》："将军分虎竹，战士卧龙沙。"

　　②**恩波**：原意为水波朦胧，如烟雾笼罩一般。此处意为隔阻路上的渺茫山水，比喻路途遥远且艰险。

　　③**生留滞**：被强行阻拦，偏偏被留下。生，偏偏。

　　④**只缘**：只因为。

　　⑤**争奈何**：怎奈何。

　　⑥**因**：凭借。

⑦**路远合通和**：边疆的道路理应畅通无阻。合，理应，应当。

这里地处遥远的荒漠边关，从这去往京城路途艰险，隔着山水云烟。心中恨那外族统治者每每阻拦，路途上又总有强盗惹是生非。来往间受苦受难的百姓心中怀恨，奈何没有办法，要怎么办才好？

内心只期盼着皇帝能够早日施与恩泽，使大唐天恩早日普照边关。可惜可叹，现如今边塞人烟稀薄，道路不通，唯有过往使者在此停留片刻。西疆之路原本应与京城紧紧相连，究竟要到何时才能畅通无阻？

感皇恩①

四海天下及诸州②。皆言今岁永无忧。长图欢宴在高楼③。寰海内。束手愿归投④。

朱紫尽风流⑤。殿前卿相对⑥。列诸侯。叫呼万岁愿千秋。皆乐业。鼓腹满田畴⑦。

该词描绘了大唐盛世年间，国家强盛，百姓富足，连周边外族都心甘情愿臣服。这无疑是大唐鼎盛时期的写照，作者在词中流露出在盛世中的欢喜，并以国家为荣。上阕描绘了大唐盛世被世人所公认的情景，四海皆知大唐兴盛，外邦也一一来朝拜。下阕进一步描绘了这番盛世，朝廷清明，臣子忠厚，百姓悠然自得，无一愁苦。词中蕴含了词人强烈的爱国情怀。

①**感皇恩**：唐教坊曲名。其内容多为描绘讴歌太平盛世，以此表达对皇帝的赞颂和感激之情。陈旸《乐书》："祥符中，诸工请增龟兹部如教坊，其曲有双调《感皇恩》。"

②**四海**：原意为全国。**天下**：因古代中国四境均有海环绕，故以此代称全国上下。此句中"四海""天下""诸州"一同出现，四海便特指边疆地区，而非全国。

③**长图**：远道而来，经历遥远的路途。

④**束手**：本义为自缚其手，自愿、不反抗。此指心悦诚服。

⑤**朱紫**：代指唐代官员制服。唐代三品以上官服为紫色，五品以上为朱色。朱紫在此意指官位较高之人。《新唐书·郑余庆传》："每朝会，朱紫满廷，而少衣绿者。"

⑥**卿相**：官位较高之人。相，原卷作"想"，据王重民校改。

⑦**鼓腹**：肚子鼓起，意即吃饱。陶潜《戊申岁六月中遇火》："鼓腹无所思，朝起暮归眠。"鼓，原卷作"固"。

译 文

　　从东南至西北，普天之下国土之内，无人不赞叹我大唐太平盛世，一派祥和之气。打算在高楼长期享盛宴与欢歌。外族番国都赞颂敬仰大唐，每每遣使臣前来拜会交好。

　　朝堂之上大臣们都才华横溢，尽显谋略。大殿之内文武百官均贤良忠厚。官员们上朝参拜圣明之主，声声呼万岁，愿皇上万寿无疆。各地百姓均安居乐业，享盛世年华。每日三餐均饱腹，不知何为愁滋味。

感皇恩

当今圣寿被南山①。金枝玉叶竞相连②。百僚卿相列排班③。呼万岁。尽在玉阶前。

　　金殿悦龙颜④。祥云驾喜悦。两盘旋⑤。休将舜日被尧年⑥。人安泰。真是圣明天。

●四海天下及诸州

说 明

　　该词赞颂大唐盛世繁盛之景，表达了对当今圣上的崇拜与爱戴之情。愿皇帝万寿无疆，而大唐永兴。词中场景盛大华丽，彰显了国家兴盛，朝廷祥和。重在描写朝堂，皇帝与臣子相处和谐，唐朝礼仪之宏大。后将大唐与尧舜时期相比所言虽有夸张，却也从侧面彰显大唐之盛。

注 释

①**当今**：指皇帝。**圣寿**：原卷作"圣受"。**被**：能够，赶得上。

②**金枝玉叶**：指皇室子孙血亲。宋人楼钥《代求子绍上魏邸寿诗》："皇家基业天与隆，金枝玉叶槃石宗。"

③**百僚**：文武百官。

④**金殿悦龙颜**：金殿上的君王龙颜大悦。

⑤**盘旋**：古代臣子参拜皇帝时的一种礼仪，以示祝福、赞颂。《北史·尔朱荣传》："每见天子射中，辄自起舞叫，将相卿士，悉皆盘旋。"

⑥**休将舜日被尧年**：不要以舜尧时期与唐朝相提并论，意为唐朝更胜于尧舜之时。被，比得上，及。

　　皇上福寿堪比终南山之永固，绵绵不绝。皇族子孙亦生生不息，繁衍不止，兴旺不衰。文武百官排列整齐前来贺寿，在殿前玉阶颔首叩拜，衷心祝愿皇帝万寿无疆，与天同寿。

　　金殿之上龙颜大悦，祥云处处。大臣们再次参拜，行朝拜祝贺之礼，于殿中舞蹈。不要将大唐比作兴盛的尧舜时期，尧舜年间怎及我大唐太平盛世，人们安乐。

感皇恩

　　四海清平遇有年①。黔黎歌圣德②。乐相传。修文愓革习农田③。钦皇化④。雨露溉无边。

　　瑞气集诸贤。群僚趋玉砌⑤。贺龙颜。盘石永固寿如山⑥。梯航路⑦。相向共朝天。

说 明

　　这首词同样在赞颂大唐盛世，重在表现唐朝对各民族呈开放友好的态度。国力强盛且有大国风范，愿意与其他民族和平共处，交流学习。外族百姓对大唐亦心生敬意。天下平和，战乱平息。上阕描写各民族学习唐朝礼教、耕地务农；下阕描写各族百姓自愿臣服，为大唐效力。大唐风度、繁华与魅力可见一斑。

注 释

　　①**遇有年**：已经过去许多年。

　　②**黔黎**：同"黔首"，意为黎民、百姓。《史记·秦始皇本纪》："二十六年，更名民曰黔首。"黔，原卷作"铃"，据王重民校改。

　　③**修文愓革**：学习文化礼教，停止战争格斗。愓，停止。

　　④**钦皇化**：钦敬唐王朝的教化。钦，钦服、钦敬、钦佩。

　　⑤**趋玉砌**：快步走向宫殿台阶。趋，意为小步快走。旧时臣子以快步疾走朝见君王示尊敬。

　　⑥**盘石**：同"磐石"，原意为坚硬厚重的大石，此处形容坚固、牢固。古乐府《孔雀东南飞》："磐石方且厚，可以卒千年。"

　　⑦**梯航路**：此处指登山与航海，代指道路艰险。贺知章《奉和圣制送张说巡边》："荒境尽怀忠，梯航已自通。"

太平盛世已然开创多年，天下一片清明。各族百姓都歌颂着当今圣上功德，相互诉说着大唐繁华景象。放下了手中兵器，停止了战争，外族人民也开始种植桑麻和务农。学习着唐朝礼教，心中深感皇恩浩荡。

各族的能人贤士纷纷拜于朝堂，愿为大唐效力，一片祥和之气。文武百官在玉阶之前参拜皇上，贺天下太平。大唐的江山社稷如同磐石一般永远坚固不分，边疆百姓都一一远道而来观瞻大唐盛世。

感皇恩

万邦无事减戈铤[①]。**四夷来稽首**[②]。**玉阶前。龙楼凤阙喜云连。人争唱。福祚比金璇**[③]。

八水对三川[④]。**升平人道泰。帝泽鲜**[⑤]。**修文罢武竞题篇**[⑥]。**从此后。愿皇帝寿如山。**

说 明

盛世年华，百姓欢声笑语，安居无愁。文人墨客纷纷歌颂这般盛世年华，作者也是如此。看着眼前的繁华景象，感慨自由心出。国家安宁繁盛，人人开怀满足。外邦也情愿归顺臣服。太平年间，人们渐渐息武修文，描绘着盛世年华。此词表达了作者对国家兴盛的自豪之感，也描绘出了一幅盛世祥和图景。

注 释

①**万邦**：全天下。邦，原卷作"拜"。**戈铤**：古代的两种兵器名，此指战争。《史记·匈奴列传》："其长兵则弓矢，短兵则刀铤。"

②**稽首**：古代最恭敬的一种跪拜礼。叩首后停留许久，以示尊重。

③**璇**：美玉。

④**八水对三川**：本指关中地区的山山水水，此泛指全国各地。

⑤**帝泽鲜**：皇帝恩泽持久不衰。"泽"原卷作"释"。

⑥**罢**：原卷作"霸"，据王重民校改。

译 文

在这般太平盛世，国家安康，百姓安居乐业，再没有长年战乱的景象。各藩国外邦一一归顺大唐，朝拜于玉阶之前。整个京城洋溢着欢声笑语，祥云连连。好福气如

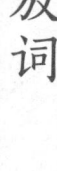

同金贵的美玉一般飘来。

秀丽江山，江河壮阔，中华大地处处祥和。国家昌盛，百姓安乐，这都是皇恩浩荡所带来的福泽。战争休止，文化复兴，人们争相歌颂皇帝圣德，纷纷题诗词文章。只愿从此国泰民安，皇帝万寿无疆。

生查子^①

三尺龙泉剑^②，箧里无人见^③。一张落雁弓^④，百只金花箭^⑤。

为国竭忠贞，苦处曾征战。先望立功勋，后见君王面。

〔说明〕

此词风格粗犷，语言直白通俗，虽朴素却带有浑然天成的豪气。上阕描写将士所佩带的武器：龙泉宝剑与落雁弓、金花箭。从侧面表现将士的武艺之高强，形象之英勇。下阕重在表达将士一番慷慨无畏的爱国情怀，愿为国捐躯征战沙场，使将士的形象更加鲜明生动，也使人自然生出敬意。全词赞颂了将士爱国精神，洋溢着爱国主义情怀。

〔注释〕

①生查子：本为唐教坊曲，后用为词调。又名《陌上郎》《遇仙楂》《绿罗裙》《晴色入青山》等。清人徐釚《词苑丛谈》云："查古楂字，张骞乘槎事也。"又《历代诗馀》云："查本楂梨之楂，与浮槎事无涉。"

②龙泉剑：古代传说中的宝剑。《晋书·张华传》载："（雷）焕到县，掘狱屋基，入地四丈余，得一石函，光气非常，中有双剑，并刻题，一曰龙泉，一曰太阿。其夕，斗牛间气不复见焉。……华得剑，宝爱之，常置坐侧。……焕卒，子华为州从事，持剑行经延平津，剑忽于腰间跃出坠水，使人没水取之，不见剑，但见两龙各长数丈，蟠萦有文章，没者惧而反。须臾光彩照水，波浪惊沸，于是失剑。"

③箧：此处意为收藏宝剑的器具。原卷写作"侠"。

④落雁弓：指可射落大雁之弓。《战国策·楚策四》："更羸与魏王处京台之下，仰见飞鸟。更羸谓魏王曰：'臣为王引弓虚发而下鸟。'魏王曰：'然则射可至此乎？'更羸曰：'可。'有间，雁从东方来，更羸以虚发而下之。"

⑤金花箭：其羽为铁质，并饰有金花。

〔译文〕

我有一把三尺宝剑名龙泉，藏在剑匣之中无人见过它的锋芒。我有一张良弓能射下飞雁，配有百支雕有金花的箭。

我带着它们为国尽忠可捐躯，去往沙场征战杀敌。我愿立下显赫的战功，带着这份殊荣觐见君王。

定风波①

攻书学剑能几何②。争如沙塞骋偻罗③。手执绿沉枪似铁④。明月龙泉三尺斩新磨⑤。

　　堪羡昔时军伍，谩夸儒士德能康。四塞忽闻狼烟起⑥，问儒士，谁人敢去定风波。

说 明

　　这首词上阕先立意，点明读书不如从武。着重刻画了驰骋沙场战士的形象，以兵器表现其英勇豪迈。下阕与上阕呼应，说明读书不如习武的原因。若非太平盛世，在国家动乱之时，读书又有什么用处，不能征战沙场击退敌人。此词表现了作者的爱国情怀，国家战事犹存，危急时刻，作者弃文从武，保家卫国，可见一片赤子之心。乱世年间，书生不及匹夫。

注 释

　　①定风波：本为唐教坊曲，后用为词调，又名《定风流》《醉琼枝》等。《敦煌歌辞总编》云："定风波乃盛唐所兴之曲调，始辞表现儒士能立功定难，政治意味极强。同时又为'盛唐三士曲'之一，咏儒士与武士及羽士间如何争取仕进。"

　　②攻书学剑：读书习剑，古代读书人有兼习剑术者。攻，原卷作"功"。

　　③争如：怎如。争，同"怎"。骋：逞、施展。偻罗：干练、机灵。

　　④绿沉枪：古代枪名。

　　⑤斩新：即崭新。

　　⑥狼烟：烽火，以示警报。因所燃之物为狼粪，故名狼烟。

译 文

　　读遍圣贤书又有什么用处，怎么比得上驰骋沙场杀敌报国。手持绿沉枪，英气逼人。

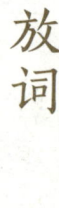

三尺宝剑在明月下，剑锋泛着白光，宛若崭新。

真挚赞颂昔日曾征战沙场立下汗马功劳的将士们，不要虚夸读书人如何品德才学兼优。突然燃起的烽火，快马传来的军情，又有哪个读书人能前去平定这战乱。

望远行①

年少将军佐圣朝②。为国扫荡狂妖③。弯弓如月射双雕④。马蹄到处阵云消⑤。

休寰海⑥。罢枪刀。迎鸾驾上超霄。行人南北尽歌谣。莫把尧舜比今朝⑦。

说　明

这首词勾勒了一位少年将军保家卫国、英勇杀敌的光辉形象。上阕详细描述了将军前往边疆，在边疆征战杀敌的雄姿英气。打退强敌，一把弓箭一匹马驰骋沙场，顿时使将军形象生动而高大。下阕并没有再直接描写将军，而是将笔锋一转，描绘太平盛世的场景，从人民安居乐业，处处欢歌笑语，再次衬托了少年将军功勋。全词表达了少年将军的爱国情怀和人们对其的赞美之情。

注　释

①**望远行**：唐教坊曲名，后用作词牌。《词谱》谓："令词始自韦庄，慢词始自柳永。"多用于表达远征将士、远行游子的怀望之情。

②**佐**：保卫，辅助。

③**狂妖**：此处指猖狂的敌寇。狂，原作"匡"。

④**雕**：一种凶猛的飞禽，此处喻指凶悍的敌兵。

⑤**消**：原作"臂"。

⑥**休寰海**：边境各处战火平休。休，停止，平息。寰海，同"环海"，指边疆四境。

⑦**比**：原作"彼"。

译　文

年少的将军英勇无畏，为国效力，击退了边疆狂虏贼人，平息叛乱。杀敌效国的弓箭拉开如满月一般，射出的箭如流星般飞速。马蹄声在边疆响起，就打破了不安分的气息。

平定战乱安定四方归来，百姓雀跃，纷纷欢喜庆祝，道路上车马往来，伴着银铃声阵阵。欢歌笑语处处可见，人们开怀喜悦。天下人都歌唱着今日太平盛世胜过尧舜时。

婆罗门①

咏 月

其一

望月曲弯弯，初生似玉环。渐渐团圆在东边，银城周回星流遍②。锡杖夺天门③，明珠四畔悬。

说 明

这组词共有四首，本书选后两首。词的主题为咏月，重在歌颂月亮，并以此展开想象，传递了作者对月亮的特殊情感。夜空中，明月照人，繁星点点，好似天界向人间倾泻了这月光。月美不胜收，赏月之人沉醉其中。第一首描写了月光下洁白无瑕、流光影映的世界，作者也被这番景象深深吸引。

注 释

①**婆罗门**：本为唐大曲的一种，后用为词调。又名《婆罗门引》《望月婆罗门引》。《唐会要》曰："天宝十三载，改《婆罗门》为《霓裳羽衣》曲。""婆罗门"为梵文译音，意为"净行"，为僧侣中的等级最高者。

②**周回**：周围。

③**锡杖**：僧人所持之杖。与眉同高，头有锡环，化缘时振环作响，以代叩门之用。

译 文

抬头看着那半轮新月，想它初升时宛若一个大玉环。渐渐地从月初到月中，月亮逐渐由缺变为圆。天上仿佛挂着一个大银盘。

月光倾泻，满城仿佛镀上了一层银光。整个大地映着这月光与星辉，明亮而灿烂。如同用锡杖叩开了两扇天宫门，漫天繁星伴着明月。

其二

望月在边州①，江东海北头。自从亲向月中游，随佛逍遥登上界②。端坐宝花楼③，千秋似万秋。

豪放词

〇三二

说明

作者看着天上明月，由此产生了遨游仙界的想象，希望如神仙般无忧愁，寄托了作者美好的想象与愿景。

注释

①**边州**：偏远的州城。

②**逍遥**：悠闲自在的样子。《庄子·让王》："逍遥于大地之间而心意自得。"

③**宝花楼**：佛教中西天净土的楼阁。

译文

站在大江之东，海的尽头。遥望着边疆地区天空的一轮明月。这样美丽皎洁的月亮引起了我万般遐想，如同幻梦。魂魄已随着月光去往天上蟾宫，肆意翱翔。

像天上佛仙般自由自在，随处游玩，想要离开这尘世人间，登上仙境一览风情。想象坐在传说中西天的净土宝花楼中，只愿身在仙境，万世享乐无忧。

何满子词①

其一

平夜秋风凛凛高②，长城侠客逞雄豪③。手执钢刀利似雪④，腰间恒垂可吹毛⑤。

说明

该词共有四首，全篇描绘了妻子对远在塞外的游侠丈夫的思念之情，此为第一首。词开篇先描写秋天萧瑟的气息，寒风吹过，月明星稀，渲染整首词的意境与氛围，顿时有忧伤、辽远之意。后三句写丈夫在塞外的境况，表现了丈夫一身豪气，武艺高超。同时也可见妻子对丈夫的思念之情，深沉而伤感。

注释

①**何满子**：曲调名，以作曲者姓名而名。唐人元稹《何满子歌》："何满能歌能婉转，天宝年中世称罕。婴刑系在囹圄间，水调哀音歌愤懑。梨园弟子奏玄宗，一唱承恩羁网缓。便将何满为曲名，御谱亲题乐府纂。"

②**平夜**：半夜时分。**凛凛**：形容寒冷。郝经《秋思》："静听风雨急，透骨寒凛凛。"

③**侠客**：豪侠之士。侠，原作"协"。

④**钢刀**：原卷作"刚刀"。

⑤**腰**：原卷作"要"。**恒垂**：常常挂着。恒，总是。**可吹毛**：用来比喻刀刃之锋利。

卢纶《难给刀子歌》：“吹毛可试不可触。”

译 文

　　深夜时分，秋风瑟瑟吹过，月亮高挂在天空，星星稀稀散散。远在塞外的侠客威风凛凛，豪爽英气。手中握着的钢刀闪着寒光，仿佛霜雪一般，腰间常常挂着锋利无比的宝剑，毛发落下顷刻可断。

卷二　唐·五代

李 白

李白（701—762），字太白，号青莲居士、谪仙人，一般认为唐剑南道绵州（巴西郡）昌隆（后为避唐玄宗讳而改为昌明）为其故乡，但其具体身世、家族皆不详。其性格爽朗，为人大方，喜爱饮酒作诗，尤喜交友，是唐朝最伟大的浪漫主义诗人之一，有"诗仙"之美誉，与杜甫并称为"李杜""大李杜（区别于李商隐和杜牧）"。其诗词多为醉酒时所写，有《李太白集》传世，在文坛上具有极高的艺术地位。

菩萨蛮

平林漠漠烟如织①，寒山一带伤心碧②。暝色入高楼③，有人楼上愁。

玉阶空伫立④，宿鸟归飞急⑤。何处是归程⑥？长亭更短亭⑦。

说 明

该词相传为李白所作，是唐五代词中最为人称道的作品之一。其描写深秋时节的暮色，情景交织，充满了离愁别绪。在结构上，宛如织就了一张密实的大网，每一句都紧密相扣，含义上也相互映衬，创造出了一个浑然天成的优美意境。因此受到了读者们很高的评价，和李白的另外一首词《忆秦娥·箫声咽》一起被赞誉为"百代词曲之祖"。

注 释

①**平林**：指平原上的树林、林木。《诗经·小雅·车辖（xiá）》："依彼平林，有集维鷮鷮（jiāo）。"《毛传》曰："平林，林木之在平地者也。"
漠漠：迷蒙的样子。**烟如织**：形容傍晚的烟雾十

●寒山一带伤心碧

分浓密。

　　②**寒山一带伤心碧**：这里是极言暮山之青翠。伤心，极甚之辞，无论愁苦还是欢快都可以说"伤心"。

　　③**暝色**：即夜色。

　　④**玉阶**：台阶的美称，意思是玉砌的台阶，这里是泛指洁净华美的台阶。**空伫立**：长时间地站着等候。如谢朓诗歌《秋夜》中所云："夜夜空伫立。"

　　⑤**宿鸟**：指归巢栖息的鸟儿。

　　⑥**归程**：回去的路程、路途。归，一作"回"。

　　⑦**长亭、短亭**：指古代设在路边供行人休息停歇的亭舍，庾信《哀江南赋》中云："十里五里，长亭短亭。"意即当时每隔十里设一长亭，每隔五里设一短亭。亭，《释名》卷五："亭，停也，人所停集也。"**更**：一作"连"。

译　文

　　远处，平原上那郁郁葱葱的树林笼罩在一片迷蒙的烟雾中，仿佛是那织物上漾漾的花纹。到了寒冷的深秋，这一带的山峰却还是一片盛绿。傍晚，夜色四合，来入高楼，有人却正站在那高楼之上独自忧伤叹息。

　　他长久地站在那洁净华美的台阶上等待着什么，一行归巢栖息的鸟儿急匆匆地从眼前的空中飞过，他于是感叹，我回家的路程又在哪里呢？却只看到一座又一座的长亭、短亭在路边伫立着。

词　评

　　词写的是深秋暮色之景，但却渗透着词人浓浓的思归之情。词的起句就在暮色烟霭的描写中融进了词人的心情，营造了一种惆怅落寞的气氛，这种气氛笼罩着全篇，使整首词都浸染在一种愁情离绪当中。全词的结构也如同这如织的烟色，处处都传达出一种思归的愁绪，如令人伤心的寒山，漫入高楼的暝色，急飞归家的宿鸟，迎来送往的驿亭，相互交织又相互映衬着一个词"归愁"。

——蒋述卓《诗词小札》

忆秦娥①

　　箫声咽②，秦娥梦断秦楼月③。秦楼月，年年柳色④，灞陵伤别⑤。

　　乐游原上清秋节⑥，咸阳古道音尘绝⑦。音尘绝，西风残照⑧，汉家陵阙⑨。

说 明

　　该词上片由凄咽的月下箫声转写当年梦断、不堪回首的繁华场景，次三句则自月色之外添一柳色，抒写别情，情景相融，营造了迷离凄惨的氛围。下片则遏响云汉，摹写当年极盛之时与地，而"咸阳古道"一句却骤落千丈，凄动心目，而续接的"音尘绝"一句则悲戚之感更深。尾句"西风"八字虽然只写境界，却道尽了兴衰之感，其气魄之雄伟，的确是千古之冠。

注 释

　　①**忆秦娥**：词牌名，双调四十六字，共有平韵、仄韵两体，相传李白首制此词，因词中有"秦娥梦断秦楼月"之句而得名，又作《秦楼月》《双荷叶》《碧云深》等。

　　②**箫**：一种用竹子制作的乐器。**咽**：呜咽。这里是形容箫管吹出的曲调十分低沉而悲凉，仿佛人在哭诉。

　　③**秦娥**：相传为秦穆公之女弄玉，容貌姝丽，十分喜爱音乐，并且还是一个吹箫的高手，其居住的凤楼中时常会传出美妙动人的箫声。有一日夜晚，弄玉又独自坐在凤楼中对着漫天的星辰吹箫，其声轻曼柔婉，不绝如缕。然而在隐约之中，弄玉忽然发觉自己并不是在独奏，那星空之中仿佛有人在和自己和鸣。后弄玉回房中休息时做了一个梦，梦中一个长相英俊的少年骑着一只五彩斑斓的凤凰，吹着箫翩翩而至。少年对弄玉说："我叫萧史，住在华山，我十分喜欢吹箫，因为听到你的吹奏，所以特地来这里和你交个朋友。"说完，少年便开始吹箫，箫声悠扬婉转，听得弄玉芳心暗动，于是亦拿出箫与之合奏，两人吹了一曲又一曲，十分开心。梦醒之后，弄玉再难忘记这位少年，其父秦穆公于是派人到华山寻找到了萧史。弄玉和萧史结婚之后，十分恩爱，并常常一起吹箫。他们的浪漫行为感染了秦国的少男少女，举国氛围从严肃变得活泼，这种现象令朝臣们忧心，害怕社会风气会因此变坏，所以不断向秦穆公上书反映此事。后弄玉夫妇为了不使父王为难，便不辞而别，隐居去了。世人则编造了一个美丽的神话，称二人乃是仙人下凡，其消失是因为二人合奏时天上飞下一龙一凤，将他们载至了华山仙居。**梦断**：梦被打断了，即梦醒。**秦楼**：即弄玉居住的凤楼。

　　④**柳色**：指柳叶繁茂的翠色，多用于烘托

●乐游原上清秋节

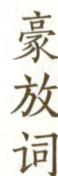

春日的情思，或指绿色。

　　⑤**灞陵**：指汉文帝的陵墓所在地，在今陕西省西安市东。当地有一座桥，为通往华北、东北和东南各地的必经之路。据《三辅黄图》记载："文帝灞陵，在长安城东七十里……跨水作桥。汉人送客至此桥，折柳送别。"**伤别**：因为离别而伤心。

　　⑥**乐游原**：又称"乐游园"，为汉宣帝乐游苑的故址，在长安城东南郊，其地势非常高，可以俯视长安城，在唐朝时期为游览胜地。**清秋节**：指农历九月九日的重阳节，人们会在这一天登高，饮菊花酒。

　　⑦**咸阳**：秦朝都城，在长安城西北数百里处（今位于陕西省咸阳市东二十里），在汉唐时期是从京城往西北从军、经商的要道，"咸阳古道"即长安道。**音尘**：代指通信、消息，这里指的是赶路时发出的声音和扬起的飞尘。**绝**：消失。

　　⑧**残照**：指落日的余晖。

　　⑨**汉家陵阙**：汉朝皇帝们的宫殿和坟墓。

译 文

　　在如泣如诉的悲凉箫声中，弄玉从梦中惊醒，一轮明月正映照着凤楼。灞陵桥边年年柳色新，却年年被人们用来道尽离别。

　　重阳节这一天登上那乐游原俯瞰整个长安城，却已经看不见当年长安道上车水马龙的繁华之景，西风猎猎，只剩下夕阳的余晖默默地映照着汉朝皇帝们的宫殿和坟墓。

词 评

　　太白纯以气象胜。"西风残照，汉家陵阙"寥寥八字，遂关千古登临之口。后世唯范文正之《渔家傲》，夏英公之《喜迁莺》，差足继武，然气象已不逮矣。

——王国维《人间词话》

刘长卿

　　刘长卿（约726—786），字文房，宣城（今属安徽省）人，后迁居洛阳，河间（今属河北省）为其郡望。刘长卿为唐玄宗天宝年间进士，唐肃宗时期官至监察御史，后担任长洲县尉，因事下狱后被贬为南巴尉。代宗大历中任转运使判官，后遭人诬陷，被贬为睦州司马。德宗建中年间，官终随州刺史，故世人称为"刘随州"。其工于诗，长于五言，自称"五言长城"，有作品《刘随州集》。

豪放词

谪仙怨①

晴川落日初低②，惆怅孤舟解携③。鸟向平芜远近④，人随流水东西。

白云千里万里，明月前溪后溪。独恨长沙谪去⑤，江潭春草萋萋⑥。

说明

该词写于大历中，当时作者正因为受到鄂岳观察使吴仲孺的诬陷而被贬为睦州（今浙江建德）司马。词的上片描写送别友人梁耿的情景，下片则写送别友人之后的同情和思念，以及对自己和友人被贬谪之事的遗憾和愤恨。全词采用了排叠相对的句式来加重送别远隔的悱恻凄婉之情，可谓是情景交融。

注释

①谪仙怨：词牌名，也作《剑南神曲》《广谪仙怨》，唐玄宗于入蜀途中所制笛曲，有谱但无词。刘长卿始依调作词，后窦弘余、康骈继作，咏玄宗与杨贵妃事。

②晴川：指被晴朗的阳光照耀着的江水。

③解携：指分手、离别或代指离别之人。唐朝杜甫诗歌《水宿遣兴奉呈群公》中便有"异县惊虚往，同人惜解携"之句。

④平芜：指地势平坦、草木繁盛的原野。

⑤长沙：这里是化用汉代贾谊遭人诬陷而被贬长沙的典故。

⑥江潭：即江边，如屈原《楚辞·渔父》中便有"屈原既放，游于江潭，行吟泽畔"之句。萋萋：形容草木茂盛的样子。

译文

那是一个晴朗的日子，阳光照耀着江水，波光粼粼，斜阳低低地挂在天边，我在一叶孤舟上和友人告别，内心一片惆怅。鸟儿们在草原上忽远忽近地飞翔，友人的小船随着流水忽东忽西地漂流而去。

但愿这天上的白云可以将我的思念带给远在千里万里之外的朋友，希望这溪水可以载着我的愁思，在明亮的月光下流到朋友的身边。唯独我和友人皆被贬谪的苦恨令我难以忘怀，内心的愤恨和伤感就像这江边春天的绿草一样繁茂、无边无际。

词评

长卿由随州左迁睦州司马，于祖筵之上，依江南所传曲调，撰词以被之管弦。"白云千里"，怅君门之远隔；"流水东西"，感谪宦之无依，犹之昌黎南去，拥风雪于蓝关；白傅东来，泣琵琶于浔浦，同此感也。

——俞陛云《唐五代两宋词选释》

张志和

张志和（732—774），初名龟龄，字子同，号玄真子，祖籍浙江金华，祁门县灯塔乡张村庇人，有《渔夫词》五首传世。张志和三岁便开始读书，六岁就可以写文章，十六岁时明经及第，先后担任翰林待诏、左金吾卫录事参军和南浦县尉等职务，其妻母相继去世之后，便弃官弃家，带领唐肃宗赐予他的一奴一婢隐居在太湖流域的东西苕溪和霅溪一带，以渔樵为乐。唐大历九年（774），张志和在莺脰湖不慎落水而亡。

渔 父①

西塞山前白鹭飞②，桃花流水鳜鱼肥③。青箬笠④，绿蓑衣⑤，斜风细雨不须归。

说 明

该词通过赞美渔人垂钓和美丽的自然风光，表现了作者对自由生活的向往和悠然脱俗的意趣。词的前两句传达垂钓的时机和地点，通过山、水、鱼、鸟、花，描绘出了一个十分适合垂钓的幽美的环境。词的后两句写烟波垂钓，尾句则既是对实景的勾勒，又另含深意。

注 释

①渔父：词牌名，张志和创制。亦作《渔父词》。《词律》等书曾将此调与唐教坊曲《渔歌子》混为一调，实误。

②西塞山：在今浙江省湖州市的西面。白鹭：一种水鸟，体羽皆白，也叫小白鹭、白翎鸶和白鹭鸶。

③桃花流水鳜鱼肥：因桃花盛开的时候正是春水上涨的季节，故而世称"桃花水"

或者"桃花汛"。鳜鱼，一种口大、身体扁平、鱼鳞细小、颜色为黄绿色的鱼，味道极其鲜美，也叫"桂鱼"或者"花鱼"。

④箬笠：用箬叶、竹篾编织而成的斗笠。

⑤蓑衣：用棕麻或者草编织而成的雨衣。

●西塞山前白鹭飞

译文

一群洁白的鹭鸟在苍翠的西塞山前自由自在地飞翔，江水两岸桃花朵朵开，引得春水上涨，那水里的花鱼味道也是极其肥美的。一位渔翁头上戴着青色的斗笠，身上披着绿色的蓑衣，在春日的斜风细雨中悠然垂钓，并没有因为下雨而着急回家。

词评

自来高洁之士，每托志渔翁，访尚父于磻溪，讽灵均于湘浦，沿及后贤，见于载籍者多矣。而轩冕之士，能身在江湖者，实无几人。志和固手把钓竿者，而词言"西塞""巴陵""松江""霅溪""钓台"，地兼楚越，非一舟能达，则此词亦托想之语，初非躬历。然观其每首结句，君子固穷，达人知命，襟怀之超逸可知。"桃花流水"句，犹世所传诵。

——俞陛云《唐五代两宋词选释》

渔　父

钓台渔父褐为裘[①]**，两两三三舴艋舟**[②]**。能纵棹**[③]**，惯乘流，长江白浪不曾忧。**

说明

该词通篇着力描写渔夫的"不曾忧"之态，表现其不以物质生活的困窘而为意的高远情怀。首句写其衣着简洁，次句写其呼朋引伴、同行而乐，"能""惯"二句则力现其游刃有余的踏波弄浪之技艺，尾句写即便是偶尔遭遇白浪之险，其也是见惯不惊、淡然处之。

①**钓台**：指钓鱼台，今人施蛰存则认为这里的钓台特指"严子陵的钓台，这是富春江上的渔人古迹"。**褐**：一种短衣，多用粗麻或者粗毛编织而成。**裘**：皮衣。

②**舴艋舟**：一种小船。

③**棹**：船桨。

译 文

钓台的渔夫身上穿着粗布皮衣，衣着简洁，他叫上朋友，一同驾驶着三三两两的小船打鱼。他可以尽情地用力挥动船桨，在急流中前进而惯常处之，毫无惊变之色，即便是遇到长江白浪那样的险情也不害怕和忧虑。

词 评

张志和，或号烟波子，常渔钓于洞庭湖。初颜鲁公典吴兴，知其高节，以《渔歌》五首赠之。张乃为卷轴，随句赋像，人物、舟船、鸟兽、烟波、风月，皆依其文，曲尽其妙，为世之雅律，深得其态。……非画之本法，故目为逸品，盖前古未之有也，故书之。

——唐·朱景玄《唐朝名画录》

渔 父

雪溪湾里钓鱼翁①，**舴艋为家西复东。江上雪，浦边风**②，**笑着荷衣不叹穷**③。

zhà

说 明

该词写作者泊舟于雪溪，以船为家，即便是生活艰苦、粗茶淡饭，也可以悠然自得于笑迎轻风、吟赏江雪，表达了作者乐观旷达的高洁志趣。

注 释

①**雪溪**：水名，在今浙江省湖州市境内，又名"雪水"或"雪川"。

②**浦**：水边、岸边。

③**荷衣**：用荷叶做成的衣服，这里代指隐士的衣着。

译 文

我是雪溪湾里一位靠钓鱼为生的老翁，以船为家，每天驾驶着一叶小舟一会儿去东面逛逛，一会儿去西边游玩。江上白雪皑皑，水边清风习习，倒也不令我感到孤独。我穿着荷叶做成的衣服，笑盈盈地看着眼前的一切，并不觉得自己穷苦，反而十分满足。

志和性高迈，自为《渔歌》，便画之，甚有逸思。

——唐·张彦远《历代名画记》

渔 父

松江蟹舍主人欢①，菰饭莼羹亦共餐②。枫叶落，荻花干③，醉宿渔舟不觉寒。

说 明

该词以秋为背景，着力描写了渔夫的"不觉寒"，其意旨与之前渔夫的"不觉忧""不叹穷"接近。前两句即描写主客相欢、素心相投，对着用野菜做的饭菜也吃得津津有味，后两句写秋风乍起，枫叶荻花飞落，寒意顿生，而尾句作者却在灯火昏黄的小舟中醉酒弛卧，丝毫不在意舟外的寒冷。

注 释

①**松江**：指"吴江"，在今江苏省东南部，该地盛产鱼和蟹，尤其是到了西风吹的晚秋时节，更是尝蟹的最好时节。**蟹舍**：即水乡渔村、渔家。

②**菰饭**：也就是用茭白籽做成的菰米饭。菰，即茭白。**莼羹**：指莼菜的嫩叶，可以用来做汤。

③**荻**：一种生长在水边、形状类似芦苇的多年生草本植物。

译 文

在吴江水乡的渔村小家中，我和素心相投招待我的主人欢坐在一起，津津有味地品尝这菰饭莼羹。不知不觉，已经是枫叶荻花飞落的深秋之夜，我却在灯火昏黄的小舟中醉酒弛卧，丝毫感觉不到舟外的寒冷。

渔 父

青草湖中月正圆，巴陵渔父棹歌连①。钓车子②，橛头船③，乐在风波不用仙。

说 明

该词写渔夫之"乐"，且这种"乐"不是从渔夫脸上浅显的笑容体现出来的，而是用"棹歌连"来表现。试想一下,在那月明寂静、草色苍翠的湖面上忽然传来了悠长连绵的歌声,作者悠然看待风波的态度即便是神仙也难以比拟。

①巴陵:岳阳的古称,即今湖南省岳阳市岳阳县。连:相接,连绵不绝。

②钓车子:一种钓具。

③概头船:小木船。

译 文

此刻,渔夫正在岳阳的湖面上划棹优游,周围草色苍翠,明亮的月光洒在湖面上,银光闪闪,好不惬意。渔夫一边划棹,一边引吭高歌,清亮的歌声不绝如缕,他乘着小木船,手里拿着钓车子,在风波之中悠然自得,就连神仙也难以比拟。

戴叔伦

戴叔伦(732—789),字幼公,唐代诗人。曾经任过新城令、东阳令、抚州刺史、容管经略使。到晚年意欲归隐,其作品亦以体现隐逸的生活居多。

调笑令①

边草②,边草,边草尽来兵老。山南山北雪晴。千里万里月明。明月,明月,胡笳一声愁绝③。

说 明

该词通过比兴手法,描述了戍守在边疆的士兵们愁苦的日子,表达了对他们的怜悯之情。

注 释

①调笑令:词牌名。

②边草:生长在边塞的野草。

③胡笳:北方游牧民族使用的一种乐器。

豪放词

那些生长在边塞的野草啊，当它们枯尽了，那些戍边的士兵们便已经老了。山南山北在雪后会放晴，千里万里的明月，都那样明亮。而当胡笳吹响，那真叫人悲愁伤绝。

韦应物

　　韦应物（737—792），中国唐代诗人，今陕西西安人，是文昌右相韦待价的曾孙。曾出任苏州刺史，故又被称作"韦苏州"。擅长景物描写，风格恬淡大气，作品传至今日有《韦江州集》十卷、《韦苏州诗集》二卷。

调笑令

胡马①**，胡马，远放燕支山下**②**。跑沙跑雪独嘶**③**，东望西望路迷。迷路，迷路，边草无穷日暮。**

说 明

　　该词描绘的是一幅在草原上骏马飞驰的画景。词中通过刻画胡马的迷茫与纠结，体现出了边疆生活带给人们的寂寞心境。

注 释

　　①**胡马**：指中国西北少数民族地区的马。

　　②**燕支山**：焉支山。在甘肃省山丹县东边，地处祁连山与龙首山之间。

　　③**跑**：马蹄刨地的动作。

译 文

　　胡马啊胡马，被远远流放在了焉支山下那片荒凉的平原上。它不知该往何处去，只能毫无头绪地刨着这边的沙子，又刨着那边的雪，孤独而茫然地嘶吼，四处张望，却寻找不到自己的道路。迷路了，迷路了，茫茫天地，所能见到的，只有边疆无尽的野草和天上苍凉的落日。

刘禹锡

　　刘禹锡（772—842），字梦得，洛阳人，其自称先祖为中山靖王刘胜，素有"诗豪"的美誉，与柳宗元并称"刘柳"，与白居易并称"刘白"，与白居易、韦应物并称为"三杰"。有《乌衣巷》《陋室铭》《竹枝词》等名篇传世。贞元九年（793），刘禹锡进士及第，初从杜佑入朝，任监察御史。贞元末年，其同韩晔、柳宗元、陈谏等结交于王叔文，并形成了以王为首的政治集团。其后，刘禹锡又历任朗州司马、夔州刺史、礼部郎中等职，会昌时加检校礼部尚书。终年七十岁，赠户部尚书。

●九曲黄河万里沙

浪淘沙①

九曲黄河万里沙②，浪淘风簸自天涯③。如今直上银河去，同到牵牛织女家④。

说 明

　　该词对比了淘金者整日在风浪泥沙中劳碌奔波的生活和同在河边牛郎织女恬静优美的生活，表达了淘金者内心对美好的田园牧歌生活的无限向往。该词用豪迈的口语抒发了浪漫的生活理想，具有朴实直白之美。

注 释

①**浪淘沙**：词牌名，原为唐教坊曲名，创作于刘禹锡和白居易，为七言绝句。

②**九曲黄河万里沙**：黄河有九道弯，流经各地的时候携带着大量的泥沙。九曲，相传黄河有九道弯，这里是泛指黄河走向中弯弯曲曲的地方非常多。

③**浪淘风簸**：黄河携卷着大量的泥沙，在大风的鼓吹下，浪涛翻滚，气势骇人。浪淘，即用波浪淘洗。簸，掀动，掀起，上下簸翻。**自天涯**：来自天边。古代传说黄

河的源头和天上的银河是相通的，李白诗歌《将进酒》中亦有"黄河之水天上来"的名句。

④**牵牛织女**：银河系中两个星座的名字。古代神话传说中，织女本是天上的仙女，后下凡到人间，与牛郎结为夫妇，西王母发现之后下令将织女召回天上，牛郎紧追其后。到了天上，西王母罚他们只能隔河相望相守，只有每年七月七日的晚上才能通过喜鹊搭成的天桥相会一次，后人便将这一天称之为"七夕节"，以表达已婚男女之间恪守对对方的承诺、白头偕老、恩爱不离的情感。如今，该节日已经成为中国的"情人节"。

译　文

传说中黄河有九道弯，流经各地的时候携带着大量的泥沙，在大风的鼓吹下，浪涛翻滚，气势骇人。现在我们可以沿着黄河溯流而上直到银河边上，去牛郎织女的家里去拜访一下。

浪淘沙

八月涛声吼地来，头高数丈触山回。须臾却入海门去①**，卷起沙堆似雪堆。**

说　明

该词描写了钱塘江八月十八海潮涨落的奇壮景色，用笔生动，却不事雕琢，结构紧凑洗练，展现了作者高超的艺术才能。

注　释

①**须臾**：指非常短的时间。**海门**：指江河湖海汇集之处。

译　文

八月十八这一天，钱塘江的潮水犹如万马奔腾一般呼啸而至，仿佛大地都在怒吼，听着令人胆寒。数丈之高的浪头冲向岸边的山石，又被反弹回来，发出震耳欲聋的轰响声。然而，在片刻之间，这潮水便又退向了江河湖海汇集之处，回流进大海，只有那刚刚被它卷起的一座座沙堆被遗忘在

●八月涛声吼地来

海滩上，在阳光的照耀之下，却仿佛是一座座雪堆立在那里。

浪淘沙

莫道谗言如浪深^①，莫言迁客似沙沉^②。千淘万漉虽辛苦，吹尽狂沙始到金^③。

说明

作者虽然屡遭贬谪，历经坎坷，但仍然内心旷达，斗志昂扬，乐观向上，气概豪迈。该词通过具体的形象比喻，概括了作者从自我经历中总结而出的深切感受，表达了其坚信正义之身，历经千辛万苦终会经受住磨难而显出英雄本色，被天下人认可的思想品格。

注释

①**谗言**：指诽谤中伤他人的话。

②**迁客**：指被贬官，调往边远地区的官员。

③**"千淘"二句**：原比喻正直清白的人虽然一时间被小人所陷害，但终有一天会真相大白、洗净罪名和冤屈，彰显其真正的价值。后来亦比喻做学问必须精心筛选，取其精华，弃其糟粕。漉，淘洗，过滤。

译文

不要说什么流言蜚语像是深沉险恶的浪涛一样令人害怕，也不要说什么被贬官的人就注定了会像被遗弃的泥沙一样颓废沉迷。要想得到那闪闪发光、货真价实的黄金，就必须不辞辛苦地进行千遍万遍的筛选和过滤，去尽泥沙。

词评

《浪淘沙词》，始于白居易、刘禹锡，大抵描写风沙推移，以见人世变迁无定，或则托意男女恩怨之词。禹锡此首乃言淘沙拣金之劳，而"美人""侯王"或未知也。

——刘永济《唐人绝句精华》

潇湘神^①

斑竹枝^②，斑竹枝，泪痕点点寄相思。楚客欲听瑶瑟怨^③，潇湘深夜月明时^④。

说　明

　　该词作于词人被贬官朗州期间，通过吟咏舜帝与娥皇、女英两位妃子的故事，借古抒怀，表达了自己内心对于被贬的凄苦和愁怨。

注　释

　　①潇湘神：词牌名，也作《潇湘曲》。

　　②斑竹：即湘妃竹。据《述异记》载："舜南巡，葬于苍梧。尧二女娥皇、女英泪下沾竹，文悉为之斑。"

　　③楚客：原指屈原，这里是作者自况。瑶瑟：指用美玉妆饰成的瑟，古代的一种管弦乐器。

　　④潇湘：湖南西南部的潇水和湘水，二水在湖南零陵县西北合流，称为潇湘。

●娥皇、女英

译　文

　　斑竹枝啊斑竹枝，你上面那点点的泪痕是娥皇、女英二位妃子对舜帝寄予的深切思念。在这潇湘之地，正当夜深月明之时，我这楚地的游子真想要听一听那瑶瑟的幽怨之音。

词　评

　　刘梦得《竹枝》九章，词意高妙，元和间诚可以独步。道风俗而不俚，追古昔而不愧，比之杜子美《夔州歌》所谓同工而异曲也。昔子瞻尝闻余咏第一篇，叹曰："此奔逸绝尘，不可追也。"

——宋·黄庭坚《山谷琴趣外篇》

白居易

　　白居易(772—846)，字乐天，号香山居士，又号醉吟先生，祖籍太原，生于河南新郑，为唐代三大诗人之一，著名的现实主义诗人，有"诗王""诗魔"之美称。其同元稹一起倡导了新乐府运动，故世人将他们并称为"元白"。白居易官至翰林学士、左赞善大夫，公元846年在洛阳去世，埋葬于香山，有《白氏长庆集》流传于世。

浪淘沙

白浪茫茫与海连①，平沙浩浩四无边②。暮去朝来淘不住，遂令东海变桑田③。

说明

该词写出了潮汐涨落带来海岸沧桑变化的巨大力量和自然规律，在表现方式上具有独创性，写得十分挥洒曲折而又圆熟流丽，是一篇优秀的抒情之作，在唐朝的诗苑中有较高的艺术地位。

注释

①茫茫：空旷深远，比喻没有边际、看不清楚。

②浩浩：广大无际的样子。语出自《尚书·尧典》："汤汤洪水方割，荡荡怀山襄陵，浩浩滔天。" **四无边**：指四面八方都看不到边际。

③东海变桑田：神话传说中的仙人麻姑自称已经见过三次东海变成桑田，后来被用于比喻世事变化之大。

译文

白浪滔天，一望无际，快要和海岸持平，岸边的沙滩也是广大无边，四面八方都看不到头。海浪日复一日、年复一年不停地淘洗着沙子，拍打着海岸，于是便发生了洪涛变成平野、绿岛变成桑田这样的巨大变化。

浪淘沙

青草湖中万里程①，黄梅雨里一人行②。愁见滩头夜泊处③，风翻暗浪打船声。

说明

该词写作者被贬而远走万里，结果路上还遇到了实为霉运的黄梅雨。作者满腹幽怨，却深信前途无论遇到什么艰难险恶，都终将成为过去。

注释

①青草湖：古代五大湖之一，又作巴丘湖，其北通洞庭湖，南接湘水。

②黄梅雨：指夏初梅子黄熟之时下的雨。

③泊：停船靠岸。

从青草湖开始我万里之远的行程，在黄梅时节的潇潇细雨中独自前进，到了晚上则停泊在岸边滩头，听着那狂风席卷着浪涛拍打着我的行船的声音，我内心更加忧愁，仿佛没有边际。

忆江南①三首

其 一

江南好，风景旧曾谙②。日出江花红胜火③，春来江水绿如蓝④。能不忆江南？

《忆江南》三首是白居易的一首组词作品。第一首词总写对江南的回忆，用绚烂的江花和碧绿的春水作衬托，写出了江南春天的绮丽鲜艳、春意盎然。

①忆江南：原为唐朝教坊曲名，亦作《谢秋娘》《望江南》，每首五句，后因为白居易这首词而改名为《江南好》，到晚唐和五代时期被用作词牌名。这里的江南主要指的是长江下游地区江浙一带。

②谙：熟悉。白居易年轻的时候曾经到过江南三次。

③江花：江边的花朵，一作江中的浪花。红胜火：指颜色比火焰还要鲜红娇艳。

④绿如蓝：形容颜色碧绿，比蓝草还要绿。如，这里和"于"的用法相同，有胜过之意。蓝，指蓝草，其叶子可以用来制作青绿色的染料。

江南的风景是多么美好啊，那里的景色我已经再熟悉不过。春天到来的时候，太阳从东面冉冉升起，将江边的鲜花的颜色照映得比火焰还要鲜红娇艳，浩浩江水则一片碧绿，那颜色比蓝草还要绿，这怎么能令我不怀念江南呢？

徐士俊云："非生长江南，此景未许梦见。"

——明·卓人月《古今词统》

江南忆，最忆是杭州。山寺月中寻桂子①，郡亭枕上看潮头②。何日更重游③！

说 明

第二首词特写杭州景色之美，描绘了山寺中寻桂和钱塘江观潮这两件事来验证杭州的"好"，表现了作者对杭州特有的怀念和热爱。

注 释

①**山寺月中寻桂子**：白居易诗歌《东城桂》曾经自注道："旧说杭州天竺寺每岁中秋有月桂子堕。"桂子，即桂花，北宋柳永词《望海潮·东南形胜》中便有"有三秋桂子，十里荷花"之句。

②**郡亭枕上看潮头**：指在杭州城的东楼上躺着看钱塘江大潮。看潮头，钱塘江的入海口处有南北对峙的两座山，宛如两道山门，江水在此被夹束，因而气势极为凶猛，谓为天下一奇观、名胜。

③**更**：再、又。

译 文

对于江南的怀念，最喜爱、最放不下的便是杭州了。那时候，我常常在天竺寺里游玩，寻找那传说中于中秋时分从月宫里飘落至人间的桂花，或者就在杭州城的东楼上躺着看钱塘江盛大的潮水。什么时候我能够再次到那里去故地重游一番呢？

词 评

《望江南》，即唐法曲《献仙音》也。但法曲凡三叠，《望江南》止两叠尔。白乐天改法曲为《忆江南》。其词曰："江南好，风景旧曾谙。"二叠云："江南忆，最忆是杭州。"三叠云："江南忆，其次忆吴宫。"见乐府。

——明·杨慎《词品》

江南忆，其次忆吴宫①。吴酒一杯春竹叶②，吴娃双舞醉芙蓉③。早晚复相逢④！

说 明

第三首词则以美酒佳人为题材，对苏州的旖旎风情进行了描绘，突出了作者对苏州的留恋和向往。这三首词既相互独立又相互补充，分别侧重于写江南的景色美、风物美和女性美，有很强的概括性，意境奇妙。

豪放词

注释

①**吴宫**：指吴王夫差在苏州市西南灵岩山上为西施所建造的馆娃宫。

②**吴酒一杯春竹叶**：指我国的历史名酒之一的竹叶青，也叫竹叶清，简称为竹叶，起源于战国时期，到南北朝时期已经深受社会各方人士的喜爱。而随着社会的不断进步，竹叶青酒也得到了长足的发展。到唐宋时期达到了鼎盛阶段，并曾经得到白居易、杜甫等二十多位著名诗人的赞誉，但到了明清之后，其影响力便大大减弱。这里则是泛指各种美酒。

③**吴娃双舞醉芙蓉**：用于比喻吴地善舞的女子们舞姿优美，宛如出水芙蓉一般优雅动人。吴娃，原为吴地一美女的名字，这里是泛指吴地的美女。醉芙蓉，重瓣花，清晨和上午初开时花冠洁白，然后逐渐转变为粉红色，到了午后及至傍晚时分凋谢时则已呈现深红色，因其花朵一日三变其色，故而也叫作醉芙蓉、三醉芙蓉或者三醉花，为名贵稀有品种。

④**早晚**：犹言几时、何日。

译文

对于江南的怀念，其次追忆的便是苏州的馆娃宫了。喝一杯甘醇的竹叶青美酒，欣赏那吴地的美女双双起舞的优美姿态，真是宛如出水芙蓉一般优雅动人。我什么时候才能再次和那里的一切美好重逢呢？

词评

《乐府杂录》云："李卫公为亡妓谢秋娘撰《望江南》，亦名《梦江南》。白乐天作《忆江南》三首，第一《江南好》，第二、三《江南忆》。自注云：'此曲亦名《谢秋娘》，每首五句。'予考此曲，自唐至今，皆南吕宫，字句亦同，止是今曲两段，盖近世曲子无单遍者。然卫公为谢秋娘作此曲，已出两名。乐天又名以《忆江南》，又名以《谢秋娘》。近世又取乐天首句名以《江南好》。予尝叹世间有改易错乱误人者，是也。"

——宋·王灼《碧鸡漫志》

皇甫松

皇甫松（生卒年不详），晚唐文学家，名或作嵩。字子奇，号檀栾（luán）子，睦州新安（今浙江淳安）人，为工部侍郎皇甫湜（shí）的儿子，宰相牛僧孺的外甥。其词目前存有二十多首，见于《唐五代词》和《花间集》。

浪淘沙

滩头细草接疏林，浪恶罾舡半欲沉①。宿鹭眠鸥飞旧浦②，去年沙觜是江心③。

●滩头白鹭飞

说 明

该词通过吟咏风浪之险恶和沙沉之迅捷，写出了沧海桑田的自然变化，隐喻了社会人事的变迁，下笔蕴藉，感慨深沉。

注 释

①浪恶：形容浪涛翻滚、气势凶猛。罾舡：代指打鱼的船只。罾，渔网。

②宿鹭眠鸥：指倦飞欲睡的水鸟们。飞：一作"非"。

③沙觜：指岸沙和江水相接的地方。觜，嘴。

译 文

滩头细密的水草连接着岸边稀疏的林木，江上浪涛翻滚，气势凶猛，打鱼的船只在里面欲沉欲浮，倦飞欲睡的水鸟们飞来飞去地寻找着可以栖息的旧日水边，却不知道去年的江岸如今早已变成了沙洲江渚。

词 评

末句点题，正是咏浪淘沙情况。

——吴世昌《词林新话》

摘得新①

摘得新，枝枝叶叶春。管弦兼美酒，最关人②。平生都得几十度，展香茵③。

[说明]

该词上片写春日采芳花而归，喝酒赏曲，好不惬意，下片则由眼前事物发出感叹，惜人生苦短，欢乐难得，流露出作者隐痛之下追求及时行乐、快意人生的思想。

[注释]

①摘得新：原唐教坊曲，后用作词调。皇甫松此调词有数首，其中一首起句云"摘得新，枝枝叶叶春"，因取以为名。

②管弦兼美酒，最关人：音乐加上美酒，最能诱发人的激情。管弦，这里是用乐器代指音乐声。兼，同时，并有。关人，关系到人的情怀，意思和"关情"类同。

③平生都得几十度，展香茵：一生能有几十回像现在这样铺展芳香垫席，对酒听曲，享受人间美好的时刻呢？茵，一作"因"，指褥子、垫子。

[译文]

春天到来，万物生新，一切都是那么美好。我手里拿着鲜花，一枝一叶都是春的姿态和象征。吹奏其热闹的管弦，品尝那甘甜的美酒，这两件事最能引发人澎湃的激情。春日芳草如席，清香怡人，侧卧在这大自然的垫子上，闭着眼睛享受此情此景，一生能有几回？太难得了。

[词评]

皇甫子奇词，宏丽不及飞卿，而措辞闲雅，犹存古诗遗意。唐词于飞卿而外，出其右者鲜矣。五代而后，更不复见此种笔墨。

——清·陈廷焯《白雨斋词话》

摘得新

酌一卮①，须教玉笛吹②。锦筵红蜡烛③，莫来迟。繁红一夜经风雨④，是空枝。

●繁红一夜经风雨

[说明]

该词首句写声乐助酒，次句写良宵佳肴，"莫来迟"一句则为全词之主，结尾用一夜风雨后花红不再来比喻好景难留、时不我待、空余惆怅，表达了及时行乐之后的时代隐痛。

注释

①酌一卮：指饮上一杯美酒。酌，饮。卮，一种古代饮酒的器皿。

②须教玉笛吹：指需要让玉笛吹奏起动人的乐曲来伴饮。

③锦筵：富丽盛大的筵席。

④繁红：泛指各种开得烂漫鲜艳的花朵。

译文

饮上一杯美酒，让玉笛吹奏起动人的乐曲来伴饮，这筵席富丽盛大，红烛辉映，你可一定要赶紧来赴约，切莫姗姗来迟。只是可惜那各种开得烂漫鲜艳的花朵经过一夜风雨的吹打就都凋落了，只剩下光秃秃的树枝留在那里。

词评

语淡而沉痛欲绝。

——清·况周颐《餐樱庑词话》

李 涉

李涉(约806—?)，号清溪子，洛阳人，传世作品有词六首、《李涉诗》一卷。李涉早年为躲避战乱和其弟李渤共同隐居在庐山香炉峰下，后出山做幕僚。唐宪宗时，曾经担任太子通事舍人，但不久被贬为峡州（今湖北宜昌）司仓参军，蹭蹬十年方还。唐文宗大和（827—835）中，担任国子博士一职，世人称之为"李博士"。

竹枝词①

十二山晴花尽开②，楚宫双阙对阳台③。细腰争舞君沉醉④，白日秦兵天下来。

说明

该词描写了战国时期楚怀王和楚顷襄王的行状，将稗官野史和事实相融合，虚实相济，构思精巧，是一篇较为成功的咏史作品。

注　释

①竹枝词：原是长江中游地区流行的一种民间曲调，这里作者是用其歌咏当地的传说和史实，后《竹枝词》演变为一种小令。

②十二山：指巫山十二峰，在今重庆市巫山东面，长江北岸，其中以神女峰最为峭立纤奇。

③楚宫：春秋战国时期楚王的行宫，在巫山西北方，三面环山，南望长江，俗称为"细腰宫"。**双阙**：指楚王行宫正门两侧的对称型门楼。**阳台**：也称"阳云台"，在巫山来鹤峰之上，南枕长江，高约一百二十余丈。

④细腰：据传春秋时代，楚灵王以细腰为美，故而朝臣们为了博得灵王的喜爱而皆克制饮食，紧束腰带，更有甚者饿到有气无力，需要扶着墙才能站起身来，而楚宫中的女眷则更是如此，因此楚宫又被称为"细腰宫"。这里"细腰"即代指楚宫里的美女。

译　文

天气晴朗，巫山十二峰上百花盛开，楚王的行宫正门两侧的对称型门楼和神女出没的阳云台遥遥相望。楚王以细腰为美，宫中的美人便投其所好，争先恐后地扭动着纤纤的腰肢，在楚王面前翩翩起舞，而楚王则沉浸在这欢快的氛围里，终日饮酒作乐，以至于没过多久，便被秦国列兵城下，惨遭吞并。

窦弘余

窦弘余（生卒年不详），窦常之子，扶风平陵（今陕西咸阳）人，一作京兆金城（今陕西兴平）人，武宗会昌元年（841）担任黄州刺史一职，宣宗大中五年（851）为台州刺史。其词目前仅存有一首。

广谪仙怨

胡尘犯阙冲关①，金辂提携玉颜②。云雨此时萧散③，君王何日归还？

伤心朝恨暮恨，回首千山万山。独望天边初月④，蛾眉犹自弯弯⑤。

该词上片写安禄山造反，进犯长安，唐玄宗携杨贵妃车驾幸蜀，结果贵妃自尽，两人的爱情生活就此结束，"何日归还"四字亦饱含作者对唐玄宗晚年所为的微讽纤悲和无限婉伤。接下来写回首长安，追思往日，无奈已经是山河相阻，无有归期。最后两句是作者自己的想象，唐玄宗泫然念旧的神情毕现。

①**胡尘**：胡人的兵马扬起的沙尘，这里代指战乱或叛军的气焰。

● 巫山神女

犯阙冲关：指进犯朝廷，攻打边关。

②**金辂**：代指唐玄宗的车辇。辂，古代车辕上用来挽车的横木，也指古时候的一种大车。**提携**：牵扶、携带。**玉颜**：形容容貌美丽，代指美女，这里是特指贵妃杨玉环。

③**云雨此时萧散**：云雨萧散比喻杨贵妃之死。这里化用宋玉《高唐赋序》中所言楚王梦与神女相会之事，因神女自称"旦为朝云，暮为行雨"，故而称男女合欢为"云雨"，而云散雨收，即唐玄宗和杨贵妃的爱情生活就此结束。

④**初月**：指新月，即农历月初形状如钩的月亮，也用于泛指初升的月亮。

⑤**蛾眉**：因蚕蛾触须细长而且弯曲，所以常常用来比喻女子的眉毛之美丽，后亦代指美女或者美丽的容貌。

安禄山起兵叛乱，进犯朝廷，攻打边关，气焰嚣张，唐玄宗驾着金色的车辇，带着杨贵妃逃亡蜀地。结果路上六军不发，杨贵妃被赐自尽，唐玄宗和杨贵妃的爱情生活就此结束，唐玄宗内心后悔哀伤。

回首长安，追思往日，无奈已经是山河相阻，还不知道什么时候才能够回去。唐玄宗独自望着天边那如钩的新月，仿佛又看到了昔日杨贵妃那美丽的容颜。

后人或言杨妃未死，为之辩证，岂弘余亦知其潜遁，故言蛾眉犹似，隐约其词耶？

——俞陛云《唐词选释》

温庭筠

温庭筠（812—870），本名岐，字飞卿，太原祁（今山西祁县）人，"花间词派"的重要代表之一，为唐朝宰相温彦博的后代。据传温庭筠才思极为敏捷，晚唐考试律赋，八韵一篇，其叉手一吟便是一韵，八叉八韵即告完稿，故人们称其为"温八吟"或"温八叉"。其诗词兼工，诗与李商隐并称为"温李"，词与韦庄并称为"温韦"。

清平乐①

洛阳愁绝②，杨柳花飘雪。终日行人恣攀折③，桥下流水呜咽。

上马争劝离觞④，南浦莺声断肠⑤。愁杀平原年少⑥，回首挥泪千行。

说　明

该词上片写送别的时间和地点，主要描绘折柳送别、依依不舍的场景。下片则写离别后的相思愁苦，虽然是惜别之作，却写得十分悲壮，很有阳刚之气和风骨，在一众咏别词中可谓独树一帜。

注　释

①清平乐：取自汉乐府《清乐》《平乐》两个乐调而得名，原为唐朝教坊曲名，后用作词牌名，双调四十六字，共八句，前片四仄韵，后片则为三平韵。

②洛阳：指河南省洛阳市，因地处洛河之阳而得名，最早为东周的都城，此后后汉、西晋、北魏、隋朝等相继建都于此，唐朝时则为东都。

③恣攀折：任意地攀折。恣，一作"争"。

④离觞：指饯别的酒。

⑤南浦：南面的水边，后常常用来代指送别之地。

⑥平原年少：原指贵族子弟，这里泛指远行的人。平原，古地名，战国时赵邑，即今天的山东省平原县。

译 文

当我辞别洛阳准备远行的时候，内心伤心欲绝，杨花柳絮漫天飞舞，仿佛下起了白雪。这里一天到晚都有人任意地攀折柳枝，就连桥下的流水都好像在鸣咽，到处都是一片悲伤的景象。

我上马准备离开的时候，朋友们争相劝我饮下这送别的酒水。这南浦之地的莺啼声声，令闻者断肠。远行之人内心一片忧愁，回首望故乡，无语泪千行。

词 评

结句尤佳。临歧忍泪，恐益其悲，更难为别。至别后回头，料无人见，始痛洒千行之泪，洵情至语也。

——俞陛云《唐五代两宋词选释》

韦 庄

韦庄（约836—910），字端己，长安杜陵（今陕西西安）人，为文昌右相韦待价七世孙、苏州刺史韦应物四世孙，五代时期前蜀宰相。韦庄出身为京兆韦氏东眷逍遥公房，早年屡试不第，直至乾宁元年（894），其年近花甲时方得中进士，担任校书郎一职，后被李询召为判官，奉使入蜀，归朝后升任左补阙。其作品生动流丽，多感慨顿挫之句，有《浣花集》《韦庄集》《谏草》《又玄集》和《蜀程记》等，但多已失传，仅《浣花集》和所选诗《又玄集》存世。

菩萨蛮

人人尽说江南好，游人只合江南老①**。春水碧于天，画船听雨眠。垆边人似月**②**，皓腕凝霜雪**③**。未老莫还乡，还乡须断肠**④**。**

说 明

这组词创作于韦庄晚年寓居蜀地时期，是作者为回忆江南旧游而作。韦庄生在唐帝国由衰弱到灭亡、五代十国分裂混乱的时代，一生饱经乱离漂泊之苦。黄巢攻破长安，他逃往南方，到处流浪，直到59岁才结束了这漂泊流离的生活。这组词内容与他的流

浪生活密切相关，寄托了他对于唐朝故国的一份忠心的感情。

注释

①**游人**：这里指漂泊江南的人，即作者自谓。**只合**：只应。根据中国古典文学专家叶嘉莹教授的研究，韦庄的《菩萨蛮》五首词中的"江南"，都是确指的江南之地，并非指蜀地。

②**垆边**：指酒家。垆，旧时酒店用土砌成酒瓮卖酒的地方。《史记·司马相如列传》记载，司马相如妻卓文君长得很美，曾当垆卖酒："买一酒舍沽酒，而令文君当垆。"

③**皓腕凝霜雪**：形容双臂洁白如雪。凝霜雪，像霜雪凝聚那样洁白。

④**"未老"二句**：年尚未老，且在江南行乐。如还乡离开江南，当使人悲痛不已。须，必定，肯定。

译文

人人都说江南好，游人应该在江南待到老去。春天的江水清澈碧绿比天空还要明净，躺在游船画舫之中，和着雨声入睡，又是何等之美，何等之空灵。游人可以在有彩绘的船上听着雨声入眠。

江南酒家卖酒的女子长得很美，卖酒撩袖时露出的双臂洁白如雪。年华未衰之时不要回乡，回到家乡后必定更加抑郁哀凉。

词评

此首写江南之佳丽，但有思归之意。起两句，自为呼应。人人既尽说江南之好，劝我久住，我亦可以老于此间也。"只合"二字，无限凄怆，意谓天下丧乱，游人漂泊，虽有乡不得还，虽有家不得归，唯有羁滞江南，以待终老。"春水"两句，极写江南景色之丽。"垆边"两句，极写江南人物之美。皆从一己之经历，证明江南果然是好也。"未老"句陡转，谓江南纵好，我仍思还乡，但今日若还乡，目击离乱，只令人断肠，故唯有暂不还乡，以待时定。情意婉转，哀伤之至。

——唐圭璋《唐宋词简释》

菩萨蛮

劝君今夜须沈醉①，尊前莫话明朝事②。珍重主人心，酒深情亦深。

须愁春漏短③，莫诉金杯满④。遇酒且呵呵⑤，人生能几何。

● 珍重主人心，酒深情亦深

该词通过写主人劝酒，直接抒发了作者心中难以言说的苦闷隐痛，流露出了及时行乐、人生如梦苦短的消极思想，充满了悲愤之情。结尾也是故作达语而已，是作者一生流离的痛苦遭遇给其造成的影响的集中体现。

注 释

①沈：同"沉"。

②尊前：酒席前。尊，同"樽"，古代盛酒器具。《淮南子》："圣人之道，犹中衢而设樽耶，过者斟酌，各得其宜。"

③"须愁"句：应愁时光短促。漏，刻漏，指代时间。

④莫诉：不要推辞。

⑤呵呵：笑声。这里是指"得过且过"。

译 文

今天晚上劝你务必要喝个一醉方休，酒桌前千万不要谈论明天的事情。就珍重现在热情的主人的心意吧，因为主人的酒杯是深的，主人的情谊也是深的。

我忧愁的是像今晚这般欢饮的春夜太短暂了，我不再推辞说你又将我的酒杯斟得太满。既然有酒可喝再怎么样也得打起精神来，人生能有多长呢？

词 评

韦庄在如此短的一首小令中，竟然用了两个"须"字，两个"莫"字，口吻的重叠成为这首词的特色所在，也是佳处所在。下面写"遇酒且呵呵，人生能几何"，又表现得冷漠空泛。

——叶嘉莹《唐宋词十七讲》

归国遥①

金翡翠②，为我南飞传我意。<ruby>罨<rt>yǎn</rt></ruby>画桥边春水③，几年花下醉？

别后只知相愧④，泪珠难远寄。罗幕绣帷鸳被⑤，旧欢如梦。

说 明

　　作者奉唐昭宗之命宣谕西川节度使王建而被羁留于蜀后，虽然平步青云，身居高位，但仍有对故国的怀念，故而创作了这首词。该词上片回忆从前的桥边春水，花下欢醉的场景，为后面的描写做了很好的铺垫。下片则直接表达内心的思念和愧疚，末两句写情非当初，旧欢似梦，语气极为沉痛，表现了作者相思和自愧的心情，隐含了故国之思。

注 释

　①**归国遥**：词牌名，也作《归自遥》。
　②**金翡翠**：指神话传说中的青鸟，古诗词中常常用其代指传信的使者。
　③**罨画**：彩色画。**桥边**：一作"边桥"。**春水**：春天新涨起来的河水。
　④**相愧**：互相感到惭愧，这里是偏重己方，有自感惭愧的意思。
　⑤**罗幕绣帷鸳被**：质地轻柔的丝织帷幕、绣花的帐子和绣着鸳鸯图案的被子。

译 文

　　金碧耀眼的青鸟使者啊，请你往南飞的时候代我转达我的心意。当年在那春水初涨的小桥边，景色如画，我们一起赏花饮酒，共醉花下，那是哪几年的事情来着？

　　自分别之后，我才常常感到悔恨，不应该离你远去，路途遥远，相思难寄，唯有空落泪珠，那轻罗软被中的欢情令人难忘，却早已恍然如梦。

词 评

　　端己《菩萨蛮》四章，惓惓故国之思，最耐寻味。而此词南飞传意，别后知愧，其意更为明显。陈亦峰论其词，谓似直而纡，似达而郁，泃然。

——吴梅《词学通论》

司空图

　　司空图（837—908），河中虞乡（今山西永济）人，字表圣，号知非子、耐辱居士，唐懿宗咸通十年（869）应试，擢进士上第，后曾被召为殿中侍御史。天复四年（904），朱全忠召为礼部尚书，司空图假装年老不任事，于是被放还。后梁开平二年（908），唐哀帝被杀，司空图亦绝食而亡，享年七十二岁。其主要作品为《二十四诗品》，《全唐诗》共收录其诗三卷。

酒泉子

买得杏花，十载归来方始坼^①。假山西畔药阑东^②，满枝红。

旋开旋落旋成空^③，白发多情人更惜。黄昏把酒祝东风^④，且从容^⑤。

说 明

该词为作者感时伤世之作，通过写种花、赏花、惜花和祝告东风，祈求春光常驻护花，借花抒怀，寄寓了作者的忧国之思。全词写得诗情画意，耐人寻味。

注 释

①**十载**：字面意思为十年，这里是虚指，意思是经过了很长的时间。**坼**：指裂开。

②**药阑**：即药栏，也就是庭园中芍药花的栅栏、围栏，这里是泛指一般的花栏。唐朝李匡义在《资暇集》上卷中写道："今园庭中药栏，栏即药，药即栏，犹言围援，非花药之栏也。有不悟者，以为藤架蔬圃，堪作切对，是不知其由，乖之矣。"故而药栏应指一物，玩此词之意，应当是指"花栏"为妥。

③**旋**：顷刻之间，匆匆，急忙。

④**把酒**：执酒。**祝**：祈祷、祝愿。

⑤**且**：表示经久。**从容**：指悠闲舒缓、不急不躁。

译 文

以前我曾经买来一株杏树，种在院子里，可是直到十年以后，我重新返回家园的时候它才开始绽放出美丽的花朵。你看，在那假山的西边、花栏的东面，那一树的杏花开得多么茂盛，多么鲜红娇艳！

只可惜，这美丽的花朵匆匆地盛开，却又匆匆地凋落，到头来空空如也，仿佛什么都没有发生过一样。如今我已经年迈了，头发花白，内心却更加温柔多情，忍不住怜惜这来去匆匆的花朵。于是在黄昏时分，我端起酒杯向东风祈祷，希望它可以一直慢悠悠地吹，好让那花朵可以多留在人间一会儿，享受这自然的宽厚慈爱。

词 评

表圣为唐末完人。此词借花以书感。明知花落成空，而醉酒东风，乞驻春光于俄顷，其志可哀。表圣有绝句云："故国春归未有涯，小栏高槛别人家。五更惆怅回孤枕，犹自残灯照落花。"与此词同慨，隐然有黍离之怀也。

——俞陛云《唐五代两宋词选释》

杨柳枝^①

桃源仙子不须夸^②，闻道惟栽一片花^③。何似浣纱溪畔住^④，绿阴相间两三家^⑤。

说　明

　　该词写江南地区风光旖旎、水秀山清，胜似传说中的世外桃源，用笔自然，笔墨淡雅，生动地描绘出了人间春色的无限韵味。

注　释

　　①**杨柳枝**：原为唐朝教坊曲名，后用作词牌名。白居易诗注"杨柳枝，洛下新声"，其诗云"听取新翻杨柳枝"是也。亦有薛能诗序"令部妓作杨柳枝健舞，复度新声"，其诗云"试踏吹声作唱声"是也。盖乐府横吹曲有名《折杨柳》，此则借用旧曲名而创新声，后遂入教坊耳。其格式有二，一是重头四十字，一为二十八字，其实为一首七言绝句。此词格式即属于后者。

　　②**桃源**：即桃花源，见陶渊明作品之《桃花源记》。

　　③**一片花**：陶渊明作品之《桃花源记》中称桃源洞之外有一片桃花林，"芳草鲜美，落英缤纷"。

　　④**浣纱溪**：又名若耶溪，传说中西施浣纱的地方，在今浙江省绍兴市南面。

　　⑤**绿阴**：指绿树成荫。**相间**：一个隔着一个。

译　文

　　桃花源里的仙人啊，你不要向我吹嘘你们桃花源有多么好，我听说你们那里也就是洞口种了一片比较美丽的桃花林罢了，哪里比得上江南浣纱溪这边的景色雅致呢？你看那三三两两的人家院落，到处绿树成荫，这人间的春色比起所谓的仙境要有韵味多了。

李　晔

　　李晔（867—904），唐懿宗李漼第七个儿子，唐朝第十九位皇帝（不包括武则天和殇帝）。初名为李杰，888年登基后先改名为李敏，后改名为李晔，904年8月11日被朱温所杀，终年三十八岁。在位十九年，史称唐昭宗，谥号圣穆景文孝皇帝。

菩萨蛮

登楼遥望秦宫殿①，茫茫只见双飞燕②。渭水一条流③，千山与万丘。

远烟笼碧树④，陌上行人去⑤。安得有英雄⑥，迎归大内中⑦。

●登楼遥望秦宫殿

　　该词上片写登临时的所见所感，借景生情，融情于景，下片则为情设景，写期盼英雄之心。全词一气呵成，结构紧密，情真意切，苍凉浑朴，同时从侧面反映了唐朝末年政局动荡的现状和作者被逐出宫行止华州时内心的悲愁凄苦。

注　释

　　①**秦宫殿**：这里代指唐朝的宫殿。

　　②**茫茫**：形容官阙显赫隆盛的样子。

　　③**渭水**：即渭河，是黄河最大的一条支流。

　　④**远烟**：指弥漫在原野上的烟云雾气。

　　⑤**陌上行人去**：出门赶路的人在田间小路上来来往往，行色匆匆。陌，指田间东西方向的小路。去，走、往。

　　⑥**安得有英雄**：到哪里才能找到一位英雄人物。安得，语出自杜甫诗歌《茅屋为秋风所破歌》中"安得广厦千万间，大庇天下寒士俱欢颜"之句，意思是怎么样才能求得，哪里才能够得到。英雄，这里指能够让唐昭宗倚靠仰仗的人物。

　　⑦**大内**：指皇帝居住的宫殿。

译文

　　登上那华州的齐云楼，远远望着西边的皇都长安，只见到一对燕子双双飞落于一片苍茫之中。渭河从西向东奔流，仿佛一条白线穿梭于连绵起伏、错杂零落的千山万丘。

　　原野上弥漫着一层厚厚的烟云雾气，笼罩着那苍翠碧绿的乔木，出门赶路的人在田间小路上来来往往，行色匆匆。到哪里才能找到一位能够让我倚靠仰仗的英雄人物呢？我们要一起铲平奸逆、拨乱反正，一起重新回到长安的皇宫里面，继续我朝的千秋大业。

词评

昭宗失谋，再贻播越，天禄已去，民心已离，虽有英雄，又安用之！大可鉴也。

——明·沈际飞《草堂诗馀别集》

牛峤 qiáo

牛峤（约890—？），字延峰、松卿，陇西人氏。其以词出名，风格接近温庭筠，现存有三十三首词。乾符五年（878）进士及第，历官拾遗、补尚书郎，后人称之为"牛给事"。

定西番①

紫塞月明千里②，金甲冷③，戍楼寒④。梦长安。乡思望中天阔，漏残星亦残。画角数声呜咽⑤，雪漫漫。

说明

该词描写戍守边塞的征人思乡之情，上片写作者由月明而思故乡，由故乡而梦长安。下片写作者梦醒后所见白雪飘飞、星稀空阔，所闻夜漏声残、画角呜咽的情景，进一步渲染了思乡的愁苦。

注释

①**定西番**：原为唐朝教坊曲名，后用作词牌名，共三十五个字，主要用来描写征夫对妻子的思念之情。

②**紫塞**：指长城，亦泛指北方边塞。据崔豹《古今注·都邑》记载："秦筑长城，上色皆紫，汉塞亦然，故称'紫塞'。"鲍照《芜城赋》中亦有"南驰苍梧涨海，北走紫塞雁门"之句。

③**金甲**：指铁制的铠甲。

● 乡思望中天阔

④戍楼：指边塞驻军的营房。

⑤画角：一种来自西羌的古乐器，口细尾大，形状类似牛角，多用皮革或者竹木制作而成，外表饰有彩绘，因此被称为"画角"。该乐器多在军中用来振奋士气和报以昏晓。高适的《送浑将军出塞》中便有"城头画角三四声，匣里宝刀昼夜鸣"之句。

译文

千里一泻的明媚月光照耀着万里长城，将士们穿着冰冷的铁甲，戍守的城楼上寒风凛冽。在这样的环境里，我忍不住想到了故乡长安，在梦里飞身回到了它的怀抱，等到我醒来的时候，才发现已经月上中天。我仰望着那月明星稀的辽阔夜空，感觉我思乡的愁苦就和这天空一样无边无际。突然下起了漫天的白雪，夜漏声和画角声传来，声声凄凉，更加重了我的愁情。

词评

唐五代时，边患迄无宁岁。诗人边塞之作，辄为思妇、征夫写其哀怨。夜月黄沙，角声悲奏，最易动战士之怀。如"碛里征人三十万，一时回首月中看"及"落日秋原画角声"句，皆状绝塞悲凉之景。此词之"紫塞月明""角声呜咽"，亦同此意也。

——俞陛云《唐五代两宋词选释》

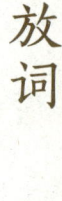

欧阳炯

欧阳炯（896—971），益州华阳（今属四川成都）人。年轻时在前蜀任职，为中书舍人。后蜀时，累迁门下侍郎，兼户部尚书同平章事。与鹿虔扆、韩琮、阎选、毛文锡以辞章供奉后主孟昶，时号"五鬼"。后随孟昶降宋，授左散骑常侍，充翰林学士。工诗文，尤长于词，是花间词派的重要作家，曾给《花间集》作序。《花间集》谓之"欧阳舍人"。今存词四十八首，王国维辑之为《欧阳平章词》一卷。

江城子①

晚日金陵岸草平②，落霞明③，水无情。六代繁华④，暗逐逝波声⑤。空有姑苏台上月⑥，如西子镜，照江城⑦。

该词是一首金陵怀古词，借凭吊六代之繁华的消散而寄予对现实沧桑的无限感慨，写得意境空灵，虚虚实实，情景交融，含蓄蕴藉。

注 释

①**江城子**：词牌名，又名《江神子》《水晶帘》《村意远》。唐及五代词多为单调，平声韵。至宋人始作双调，有平韵、仄韵两体。此词单调八句，共三十五字，其中第一、二、三、五、八句押平韵。

②**金陵**：指今江苏省南京市。楚威王灭越后在此置金陵邑。南朝齐人谢朓《入朝曲》中便有"江南佳丽地，金陵帝王州"之句。

③**落霞**：指晚霞。

④**六代**：因为历史上金陵曾经先后作为三国时期东吴、东晋以及南朝的宋、齐、梁、陈六个朝代的都城，故有此称。

●六代繁华，暗逐逝波声

⑤**暗逐逝波声**：指默默地随着江水东流的声音而消逝。

⑥**姑苏台**：在今江苏省苏州市西南面的姑苏山上，为春秋时期吴王夫差所建，并传说西施所居住的馆娃宫即在姑苏台上。

⑦**西子镜**：指西施的化妆镜。西子，即西施。**江城**：即金陵，古代属于吴国之地。

译 文

夕阳的余晖照映着六朝古都金陵，江边茵绿的水草快要和岸持平相连了，明媚的晚霞倒映在江上，一片火红，江水依旧无声地向东流去。这里六朝昔日的繁华皆随着这浪涛声默默地消逝了，只剩下了一轮圆月挂在姑苏台上，宛如当年西施化妆时照的镜子，照着这走过六朝兴亡的江城，照着千古历史。

词 评

金陵、姑苏本非一地也。春秋吴越事更在六朝前。推开一层说，即用西子镜做比喻。苏州在南京的东面，写月光由东而西。

——俞平伯《唐宋词选释》

南乡子①

岸远沙平，日斜归路晚霞明②。孔雀自怜金翠尾③，临水④，认得行人惊不起。

说 明

此词主要描写南国傍晚水边风物之美。首句写沙岸而暗带水，次句写晚霞而明带晚归人。其中，沙滩空旷，晚霞满天，景象开阔。末三句，写孔雀临水自照，自怜其美。全篇形象地描绘出一幅和平宁静的画面，意境优美。虽然古典文学中描写暮色的名作不少，但作者却可以做到不与前人相因袭，寓奇于变，下笔妍雅，景物新异，描摹出了一幅隽永的旅人暮归图。

注 释

①**南乡子**：词牌名，又名《好离乡》《蕉叶怨》，唐教坊曲，原为单调，有二十七字、二十八字、三十字各体，平仄换韵。单调始自后蜀欧阳炯。南唐冯延巳始增为双调。冯词平韵五十六字，十句，上下片各四句用韵。另有五十八字体。双调五十六字，前后阕各四平韵，一韵到底。

②**归路**：回家的路。

③**自怜**：自爱。**金翠尾**：毛色艳丽的尾羽。

④**临水**：言孔雀临水照影。

译 文

江岸远处，平平的沙滩，夕阳照着归路，归路上晚霞灿烂。一只孔雀临水自赏，展开的翠尾七彩斑斓。路上的脚步似把它惊动，谁知它认得行人开屏依然。

词 评

未起意先改，直下语似顿挫。"认得行人惊不起"，顿挫语似直下，"惊"字倒装。

——谭献《词辨》

春光好①

天初暖，日初长，好春光。万汇此时皆得意②，竞芬芳。

笋迸苔钱嫩绿③，花偎雪坞浓香④。谁把金丝裁剪却⑤，挂斜阳？

　　此词作于《花间集》结集之后，所以不见于《花间集》。此词上下片都是写锦城成都的春光，咏调名即本义。上片十九字，写总的印象；下片二十二字，写特定环境的春景。通过这首词，作者为我们描绘了成都的风光和生活，写出了春天日光和煦、万物欣欣向荣的特点，并将描写的物象有机地组合为一体，描绘了一幅明丽和谐的春色图。

注　释

①春光好：唐教坊曲名，后用为词牌。《羯鼓录》载唐玄宗临轩击鼓，见春色明丽，因取为曲名。又名《愁倚阑令》等。

②万汇：万物。**得意**：指令人满意而感到沉醉。

③苔钱：苔点形圆如钱，故称"苔钱"。

④雪坞：指因为背阴而积雪尚未消融的山坡。

⑤金丝：指柳条。

译　文

　　和煦的阳光，风和日丽，大地经过沉睡的冬季之后苏醒了，万物快活地竞相生长，在春风的吹拂下争奇斗艳，处处给人以竞相比美之感。

　　一场春雨，竹林中新笋从点点如钱的绿苔地里迸发出来使着劲儿猛长，身子简直要迸开了，迸出满身嫩绿。花儿，羞羞答答的，如绰约少女依偎在雪坞上，洒出满世界浓香。不觉到了黄昏。天空泛出彩霞，举目望去，柳丝夕阳，构成了天然图画，透过那金丝般的柳枝，看得见一轮落日，仿佛柳枝就挂在斜阳上。

孙光宪

　　孙光宪（901—968），字孟文，号葆光子，陵州贵平（今四川省仁寿县向家乡贵坪村）人，仕南平三世，累官荆南节度副使、朝议郎和检校秘书少监，并试御史中丞，入宋后则担任黄州刺史一职，太祖乾德六年卒。据记载，其"性嗜经籍，聚书凡数千卷。或手自抄写，孜孜校雠（chóu），老而不废"，并有作品《北梦琐言》传世。其词现存八十四首，风格不同于一般"花间派"的绮靡浮艳。

定西番

鸡禄山前游骑①，边草白②，朔天明③，马蹄轻。
鹊面弓离短韔④，弯来月欲成⑤。一只鸣髇云外⑥，晓鸿惊。

说明

　　该词主要描写边防战士的边塞生活，上片写边防战士骑着骏马在漫无边际的霜雪草原上行进，下片写其射鸿鸣镝的场景，全词风格雄健，意境新奇，构思巧妙，具有较高的艺术性。

●边塞晨景

注释

　　①鸡禄山：山名，也作"稽落山"，在今内蒙古自治区杭锦后旗的西北部。东汉时期，窦宪出鸡鹿塞，和北方匈奴交战于鸡禄山，战争得胜之后，窦宪率兵登上燕然山刻石记功方还。**游骑**：指流动的骑兵。

　　②**边草白**：形容塞上的草枯萎、经过霜降之后呈现出一片白茫茫的景色。

　　③**朔天**：指北方的天空。

　　④**鹊面弓**：弓名，因弓背上有鹊形的装饰而得名。**韔**：指装弓的袋子。

　　⑤**弯来月欲成**：形容将弓拉开犹如满月一样圆。弯，这里做动词用，意思是拉开。月欲成，将要呈满月的形状。

　　⑥**鸣髇**：一作"鸣髇"，指一种响箭。

译文

　　一位边防骑兵在鸡禄山前纵马驰骋，现在已经是霜降时节，塞上的草都枯萎了，被寒霜覆盖之后呈现出一片白茫茫的景色。

　　北方的天空一片高远明净，骑兵的马蹄轻盈迅捷，手里的鹊面弓被拉开犹如满月一样圆，一支响箭"嗖"的一下子飞上了九霄云外，惊动了那空中的翩翩飞鸿。

词评

　　全词风格雄健，节奏紧凑，色调明朗。

——《唐宋词选》

定西番

帝子枕前秋夜^①，霜幄冷^②，月华明^③，正三更。

何处戍楼寒笛^④，梦残闻一声。遥想汉关万里^⑤，泪纵横。

说明

该词上片写帝子深夜忧思难眠，下片写其梦醒思汉。全词表面上是写边塞和亲公主的思乡之情，实则反映了戍边战士的刻骨乡愁，也是爱国思想的表现。全词语言明净，风格沉雄悲凉，虽是写女子在特定环境下的感受，却更具男性化的力度，其意境和韵味迥然不同于其他同是花间派词人的作品。

注释

①帝子：语出自《楚辞·九歌·湘夫人》"帝子降兮北渚，目眇眇兮愁予"，这里代指远赴西蕃和亲的乌孙公主。汉元封中，乌孙王昆莫遣使求婚，武帝以江都王刘建之女细君代公主而嫁之，世人称之为乌孙公主。昆莫年老，且言语不通，细君悲郁，自作歌以写忧曰："吾家嫁我兮天一方，远托异国兮乌孙王。穹庐为室兮毡为墙，以肉为食兮酪为浆。居常土思兮心内伤，愿为黄鹄兮归故乡。"

②霜幄：雪白色的帐子或沾满霜露的帐篷。幄，指帐幕、篷帐。

③月华：指月光。

④戍楼：戍所的城楼或边防驻军的瞭望楼。

⑤汉关：汉人在边境所设的关塞，这里是泛指边关。

译文

凄清的秋夜，被派往和亲的公主悲伤地躺在枕头上，帐幕上是凝结的寒冷秋霜，月光皎洁，正是三更时分。

不知道是谁在何处的戍楼上吹奏起忧伤的横笛，笛声悲鸣，将公主从残梦中惊醒。想到中原故乡早已远在万里之外，不禁令她泪流满面。

词评

吴子华云"无人知道外边寒"；谢叠山云"玉人歌吹未曾归"。可见深宫之暖，不知边塞之寒；玉人之娱，不知蚕妇之苦。至裴交泰下第词云"南宫漏短北宫长"，真一字一血矣。

——明·汤显祖《玉茗堂评花间集》

酒泉子

空碛无边^①，万里阳关道路^②。马萧萧，人去去，陇云愁^③。

香貂旧制戎衣窄^④，胡霜千里白^⑤。绮罗心^⑥，魂梦隔^⑦，上高楼。

说 明

该词上片写出征路上的愁苦，下片写征夫对家中妻子的思念，从侧面反映了当时的边塞征战给百姓带来的离苦，具有较强的艺术感染力。

注 释

①空碛无边：指茫茫的沙漠无边无际。空碛，代指沙漠。

②万里阳关道路：阳关古道远在万里之外。阳关，在今甘肃省敦煌市西南，位于玉门关的南面，同玉门关一样都是古代通往西域的交通要道。

③马萧萧，人去去，陇云愁：战马嘶鸣，载着征人一程又一程地向远方走去，头上是陇西地区昏黄的云彩，令出征之人的心情更加悲凉愁苦。萧萧，指马嘶声。去去，指一程又一程地向远方走去。陇，泛指今甘肃省一带，为古代西北地区的边防要地。

④香貂旧制戎衣窄：用旧的贵重皮袍子改制成了窄小方便的戎衣来裹体。香貂，贵重的貂皮，这里代指征袍。戎衣，即军衣。

⑤胡霜：指边塞地区的寒霜。胡，泛指西北地区的少数民族。

⑥绮罗：原意是绣着文采的丝织品，这里代指征人的妻子。

⑦魂梦隔：就连梦魂也被千山万水所阻隔。

译 文

茫茫的沙漠无边无际，阳关古道已经远在万里之外，战马嘶鸣，载着征人一程又一程地向远方走去，头上是陇西地区昏黄的云彩，令出征之人的心情更加悲凉愁苦。

用旧的贵重皮袍子改制成了窄小方便的戎衣来裹体，到了秋天，边塞地区的寒霜落了一地，到处都是白茫茫的景色。征人们思念妻子的心越来越浓，奈何就连梦魂也被这千山万水所阻隔，只好独自登上高楼，远望家乡的方向，默默怀念对方。

词 评

"绮罗"三句，承上香貂戎衣，言畴昔之盛，魂梦空隔也。

——后蜀·赵崇祚《花间集注》

豪放词

〇七六

鹿虔扆 qián yǐ

鹿虔扆，五代时期词人，具体生卒年、字号和籍贯均不详。其曾因看到周公辅佐成王的壁画而立下此志，为后蜀进士，累官学士，广政年间还曾担任永泰军节度使、进检校太尉、加太保，故人亦称其为"鹿太保"。因其同毛文锡、欧阳炯、阎选和韩琮等人都以工小词供奉后主孟昶，故忌者号之为"五鬼"。

临江仙①

金锁重门荒苑静②，绮窗愁对秋空③。翠华一去寂无踪④。玉楼歌吹⑤，声断已随风。

烟月不知人事改⑥，夜阑还照深宫⑦。藕花相向野塘中⑧，暗伤亡国，清露泣香红⑨。

说明

该词为作者哀悼后蜀之亡国而作，上片描绘故宫荒废的情景，寄托亡国之思，下片则运用对比和拟人的手法写亡国之痛，手法巧妙，构思新颖，其情亦凄婉动人。

注释

①临江仙：又名《画屏春》《鸳鸯梦》《谢新恩》《庭院深深》《玉连环》《雁后归》《想娉婷》《采莲回》《瑞鹤仙令》，原唐朝教坊曲名，后用作词牌名，因内容多以吟咏水仙为主而得名。

②金锁重门荒苑静：重重宫门已经上了锁，昔日的皇家园林如今已经荒废，一片寂静。苑，古代指供帝王狩猎游玩的园林。

③绮窗：指有彩色花纹装饰的窗户。

④翠华：即"翠羽华盖"，指以前皇帝的仪仗队所使用的一种用翠鸟的羽毛来装饰的旗帜，这里是代指皇帝。

⑤玉楼：指宫中的玉殿琼楼。**歌吹：**形容各种演唱、演奏的声音。吹，即用鼓、钲、笳、箫等乐器合奏的歌曲。

⑥**烟月**：指被淡淡的云彩笼罩着的月亮。

⑦**夜阑**：夜深人静。

⑧**藕花**：荷花。**相向**：相对。

⑨**香红**：代指荷花。

译文

重重宫门已经上了锁，昔日的皇家园林如今已经荒废，一片寂静。我靠在有彩色的花纹装饰的窗户上，望着这秋日明净的天空，内心一片哀愁。自从皇帝离开这里以后，这里就再也没有出现过皇帝的身影，到处都静悄悄的，就连当初宫廷里不绝于耳的各种演唱、演奏的声音也随风而逝，再也听不见了。

月亮被淡淡的云彩笼罩着，不知道人间这里的境况早已改变，直到夜深人静还照耀着这荒凉的宫殿。那已经废弃已久的池塘里，荷花们正在相对垂泪，她们一定是在为国家的灭亡而伤感，只见那清滢的露珠宛如泪水一般从那清香的红色花瓣上落了下来。

词评

此首暗伤亡国之词，全篇摹写亡国后境界，有《黍离》《麦秀》之悲。起三句，写秋空荒苑，重门静锁，已足色凄凉。"翠华"三句，写人去无踪，歌吹声断，更觉黯然。下片，又以烟月、藕花无知之物，反衬人之悲伤。其章法之密，用笔之妙，感喟之深，实胜后主《晚凉天净月华开》一首也。"烟月"两句，从刘禹锡"淮水东边旧时月，夜深还过女墙来"化出。"藕花"句，体会细微。末句尤凝重，不啻字字血泪也。

——唐圭璋《唐宋词简释》

李 珣

xún

李珣（855—930），字德润，先祖为波斯人，后居家梓州（今四川三台），人称蜀中土生波斯。其少有诗名，所吟诗句皆十分动人，且其兼通医理，曾以秀才身份屡授宾贡，事蜀主王衍，其妹李舜弦为王衍昭仪。蜀亡后，其遂不仕他姓。《花间集》称其为李秀才，著有《琼瑶集》一卷，现已失传。其词现存共五十四首，风格多清丽婉转，有感慨之音。

渔歌子①

楚山青，湘水绿，春风澹荡看不足②。草芊芊③，花簇簇④，渔艇棹歌相续⑤。

信浮沉⑥，无管束，钓回乘月归湾曲。酒盈尊⑦，云满屋⑧，不见人间荣辱。

说明

该词上片写楚湘山水之美，下片则写渔夫的生活情趣，俨然是一幅清新怡人的山水乐游图，表现了作者对官场浮沉的鄙视和厌倦，反映了其洒脱飘逸、旷达脱俗的人生态度。

注释

①**渔歌子**：唐教坊曲名，后用为词牌，调见敦煌曲子词及《花间集》。或作《鱼歌子》。双调五十字，仄韵。《词律》等书曾将此调与唐人张志和的《渔父》混为一调，实误。

②**澹荡**：形容水微微动荡，漾起微波的样子。**不足**：不够、不尽。

③**芊芊**：形容草茂盛的样子。

④**簇簇**：一丛丛、一堆堆，形容繁茂。

⑤**棹歌**：指渔歌。

●春风澹荡看不足

⑥**信浮沉**：听任渔舟在波浪中自由自在地起起落落。这里是比喻作者对人生在世顺其自然的态度。信，听凭、任由。

⑦**尊**：通"樽"，指酒器。

⑧**云满屋**：形容房屋被江雾和月光笼罩，犹如云满屋。

译文

楚山苍翠，湘水碧绿，春风徐徐吹起，江水微微动荡，漾起微波，这美好的景色真是让人看不够。绿草茵茵，繁花朵朵，渔艇和渔船在清澈的江面上来来往往，嘹亮的渔歌声相续，一片优游欢快的氛围。

我听任渔舟在波浪中自由自在地起起落落，不知不觉就已经到了暮色四合时分，我乘月归来，有美酒装满了酒樽，房屋被江雾和月光笼罩着，犹如云满屋，令我如入仙境，此情此景，我哪里还会想到什么世俗的荣辱斗争呢！

定风波

志在烟霞慕隐沦①，功成归看五湖春②。一叶舟中吟复醉③，云水。此时方认自由身。

花岛为邻鸥作侣④，深处⑤。经年不见市朝人⑥。已得希夷微妙旨⑦，潜喜⑧。荷衣蕙带绝纤尘⑨。

说 明

该词上片写云水烟霞之景，借范蠡典故表达了作者国亡不仕、归隐山水、不思尘世的志向，下片则写作者泛舟湖中，与鸥鸟为伴，与花岛为邻的悠然自得的心情，赞美了隐士生活的高洁神秘和无忧无虑。全词纯用白描，直抒胸臆，在"花间"词中较为罕见。

注 释

①**烟霞**：云气，泛指山水、山林，这里代指隐居之所。唐朝李群玉诗歌《送人隐居》中便有"平生自有烟霞志，久欲抛身狎隐沦"之句。**隐沦**：指隐姓埋名。沦，没。唐朝祖咏诗歌《清明宴司勋刘郎中别业》中亦有"何必桃源里，深居作隐沦"之句。

②**功成归看五湖春**：这里化用了范蠡助

●功成归看五湖春

越王勾践灭吴之后便隐迹于太湖，功成身退的故事。五湖，即太湖。

③**一叶舟**：形容像一片树叶一样小的船只。

④**花岛为邻鸥作侣**：与鸥鸟为伴，与花岛为邻，这里代指栖身世外、忘怀得失的隐士生活。

⑤**深处**：指深居简出。

⑥**经年**：年复一年。**市朝人**：偏义复词，这里指朝堂。朝，官府治事的处所。市，买卖交易的地方。后常常用"市朝"来代指争名夺利的场所。

⑦**希夷**：语出自《老子》："视之不见名曰夷，听之不闻名曰希"，即无色为夷，无声为希，也就是虚寂玄妙的意思。**微妙旨**：指精微玄妙的意旨。

⑧**潜喜**：内心暗喜，发自衷心的喜悦之情。

⑨**荷衣蕙带绝纤尘**：荷衣蕙带，出自屈原《九歌·少司命》"荷衣兮蕙带，倏而来兮忽而逝"，即用荷叶做成的衣服，用香草制成的带子，这里是代指隐士所穿的服装。绝，摆脱、不沾染。纤尘，微尘，代指俗世。

译文

当年的我就有志于归隐山水、隐姓埋名，还十分仰慕那功成名就时退隐五湖的范蠡。如今我终于可以纵情山水，寄兴风月，驾着一叶扁舟在烟云水波中把酒吟诵，悠然自得，好不惬意，此时此刻，方才明白身心两忘、自由自在的可贵。

我终日与鸥鸟为伴，与花岛为邻，深入简出，一年到头都不与那俗世之人来往，早已进入了物我两忘的境界，体会到了老子所言虚寂玄妙的意旨，因而由衷的喜悦。我穿着用荷叶做成的衣服，佩戴着用香草制成的带子，摆脱了俗世凡尘的烦恼，很庆幸自己选择了这飘飘欲仙的隐居生活。

词评

李德润此大抵清婉近端己。其写南越风物，尤极真切可爱……又《渔歌子》《渔夫》《定风波》诸词，缘题自抒胸境，洒然高逸，均可诵也。花间词人能如李氏多面抒写者甚鲜。故余谓德润词在花间可成一派而介立温韦之间也。

——李冰若《栩庄漫记》

渔歌子

荻花秋①，潇湘夜②，橘洲佳景如屏画③。碧烟中，明月下，小艇垂纶初罢④。

水为乡，篷作舍⑤，鱼羹稻饭常餐也。酒盈杯，书满架，名利

不将心挂⑥。

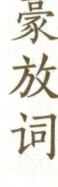

说 明

该词上片写景，词中描绘出一幅潇湘秋月、小艇垂纶欲归图。下片写人情，词中生动地描写了主人公自在自乐的隐居生活，写景平淡，不事雕琢，明白如话。前蜀灭亡后，词人不仕后蜀，对前蜀怀有故国之思，便向往江湖，从蜀中乘船沿长江东下，经巫峡，入湖湘，在湖南、湖北一带过了一段时期的隐居生活，然后溯湘水而上，至九嶷山，越五岭，达广州，后来在岭南生活了较长时期。词人乘船经过湖南、湖北一带，创作了大量描写隐逸生活的词作，这首《渔歌子》便是其中之一。

注 释

①**荻**：多年生草本植物，秋季抽生草黄色扇形圆锥花序，生长在路边和水旁。

②**潇湘**：两水名，今湖南境内。《山海经》："潇水，源出九嶷山，湘水，源出海阳山。至零陵合流而于洞庭也。"

③**橘洲**：在长沙市境内湘江中，又名下洲，旧时多橘，故又称"橘子洲"。《水经注·湘水》："湘水又北经南津城西，西对橘洲。"

④**垂纶**：垂钓。纶，较粗的丝线，常指钓鱼线。

⑤**篷**：船帆，此处代指船。

⑥**"名利"句**：即心不将名利牵挂。

译 文

潇湘的静夜里，清风吹拂着秋天的荻花，橘子洲头的美景，宛如屏上的山水画。浩渺的烟波中，皎洁的月光下，江水更是映照此景，轻柔澄碧，云烟淡淡，我收拢钓鱼的丝线，摇起小艇回家。

绿水就是我的家园，船篷就是我的屋舍，山珍海味也难胜过我每日三餐吃的家常的鱼羹稻米饭。面对杯中斟满的美酒，望着架上摆满的书籍，开怀惬意，其乐陶陶，决不再把名利挂在心上。

词 评

此亦以渔父自由为可乐也。

——刘永济《唐五代两宋词简析》

渔歌子

柳垂丝，花满树，莺啼楚岸春天暮①。**棹轻舟**②，**出深浦，缓唱渔郎归去。**

罢垂纶^③，还酌醑^④，孤村遥指云遮处。下长汀^⑤，临深渡，惊起一行沙鹭^⑥。

● 柳垂丝，花满树，莺啼楚岸春天暮

说明

该词为词人乘船经过湖南、湖北一带时有感而作。这首词，上下两片各六句，每三句构成一组画面，四组画面又形成前后相属的情节，连缀起来便成为一套"暮春楚江游"的连环画，对词人的这次春游进行了真实的描绘。

注释

①楚岸：楚江之岸。长江濡须口以上至西陵峡，古城楚江。

②棹：动词，犹言以棹划舟。

③垂纶：钓丝。

④醑：美酒。李白《送别》："惜别倾壶醑，临分赠马鞭。"

⑤汀：水中之洲。

⑥沙鹭：栖息在沙滩或沙洲上的鹭鸶。

译文

暮春天气，楚江两岸，杨柳低垂着细长如丝的枝条，垂柳轻拂，袅娜多姿。一树树鲜花绽放，姹紫嫣红，芳香四溢，沁人肺腑，更有莺歌燕舞，生机盎然，好一派明媚春光，春山笼罩在暮色中。划起一叶轻舟，驶出深深的水浦，刚刚漂入开阔的楚江之时，便听到悠扬的歌声，那歌声起处，但见早出的打鱼人，已经满载着鱼儿，穿梭似的往来于江上，各自回家，他们看着丰硕的收获，喜出望外，缓缓唱着渔歌悠悠而去。

放下垂钓的丝线，斟满一杯美酒，这是一次饶有兴味的野餐，人们早自忘却了时光的流逝，直到酒足兴尽才准备回家。已是暮云西遮，同伴们相邀返回，他们遥望着远方，相互指指点点，那天边依稀可辨的孤村，即是下榻的去处。夜幕降临时分，船儿在水上摸黑行进，难辨深浅，人们小心翼翼屏息而行，划过长长的沙汀，停泊在浅浅的渡口，惊起了一行栖息的沙鹭。

词 评

世皆推张志和《渔父》词，以《西塞山前》一首为第一。余独爱李珣词云："柳垂丝，花满树。……"不减"斜风细雨不须归"也。

——清·李调元《雨村词话》

南乡子

云带雨，浪迎风，钓翁回棹碧湾中①。春酒香熟鲈鱼美②，谁同醉？缆却扁舟篷底睡③。

说 明

这首词写南方渔翁的自在生涯，表达了作者对隐居垂钓的闲适生活的向往和洒脱不羁的人生追求。开头三句写尽渔翁或出没于风雨之中，或回棹在碧湾之处的劳动情景；后三句写他自足自乐的旷达生活。也可以说词人身临其境，也陶醉融化在这个环境里了。

注 释

①回棹：回船。**碧湾中：**长满水草的水湾处。
②**春酒香熟：**春酒已酿成，香气扑鼻。华本注："春酒句，与前词'带香游女偎伴笑'，同属拗句，《词律》以为'伴'字是平声之讹；'春酒香熟'，是酒香春熟之误。不知李秀才本调词十首，此句拗者二，平起句格者三，仄起句格者五，恶得有其三，以漫其五哉？故此句句格，平仄不拘。"**鲈鱼：**鱼名。体长侧扁，银灰色，背部和背鳍上有小黑斑，味美。
③**缆却：**以绳系住船。**篷底：**指船篷下。

译 文

乌云夹杂着暴雨，大浪迎合着狂风，渔翁或出没于风雨之中，或出现在碧湾之处。春酒已酿成，香气扑鼻，捕捞的鲈鱼也味道鲜美，有谁能与我共同享受这美酒美食，不醉不归呢？用绳系住船，我今日夜晚就在船篷下入睡罢了。

冯延巳

冯延巳（903—960），又作冯延嗣、冯延己，字正中，谥号忠肃，五代江都府（今江苏扬州）人，仕于南唐烈祖、中主二朝，三度入相，官终太子太傅。其词作内容多为逸致闲情，具有很浓厚的文人气息，对北宋初期的词人影响较大，有作品《阳春集》流传于世。宋初《钓矶立谈》中评论其为"学问渊博，文章颖发，辩说纵横"。

醉花间①

晴雪小园春未到②，池边梅自早。高树鹊衔巢③，斜月明寒草④。

山川风景好，自古金陵道⑤，少年看却老。相逢莫厌醉金杯⑥，别离多，欢会少。

说 明

该词虽是写"欢会"之情，却无缠绵悱恻之意，而是写得高远俊朗。上片四句描写早春时节"小园"里的勃勃生机，下笔连贯，清新自然，下片六句则写景抒情，由前三句对江南一带山川风物的赞美引出后三句对于山川不老而人生易老，聚少离多，既然此刻已经相聚，就要畅饮开怀，珍惜大好时光的感慨。

注 释

①**醉花间**：唐朝教坊曲名，后用作词牌名，共四十一字，前片三仄韵，一叠韵，后片三仄韵。

②**晴雪**：指下雪后的晴朗天气。

③**衔巢**：衔来树枝做巢。

④**斜月**：指西斜的落月。**明**：照亮。**寒草**：指枯草。宋代梅尧臣亦有诗歌《寒草》曰："寒草才变枯，陈根已含绿。始知天地仁，谁道风霜酷。"

⑤**金陵道**：指今江苏省南京市。

⑥**莫厌**：莫辞。

译 文

这是一个下雪后的晴朗日子，春天还没有来到小园，但池塘边的梅花树已经早早地开了一树繁花。喜鹊衔来枝条在那高高的树枝上做巢，西斜的落月照亮了地上的枯草。

●池边梅自早

自古以来金陵这一带的风物就一直这么美好，风光依旧，可惜当年的朱颜少年转眼间就变成了白发老人。人生难得是相逢，就让我们一起举杯，开怀畅饮，千万不要再有所犹豫和推辞，因为时光匆匆，人生路上总是伤感别离的日子多而欢聚的机会少。

词评

正中词除《鹊踏枝》《菩萨蛮》十数阕最煊赫外，如《醉花间》之"高树鹊衔巢，斜月明寒草"，余谓韦苏州之"流萤度高阁"，孟襄阳之"疏雨滴梧桐"，不能过也。

——清·王国维《人间词话》

李 煜

李煜（937—978），初名从嘉，字重光，号钟隐、莲峰居士，为南唐中主李璟的第六个儿子，亦是南唐最后一位国君，世称李后主、南唐后主。开宝八年，宋军破南唐都城，李煜被俘至汴京，后因作感伤故国之词《虞美人》被宋太宗杀害。其书画诗词俱佳，尤以词出名。虽不通治国之道，却有一身才华，留有诸多名作，被称为"千古词帝"。其词语言明快，生动形象，感情真挚，初期具有温庭筠和韦庄等花间派词人特有的精致绮丽，亡国后则题材更为深沉广阔，对后世词坛影响深远。

破阵子①

四十年来家国②，三千里地山河。凤阁龙楼连霄汉③，玉树琼枝作烟萝，几曾识干戈？

一旦归为臣虏，沈腰潘鬓消磨。最是仓皇辞庙日④，教坊犹奏别离歌，垂泪对宫娥。

说明

这是一首亡国的词，词中尽是愁苦情绪，本是会引人心中郁结的作品。但李后主的文笔造诣颇高，使得这样一首亡国词作也从此流传下来。

注释

①**破阵子**：词牌名，唐玄宗时教坊曲名，出自《破阵乐》。

②**四十年**：南唐建国至作词时间近四十年。

③**凤阁龙楼**：帝王居住的地方。**霄汉**：银河。

④**辞庙**：离开宗庙，指亡国。

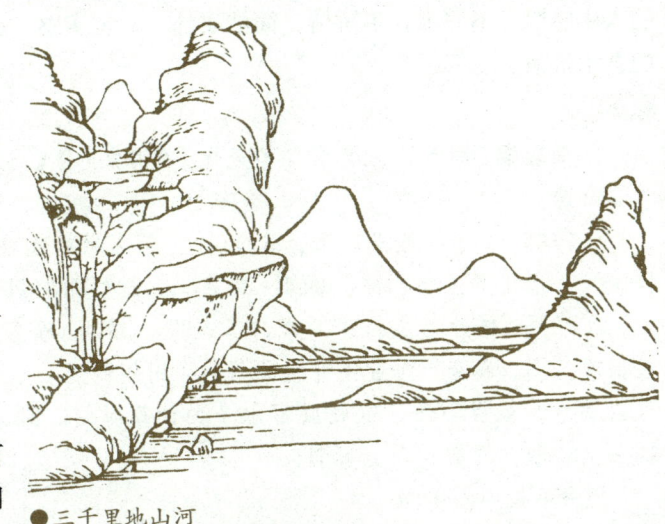

●三千里地山河

译文

南唐从建国以来已经有四十年了，拥有千里地的广阔山河。宫殿建得高大雄伟，几乎能够与天空之中的银河相连，宫廷之内，那些草木被修剪得十分华美贵气，如同烟萝般。那便是我曾经生活过的世界，在那里，我何时见过战争的模样？

自从失去了我的国家，成为别人的俘虏，我的身体每况愈下，越来越憔悴了。想起当年匆匆忙忙离开宗庙，那时宫廷内的乐队还在吹奏着别离的歌。而我，只能垂着泪，与宫女们悲伤而对了。

词评

此词或是追赋。……至若挥泪听歌，特词人偶然语。

——毛先舒《南唐拾遗记》

乌夜啼①

昨夜风兼雨②，帘帏^{wéi}^{sà}飒飒秋声③。烛残漏断频^{qī}欹枕④，起坐不能平⑤。

世事漫随流水⑥，算来一梦浮生⑦。醉乡路稳宜频到⑧，此外不堪行⑨。

说明

该词应是南唐后主李煜亡国入宋后的作品，借梦境写故国春色，表达了囚居生活中的故国情思和现实痛楚。在这首词中，作者毫不掩饰自己的苦痛，而是明白写出了自己的人生感慨，不假饰，不矫情，简洁质朴，有现实感，虽然思想情调不高，但却有较高的艺术价值。

注 释

①**乌夜啼**：词牌名，又名《圣无忧》《锦堂春》《乌啼月》等。

②**兼**：同有，还有。

③**帘帏**：帘子和帐子。帘，用布、竹、苇等做的遮蔽门窗的东西。帏，同帷，帐子，幔幕，一般用纱、布制成。**飒飒**：象声词，这里形容风吹帘帏发出的声音。

④**烛残**：蜡烛燃烧将尽。残，尽，竭。**漏断**：漏壶中的水已经滴尽，表示时间已经很晚。漏，漏壶，为古代计时的器具，用铜制成。壶上下分好几层，上层底有小孔，可以滴水，层层下注，以底层蓄水多少计算时间。**频**：时常，频繁。**欹枕**：头斜靠在枕头上。欹，同攲，斜，倾斜。

⑤**平**：指内心平静。

⑥**世事**：指人世间的各种各样的事情。**漫**：枉然，徒然。

⑦**浮生**：指人生短促，世事虚浮不定。浮，这里为短暂、空虚之意。

⑧**醉乡**：指人醉酒时神志不清的状态。**稳**：平稳，稳当。**宜**：应当。

⑨**不堪行**：不能行。堪，能够。

译 文

昨天夜晚，风雨交加，遮窗的帐子被秋风吹出飒飒的声响，窗户外传来风声雨声令人心烦意乱，整整响了一夜。蜡烛燃烧将尽，壶中的水也已经滴尽，我频繁地起来斜靠在枕头上。不管是躺下还是坐起来内心都不能够平静。

人世间的纷杂，如同流水东逝，说过去就过去了，想一想我这一生，就像做了一场大梦，以前荣华富贵的生活已一去不复返了。醉乡道路平坦，也无忧愁，让我留恋，别的地方不能去。

词 评

此首由景入情，写出人生之烦闷。夜来风雨无端，秋声飒飒，此境已令人愁绝；加之烛又残，漏又断，伤感愈甚矣。"起坐不能平"句，写尽抑郁塞胸，辗转无眠之苦。换头，承上抒情，言旧事如梦，不堪回首。末两句，写人世茫茫，众生苦恼，尤为沉痛。后主词气象开朗，堂庑广大，悲天悯人之怀，随处流露。王静安谓："道君（指宋徽宗）不过自道身世之戚，后主则俨有释迦、基督担荷人类罪恶之意。"其言良然。

——唐圭璋《唐宋词简释》

虞美人^①

春花秋月何时了^②，往事知多少？小楼昨夜又东风，故国不堪回首月明中^③！

雕栏玉砌应犹在^④，只是朱颜改^⑤。问君能有几多愁^⑥？恰似一江春水向东流。

说明

　　该词是五代十国时期南唐后主李煜在被毒死前夕所作的词，堪称绝命词。此词是一曲生命的哀歌，作者通过对自然永恒与人生无常的尖锐矛盾的对比，抒发了亡国后顿感生命落空的悲哀。全词语言明净、凝练、优美、清新，以问起，以答结，由问天、问人而到自问，通过凄楚中不无激越的音调和曲折回旋、流走自如的艺术结构，使作者沛然莫御的愁思贯穿始终，形成沁人心脾的美感效应。

注释

　　①虞美人：原为唐教坊曲，后用为词牌名。此调初咏项羽宠姬虞美人，她死后地下开出一朵鲜花，因以为名。又名《一江春水》《玉壶水》《巫山十二峰》等。双调，五十六字，上下片各四句，皆为两仄韵转两平韵。

　　②了：了结，完结。

　　③故国：指南唐故都金陵（今南京）。

　　④雕栏玉砌：指远在金陵的南唐故宫。砌，台阶。**应犹**：一作"依然"。

　　⑤朱颜改：指所怀念的人已衰老。朱颜，红颜，少女的代称，这里指南唐旧日的宫女。

　　⑥君：作者自称。**能**：或作"都""那""还""却"。

译文

　　春花秋月是多么的美好，而我却企盼它什么时候才能了结，往事知道有多少？昨夜小楼上又一次春风吹拂，春花又将怒放，在这皓月当空的夜晚，怎承受得了回忆故国的伤痛！

　　精雕细刻的栏杆、玉石砌成的台阶应该还在，只是所怀念的人已衰老。要问我心中有多少哀愁，就像这不尽的滔滔春水滚滚东流。

"亡国之音，何哀思之深耶！"传诵禁庭，不加悯而被祸，失国者不殉宗社而任人宰割，良足伤矣。《后山诗话》谓秦少游词"飞红万点愁如海"，出于后主"一江春水"句，《野客丛书》又谓李白之"愁高滟滪堆"，刘禹锡之"水流无限似侬愁"，为后主词所祖。但以水喻愁，词家意所易到，屡见载籍，未必互相沿用。就词而论，李、刘、秦诸家之以水喻愁，不若后主之"春江"九字，真伤心人语也。

——俞陛云《唐五代两宋词选释》

子夜歌①

人生愁恨何能免②，销魂独我情何限③！故国梦重归④，觉来双泪垂⑤。

高楼谁与上⑥？长记秋晴望⑦。往事已成空，还如一梦中⑧。

说 明

该词作于李煜国亡家破、身为囚虏后的时期。词的上片，写对故国难回的伤心，词的下片，写对往事成空的哀叹。表达了词人对故国、往事的无限思怀，对异国囚居生活的极端哀怨，词意凄婉，字里行间都充满着无限的愁恨和忧伤。

注 释

①**子夜歌**：此词调又名《菩萨蛮》《花间意》《梅花句》《晚云烘日》等。此词于《尊前集》《词综》等本中均作《子夜》，无"歌"字。

②**何能**：怎能。何，什么时候。**免**：免去，免除，消除。

③**销魂**：同"消魂"，谓灵魂离开肉体，这里用来形容哀愁到极点，好像魂魄离开了形体。**独我**：只有我。**何限**：即无限。

④**重归**：《南唐书·后主书》注中作"初归"。全句意思是说，梦中又回到了故国。

⑤**觉来**：醒来。觉，睡醒。**垂**：流而不落之态。

⑥**谁与**：同谁。

⑦**长记**：永远牢记。**秋晴**：晴朗的秋天。这里指过去秋游欢乐的景象。**望**：远望，眺望。

⑧**还如**：仍然好像。还，仍然。

译 文

人生的愁恨怎能免得了？只有我伤心不已悲情无限！我梦见自己重回故国，事非昨日，人非当年，过去的欢乐和荣华只能在梦中重现，一觉醒来感慨万千、双泪难禁。

有谁与我同登高楼?

　　我永远记得一个晴朗的秋天,在高楼眺望。往事已经成空,就仿佛在梦中一般,有太多的无奈,现实中的无奈总让人有一种空虚无着落之感,人生的苦痛也总给人一种不堪回首的刺激。

词 评

　　此首思故国,不假采饰,纯用白描。但句句重大,一往情深。起句两问,已将古往今来之人生及己之一生说明。"故国"句开,"觉来"句合,言梦归故国,及醒来之悲伤。换头,言近况之孤苦。高楼独上,秋晴空望,故国杳杳,销魂何限!"往事"句开,"还如"句合。上下两"梦"字亦幻,上言梦似真,下言真似梦也。

——唐圭璋《唐宋词简释》

浪淘沙

　　往事只堪哀,对景难排。秋风庭院藓侵阶①。一任珠帘闲不卷②,终日谁来③。

　　金锁已沉埋④,壮气蒿莱⑤。晚凉天净月华开⑥。想得玉楼瑶殿影,空照秦淮⑦。

说 明

　　该词是南唐后主李煜从一个亡国之君的立场和思想感情来写他对昔日帝王生活的追怀和如今沦为囚徒的悲哀和寂寞,词中以直抒悲怀领起,继之以一系列鲜明的图景。词中有眼前景,有象征景,有想象景,把他的凄凉之感、亡国之痛、故国之思,寄寓其中,突出地表现了词人善于捕捉形象的艺术才能。

注 释

　　①藓侵阶:苔藓上阶,表明很少有人来。
　　②一任:任凭。吴本、吕本、侯本《南唐二主词》《花草粹编》作"一行"。《续选草堂诗余》《古今词统》作"一片"。粟本《二主词》《历代诗馀》《全唐诗》作"一桁(héng)"。一桁,一列,一挂。如杜牧《十九兄郡楼有宴病不赴》:"燕子嗔重一桁帘。"
　　③终日谁来:整天没有人来。
　　④金锁:即铁锁,用三国时吴国用铁锁封江对抗晋军事。或以为"金锁"即"金琐",指南唐旧日宫殿。也有人把"金锁"解为金线穿制的铠甲,代表南唐对宋兵的抵抗。众说皆可通。锁,萧本、晨本《二主词》作"琐"。侯本《南唐二主》《花草粹编》《词

综》《历代诗馀》《全唐诗》作"金剑"。《续选草堂诗馀》《古今词统》作"金敛"。《古今词统》并注:"敛,一作剑。"按:作敛不可解,盖承"金剑"而误。已:《草堂诗馀续集》《古今词统》作"玉"。《古今词统》并注:"玉,一作已。"

⑤蒿莱:蒿莱,借指野草、杂草,这里用作动词,意为淹没野草之中,以此象征消沉、衰落。

⑥净:吴讷《百家词》旧抄本、吕本、侯本、萧本《南唐二主词》《花草粹编》《词综》《续集》《词综》《全唐诗》俱作"静"。

⑦秦淮:即秦淮河,是长江下游流经今南京市区的一条支流。据说是秦始皇为疏通淮水而开凿的,故名秦淮。秦淮一直是南京的胜地,南唐时期两岸有舞馆歌楼,河中有画舫游船。

译文

往事回想起来,只令人徒增哀叹,即便面对多么美好的景色,也终究难以排遣心中的愁苦。时当秋天,是枯索萧瑟之季。在这冷落的庭院中,有高墙围困之难,秋风萧瑟,树叶黄落,唯一的绿色就是蔓延生长的苔藓,那层暗绿一直爬到了进入堂室的台阶上,看着令人心酸。门前的珠帘,任凭它慵懒地垂着,从不卷起,反正整天也不会有人来探望。

横江的铁索链,已经深深地埋于江底;豪壮的气概,也早已付与荒郊野草。有过颐指气使的威严,有过春花雪月的风流,而所有的繁华与富贵都一起随着金陵的陷落而烟消云散,化为了乌有。傍晚的天气渐渐转凉,这时的天空是那样的明净,秦淮河边的旧时宫苑,映照在月光下,投影在河水中,却是有楼影而无人影。

词评

此首念秣陵。上片,白昼凄清状况,哀思弥切。起两句,总括全篇。"秋风"一句,补实上句难排之景。秋风袅袅,苔藓满阶,想见荒凉无人之情,与当年"春殿嫔娥鱼贯列"之盛较之,真有天渊之别。"一桁"两句,极致孤独之哀。后主入汴以后之生活,于此可见。换头,自叹当年之意气都已销尽。"晚凉"一句,点月出。"想得"两句,因月生感,怅望无极。月影空照秦淮,画出失国后惨淡景象。

——唐圭璋《唐宋词简释》

渔 父①

浪花有意千里雪②,桃花无言一队春③。一壶酒,一竿身④,快活如侬有几人⑤。

说 明

　　该词是五代十国时期南唐后主李煜对《春江钓叟图》的题画词。开篇描绘画中的两个场景来表现渔父的生活环境：江上是翻滚如雪的千里浪花，一望无际，境界阔大；岸上则是一排排竞相怒放的桃花，将春天装点得灿烂妖娆。接着写渔父的装束和生活：身上挂着一壶酒，手里撑着一根竿，想到哪就把船撑到哪里，想喝酒随时都可以喝上几口，显得自由而快活。结句以第一人称的口吻写出，实是作者对渔父的羡慕。全词借景寓意，表达了作者追求闲适、隐逸遁世的情趣。

● 桃花无言一队春

注 释

　　①渔父：此词调名亦作《渔父词》，《历代诗馀》中作《渔歌子》。据北宋刘道醇《五代名画补遗·屋木门第五·神品一人（卫贤）》载："予尝于富商高氏家，观贤画《盘车水磨图》，及故大丞相文懿张公第，有《春江钓叟图》，上有南唐李后主金索书《渔父词》二首。其一曰：'阆苑有情千里雪，桃李无言一队春。一壶酒，一竿身，快活如侬有几人？'其二曰：'一棹春风一叶舟，一轮茧缕一轻钩。花满渚，酒盈瓯。万顷波中得自由。'"北宋阮阅《诗话总龟·卷二十·咏物门上》中亦云："张文懿家有《春江钓叟图》，上有李煜《渔父词》二首。"又明代陈耀文《花草粹编·卷一》中此词有题作"题供奉卫贤《春江钓叟图》"，并注云："金索书，不知书名抑书法也。"据夏承焘《唐宋词人年谱·南唐二主年谱》引陶谷《清异录》云："后主善书，作颤笔樛曲之状，遒劲如寒松霜竹，谓之'金错刀'。"依王仲闻解，"金索书"即"金错刀书"，也就是李煜的书法。

　　②浪花：《词谱》《花草粹编》中均作"阆苑"。阆苑，传说中神仙居住的地方。**有意**：有本作"有情"。**千里雪**：一作"千重雪"，此据《全唐诗》。千重，千层，层层叠叠。

　　③桃花：一作"桃李"，此据《全唐诗》。**一队春**：指桃李盛开，由近及远，好像队列有序一样排列着，言春色正浓，春意盎然。

　　④一竿身：一根钓竿。身，《南唐二主词汇笺》中作"轮"；《诗话总龟》中作"鳞"。

　　⑤快活：《诗话总龟》中作"世上"。**侬**：我，江南口语。

译文

江上千里浪花翻滚如雪，一望无际，境界阔大；岸上一排排的桃花，竞相怒放，把春天装点得十分灿烂。身上挂着一壶酒，手里撑着一根竿，想到哪就把船撑到哪里，想喝酒随时都可以喝上几口，如此自由又快活的在这世上能有几人。

毛文锡

毛文锡，字平珪，高阳（今属河北）人，一作南阳（今属河南）人。其十四岁时进士及第，事前蜀高祖王建，官翰林学士承旨，后迁至礼部尚书，并成功地阻止了王建想要趁着长江涨水，决堰水灌高季昌盘踞之地江陵的想法。前蜀灭亡以后，归入后唐，和欧阳炯等人以小词为后唐君主所赞赏。其词现存三十多首，多见于《唐五代词》和《花间集》，大部分内容也以歌舞游冶为主，成就不高。

甘州遍①

秋风紧，平碛雁行低②。阵云齐③。萧萧飒飒，边声四起，愁闻戍角与征鼙④。

青冢北⑤，黑山西⑥。沙飞聚散无定，往往路人迷。铁衣冷⑦，战马血沾蹄，破蕃奚⑧。凤皇诏下⑨，步步蹑丹梯⑩。

说明

公元922年，后唐开国皇帝李存勖大破南下进攻定州的契丹兵，该词即为歌颂此事而作。在内容上，该词交叉描述了边塞的荒寒和战争的酷烈，同时也反映了边塞将士的复杂心理。

注释

①甘州遍：是唐教坊大曲摘遍名，后用作词调名。

②平碛：代指一望无际的沙漠。碛，原指浅水中的沙石，后引申为沙漠，出自左思《吴都赋》："玩其碛砾而不窥玉渊者，未知骊龙之所蟠也。"

③**阵云齐**：指厚厚的云层低低地压着天空。齐，和天际相齐、一般高，这里是低压之意。

④**征鼙**：古代军中的一种小鼓，也作"骑鼓"。

⑤**青冢**：指汉代王昭君之墓，在今内蒙古呼和浩特市南面二十余里处。昭君死了以后，被安葬于黑河南岸，今冢高三十余米，有土阶可以登。据传说，塞草皆白，而唯此冢独青，且早晚有愁云怨雾覆罩于冢上，在数十里之外都可以看见，故而称之为"青冢"。

⑥**黑山**：又称杀虎山，在今内蒙古自治区和林格尔以北。

⑦**铁衣**：指古代征戍将士所穿的铠甲，多用皮革或者金属片制成，用于掩护身体不被兵器刺伤。岑参诗歌《白雪歌送武判官归京》中就有"将军角弓不得控，都护铁衣冷难着"之句。

⑧**蕃奚**：代指西北少数民族。奚，古代的一个少数民族，为匈奴别种，南北朝时期称之为"库莫奚"，主要活动于西拉木伦河流域一带，以游牧为生。杜甫诗歌《悲青坂》曰："黄头奚儿日向西，数骑弯弓敢驰突。"

⑨**凤皇诏**：指天子的文告。凤皇，即凤凰。因为古代皇帝的诏书都由中书省发，而中书省又位于禁苑凤凰池处，故称之为"凤凰诏"，或者"凤诏"。

⑩**蹑丹梯**：原意是指踏着皇宫大殿前的阶梯而上，后代指立下战功之后受召回朝朝拜君王。蹑，踩踏。丹梯，又名"丹墀"，指古代宫殿门前的石阶用红色来涂饰，所以称为"丹梯"。

译文

秋风正吹得紧，一望无际的沙漠里只见一行低低飞行的雁队，厚厚的云层也低低地压着天空，仿佛和天际一般高。在清凉萧瑟的秋风中，四周传来了边防线上独有的马鸣、风吼等边塞之声，在一片哀愁之中，还听到了戍边的号角和征战的鼓声。

在青冢的北面，黑山的西面，沙粒总是时起时落，经常令行人迷了路。将士们穿着冰冷的铠甲，战马的蹄子上沾染着被砍杀的敌人的鲜血，西蕃终于被攻破了。天子的诏书下达，将士们准备回朝踏着红色的台阶朝见皇帝，接受封赏。

词评

描写边塞荒寒景象颇佳。词亦无死声。佳作也。

——李冰若《栩庄漫记》

薛昭蕴

　　薛昭蕴(生卒年不详),字澄州,河中宝鼎(今山西万荣)人。王衍时,其官至侍郎,才华出众,尤擅诗词。据《北梦琐言》卷四记载:"薛澄州昭纬,即保逊之子也。恃才傲物,亦有父风。每入朝省,弄笏而行,旁若无人。知举后,有一门生辞归乡里,临歧,献规曰:'侍郎重德,某乃受恩。尔后请不弄笏与唱《浣溪沙》,即某幸也。'时人谓之至言。"

浣溪沙

倾国倾城恨有余,几多红泪泣姑苏①,倚风凝睇雪肌肤②。吴主山河空落日③,越王宫殿半平芜④,藕花菱蔓^{wàn}满重湖⑤。

说明

　　这首词是咏史词,借越国美女西施的故事,抒发历史兴亡之感慨,充满悲凉、凄婉的凭吊气氛。上片述古,写西施被送入吴宫的无限遗恨和不幸遭遇,暗写吴王的荒淫安乐;下片述今,将吴国山河和惨淡的落日余晖进行对比,用越王宫殿和平芜荒丘进行映衬,最后以藕花重湖作结,寄予了对唐王朝衰微的无限感慨。

注释

　　①**姑苏**:山名,今苏州市西南,古姑苏台于其上。亦作苏州之别称。据《吴越春秋》载:"越进西施于吴,请退师,吴王得之,筑姑苏台,游宴其上。"
　　②**凝睇**:凝聚目光而视。这里是微微斜视而又含情的意思。**雪肌肤**:肌肤白嫩、细腻而润滑。《庄子》:"肌肤若冰雪。"郭象注:"冰,古凝字,肌肤若冰雪,即诗所谓肤如凝脂也。"《诗经·卫风·硕人》:"手如柔荑,肤如凝脂。"所以说"雪"在这里是与"凝脂"同义。
　　③**"吴主"句**:吴王夫差的江山已覆没。落日,喻亡国。又解:"空落日",在落日照耀下显得更空旷,意思是吴王的江山已不复见,只有夕阳西照。
　　④**"越王"句**:越王勾践的宫殿,也大半为荒草所掩。芜,音无,田野荒废,丛生野草,乱草。
　　⑤**菱蔓**:菱角的藤子。**重湖**:湖泊相连,一个挨着一个。

姿色艳美绝伦的越国浣纱美女西施之恨无尽无穷，在姑苏台上春宵宫中，西施内心凄苦，她多少次在妆成侍宴之前还忍不住泪水暗流，她倚立风前深情远望，凝视着自己那南方白云生处的故乡。吴王所占领的辽阔土地，空自日出日落，早已多次变易主人。

越王的雄伟宫殿也已经大都变得壁断垣颓，遍地荒草，一片陈迹。兴衰成败都化作过去，只有那红荷绿菱仍然密密地覆盖着湖面，年复一年地宣告着春去夏来。

此词正如李冰若说："伯主雄图，美人韵事，世异时移，都成陈迹。三句写尽无限苍凉感喟。此种深厚之笔，非飞卿辈所企及者。"

——李冰若《栩庄漫记》

王 衍

王衍（899—926），初名王宗衍，字化源，许州舞阳（今河南舞阳）人，五代十国时期前蜀最后一位皇帝，前蜀高祖王建第十一子，其生母为徐贤妃。王衍即位之后，荒淫无道，整日饮酒作乐，导致政治腐败。同光三年（925），后唐庄宗李存勖派魏王李继岌、郭崇韬等人发兵攻打前蜀，王衍自己绑缚棺材出降，前蜀灭亡。后王衍在被送往洛阳途中遇害，时年二十七岁，封通正公。王衍很有文才，有《醉妆词》《甘州曲》等流传于世。

醉妆词①

者边走②，那边走，只是寻花柳。那边走，者边走，莫厌金杯酒。

该词是王衍的生活写照之一，词调亦为其自创。在本词中，作者采用了重叠交错的手法，回环往复地勾勒出了一个处处花柳、触目芳菲的环境，表现了流连赏玩、优意游宴的乐趣和极端追求赏心乐事的强烈欲望，具有很强的艺术效果。

①**醉妆词**：据唐人孙光宪《北梦琐言》称："蜀王衍尝裹小巾，其尖如锥，宫人皆衣道服，簪莲花冠，施胭脂夹脸，号'醉妆'，因作'醉妆词'。"

②**者边走**：这边走。

译 文

这边走，那边走，到处看花赏柳；这边走，那边走，不要厌弃这一杯一杯的美酒。

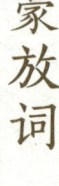

徐昌图

徐昌图，生活在唐宋之交，具体生卒年不详，字号不详，今福建莆田人，为唐末至五代时期著名文学家徐寅曾孙，其兄为许昌嗣，二人并有才名。徐昌图五代末以明经及第，初仕闽陈洪进（仙游人，时任清源军节度使）归宋，陈洪进遣其奉《纳地表》入宋进贡。宋太祖赏识其才华，将之留在汴京，并任命为国子博士，后又迁殿中丞。徐昌图之词风格隽永优美，是五代时期词坛屈指可数的人物，并开北宋一代词风，其遗词仅三首，被收入《全唐诗》和《尊前集》中。

临江仙

饮散离亭西去①，浮生常恨飘蓬②。回头烟柳渐重重③。淡云孤雁远，寒日暮天红④。

今夜画船何处⑤？潮平淮月朦胧⑥。酒醒人静奈愁浓⑦。残灯孤枕梦⑧，轻浪五更风⑨。

说 明

这是一首写旅愁的小令。上片写宴别之后，旅人感慨万分，在满目凄凉中登舟起航。下片写旅人途中的孤寂心情。全词因意设景，景中含意，含蓄蕴藉，而又情景交融是其主要特色，同时通过气氛的渲染和景物的烘托，也充分地表现了一个饱尝风霜滋味的旅人的漂泊之感、飘零之痛，反映了唐末宋初社会离乱的现状，满纸离愁，感人至深。

注释

① **饮散**：饮完酒后离散。**离亭**：送别的驿亭。

② **浮生**：一生。古人谓"人生世上，虚浮无定"，故曰"浮生"。**飘蓬**：飘浮无定之意。

③ **重重**：一层又一层，形容很多。

④ **暮天红**：指傍晚天空一片橙红。

⑤ **画船**：装饰华丽的船。多指游船。

⑥ **淮月**：指照临淮水上空的月亮。**朦胧**：模糊不清。

⑦ **奈**：怎奈，奈何。

⑧ **孤枕梦**：这里指孤枕难眠。

⑨ **五更风**：指黎明前的寒风。

译文

　　喝完饯别酒，友人们终于挥手别去，常常怨恨这种漂泊不定短暂虚浮的人生。回首看到如烟似雾的杨柳早已遮断视线。往前看去，风轻云淡，孤雁远征。孤单的寒日傍晚天空一片橙红。

　　今夜画船将停在什么地方？只怕夜间潮平水落，泊船岸边，一片清月迷漾。到酒消人也醒时，那种愁绪倍加难以排遣了。灯里的油就要燃尽，灯火忽明忽暗，一个人躺在枕头上，没有人陪伴，想入睡做个梦都不可得，五更时轻风吹来激起点点浪花更是倍增寒意。

词评

　　状水窗风景宛然，千载后犹想见客中情味也。

——俞陛云《唐五代两宋词选释》

佚名氏

醉公子①

门外猧儿吠②（wō），知是萧郎至③。刬袜下香阶④（chàn），冤家今夜醉⑤。

扶得入罗帏⑥，不肯脱罗衣⑦。醉则从他醉，还胜独睡时。

说 明

　　该词出于民间作者之手，在内容上虽然没有对字句、章法的精雕细刻，但胜在悬念的设置之巧妙，写得极富生活情趣。在人物的心理活动上，词人也描写得十分有层次，整首词言语活泼诙谐，自然朴素，曲折多姿，具有浓厚的情味。

注 释

　　①**醉公子**：词牌名，即吟咏醉公子，因为调名和词的内容相吻合，所以即所谓的"本意"词。

　　②**猘儿**：一种小狗，主要用于玩赏。**吠**：狗叫。

　　③**萧郎**：亦作"萧史"，借指女子爱慕的佳偶或者情郎。**至**：到。

　　④**刬**：光着。**香阶**：台阶的一种美称，意即飘散着香气的台阶。

　　⑤**冤家**：女子对男子的爱称。

　　⑥**罗帏**：即罗帐，丝织帘幕。

　　⑦**罗衣**：指用轻软的丝织品制作的衣服。

译 文

　　蹲在门外的小狗儿"汪汪汪"地叫起来，我便知道我那心仪的人儿回来了。我欢欢喜喜地跑出去迎接他，连鞋子都来不及穿，只踩着袜子就下了台阶，却看到他今天喝得醉醺醺地回来了。

　　我扶着他进了罗帐，他却耍性子不愿意脱下身上穿的衣服。他喝醉了以后我睡在他身边，还得照顾他，但还是比我一个人睡好啊。

词 评

　　前辈谓读此可悟诗法。或以问韩苍子，苍曰，只是转折多耳。且如喜其至，是一转也。而苦其今夜醉，又是一转。入罗帏是一转矣，而不肯脱罗衣，又是一转。后二句自家开释，只是一转。直是赋尽醉公子也。

——宋·陈模《怀古录》

卷三　两宋

潘 阆

潘阆（？—1009），字梦空，自号逍遥子，大名（今河北大名）人，一说广陵（今江苏扬州）人。久居钱塘（今浙江杭州）。曾卖药京师，与名流交往较密。太宗至道元年（995），以能诗受召见，赐进士及第，授国子四门助教。后因狂妄被逐。真宗时得赦，任滁州参军。有《潘逍遥集》，词集有后人辑本《逍遥词》。

酒泉子

长忆观潮，满郭人争江上望①，来疑沧海尽成空，万面鼓声中。弄潮儿向涛头立②，手把红旗旗不湿。别来几向梦中看，梦觉尚心寒③。

说明

该词描写杭州钱塘江观潮的盛况，题材新颖，风格遒劲，有开后世豪放词风之功。

注释

①满郭：满城。
②弄潮儿：搏击风浪的水上健儿。
③心寒：指心存惊恐。

译文

我常常回忆起在钱塘江观潮时，满城的人都争先恐后地往江面上望去。当潮水涌来的时候，禁不住让人怀疑是不是大海的水都已经空了。潮水声势浩大，仿佛万面鼓齐发。

那些搏击风浪的人向涛头挺立，手里拿着红旗却丝毫没有被潮水打湿。后来我还有几次做梦梦见这些场景，就连醒了都心有余悸。

●端阳龙舟赛

豪放词

词 评

潘逍遥狂逸不羁，往往有出尘之语。

——宋·杨湜《古今词话》

范仲淹

　　范仲淹（989—1052），亦称范履霜，字希文，谥号文正，祖籍邠州（今陕西彬州），后迁居至苏州。其为人正直，为官清廉，体恤百姓，但多次遭到奸臣诬陷，屡次被贬，皇祐四年（1052）在徐州病逝，享年六十三岁，葬于河南洛阳东南万安山，封楚国公、魏国公，传世作品有《范文正公集》等，其在《岳阳楼记》中所写"先天下之忧而忧，后天下之乐而乐"亦为人们千古传诵的名句。

渔家傲①

塞下秋来风景异②，衡阳雁去无留意③。四面边声连角起④。千嶂里⑤，长烟落日孤城闭。

浊酒一杯家万里，燕然未勒归无计⑥。羌管悠悠霜满地⑦。人不寐⑧，将军白发征夫泪。

说 明

该词写于作者率兵驻守西北边陲，平息西夏叛乱之时，表现了戍边将士思念家乡，但更热爱祖国、矢志报国的真情。

注 释

①渔家傲：词牌名，又作《游仙关》《吴门柳》《荆溪咏》和《忍辱仙人》。

②塞：边塞要地，这里指西北边陲。

③衡阳雁去：传说中秋天大雁南飞，到了湖南衡阳的回雁峰后就停止而不再往南飞。

④边声：指边塞的号角、羌笛、马鸣、风吼等各种特有的声音。

⑤千嶂：指连绵的青山。

⑥**燕然未勒**：形容功名未立，战事未平。燕然，指燕然山，今天又称杭爱山，在今蒙古国境内。根据《后汉书·窦宪传》记载，东汉窦宪曾经率领部队追击匈奴单于，去塞三千余里，登上燕然山后刻石勒功而还。

⑦**羌管**：指羌笛，来自古代西部羌族的一种管弦乐器。

⑧**寐**：睡觉、睡着。

●塞下秋来风景异

译文

西北边陲的秋色和江南地区的大不相同。大雁又开始飞往衡阳的回雁峰，对这里似乎没有半点儿留恋停留的意思。军中的号角一吹，四周便响起马鸣与呼唤声，相互应和。已经是黄昏时分，崇山峻岭被掩映在沉沉暮霭之中，夕阳落在山坳里，孤零零的城门紧闭着。

喝一杯浊酒，不由得想起远在万里之外的家乡，然而如今功名未立，战事未平，即便想念，又有什么办法可以回到家乡去呢？悠悠的羌笛吹奏出哀怨的乐曲，天气转寒，地上生出了白霜。夜深人静，将士们却都没有睡着。他们已经久戍边塞，连头发都白了，脸上布满了伤感的眼泪。

词评

沉雄似张巡五言。

——清·周济《词辨》

张 昇
biàn

张昇（992—1077），字杲卿，韩城（今陕西渭南）人，大中祥符八年（1015）得进士，官至御史中丞、参知政事兼枢密使，以太子太师致仕。熙宁十年（1077）卒，谥号康节。

离亭燕①

一带江山如画，风物向秋潇洒②。水浸碧天何处断？霁色冷光相射③。蓼屿荻花洲④，掩映竹篱茅舍。

云际客帆高挂，烟外酒旗低亚⑤。多少六朝兴废事⑥，尽入渔樵闲话。怅望倚层楼，寒日无言西下。

欧阳修

欧阳修（1007—1072），字永叔，号醉翁，又号六一居士，谥号文忠，世称欧阳文忠公，吉州永丰（今江西吉安）人，因吉州原属庐陵郡，故其常以"庐陵欧阳修"自居。其领导了北宋诗文的革新运动，是宋代文学史上最早开创一代文风的领袖人物。

朝中措①

平山堂②

平山阑槛倚晴空，山色有无中。手种堂前垂柳③，别来几度春风④？文章太守⑤，挥毫万字⑥，一饮千钟⑦。行乐直须年少⑧，尊前看取衰翁⑨。

说明

该词写作者在平山堂送别友人时，借酬赠友人的机会，追忆往日挥毫畅饮的豪达生活，塑造了一个达观豪放、儒雅风流的"文章太守"形象。

注释

①**朝中措**：词牌名，又名《照江梅》《芙蓉曲》《梅月圆》等。

②**平山堂**：指欧阳修当年任扬州太守时所建的山堂，位于扬州西北蜀冈之上。

③**手种堂前垂柳**：指欧阳修曾经亲手在平山堂前种下杨柳树。

④**别来**：自分别以来。写这首词的时候，欧阳修已经离开扬州长达八年之久，这次是故地重游。

⑤**文章太守**：因欧阳修当年在扬州时就已经

别来几度春风

以文章名冠天下，故而自称是"文章太守"。

⑥**挥毫万字**：指欧阳修当年在平山堂所挥笔写下的诗词文章多达万字。

⑦**千钟**：千杯。

⑧**直须**：应该、应当。

⑨**尊**：通"樽"，酒杯。**衰翁**：词人自称，当时欧阳修已经五十多岁了。

译文

平山堂栏杆外的天空晴朗一片，远山迷蒙，时有时无。当年我曾经亲手在平山堂前种下杨柳树，自分别以来，它们已经度过了几个春秋了呢？

我这个喜欢写文章的太守，当年在平山堂所挥笔写下的诗词文章多达万字，喝酒也是一饮便是千杯。趁着现在还年轻，一定要及时行乐，你看我这坐在酒樽前的老头儿就已经快不行了。

词评

词有尚风，有尚骨，欧公《朝中措》云："手种堂前垂柳，别来几度春风。"东坡《雨中花慢》云"高会聊追短景，清商不假余妍"，孰风孰骨可辨。

——清·刘熙载《艺概》

浣溪沙

堤上游人逐画船，拍堤春水四垂天①。绿杨楼外出秋千②。

白发戴花君莫笑，六幺催拍盏频传③。人生何处似尊前。

说明

该词以清丽质朴的语言描写了作者春日乘船游于颍州西湖之上的所见所感，意境疏旷，趣味横生，而结尾"人生何处似尊前"则升华感情，写得耐人寻味、沉郁凄怆，表现了作者被贬颍州的失意和落寞。

注释

①**四垂天**：指天幕好似从四面八方垂了下来，形容湖上水天一色的情景。

②**绿杨楼外出秋千**：出自王维诗歌《寒食城东即事》："蹴鞠屡过飞鸟上，秋千竞出垂杨里。"

③**六幺**：又作"绿腰"，为唐朝时琵琶曲名。王灼《碧鸡漫志》卷三云："《六幺》，一名《绿腰》，一名《乐世》，一名《录要》。"白居易《琵琶行》中也有"轻拢慢捻抹复挑，初为霓裳后六幺"之句。

在堤上踏青赏春的人随着画船行走，熙熙攘攘，好不热闹，融融春水拍打着堤岸，水天一色，天幕好似从四面八方垂了下来。绿杨成荫的临水人家墙内传来了荡秋千的欢声笑语，令人仿佛看到了秋千上那娇媚的身影。

我这样的老头子却头上簪满了鲜花，你可不要嘲笑我。画船上乐声四起，急管繁弦，友人宾朋频频举杯、觥筹交错，人生的乐事，有什么比得上此刻与民同乐，共同举杯迎接春天的到来而忘却了官场失意的痛苦呢？不如就沉醉在春风之中！

词 评

晁无咎说："只一'出'字，自是后人道不到处。"

——宋·吴曾《能改斋漫录》

●西湖笙歌

苏舜钦

苏舜钦（1008—1048），字子美，梓州铜山（今四川中江）人，因支持范仲淹庆历革新而遭到守旧派的弹劾，退居苏州，重新被起用为湖州长史后病故。著有《苏学士文集》《苏舜钦集》等，文学成就较高，与宋诗的"开山祖师"梅尧臣并称为"苏梅"。

水调歌头①

沧浪亭

潇洒太湖岸，淡伫洞庭山②。鱼龙隐处，烟雾深锁渺弥间③。方念陶朱张翰④，忽有扁舟急桨，撇浪载鲈还⑤。落日暴风雨，归

●醉酒湖心

路绕汀湾⑥。

丈夫志，当景盛，耻疏闲。壮年何事憔悴，华发改朱颜。拟借寒潭垂钓，又恐鸥鸟相猜，不肯傍青纶⑦。刺棹穿芦荻⑧，无语看波澜。

说明

该词写于作者被迫闲居期间，在湖山之间潇洒度日的场景，表达了作者内心进退的矛盾挣扎。

注释

①**水调歌头**：词牌名，又名《元会曲》《凯歌》《台城游》《水调歌》《花犯念奴》《花犯》。

②**淡伫**：安静地伫立。**洞庭山**：太湖中的岛屿，有东西洞庭之分。

③**渺弥**：湖水弥漫无际。

④**陶朱张翰**：春秋越国范蠡，自号陶朱公，辅佐越王勾践灭吴后，弃官从商。张翰，字季鹰，因见秋风起，思吴中菰菜、鲈鱼脍和莼羹而弃官回乡。

⑤**撇浪**：搏击风浪。

⑥**汀湾**：水中的港湾。

⑦**青纶**：用青丝织成的印绶，这里是指代为官的身份。

⑧**刺棹**：指撑船。

译文

太湖两岸景色凄冷，明净的湖水安静地环绕着洞庭山，烟波浩渺却看不到鱼龙的身影，它们是被锁在了弥漫的水雾中吧，正好想到了范蠡和张翰，就有一只小船载着鲈鱼乘风破浪地迅速驶来。傍晚，暴风雨扑面而来，我不得不沿着小沙洲的回弯处返回。

我心中始终想着要干一番大事业，如今正是身强力壮的时候，便闲居在家乡山水，令人羞愧。我为什么正当壮年便容颜憔悴，华发早生，看上去如此衰老？我真想在那寒冷的潭水中独自垂钓，但是又担心鸥鸟们看穿我的心思，鱼儿们也不肯靠近我的钓丝旁。还是撑着我的小船穿过一片芦荻，静静地观赏这太湖波涛汹涌的景色吧。

词评

时发愤懑于歌诗，其体豪放，往往惊人。

——《宋史·苏舜钦传》

王安石

　　王安石（1021—1086），字介甫，号半山，临川（今江西抚州）人。其历任扬州签判、鄞（yín）县知县、舒州通判等职，政绩斐然。熙宁三年（1070）拜相，开始主持变法，但因朝中守旧派势力强大，至熙宁七年（1074）被罢相，元祐元年（1086），因新法尽废而郁郁病逝在钟山（今江苏南京），赠太傅。绍圣元年（1094），获谥号曰"文"，故后人称其为王文公。其诗词皆豪气纵横、清新遒劲，但大部分作品均已失传，仅余《临川集拾遗》《王临川集》等。

浪淘沙令①

　　伊吕两衰翁②，历遍穷通③。一为钓叟一耕佣④。若使当时俱不遇，老了英雄⑤。

　　汤武一相逢⑥，风虎云龙⑦。兴王只在谈笑中⑧。及至而今千载下，谁与争功⑨！

说　明

　　该词通过歌颂伊尹和吕尚"历遍穷通"的人生经历与最终名垂千古的赫赫伟业，表现了君臣知遇的不易，表达了作者喜得宋神宗的赏识，得以在政治上大展拳脚的豪情壮志。全篇看似叙论历史，实为以古托今，布局巧妙，令人回味。

注　释

　　①浪淘沙令：即《浪淘沙》，原为唐朝教坊曲，后用于词牌名。

　　②伊吕：指伊尹和吕尚。伊尹原名挚，尹为其后来所任官职。伊尹本是伊水边的一个

●伊尹

弃婴，后居住于莘（今河南开封）为人佣耕，并因商汤迎娶莘氏之女而以陪嫁奴隶的身份来到商汤身边，后得到商汤的提拔和任用，帮助商汤灭了夏朝而成为了商朝的开国功臣。吕尚本姓姜，名尚，字子牙，晚年垂钓于渭水河畔，被周文王赏识并予以重用，最终辅佐周武王灭了商朝，封侯于齐。**袁翁**：老年人。

③**穷**：指处境困窘。**通**：指处境顺遂。

④**钓叟**：指钓鱼的老头。**耕佣**：指为人佣耕的人，这里代指伊尹。

⑤**老了英雄**：即英雄白白老死，指伊吕二人如果不是遇到了商汤和周文王，得到重用，恐怕最终也不过就是终老山野，一生碌碌无为。

⑥**汤武**：即商朝的创建者商汤王和周朝的创建者周武王姬发。

⑦**风虎云龙**：出自《易经》"云从龙，风从虎"，云和风比喻贤臣，龙和虎则比喻贤君，意思是当贤臣遇上明君，两者合作可建国兴邦、大有作为。

⑧**兴王**：兴国的君王，这里代指辅佐开创国家基业的君王。

⑨**争**：比较、争论。

译 文

伊尹和吕尚这两位老人，一生将困境和顺境都经历过了，他们一个是钓鱼的老翁，一个是为人家佣耕的奴隶，如果不是遇到了商汤和周文王，得到重用，恐怕最终也不过就是英雄白白地终老山野，一生碌碌无为。

他们和商汤、周文王的相遇就好像是"云从龙，风从虎"，贤臣遇上明君，双方在谈笑间就建立起了宏图霸业。他们的丰功伟绩几千年来有谁可以与之一争高低呢？

词 评

李易安谓："介甫文章似西汉，然而作歌词，则人必绝倒。"但此作却颉颃清真、稼轩，未可谩诋也。

——梁启超《艺蘅馆词选》

桂枝香①

金陵怀古

登临送目，正故国晚秋②，天气初肃③。千里澄江似练④，翠峰如簇⑤。归帆去棹残阳里⑥，背西风，酒旗斜矗⑦。彩舟云淡，星河鹭起⑧，画图难足⑨。

念往昔，繁华竞逐⑩，叹门外楼头⑪，悲恨相续。千古凭高对

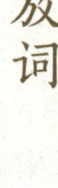

此[12]，谩嗟荣辱[13]。六朝旧事随流水，但寒烟衰草凝绿。至今商女，时时犹唱，后庭遗曲[14]。

●千里澄江似练，翠峰如簇

说 明

　　该词通过描写对金陵（今江苏南京）景色的赞美和对历史兴亡的感叹，表现了作者对当时朝政的担忧和对国家大事的关心、责任感。全词境界宏大，风格悲壮，情景交融，是不可多得的名篇。

注 释

　　①**桂枝香**：词牌名，又作《疏帘淡月》，首见于王安石此作。

　　②**故国**：因金陵为六朝故都，所以称之为"故国"。

　　③**天气初肃**：指天气刚刚变得肃杀起来。肃，指肃杀、萎缩，形容秋天草木枯落，天气变得高爽而寒冷。

　　④**千里澄江似练**：出自谢朓诗歌《晚登三山还望京邑》"余霞散成绮，澄江静如练"，指长江就好像是一匹长长的白绢布。澄江，澄澈的江水。练，指白色的绢布。

　　⑤**翠峰如簇**：指青色的山峰仿佛是簇拥聚集在一起。簇，丛聚。

　　⑥**归帆去棹**：来来往往的船只。棹，一种划船的工具，形状和桨类似，可以引申为船只。

　　⑦**酒旗斜矗**：指酒旗斜斜地插着。矗，直立。

　　⑧**彩舟云淡，星河鹭起**：形容结彩的画船穿行在淡淡的薄雾之中，仿佛是在云间穿梭。华灯初上，繁星和彩灯倒映在秦淮河中，一片光彩明亮，惊飞起了水中的白鹭鸟。

　　⑨**画图难足**：即使是用图画也难以展现它的美丽。难足，不足以表现出来。

　　⑩**繁华竞逐**：指六朝的达官贵胄竞相过着奢华糜烂的生活。竞逐，竞相追逐效仿。

　　⑪**叹门外楼头**：出自杜牧诗歌《台城曲》："门外韩擒虎，楼头张丽华。"韩擒虎为隋朝的开国大将之一，其统兵伐陈，兵临金陵朱雀门（即南门）外的时候，陈后主还在结绮阁上与他的宠妃张丽华寻欢作乐，结果为韩擒虎所俘虏，陈亡于隋。

　　⑫**凭高**：登高远望。

　　⑬**谩嗟荣辱**：指空自感叹着历朝历代的兴衰荣辱。

⑭ **"至今"三句**：化用杜牧诗歌《泊秦淮》"商女不知亡国恨，隔江犹唱《后庭花》"之句。商女，指酒楼茶坊里的歌女。后庭遗曲，指陈后主所作歌曲《玉树后庭花》，其词哀怨绮靡，后人将之视为亡国之音。

译 文

我登上这城楼放眼远眺，此时的金陵正好是深秋季节，天气刚刚变得肃杀起来，万里长江就好像是一匹长长的白绢布，青色的山峰仿佛是簇拥聚集在一起。来来往往的船只穿梭在落日的余晖中，酒家的旗帜斜斜地插着，在秋风中飘扬。结彩的画船穿行在淡淡的薄雾之中，仿佛是在云间穿梭，华灯初上，繁星和彩灯倒映在秦淮河中，一片光彩明亮，惊飞起了水中的白鹭鸟，即使是用图画也难以展现这美丽的景色。

想到当年金陵城是何等的繁华兴盛，可惜六朝的达官贵胄却都只顾着竞相过起奢华糜烂的生活，陈后主那样的悲剧接连上演。我在这里登高远望，凭吊千古之事，空自感叹着历朝历代的兴衰荣辱。六朝旧事都已经随着流水消逝了，只剩下了眼前这衰败变黄的青草和朦胧惨淡的寒烟。可惜直到今天，酒楼茶坊里的歌女，还在不时地弹唱陈后主的歌曲《玉树后庭花》！

词 评

《桂枝香》登临送目：情韵有美成，耆卿所不能到。

——清·张惠言《论词》

苏 轼

苏轼（1037—1101），北宋眉州眉山（今四川眉山）人，字子瞻、和仲，号东坡居士，谥号文忠，世人多称其为苏仙或苏东坡。苏轼嘉祐二年（1057）中进士，曾经任杭州通判，后又知密州、徐州、湖州和颍州等，官至礼部尚书，又曾被贬黄州、惠州、儋州等地。他是宋代文学最高成就的代表，其词开豪放一派，与辛弃疾并称为"苏辛"，在拓宽词的题材范围、提高词的品位、改革词风等方面均有突出的贡献，著有《东坡乐府》等。

水调歌头

丙辰中秋①，欢饮达旦，大醉。作此篇，兼怀子由。

明月几时有，把酒问青天。不知天上宫阙②，今夕是何年。我欲乘风归去，又恐琼楼玉宇，高处不胜寒。起舞弄清影，何似在人间！

转朱阁，低绮户③，照无眠。不应有恨，何事长向别时圆？人有悲欢离合，月有阴晴圆缺，此事古难全。但愿人长久，千里共婵娟④。

说明

此词乃作者中秋望月怀人之作，意境清新，立意高远，情理兼容，耐人寻味。上片以"对月问天"起笔，写出了作者思想上入世和出世的矛盾，"我欲乘风归去"是最初的梦想，但"何似在人间"才是最终的选择。下片从思亲无眠而移情于物，赋予月亮以"有恨"，再写月圆月缺、人聚人散乃是人生常态，不可过于悲怨，表现了作者旷达的情怀。

注释

①**丙辰**：指宋神宗熙宁九年（1076）。
②**天上宫阙**：指神话传说里的月宫。
③**绮户**：雕花、粉饰过的门窗。
④**婵娟**：指美女或者姣好的容貌，此处意指月亮。

译文

月亮是什么时候出现的呢？我端起手中的酒杯遥遥地对着苍天问道。更不知道那月宫里，现在是何年何月呢？我很想乘着这清风回到天上，但又怕自己在那美玉砌成的楼宇中，却耐不住九天的极寒。罢了，不如就

●明月几时有，把酒问青天

在这月下翩翩起舞，将自己投下的倩影玩味一番，这哪里像是人间呢？

月亮已经从那朱红色的楼阁处转到了雕花的门窗上，默默地照映着还未入眠的我。月亮啊，你不应该对我有什么怨恨啊，却又为什么偏偏在人们分别的时刻月圆呢？月有阴晴圆缺，人有悲欢离合，这种事情自古以来就没有圆满的，只希望普天下的亲人们都能平安长寿，纵然是分隔两地，也可以一同望着同一片美好的月亮。

词评

中秋词自东坡《水调歌头》一出，余词尽废。

——宋·胡仔《苕溪渔隐丛话》

念奴娇①

赤壁怀古②

大江东去，浪淘尽，千古风流人物。故垒西边③，人道是，三国周郎赤壁④。乱石穿空⑤，惊涛拍岸，卷起千堆雪。江山如画，一时多少豪杰！

遥想公瑾当年，小乔初嫁了，雄姿英发⑥。羽扇纶巾⑦，谈笑间，樯橹灰飞烟灭⑧。故国神游，多情应笑我，早生华发。人间如梦，一樽还酹江月⑨。

说明

该词是作者被贬黄州（今湖北黄冈），游览城外的赤壁矶时所作。上片从壮丽的江山景色联想到当年云集于此的豪杰，下片即将镜头对准战功赫赫的周瑜。作者也想如周瑜一般建功立业，奈何被贬谪此地，白发早生，壮志难酬，只能寄情江月。全词语言刚健流畅，联想丰富，是不可多得的名篇。

注释

①念奴娇：词牌名，其调高亢。唐天宝歌

●赤壁怀古

豪放词

伎念奴"善歌唱……声出于朝霞之上,虽钟鼓笙竽,嘈杂而莫能遏"(五代·王仁裕《开元天宝遗事》),调名本此。

②**赤壁**:苏轼所游览的赤壁在今湖北省嘉鱼县东北长江南岸,而非当年的古战场。

③**故垒**:指破旧的营垒。

④**周郎**:指周瑜,字公瑾。

⑤**乱石穿空**:指陡峭的石壁直插入天空。

⑥**雄姿英发**:指姿态雄伟,意气风发。

⑦**羽扇纶巾**:手里拿着羽毛扇,头上戴着青色的丝巾,形容周瑜优雅从容的风姿和神态。

⑧**樯橹**:指帆船上的桅杆和摇桨,这里代指曹军的船舰。

⑨**酹**:指将酒洒在地上进行祭奠。

译文

大江朝东浩浩荡荡而去,多少千古英雄被这巨浪淘尽!人们都说,西边那些破旧的营垒,就是当年三国周瑜鏖战的赤壁。只见那陡峭的石壁直插入天空,惊雷般的江涛频频拍打着江岸,那激起的浪花仿若千万堆洁白的雪。这如画的江山里,曾一时间涌现出多少的英雄豪杰啊!

遥想当年的周瑜,绝色的小乔美人刚刚嫁与他不久,那是何等春风得意、姿态雄伟。他手里缓缓摇着羽毛扇,头上青色的丝巾随风飘逸,在谈笑之间,强敌的战船就被烧得一干二净。今日,我神游于这当年的古战场,忍不住嘲笑自己如此多愁善感,竟然早早地就长出了白发,人生如梦,还是洒一杯水酒以祭奠这江月吧!

词评

语意高妙,真古今绝唱。

——宋·胡仔《苕溪渔隐丛话》

江城子

密州出猎

老夫聊发少年狂,左牵黄①,右擎苍②,锦帽貂裘③,千骑卷平冈。为报倾城随太守,亲射虎,看孙郎。

酒酣胸胆尚开张。鬓微霜,又何妨!持节云中④,何日遣冯唐?

会挽雕弓如满月，西北望，射天狼⑤。

说明

　　该词写于作者在密州（今山东诸城）任知州时期，是宋人抒发爱国情怀较早的一首豪放词。词的上片叙事，下片抒情，气势酣畅淋漓，读之让人耳目清新，是作者自己十分引以为豪的诗词之一。

注释

　　①**黄**：黄犬。

　　②**苍**：苍鹰。

　　③**锦帽貂裘**：这里是名词作为动词使用，指头上戴着鲜艳华美的帽子，身上穿着貂鼠皮衣，是汉代羽林军穿的服饰。

　　④**节**：指兵符，用于传达命令的符节。**云中**：汉时某郡名，在今内蒙古自治区的托克托县一带，包括山西省的西北一部分地区。

　　⑤**天狼**：星名，又作犬星，旧时比喻侵占掠夺，这里隐指西夏。

● 密州出猎

译文

　　老夫我姑且抒发一下自己的少年豪情，左边手牵着健壮的黄犬，右边臂上立着骄傲的雄鹰，头上戴着鲜艳华美的帽子，身上穿着貂鼠皮衣，带着我的众多随从风一般地驰骋在平坦的山冈上。为了报答满城跟随我出猎的人们的情谊，我要像那孙权一样，亲手射杀猛虎。

　　酒至酣处，我的胆气和胸襟也为之壮阔起来，纵然我现在已经两鬓微白，但是那又有什么关系呢？只是不知道什么时候，皇帝才会像当年汉文帝派遣冯唐去赦免云中的魏尚的罪一样信任我呢？如此，我必用尽全身气力，将那背上有雕花的弓拉得像一轮满月，瞄准西北方向，奋勇射杀西夏的军队。

词评

　　东坡词颇似老杜诗，以其无意不可入，无事不可言也。若其豪放之致，则时与太白为近。太白《忆秦娥》，声情悲壮。晚唐、五代，惟趋婉丽。至东坡始能复古。后世论词者，或转以东坡为变调，不知晚唐、五代乃变调也。

　　　　　　　　　　　　　　——清·刘熙载《艺概·词曲概》

临江仙

夜归临皋

夜饮东坡醒复醉，归来仿佛三更。家童鼻息已雷鸣。敲门都不应，倚杖听江声①。

长恨此身非我有②，何时忘却营营③？夜阑风静縠纹平④。小舟从此逝，江海寄余生。

说　明

该词写于作者贬谪黄州时期，上片写夜半醉归居所，家童熟睡，无人开门，只好站在江边听浪涛拍岸声，下片则写酒醒后的内心活动：才华满腹却获罪被贬，倒不如归隐江湖，远离官场的是是非非。全词语言流畅，格调超逸，很有苏词的特色。

注　释

①**听江声**：苏轼寓居临皋，在湖北黄县南长江边上，故而可以听见长江涛声。

②**长恨此身非我有**：出自《庄子·知北游》："舜问乎丞曰：'道何得而有乎？'曰：'汝身非汝有也，汝何得有夫道？'舜曰：'吾身非吾有也，孰有之哉？'曰：'是天地之委形也。'"

③**营营**：指忙于周旋钻营，内心急躁，追名逐利。《庄子·庚桑楚》："全汝形，抱汝生，无使汝思虑营营。"

④**夜阑**：指夜马上就要结束了。阑，尽、残。**縠纹**：縠是绉纱一类的丝织品，这里是比喻微细的水波纹。

译　文

夜晚在东坡畅饮美酒，醒了接着喝，喝了又醉倒，等到醒来的时候已经是三更半夜了。家童已经熟睡了，鼾声如雷，我反复敲门也没有人来给我开门，无奈，我只好自己

●敲门都不应，倚杖听江声

独自拄着拐杖伫立在江边听那江水奔流的浪涛声。

常常愤恨在官场中受束缚，自己的身体却不为自己所支配和所有。什么时候我才能放弃周旋钻营、追名逐利之心呢？夜深人静，水面上十分平静，只有细细的波纹。我真想撑着小船隐遁而去，在烟波江湖中了却此生。

定风波

三月七日，沙湖道中遇雨①。雨具先去，同行皆狼狈，余独不觉，已而遂晴②，故作此词。

莫听穿林打叶声，何妨吟啸且徐行。竹杖芒鞋轻胜马③，谁怕？一蓑烟雨任平生。

料峭春风吹酒醒，微冷，山头斜照却相迎。回首向来萧瑟处④，归去，也无风雨也无晴。

说明

此词写于宋神宗元丰五年（1082），即作者被贬黄州后的第三年。全词即景生情，借自然现象而书人生哲理，于简朴中见深意，于寻常处生波澜，作者潇洒阔达的情怀也被表现得淋漓尽致。

注释

①**沙湖**：又名螺蛳店，在今湖北黄冈东南三十里处。

②**已而**：不久，过了一会儿。

③**芒鞋**：即草鞋。

④**向来**：方才，刚刚。

译文

三月七日的时候，我们在沙湖的路上赶上了下雨，因为保管雨具的仆人提前回去了，所以同

●莫听穿林打叶声

行的人纷纷表现出进退两难、窘迫困顿的样子，而我却不以为意。过了一会儿，天就又放晴了，于是我就作了这首词。

何必去在意那些穿过树林、敲打树叶的雨声呢？倒不如一边放声吟咏着，一边在雨中悠然前行。手里拿着竹子做的拐杖，脚上穿着草鞋，却感觉比骑马还要轻捷许多。是啊，其实有什么可怕的呢？即便只剩一身蓑衣，我也任凭风雨吹打，照样过我的自在人生。

微凉的春风将我的醉意吹醒了，我感到了一丝的寒意，但迎面就看见了山头上初晴后的斜阳，这个时候，我回过头来，看了一眼刚刚来时风雨飘摇的地方。回去吧，我喃喃道，对于我而言，没有什么风雨，也无所谓天晴。

卜算子①

黄州定惠院寓居作②

缺月挂疏桐，漏断人初静③。
谁见幽人独往来④，缥缈孤鸿影⑤。
惊起却回头，有恨无人省⑥。
拣尽寒枝不肯栖，寂寞沙洲冷。

●缺月挂疏桐，漏断人初静

说 明

作者自"乌台诗案"谪居黄州以后，便闭门谢客，深入简出。该词借吟咏孤鸿的幽独、惊惶和高洁，流露出了作者在谪居过程中孤单寂寞、忧心恐惧但又倔强不屈的心境。

注 释

①卜算子：词牌名，万树《词律》认为其取义于"卖卜算命之人"。

②黄州定惠院：在今湖北黄冈东南处，苏轼被贬为黄州团练副史时，曾在此寺寓居，并作有《游定惠院记》。

③**漏断**：古时用滴漏计时，漏断即指深夜。

④**幽人**：形容孤雁，意指幽居的人。

⑤**缥缈**：隐隐约约，似有似无。

⑥**省**：明白，理解。

译文

冷月残缺，梧桐疏落，滴漏已断，夜深人静。那幽居的人独来独往，仿佛失群的孤雁的身影。

突然惊起却又回过头来，心里有一些怨恨却没有人理解和明白。正如那孤雁遍挑寒枝，哪怕在寒冷的沙洲上忍受凄凉和寂寞，亦不肯随便栖息。

词评

语意高妙，似非吃烟火食人语，非胸中有数万卷书，笔下无一点尘俗气，孰能至此！

——宋·黄庭坚《跋东坡乐府》

临江仙

送钱穆父①

一别都门三改火②，天涯踏尽红尘。依然一笑作春温。无波真古井③，有节是秋筠④。

惆怅孤帆连夜发，送行淡月微云。樽前不用翠眉颦⑤。人生如逆旅⑥，我亦是行人。

说明

该词为宋哲宗元祐六年（1091）春，苏轼任杭州知州时，为送别老友钱穆父而作。上片写友人久别重逢，表现二人的志同道合、肝胆相照，下片则写月夜送别友人，表达了二人分别时强抑悲怀、勉为达观的心情。

注释

①**父**：古时对有才德的男子的美称。

②**都门**：指都城的城门。**改火**：古代钻木取火，四季使用不同的木材，故"改火"指年度的更替。

③**古井**：枯井。这里比喻内心恬淡，不轻易为外物所动。

④筼：竹。

⑤翠眉：古代妇女的一种眉饰，即画绿眉，亦专指女子的眉毛。颦：皱眉。

⑥逆旅：旅店。

译文

　　自京城一别，一晃便是三年。你远走天涯、人间辗转，再次相逢时的一笑依然温暖如春。你的心好比是古井之水，寂静无澜，像那竹子一样品性高洁。

　　今夜我心惆怅，只因你就要孤帆起航。送行时，天上只有几片微云，月色朦胧。离宴中歌舞相伴的歌妓用不着为离愁别恨而哀怨，人生如行旅，人人都是漂泊的旅人，自当随遇而安。

词评

　　《说文》：筼字从竹，竹皮也。孔颖达亦以为竹外青皮。苏东坡作《临江仙》词云："无波真古井，有节是秋筼。"乃用白乐天诗："无波古井水，有节秋竹竿。"诗虽承乐天之语，而改竹为筼，遂觉差逊。

——宋·袁文《瓮牖闲评》

水调歌头

黄州快哉亭赠张偓佺

　　落日绣帘卷，亭下水连空。知君为我新作，窗户湿青红①。长记平山堂上②，欹枕江南烟雨③，杳杳没孤鸿。认得醉翁语④："山色有无中⑤。"

　　一千顷，都镜净，倒碧峰。忽然浪起，掀舞一叶白头翁。堪笑兰台公子⑥，未解庄生天籁，刚道有雌雄⑦。一点浩然气，千里快哉风。

说明

　　该词熔写景、抒情、议论为一炉，在艺术构思上具有大开大合、跌宕多姿的特点，体现了作者内心身处逆境而大气凛然、泰然自若的精神状态，同时亦充分彰显了作者词风的奔放雄奇。

注释

①湿青红：指漆的颜色鲜润。

②平山堂：宋仁宗庆历八年（1048）欧阳修在扬州时所建。

③欹：倾斜，歪向一边。

④醉翁：指欧阳修。

⑤山色有无中：原出自王维《汉江临泛》："江流天地外，山色有无中。"后欧阳修《朝中措》词借用"平阑槛倚晴空，山色有无中"。

⑥兰台公子：指战国时楚辞赋家宋玉，相传曾做兰台令。

⑦刚道：硬说。

译文

在落日的余晖中，我卷起绣帘眺望远方，只见亭下的江水在远处和天空连成一片。我知道你为了迎接我的到来，特意将窗户涂上了新鲜的朱漆，这让我忍不住想起当年在平山堂时斜靠着枕席，静静欣赏江南朦胧烟雨，远远地看到天空那边有孤雁出没的情景来。而今天此情此景，也让我体会到醉翁欧阳修的词句中所描绘的那种山色若隐若现的美丽景色。

江面广阔明净，倒映着岸上翠绿的山峰。忽然间却变得波涛汹涌，一个白头渔翁驾着一叶扁舟在这风浪中掀舞，这让我想到了宋玉的那首《风赋》。可笑宋玉并不理解庄子的风是天籁一说，还硬说什么风有雄雌之分。其实，一个人只要具有至大至刚的浩然正气，就能够在任何环境下都可以泰然地享受那千里雄风带来的无穷快意。

词评

其精微超旷，真足以开拓心胸，推倒豪杰。

——清·刘熙载《艺概·诗概》

西江月

顷在黄州，春夜行蕲水中①，过酒家饮。酒醉，乘月至一溪桥上，解鞍曲肱，醉卧少休。及觉已晓，乱山攒拥，流水锵然，疑非尘世也。书此数语桥柱上。

照野弥弥浅浪②，横空暖暖微霄③。障泥未解玉骢骄④，我欲醉眠芳草。

可惜一溪明月⑤，莫教踏碎琼瑶。解鞍欹枕绿杨桥，杜宇一声

春晓^⑥。

说 明

　　该词描写了词人自酒家夜饮归来，醉意朦胧，醉卧溪桥，看到月色明媚的自然风光而忘记了自己身处烦嚣的尘世，沉浸在安恬静谧的氛围之中的生活片段，从侧面反映了词人被贬黄州时内心的抗争与复杂。

注 释

①**蕲水**：水名，流经湖北省蕲春县境内，在黄州附近。

②**弥弥**：形容水波翻涌的样子。

③**微霄**：指弥漫的云气。

④**障泥**：指垂于马身体两侧用于抵挡泥土的马鞯。**玉骢**：指良马。**骄**：形容壮健。

⑤**可惜**：可爱。

⑥**杜宇**：指杜鹃鸟。

译 文

　　月光洒在野外波光粼粼的溪面上，天空中飘荡着几丝云气。胯下健壮的马儿气势昂扬，主人我却因为不胜酒力而在溪桥边下了马，等不及解下马鞍就想躺倒在萋萋芳草中酣眠。

　　这小溪边的清风明月是多么可爱啊，我的马儿，你万不可将那水中的月亮踏碎。我解下了马鞍当作枕头，斜靠着这绿杨桥就进入了甜蜜的梦乡，待听到那杜鹃鸟的鸣叫时，早已是第二天早上了。

词 评

　　自东坡一出，情性之外，不知有文字。

——金·元好问《遗山文集》

永遇乐^①

彭城夜宿燕子楼^②，梦盼盼^③，因作此词。

　　明月如霜，好风如水，清景无限。曲港跳鱼，回荷泻露，寂寞无人见。紞如三鼓^④，铿然一叶^⑤，黯黯梦云惊断。夜茫茫，重寻无处，觉来小园行遍。

　　天涯倦客，山中归路，望断故园心眼^⑥。燕子楼空，佳人何在？

空锁楼中燕。古今如梦，何曾梦觉，但有旧欢新怨。异时对，黄楼夜景[7]，为余浩叹。

●明月如霜，好风如水，清景无限

说明

该词为作者元丰元年（1078）十月任徐州知州时的即景感怀之作。上片描写如水秋月和梦断寻人，下片则凭吊燕子楼，写古今如梦的浩叹，抒发了作者对人生宇宙的思考和感悟。

注释

①**永遇乐**：词牌名，又名《永遇乐慢》《消息》，双调一〇四字。

②**彭城**：在今江苏省徐州市。**燕子楼**：传说为唐朝张建封守徐州时所建。

③**盼盼**：唐朝张建封的爱妾，尤善歌舞，张死后其并未改嫁，而是苦居燕子楼十年，在当时被传为佳话。

④**纨**：击鼓声。

⑤**铿然一叶**：落叶声。

⑥**故园心眼**：指怀念故园时那种望眼欲穿的心情。

⑦**黄楼**：指徐州东门城楼，为苏轼知徐州时所建。

译文

月色洁白如霜，夜风清凉如水，这秋天的景色无限清幽。小鱼在弯弯的水渠中蹦跳着，荷叶上的露珠随风摇落，只可惜现在已经夜深，如此美景却没有什么人来欣赏。夜空中传来了响亮的三更鼓声，一片树叶落地，我的梦因此中断。茫茫的夜色里，已醒之人到哪里去接着寻找梦里的悲欢离合呢？我只有一遍又一遍地在那园中的小路上踱步，心中十分惆怅。

我对长期漂泊天涯的生活感到了厌倦，只想归隐山林，而那故园的身影却也让我望眼欲穿，甚是想念。燕子楼早已人去楼空，昔日的佳人不知道在哪里？白白锁住了梁上那些燕子罢了。原来古今万事到头来都是一场空，有多少人能够如梦初醒呢？只是多了缠绵不断的旧欢新怨而已。将来后人再面对着这黄楼时，也会为我而怀古惜今吧。

公"燕子楼空"三句语秦淮海，殆以示咏古之超宕，贵神情不贵迹象也。

——清·郑文焯《手批东坡乐府》

鹊桥仙①

七夕送陈令举

缑山仙子②，高清云渺，不学痴牛骏女③。凤箫声断月明中④，举手谢时人欲去⑤。

客槎曾犯⑥，银河波浪，尚带天风海雨。相逢一醉是前缘，风雨散，飘然何处？

说 明

该词上片紧贴词牌之意写七夕之事，为友人的离愁别绪抒怀，下片则借晋人遇仙的典故表达和友人聚会的快乐与离别的感慨，整体格调弃悱恻缠绵而取超旷飘逸，韵味十足。

注 释

①鹊桥仙：词牌名，又名《广寒秋》《金风玉露相逢曲》《鹊桥仙令》。

②缑山：在今河南省偃师区。缑山仙子指在缑山成仙的王子乔。

③痴牛骏女：牛郎织女，这里代指痴迷于俗世的芸芸众生。

④凤箫声：王子乔吹笙的时候喜欢模仿凤的叫声。

⑤时人：当时看到王子乔登仙而去的人们。

⑥槎：指竹筏。

译 文

缑山仙子王子乔有着高远的性情，不像牛郎织女一样痴迷人间俗世。他停止了吹笙，凤凰的鸣叫声便中断在洁白的月光下，他向人间挥一挥手，便登仙而去了。

听说黄河的竹筏可以直通天河，一路上还会有天风和海雨为伴。今日你我相逢一醉许是前世的因缘吧，但是分别以后，又有谁知道以后对方会身处何方呢？

词 评

昔人作七夕诗，率不免有珠栊绮疏惜别之意，唯东坡此篇，居然是星汉上语，歌之曲终，觉天风海雨逼人。

——宋·陆游《渭南文集》

江城子

陶渊明以正月五日游斜川，临流班坐①，顾瞻南阜②，爱曾城之独秀③，乃作斜川诗④，至今使人想见其处。元丰壬戌之春⑤，余躬耕于东坡⑥，筑雪堂居之，南抱（yì）四望亭之后丘⑦，西控北山之微泉，慨然而叹，此亦斜川之游也。乃作长短句，以《江城子》歌之。

梦中了了醉中醒⑧。只渊明，是前生。走遍人间，依旧却躬耕。昨夜东坡春雨足，乌鹊喜，报新晴。

雪堂西畔暗泉鸣。北山倾，小溪横。南望亭丘，孤秀耸曾城。都是斜川当日景，吾老矣，寄余龄。

豪放词

可以看见错落有致的亭台丘壑，和四望亭的后丘耸立在高山之巅的孤傲秀美的身影，这美丽的田园山水风光，便是当年陶渊明《斜川诗》中所描写的景致和境界啊！可叹我已经老了，就此寄余生吧。

黄庭坚

　　黄庭坚（1045—1105），字鲁直，号山谷道人、涪翁，洪州分宁（今江西九江）人，江西诗派的开山之祖，与杜甫、陈师道和陈与义并称为"一祖三宗"，因同晁补之、秦观和张耒曾经游学于苏轼门下，所以四人并称为"苏门四学士"，但其生前与苏轼齐名，世人并称其为"苏黄"，有《山谷词》著于世。

定风波

次高左藏使君韵①

　　万里黔中一漏天②，屋居终日似乘船。及至重阳天也霁，催醉，鬼门关外蜀江前③。

　　莫笑老翁犹气岸④，君看，几人黄菊上华颠⑤？戏马台南追两谢⑥，驰射，风流犹拍古人肩。

[说明]

　　该词通过对重阳节的描述，抒发了作者穷且益坚、老当益壮、乐观向上的奋发精神，表现了作者身处逆境而宠辱不惊的旷达胸襟。全词用典自然，造句生动，气势豪迈。

●重阳对菊宴饮

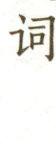

注释

①**左藏**：古代的国库之一，因为位于左方，故称"左藏"。

②**黔中**：指黔州（今重庆彭水）。**漏天**：形容阴雨连绵。

③**鬼门关**：即石门关，在今重庆市奉节县东面，两山相夹犹如蜀地之门户。

④**老翁**：对老年男子的尊称。**气岸**：指气度傲岸。

⑤**华颠**：指白头。

⑥**戏马台**：又称掠马台，在今江苏省徐州市城南，相传为项羽所筑。**两谢**：指谢瞻和谢灵运。晋安帝义熙十二年（416），刘裕北征，九月九日会僚属于戏马台，赋诗为乐，谢瞻和谢灵运各自赋《九日从宋公戏马台集送孔令》一首。

译文

　　万里黔州阴雨连绵，就好像是天漏了一样，到处都是雨水，我整天被困在屋子里面，就好像终日待在一艘破船上一样。直到重阳佳节，天才放晴，我们就在蜀江之畔痛饮狂欢。

　　你们不可以取笑我，我虽然已经老了，可是气度依然豪迈伟岸。你们看，像我这样白头簪黄花的人能有几个呢？说起吟诗赋词的本事，也是直追当年戏马台前各自赋诗的谢瞻和谢灵运，我们骑马射箭，纵横驰骋，风流气概堪比古代的英雄人物。

词评

　　鲁直间作小词固高妙，然不是当家语，自是著腔子唱好诗。

——宋·晁补之

贺　铸

　　贺铸（1052—1125），又名贺三愁，字方回，号庆湖遗老，人称贺梅子，祖籍山阴（今浙江绍兴），自称为唐朝著名诗人贺知章的后代。性格豪放，不附权贵，喜欢议论天下事，词的风格也较为丰富，兼有婉约派和豪放派之长。

天门谣①

登采石蛾眉亭

牛渚天门险②，限南北③，七雄豪占④。清雾敛，与闲人登览⑤。

待月上潮平波滟滟⑥，塞管轻吹新阿滥。风满槛，历历数⑦，西州更点⑧。

说　明

这是一首登临怀古词，笔势雄健，视野宏大，抒发了作者对历史上朝代更迭、兴盛荣辱的感慨。

注　释

①天门谣：根据宋代王灼的《碧鸡漫志》，这篇词作的词牌名应该是《朝天子》，这里的《天门谣》是作者根据此篇内容改题后所得的新名。

②牛渚：山名，又作牛渚矶、牛渚圻，在今安徽省马鞍山市当涂县西北长江边（其中山脚入长江的部分又称采石矶），古代时为大江南北的重要津渡，是兵家必争之地。在牛渚西南方有两山夹江对峙，状似蛾眉，称为"天门"。

③限：指隔断。

④七雄豪占：指吴、东晋、宋、齐、梁、陈及南唐七国都曾雄踞于此。

⑤与：给、提供。

⑥滟滟：水波闪闪发光的样子。

⑦历历：分明可数。

⑧西州：这里代指金陵，即今天的南京市。更点：指报更的鼓点。

译　文

牛渚矶峭壁悬崖，令天门显得更加险峻，历来偏安于这里的七国就是凭借了这里的天险地势才雄踞一方。薄雾消散，仿佛故意让人登临欣赏这壮丽的景色。

明月渐渐升起，长江表面水波闪闪发光。附近有羌管又吹奏起了《阿滥》曲调。夜已经很深了，一阵江风拂上槛栏，我仿佛又听到了从金陵城远远传来的打更的鼓点声。

词　评

北宋名家，以方回为最次。其词如历下、新城之诗，非不华瞻，惜少真味。

——王国维《人间词话》

行路难①

缚虎手②，悬河口③，车如鸡栖马如狗④。白纶巾⑤，扑黄尘⑥，不知我辈可是蓬蒿人？衰兰送客咸阳道，天若有情天亦老⑦。作雷颠，不论钱，谁问旗亭美酒斗十千⑧？

酌大斗，更为寿，青鬓长青古无有。笑嫣然，舞翩然，当垆秦女十五语如弦^⑨。遗音能记秋风曲^⑩，事去千年犹恨促。揽流光，系扶桑^⑪，争奈愁来一日却为长^⑫。

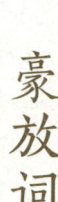

豪放词

● 对花遣怀

注释

①**行路难**：词牌名。本是古乐府杂曲歌名，内容多写世途艰难，英雄末路，后用为词调。又名《梅花引》《小梅花》。

②**缚虎手**：指徒手打虎。

③**悬河口**：形容十分健谈，口若悬河。

④**车如鸡栖马如狗**：鸡栖以群，走狗群奔。形容车马很多，声势浩大。

⑤**白纶巾**：白丝头巾。

⑥**扑黄尘**：奔走于风尘之中。

⑦**衰兰送客咸阳道，天若有情天亦老**：出自李贺诗歌《金铜仙人辞汉歌》。

⑧**旗亭**：酒楼，代指送别之地。

⑨**当垆秦女**：出自辛延年诗歌《羽林郎》："胡姬年十五，春日独当垆。"**语如弦**：出自韦庄词《菩萨蛮》："琵琶金翠羽，弦上黄莺语。"这里比喻胡姬的笑声像是琵琶弦歌一般动人。

⑩**秋风曲**：指汉武帝《秋风辞》："欢乐极兮哀情多，少壮几时兮奈老何！"感叹人生苦短，欢乐易逝。

⑪**扶桑**：神话传说中的神树，古人认为是太阳初升之地。《淮南子》曰："日出于旸谷，浴于咸池，拂于扶桑。"

⑫**争奈**：怎奈。

译 文

　　徒手可打虎，善辩若悬河，车盖仿佛是鸡栖息的地方，骏马奔梭如狗，头上戴着白丝头巾，奔走于风尘之中。谁知道我们这些来自民间的人岂是泛泛之辈？长安道边，只有那凋残的兰花送别我，面对这昔盛今衰的变化，上天如果有感情，它也会衰老的吧。管他送别之地的美酒一杯值多少钱，我且要痛快淋漓地喝个够。喝多了走起路来一颠一颠的，睡觉的时候呼噜声像打雷一样。

　　用大斗豪饮，为了我们的健康长寿干杯，虽然鬓发万古长青是从来没有的事，转眼间红颜便已老去。你看那当垆卖酒的胡姬，年方十五，语笑嫣然，轻歌曼舞，正是花样年华，莺歌燕语仿佛琵琶弦歌一般动人。还记得汉武帝的遗篇《秋风辞》吗？已经过去了千年，至今仍然痛恨人生苦短！想要牢牢地抓住这光阴不松手，将太阳系在扶桑。可惜这悲愁的日子一天天的，如此漫长，却又令我感到无奈和苦闷。

词 评

　　方回乐府，妙绝一世，盛丽如游金、张之堂，妖冶如揽嫱、施之袂，幽洁如屈、宋，悲壮如苏、李。

——宋·张耒《东山词序》

六州歌头①

　　少年侠气，交结五都雄②。肝胆洞，毛发耸③。立谈中，死生同。一诺千金重④。推翘勇，矜豪纵⑤。轻盖拥⑥，联飞鞚⑦，斗城东⑧。轰饮酒垆，春色浮寒瓮，吸海垂虹。闲呼鹰嗾犬⑨，白羽摘雕弓，狡穴俄空。乐匆匆。

　　似黄梁梦，辞丹凤；明月共，漾孤篷。官冗从⑩，怀倥偬⑪；落尘笼，簿书丛。鹖弁如云众⑫，供粗用，忽奇功。笳鼓动，渔阳弄⑬，思悲翁。不请长缨，系取天骄种，剑吼西风。恨登山临水，手寄七弦桐⑭，目送归鸿。

说 明

　　该词上片写作者在东京六七年的侠少生活，虚虚实实地描绘了一幅弓刀武侠、倜傥逸群的生动画卷，接着写"乐匆匆"，情绪变换为报国无门的悲愤和理想破灭的凄凉，风格悲壮，感人肺腑。

注　释

①六州歌头：词牌名。

②少年侠气，交结五都雄：化用唐朝李白《赠从兄襄阳少府皓》"结发未识事，所交尽豪雄"和李益《相和歌辞·从军有苦乐行》"侠气五都少，矜功六郡良"。五都，泛指北宋各大都市。

③肝胆洞，毛发耸：与人交往十分真诚，肝胆相照，遇到不平的事情，立刻就怒发冲冠，很有正义感。

④一诺千金：出自《史记·季布列传》"得黄金百斤，不如得季布一诺"，用于形容诚信。

⑤推翘勇，矜豪纵：所推崇的是勇敢出众、狂放不羁、傲视群雄的人物。

⑥盖：即车盖，这里代指车辆。

⑦飞：指奔驰如飞的骏马。鞚：有嚼口的马笼头。

⑧斗城：汉代都城长安，这里代指汴京。

⑨嗾：形容使唤狗的声音。

⑩冗从：指散职侍从官。

⑪倥偬：形容匆忙或事情纷繁急促。

⑫鹖弁：即鹖冠，古代的一种武冠，左右各加一鹖尾，故称鹖冠，这里代指低级的武官。

⑬渔阳：唐朝时安禄山起兵叛乱的地方，这里喻指金兵发动侵略北宋的战争。

⑭七弦桐：即七弦琴，因为制琴的最佳材料就是桐木，所以用"桐"代"琴"。

译　文

我年少时身怀侠义之气，结交了很多地方的英雄豪勇。我们与人交往十分真诚，彼此间肝胆相照，遇到不平的事情，立刻就怒发冲冠，具有很强烈的正义感。站着交谈中，就可以成为推心置腹、生死与共的朋友。我们所推崇的是那勇敢出众、狂放不羁、傲视群雄的人物。我们轻车简从，驾马驰骋在京郊地区，在酒店里酣饮，那酒坛好似呈现出春色一样诱人，我们像那长鲸和垂虹一样，将一坛又一坛的美酒顷刻就喝光了。闲来无事的时候，我们也会带着猎鹰和猛犬，背着白羽箭矢和雕花的大弓前去打猎，只需要一会儿，狡兔们的巢穴就被我们猎空了。

可惜这些欢乐的时光过得太快了。我离开了京城，往日的记忆仿佛就是黄粱一梦一般逝去了。我驾驶着一叶扁舟漂流而去，一路上只有明月与我相伴。这散职侍从地位低下，而且工作还十分繁忙，令人发愁。我入了这污浊的凡尘仕途，担任这繁重的文书事物工作。像我这样成千上万身怀奇谋良策的武官，都被指派到各地去打杂，在文书案牍中碌碌无为，而不能到战场上施展拳脚、建功立业。如今边疆上笳鼓声声，金兵入侵中原，天下大乱，我这老兵却无法请缨到前线去为国杀敌，让自己的宝剑在秋风中愤怒地嘶吼，活捉那叛贼的头目。如此不得志怎么不叫我惆怅满怀？只好登高望远、忘情山水，每每抚琴悲鸣，目送那远方的鸿雁。

晁补之

　　晁补之（1053—1110），字无咎，号归来子，济州巨野（今山东巨野）人，曾任吏部员外郎、礼部郎中，为"苏门四学士"之一（其他三位分别是黄庭坚、秦观和张耒），其词语言清丽流畅、风格豪爽，和苏轼接近，但有较为浓重的消极归隐的思想，作品主要有《晁氏琴趣外篇》《鸡肋集》等。

洞仙歌①

泗州中秋作②

　　青烟幂处③，碧海飞金镜。永夜闲阶卧桂影④。露凉时，零乱多少寒螀⑤，神京远⑥，惟有蓝桥路近⑦。

　　水晶帘不下，云母屏开⑧，冷浸佳人淡脂粉。待都将许多明，付与金尊，投晓共流霞倾尽⑨。更携取胡床上南楼⑩，看玉做人间，素秋千顷。

说 明

　　该词为赏月词，上片写中秋室外夜景，下片则写室内宴饮赏月，全词以月起，以月结，首尾呼应，明暗交织，宛如天成，词风豪放，境界宏大。

①**洞仙歌**：词牌名。又名《洞仙歌令》《洞仙词》《洞中仙》等。

②**泗州**：今安徽省泗县。

③**幂**：指烟雾弥漫的样子。

④**永**：形容时间之长或者空间之大。

⑤**寒螀**：即寒蝉，体积较小，秋出而鸣。

⑥**神京**：指北宋都城汴京。

⑦**蓝桥**：在今陕西省蓝田县西南蓝溪之上，故名蓝桥，这里是指秀才裴航于蓝桥遇见仙女云英的故事。唐人裴铏《传奇·裴航》云：长庆中，有秀才裴航，行于湘汉。同行樊夫人国色天姿，航欲求之，夫人与诗曰："一饮琼浆百感生，玄霜捣尽见云英。蓝桥便是神仙宫，何必崎岖上玉清。"后经过蓝桥驿站附近，因为口渴甚，遂下道求浆而饮，会云英，以玉杵白为礼，结为连理，方知云英为仙女，而樊夫人则为云英之姐。

⑧**云母屏**：花岗岩的主要成分便是云母，光泽艳丽，可以用来做屏风。

⑨**流霞**：本义为天上的云霞，这里代指美酒。

⑩**胡床**：古代一种可以折叠的轻便坐具。

青烟缭绕，月亮好似碧海晴空中飞出的一轮金灿灿的明镜一般。长夜漫漫，桂花树的身影横卧在寂寞的台阶上。夜深露凉之时，多少寒蝉在零零乱乱地哀鸣。那神京离这里十分遥远，只有月宫仙境离它最近。

将那水晶帘高高地卷起来，展开云母屏风，看那美丽的女子所施的淡淡脂粉浸润了这月夜的寒冷。待我将这许多月色尽数倒入酒杯，连同晓光云霞也一起倒进来，再带上一张胡床登上那南楼，欣赏这白玉雕砌的人间，玩味这素白澄洁的千里清秋之景。

前段从无月看到有月，后段从有月看到月满，层次井井，而词至奇杰。各段俱有新警语，自觉冰魂玉魄，气象万千，兴乃不浅。

——清·黄蓼园《蓼园词评》

姜 夔

姜夔（1154—1221），字尧章，号白石道人，饶州鄱阳（今江西鄱阳）

豪放词

人。其年少孤贫，屡试未第，终身不仕，一生靠卖字和朋友接济度日，但多才多艺，其词作题材广泛、格律严谨，主要作品有《白石道人歌曲》《白石道人诗集》等。

扬州慢①

淳熙丙申至日，予过维扬②。夜雪初霁，荠麦弥望。入其城，则四顾萧条，寒水自碧，暮色渐起，戍角悲吟。予怀怆然，感慨今昔，因自度此曲。千岩老人以为有"黍离"之悲也③。

淮左名都④，竹西佳处，解鞍少驻初程⑤。过春风十里⑥，尽荠麦青青。自胡马窥江去后⑦，废池乔木，犹厌言兵。渐黄昏，清角吹寒，都在空城。

杜郎俊赏⑧，算而今重到须惊。纵豆蔻词工，青楼梦好，难赋深情。二十四桥仍在⑨，波心荡，冷月无声。念桥边红药，年年知为谁生？

说明

淳熙三年(1176)，作者路过扬州，目睹了被战争洗劫后的扬州的萧条景象，抚今追昔，写下此词，表达了其对山河破碎的哀思和对金朝统治者发动侵略战争、南宋王朝偏安一隅的谴责。

注释

①**扬州慢**：词牌名，又名《郎州慢》，该调为姜夔自度曲，后人多用以抒发怀古之思。

②**维扬**：即江苏省扬州市。

③**千岩老人**：指南宋诗人萧德藻，字东夫，号千岩老人。姜夔曾经跟其学习作诗，且是他的侄女婿。

④**淮左名都**：指扬州。宋朝时期的行政区划设有淮南东路和淮南西路，扬州为淮南东路的首府，故称淮左名都。左是古人的方位名称，指面向南方的时候，东为左，西为右。

⑤**少驻**：指稍作停留。**初程**：指初段行程。

⑥**春风十里**：代指扬州，出自杜牧诗歌《赠别》："春风十里扬州路，卷上珠帘总

不如。"

⑦**胡马窥江**：指金兵侵略长江流域地区，多次洗劫扬州。

⑧**杜郎**：指杜牧。

⑨**二十四桥**：即扬州城内的吴家砖桥，也叫红药桥。

译文

　　淳熙年丙申月冬至这一天的时候，我途经扬州，只见夜雪初晴，到处都是青青的荠草和麦子。待进入扬州城内，却见河水惨绿凄冷，景物萧条，城里远远传来吹号角的凄凉之音。看着这扬州城今日的变化，我感慨万千，于是创作了这支曲子。千岩老人认为它有几分《黍离》的悲凉韵味。

　　扬州是淮河东边著名的大都，我最初的路程在竹西亭，这是一个十分美好的住处，我曾经解下鞍马在这里稍作停留。昔日春风十里、一片繁华的扬州城，如今入眼皆是青青的荠草和麦子。自从金兵侵略长江流域地区，再次洗劫扬州以后，这里池苑尽废，乔木被伐，至今说起来都令人厌恶谈论旧日用兵之事。天色已晚，黄昏中的号角吹得格外凄凉，这是被洗劫后的扬州特有的荒凉景色。

　　杜牧是俊逸清赏之人，如果他这时再次来到扬州的话，一定会被眼前的景色吓到。即便是用最精致的词工，用青楼美梦的诗意，也难以表达出这内心感情的深厚。扬州城里的二十四桥依然存在，桥下水波浩荡，月色凄冷，周围一片寂寞幽深。可怜这桥边的红芍药，它一年又一年地开放，却又是为何人呢？

词评

　　"犹厌言兵"的"厌"字，写得极其传神。意谓扬州遭兵火后，荒废的池沼、尚存的大树，至今仍厌恶谈论战事。无数伤乱语，他人累千百言，亦此韵味。

　　　　　　　　　　　　　　　　——清·陈廷焯《白雨斋词话》

叶梦得

　　叶梦得（1077—1148），字少蕴，号石林居士，苏州人，为宋代名臣叶逵后人。绍圣四年（1097）登进士第，历任翰林学士、户部尚书、江东安抚大使等官职，绍兴十八年卒，追赠检校少保。其主要作品有《石林词》《石林燕语》等，开创了南宋前半期以"气"入词的词坛新路。

水调歌头

秋色渐将晚，霜信报黄花①。小窗低户深映②，微路绕敧斜③。为问山翁何事④，坐看流年轻度⑤，拚却鬓双华⑥。徙倚望沧海⑦，天净水明霞。

念平昔⑧，空飘荡，遍天涯⑨。归来三径重扫，松竹本吾家⑩。却恨悲风时起，冉冉云间新雁，边马怨胡笳⑪。谁似东山老，谈笑静胡沙⑫。

说明

该词是作者1144年被迫上疏告老、隐居湖州卞山后写下的作品，表达了其看到强敌压境却力不从心的悲叹和对政治时局的担忧。

注释

①**黄花**：指菊花。

②**小窗低户**：形容房屋简陋。

③**微路**：小路。

④**山翁**：根据《晋书·山简传》记载，山简好酒而易醉，这里是作者借山翁自称。**何事**：为什么。

⑤**坐看流年轻度**：白白看着年华老去。坐看，空看，眼睁睁看着。流年，指流逝的年华。

⑥**拚却**：甘愿。**华**：通"花"，这里是指在闲居中白白地让自己两边的鬓发变得花白。

⑦**徙倚**：徘徊、流连，不肯离开。**沧海**：指临近湖州的太湖。

⑧**平昔**：往日。

⑨**遍天涯**：意思是形容作者一生飘荡之远。遍，走遍。天涯，天边。

⑩**"归来"句**：意思是打算辞官归隐家园，出自晋代陶渊明的《归去来兮辞》："三径就荒，

●秋高气爽难敞怀

松菊犹存。"根据东汉时期赵岐《三辅决录·逃名》记载，西汉末年，王莽专权，兖州刺史蒋诩辞官归乡，家中庭院开辟三条小路，只与求仲、羊仲往来，故后人便常用"三径"来比喻隐士之所。松竹，代指山林隐居处，亦有贞洁自持的意思。

⑪ "**却恨**"**三句**：化用三国时期魏国蔡琰的《悲愤诗》："胡笳动兮边马鸣，孤雁归兮声嘤嘤。"悲风，指秋风悲凉。冉冉，形容大雁缓缓飞行的样子。新雁，指最先南归的大雁。

⑫ "**谁似**"**二句**：化用李白的《永王东巡歌》："但用东山谢安石，为君谈笑静胡沙。"胡沙，代指北方少数民族发动的侵略战争。

译文

秋色一日比一日浓重，金黄的菊花传来了霜降的消息。我简陋的房屋深深地掩映在菊花丛中，庭院里的小路曲折盘山而上。想要问一下山翁你为什么要在闲居中白白地蹉跎岁月，甘愿让自己两边的鬓发变得花白呢？我久久地在那太湖边上徘徊，远处，只见江天一色无纤尘，绚丽的彩霞倒映在湖水中，景色十分美好。

回想我往日的岁月，总是四处漂泊，天涯海角走遍，到头来却还是碌碌无为。罢了，不如辞官归隐家园，重新打扫院中的小路，松竹居所才是我真正的家啊！但是却可恨那秋风悲凉，最先南归的大雁在天空的云层里缓缓飞行，远处边马的嘶鸣和胡笳的哀怨之声交织在一起，令我感觉更加愁苦。谁可以像当年东晋的谢安一样，在谈笑间就轻轻松松地平息了胡人的战乱呢？

词评

少蕴自号石林居士，晚年居卞山下，奇石森列，藏书数万卷，啸咏自娱。所撰诗文甚富。石林词一卷，与苏、柳并传，绰有林下风，不作柔语人，真词家逸品也。

——明·毛晋《石林词跋》

点绛唇①

绍兴乙卯登绝顶小亭②

缥缈危亭③，笑谈独在千峰上。与谁同赏。万里横烟浪。

老去情怀，犹作天涯想④。空惆怅。少年豪放。莫学衰翁样⑤。

说明

该词上片写登亭的孤独和落寞，下片写"老骥伏枥，志在千里"的不老雄心，同时劝诫年轻人应当豪放热情，趁着大好青春及时为国家建功立业，体现了作者归居后孤寂冷清而又超迈旷达的矛盾心理。

注 释

①**点绛唇**：词牌名，因南朝梁国江淹诗歌《咏美人春游》中"白雪凝琼貌，明珠点绛唇"之句而得名，又作《万年春》《南浦月》《十八香》《沙头雨》《寻瑶草》和《点樱桃》等。

②**绝顶小亭**：在吴兴下山峰顶。

③**缥缈**：隐隐约约，似有似无。**危**：指高而令人生畏。

④**天涯想**：指恢复中原的梦想。

⑤**衰翁**：指年老的人。这里是作者自指。

译 文

那绝顶亭高高地耸立在山顶上，隐隐约约，似有似无。我在这千峰之上独自谈笑，诉说胸臆。看那远方云烟缭绕、滚滚如浪涛般而来，这样的景色，有谁来与我一同欣赏呢？

我已经老了，但仍然有为恢复中原而贡献一己之力的梦想。不过，就算我心中仍然思虑着国家大事，如今却也只能白白地伤感和惆怅了。年轻人就应当豪放热情，趁着大好青春及时为国家建功立业，千万不要步我这个老头子的后尘。

●老去情怀，犹作天涯想

词 评

叶少蕴主持王学，所著《石林诗话》，阴抑苏、黄，而其词顾挹苏氏之余波，岂此道与所问学，固多歧出耶？

——冯煦《宋六十一家词选》

八声甘州①

寿阳楼八公山作②

故都迷岸草③，望长淮④，依然绕孤城⑤。想乌衣年少⑥，芝兰秀发⑦，戈戟云横⑧。坐看骄兵南渡，沸浪骇奔鲸。转盼东流水⑨，一顾功成。

　　千载八公山下，尚断崖草木，遥拥峥嵘⑩。漫云涛吞吐，无处问豪英。信劳生⑪，空成今古，笑我来，何事怆遗情⑫？东山老⑬，可堪岁晚，独听桓筝⑭。

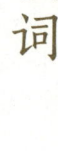

说　明

　　该词上片描写八公山的地形，追述淝水之战时谢家子弟及其率领的东晋军队的英武形象。下片则由古思今，写时光已逝，英雄无觅，表达了词人对英雄的仰慕和自己空怀一生抱负而不被重用的愤懑之情。

注　释

　　①**八声甘州**：词牌名，又名《甘州》《潇潇雨》《宴瑶池》，源于唐代边塞曲。
　　②**寿阳楼**：指寿春的城楼，寿春，东晋时期改名为寿阳，在今安徽省寿县。**八公山**：在今安徽省寿县北部，淝水经此流入淮河。公元383年，东晋谢安、谢玄率领八万精兵在此大败符坚的八十万部众。
　　③**故都**：指北宋都城汴京，当时已经残破，故称"故都"。
　　④**长淮**：指淮河。当时金、宋以淮河为边界。
　　⑤**孤城**：即寿阳城。
　　⑥**乌衣**：指乌衣巷，在今南京市东南，晋代时为王、谢等名门贵族居住的地方。
　　⑦**芝兰秀发**：出自《世说新语》中谢玄之语"譬如芝兰玉树，欲使其生于阶庭耳"，后用来比喻年轻有为的子弟。
　　⑧**戈戟云横**：指晋军的武器像云一样横列排开。
　　⑨**转盼**：转眼之间。
　　⑩**峥嵘**：形容山势高峻。
　　⑪**劳生**：指碌碌一生。
　　⑫**怆**：悲伤、伤感。
　　⑬**东山**：指谢安，其曾经隐居于东山，故称。
　　⑭**桓筝**：指桓伊弹筝的典故，据《晋书·桓伊传》记载，桓伊曾经抚筝而弹《怨歌》，讽谏晋孝武帝猜忌谢安，不予重用，谢安听后"泣下沾襟"，孝武帝"甚有愧色"。

译　文

　　故都汴京已经是野草丛生，河岸边水汽朦胧，远远望去，只有淮河依然环绕着寿春城。想当年谢家子弟，年轻有为，风发意气，仅仅率领八万精兵就让符坚的八十万秦军在淝水中溃逃如受惊的鱼一般。一眨眼的工夫，他们已经建立起千秋功勋。

时隔千年，八公山的草木一如当初那般簇拥着高峻的山峰，但如今，山头的云雾浪涛般聚还散，而昔日的英雄再无踪迹可寻。古往今来的人们都是碌碌一生，结果到头来一场空。可笑我怀古伤今，何必如此伤情？可惜就连谢安这样的人物，到老年的时候，也因为遭到猜忌而不被重用，一腔哀怨化作了桓伊用筝弹出的《怨歌》，令人闻之动容。

水调歌头

九月望日①，与客习射西园，余偶病不能射。

霜降碧天静，秋事促西风②，寒声隐地初听，中夜入梧桐。起瞰高城回望，寥落关河千里，一醉与君同。叠鼓闹清晓，飞骑引雕弓。

岁将晚，客争笑，问衰翁：平生豪气安在？走马为谁雄？何似当筵虎士，挥手弦声响处，双雁落遥空。老矣真堪愧，回首望云中！

说 明

该词写作者虽然年事已高，却还想和客人走马比武，以振当年雄风，不想却"偶病不能射"，感叹自己已经对报国之事有心无力。

注 释

①**望日**：指农历的小月十五日，大月十六日。
②**秋事**：指秋收、制寒衣等。

译 文

深秋霜降时节，天空一片澄净安宁，西风吹起，夜半时分寒意阵阵，直入梧桐，料想这个时候，前方战士应该也要准备秋收和制寒衣等事情了。心事重重的我起身离座，登上城楼，向中原地区望去，却看见千里关河落寞凄冷，面对此情此景，沉痛难耐的

●一醉与君同

仍是百尺楼头气概也。

我只好选择和客人共饮，借酒消愁。宴饮过后，天色将晓，军中响起了鼓声，武士们在习武场上手持雕弓，走马飞驰，这习武驰射的豪壮场面令人激动不已。

座中客人正当盛年，武场较胜，欢谈笑语，争相夸美，不禁引起我这迟暮之人对往事的无限回忆。可惜我壮志未酬身先老，只能默默地羡慕那些"当筵虎士"英武善战，可以一箭双雕，他们报国有期，而我只有惭愧的份儿了。不过我身老志不衰，依旧情系边防，以收复中原为己任。

词 评

石林居士著书百卷，藏书万卷，其词与苏、柳并传，不作柔靡妇人语。此词上阕起结句咸有峭劲之致。下阕清气往来，十句如一句写出，自谓豪气安在，其实字里行间，

——俞陛云《唐五代两宋词选释》

朱敦儒

朱敦儒（1081—1159），字希真，洛阳人，有"词俊"之美名，与"诗俊"陈与义等人并称为"洛中八俊"，作品有词集《樵歌》（亦作《太平樵歌》）。

鹧鸪天①

西都作②

我是清都山水郎③，天教分付与疏狂。曾批给雨支风券，累上

留云借月章④。

诗万首，酒千觞⑤。几曾着眼看侯王？玉楼金阙慵归去⑥，且插梅花醉洛阳。

说 明

该词上片写作者在洛阳纵情山水、诗酒趁年华的不羁生活状态，下片则写自己淡泊似神仙的心境，着力表现了其蔑视权贵、不与世俗同流合污的精神。

注 释

①鹧鸪天：词牌名。又名《思佳客》《醉梅花》《剪朝霞》《骊歌一叠》等。或说调名取自唐人郑嵎"春游鸡鹿塞，家在鹧鸪天"诗句。

②西都：即洛阳，宋朝时称洛阳为西京。

③清都：传说中天帝居住的府邸。**山水郎**：为天帝管理山水的郎官。

④累：多次。**章**：指上呈天帝的奏章。

⑤觞：古代盛酒的容器。

⑥玉楼金阙：代指汴京的宫殿。

译 文

我本是天宫里为天帝管理山水的郎官，天帝赋予了我狂放不羁的性格，他曾经批给我支配风雨的令牌，还多次准予了我挽留云霞、借走月亮的奏请。

我可以吟出诗歌万首，喝酒也是千杯不醉，那些王侯将相，我从来就没有拿正眼瞧过他们，即便是在这富丽堂皇的天宫里做官，我也常常懒得去，而只想赏梅饮酒，醉卧洛阳城。

词 评

希真梅词最多，性之所近也。

——清·黄蓼园

相见欢①

金陵城上西楼②，倚清秋③。万里夕阳垂地，大江流。

中原乱④，簪缨散⑤，几时收？试倩悲风吹泪⑥，过扬州⑦。

说 明

靖康之难发生后，朱敦儒仓皇南逃至金陵，该词便是其客居金陵时，登上金陵城

●回望故园心沉郁

西门城楼感怀时事而作，表现了词人强烈的亡国之痛和深厚的爱国主义精神，读来十分感人。

注释

①**相见欢**：唐教坊曲名，后用为词牌。又名《秋夜月》《上西楼》《乌夜啼》等。双调三十六字，上阕平韵，下阕两仄韵两平韵，亦有通篇皆押平韵者。

②**金陵**：即南京。

③**倚清秋**：倚楼观看清秋时节的景致。

④**中原乱**：指宋钦宗靖康二年（1127），金人攻陷汴京，中原大乱。

⑤**簪缨**：其时官僚贵胄的冠饰，这里代指官僚贵胄本人。

⑥**倩**：请。

⑦**扬州**：地名，今属江苏，在当时为南宋的前方，曾经多次遭到金兵的破坏。

译文

登上这南京城的西门的城楼，倚楼观看这清秋时节的美丽景色。夕阳笼罩着大地，长江水缓缓奔流而去。

自从中原大乱以后，官员们均作鸟兽散，沦陷的国土什么时候才能收复回来呢？就请悲凉的秋风带着我的眼泪直到扬州。

词评

笔力雄大，气韵苍凉，短调中具有万千气象。

——清·陈廷焯《词则》

水龙吟①

放船千里凌波去②，略为吴山留顾③。云屯水府④，涛随神女⑤，九江东注⑥。北客翩然⑦，壮心偏感，年华将暮。念伊嵩旧隐⑧，巢由故友⑨，南柯梦⑩，遽如许⑪。

回首妖氛未扫⑫，问人间，英雄何处？奇谋报国，可怜无用，尘昏白羽⑬。铁锁横江，锦帆冲浪，孙郎良苦⑭。但愁敲桂棹⑮，悲吟梁父⑯，泪流如雨。

该词为朱敦儒自吴越辗转漂泊至江西途中所作，表现了其对山河沦丧、国家今昔变幻的悲愤。

①**水龙吟**：出自李白诗句"笛奏龙吟水"。《水龙吟》又名《龙吟曲》《庄椿岁》《小楼连苑》。

②**凌波去**：即乘风破浪而去。凌，逾越、飞渡。

③**吴山**：泛指江南的山峰。**留顾**：停留环顾。

④**云屯水府**：意指快要下雨。水府，星官名。

⑤**神女**：即巫山神女，朝行为云，暮行为雨。

⑥**九江**：因长江是由众多支流汇聚而成的大江，故称之为九江。九，极言其多。

⑦**北客**：因作者家在洛阳，故自称北客，即北方南来的客人。**翩然**：翻飞的样子。这里形容行舟迅疾如飞。

⑧**伊嵩**：指伊水和嵩山，均在河南省境内。

⑨**巢由**：指古代的隐士巢父和许由。

⑩**南柯梦**：唐朝李公佐传奇小说《南柯太守传》："淳于棼梦至槐安国，国王以女妻之，任南柯太守，荣华富贵，显赫一时，后与敌战败，公主亦死，被遣回。醒后见槐树南枝下有一蚁穴，即梦中所历。"后人因此称之为"南柯梦"，用于比喻富贵荣华终究不过是一场空欢喜。

⑪**遽**：急，仓促。

⑫**妖氛**：凶气，代指金兵。

⑬**白羽**：指古代儒将指挥作战时手中所挥的白羽扇。

⑭**孙郎**：指三国东吴末帝孙皓。晋武

●千里踏浪

帝司马炎派遣王浚制造大船东下伐吴，吴军用铁锁和铁链横截长江，想要阻挡晋军攻势，结果被晋军用火破之，攻破金陵，孙皓被迫投降。这里是用该典故喻指金兵败宋，形势危急，切不可再蹈东吴的覆辙。

⑮**桂棹：**船桨的美称，代指船只。

⑯**梁父：**即《梁父吟》（又作《梁甫吟》），相传为诸葛孔明所作。

译文

放我的船顺流东下乘风破浪而去，路过江南那秀丽的山峰时，也只是稍稍停留欣赏了一会儿。厚厚的积云蛰伏在水府周围，马上就要下雨了，想来定有神女在天上游走，江涛汹涌，紧跟着她的步伐而走，众水东流注成浩渺的长江。我自北方而来，一心精忠报国却不得志，岁月匆匆，转眼间我已垂垂老矣。我想到自己那些像巢父、许由一般的林下故友和在嵩山之上、伊水之边的隐居生活，突然感觉那些事情仿佛就是一场梦一样，转眼而逝。

回望中原大地，金兵还未消灭，试问抗敌的英雄在哪里？可惜我满肚子的奇谋良策，没有人赏识和采纳，白白让自己的羽扇堆满了尘灰。想到当年东吴末帝孙皓用铁锁和铁链横截长江，想要阻挡晋军攻势，结果被晋军用火破之，攻破金陵，孙皓被迫投降，何等悲苦，如今的朝廷又何尝不是如此呢？念此，我不得不独自忧愁地敲打着我的船舷，将古曲《梁父吟》一遍遍地吟诵，泪如雨下。

词评

忧时念乱，忠愤之致，触感而生。

——清·王鹏运《樵歌跋》

念奴娇

插天翠柳，被何人，推上一轮明月？照我藤床凉似水，飞入瑶台琼阙①。雾冷笙箫，风轻环佩，玉锁无人掣。闲云收尽，海光天影相接。

谁信有药长生，素娥新炼就②，飞霜凝雪。打碎珊瑚，争似看③，仙桂扶疏横绝。洗尽凡心，满身清露，冷浸萧萧发④。明朝尘世，记取休向人说。

说 明

该词描写了作者躺在藤床上神游月宫的乐趣，营造出了冰清玉洁、凄清素雅的美丽意境，表现了词人遗世独立、超尘绝世的思想和性情。

注 释

①**瑶台**：指神仙居住的地方，出自李白《清平调》："若非群玉山头见，会向瑶台月下逢。"**琼阙**：指华丽精美的楼台。

②**素娥**：即嫦娥。因为月亮颜色洁白，故称之为"素娥"。

③**争**：怎么。常见用法有"争乃""争知""争似""争忍"等。

④**萧萧**：形容头发花白稀疏。

译 文

不知道是什么人，将一轮洁白的月亮推上了门前高大碧绿的柳树上，它清凉的光辉如水一般映照在我的藤床上，让我感觉自己好似飞身到了那神仙们居住的瑶台琼阙。这里云雾缭绕，隐隐可以听见笙箫之音，一阵风传来，环佩叮当，估计是那些仙女们正在随风踏着音乐节拍起舞吧。我想要进门一睹为快，可惜没有人来为我打开门上的玉锁，天界果然是与世隔绝，不受俗尘之人的打扰，这不免让我有些失望和惆怅。过了一会儿，云雾都散去了，只见远处海天相接，一片美不胜收之景。

据说那月宫里有能让人长生不老的丹药，但我认为那不过是她新近炼制的凝霜而已，并非人们传说的什么玉兔捣药。月宫里的桂花树花叶扶疏、枝影横斜，当年石崇斗富时打碎的那株据说是价值连城的名贵"珊瑚"，怎么能够和它相提并论呢？在这月宫仙境里，人的凡尘俗心皆得到了洗涤，只留一身清露，寒冷浸湿了我花白稀疏的头发。这种超脱隐逸的境界和志趣明天千万不要和那些凡俗尘世里的人诉说，因为他们是不会理解的。

词 评

朱希真南渡，以词得名。月词有"插天翠柳，被何人，推上一轮明月"之句，诵之令人自乐。

——宋·张端义《贵耳集》

李清照

李清照（1084—1155），号易安居士，齐州章丘（今山东章丘）人，被称为"千古第一才女"。其词作前期多写悠闲的生活，后期则写流落南方的悲苦，语言清丽，极重协律，有《易安词》《易安居士文集》，但均已失传，后人辑有《漱玉词》，今有《李清照集校注》。

渔家傲

天接云涛连晓雾，星河欲转千帆舞。仿佛梦魂归帝所。闻天语，殷勤问我归何处。

我报路长嗟日暮①，学诗谩有惊人句②。九万里风鹏正举③。风休住，蓬舟吹取三山去④！

说　明

宋高宗建炎四年（1130），李清照海上南渡，历经艰险，该词便描述了作者这段经历的真实感受。

注　释

●蓬舟吹取三山去

①**我报路长嗟日暮**：取屈原《离骚》"路漫漫其修远兮，吾将上下而求索""欲少留此灵琐兮，日忽忽其将暮"之意。嗟，感叹。

②**学诗谩有惊人句**：取意于杜甫句"语不惊人死不休"。谩有，空有。

③**九万里风鹏正举**：庄子《逍遥游》中的鹏鸟可乘风飞上九万里高空。

④**蓬舟**：指像蓬蒿一样被风吹动的船只。**三山**：据《史记·封禅书》记载，渤海中有蓬莱（又作蓬壶）、方丈和瀛洲三座仙山，传说为仙人居住之地，虽然可以望见，但若乘船前往，到了跟前总会被风吹开，终无人能抵达。

 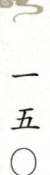

晓雾朦胧，仿佛水天相连，银河欲曙，千帆已发，在海浪中漂舞。半梦半醒中，我的魂魄仿佛来到了天帝的居所，他殷切地问我要去归何处。

我回答说可叹暮色四合、路途遥远，自己虽学了一身出语惊人的作诗本领，却毫无用处。鹏鸟正乘风飞上九万里高空，不若风莫停，直接将我乘坐的小舟也吹到蓬莱三岛去吧！

词评

浑成大雅，无一毫钗粉气。

——清·黄蓼园《蓼园词选》

向子${}$谭^{yīn}

向子谭（1085—1152），字伯恭，号芗林居士，临江清江县（今江西樟树）人。宋哲宗元符三年（1100），向子谭以荫补官，后累官至京畿转运副使兼发运副使。金兵围攻潭州时，其曾经率领军民坚守八日，绍兴中，因为反对秦桧议和，落职居于临江。其诗词风格前期绮丽，南渡之后则多忧国伤时之作，著有《酒边词》两卷。

西江月

政和间①，余卜筑宛丘②，手植众芗③，自号芗林居士。建炎初④，解六路漕事⑤，中原俶扰⑥，故庐不得返，卜居清江之五柳坊。绍兴癸丑，罢帅南海，即弃官不仕⑦。乙卯起，以九江郡复转漕江东⑧，入为户部侍郎。辞荣避谤，出守姑苏。到郡少日，请又力焉，诏可，且赐舟曰泛宅，送之以归⑨。己未暮春⑩，复还旧隐。时仲舅李公休亦辞舂陵郡守致仕⑪，喜赋是词。

五柳坊中烟绿，百花洲上云红。萧萧白发两衰翁⑫，不与时人同梦。

抛掷麟符虎节⑬，徜徉月下林风⑭。世间万事转头空，个里如

如不动[15]。

说　明

　　该词写于绍兴九年（1139），作者因为反对秦桧而被罢黜，自此归隐山林期间，通过描写隐逸的情趣，反映了作者对南宋政治现实的不满。

注　释

　　①**政和**：宋徽宗的年号（1111—1118）。

　　②**宛丘**：指宛丘县，在今河南省淮阳县。

　　③**芗**：一种调味的香草，这里是泛指各种花草。

　　④**建炎**：宋高宗的年号（1127—1130）。

　　⑤**解六路漕事**：指建炎元年，作者任江淮发运副使，九月因为平日和李纲交好而被黄潜斥黜。解，即卸任。六路，分别指两浙东路、两浙西路、江南东路、江南西路、淮南东路、淮南西路。

　　⑥**傲扰**：指骚乱不安。

　　⑦**"绍兴"三句**：绍兴三年（1133），作者知广州，不久以言者罢，于是致仕。

　　⑧**乙卯起，以九江郡复转漕江东**：绍兴五年（1135），作者起复为知江州，改江南东路转运使。

　　⑨**"到郡"五句**：绍兴八年（1138），金人议和即将入境，但作者不肯拜金诏，反对秦桧议和，结果被罢官。

　　⑩**己未**：绍兴九年（1139）。

　　⑪**仲舅**：即二舅。**春陵郡**：隋朝时所置郡名，在今湖北省枣阳市枣强县。

　　⑫**萧萧**：形容头发稀少的样子。

　　⑬**麟符虎节**：古代朝廷制作麒麟或者老虎形状的符节，作为调兵遣将、传达命令的凭证。

　　⑭**徜徉**：徘徊。

　　⑮**如如**：出自《金刚经》"不取于相，如如不动"，指真如常住、圆融而不凝滞的境界。

译　文

　　五柳坊里绿柳如烟，百花洲上朵朵鲜花盛开，仿佛一团团红色的云。可叹我和李公休都已经老了，头发花白稀少，但还是不愿意和秦桧这些人同流合污，结果就被罢了官，隐逸清江。

　　此时此刻，风清月朗，我独自徘徊在林间，悄然感叹，宦海沉浮，不过是过眼云烟，还是淡泊明志、宁静致远可以使人心安。

这首写隐逸情趣的词，从一个侧面表现了作者对南宋政治现实的不满。

——连增新

陈与义

陈与义（1090—1139），字去非，号简斋，洛阳人。政和三年（1113）登上舍甲科，官至参知政事。宋朝南渡后，其作品内容多为慨叹国事，有《无住词》《简斋集》传世。

临江仙

高咏楚辞酬午日①，天涯节序匆匆②。榴花不似舞裙红③。无人知此意，歌罢满帘风。

万事一身伤老矣，戎葵凝笑墙东④。酒杯深浅去年同。试浇桥下水，今夕到湘中⑤。

说明

该词写于建炎三年（1129），当时作者正流寓于湖南、湖北一带，而国家遭受兵难，朝廷中宋高宗却仍然听信奸臣佞言，屈辱卖国，导致国势衰微，作者借端午节凭吊屈原、怀旧伤时，抒发了自己的家国之恨和爱国情怀。

注释

①高咏：高声朗诵、吟咏。酬：指打发、对付，这里是"度过"的意思。午日：即农历五月初五的端午节。

②节序：节气、时令。

③榴花不似舞裙红：舞裙比那石榴花还要鲜红美丽，这里是怀念昔日生平美好岁月的意思。

④戎葵：指蜀葵，夏日开花，花开无色，状似木槿，特性向阳。凝笑：长时间含笑。

⑤湘中：湘水之中，即屈原投江殉难的地方。

译文

　　我高声朗诵、吟咏着屈原的《楚辞》来度过这端午佳节。我漂泊天涯，感觉到时光匆匆。这异乡的石榴花再鲜红美丽，也比不过京城里的舞者所穿的裙衫动人。没有人理解我此时此刻的心情，我慷慨悲歌一番过后，只有凉风吹动了帘子来回应我。

　　万事都已转头空，如今只剩下了这一身病躯，那墙角东面的蜀葵长时间含笑，也在嘲弄着我凄凉的处境。杯中之酒，看起来和去年一般无二，且将它倒入桥下的流水中，让江水带它流入那湘水之中，代我凭吊屈原吧！

词评

　　世所传乐府多矣，如……陈去非《怀旧》云："忆昔午桥桥下（应作上）饮……"又云"高咏楚辞酬午日……"如此等类，诗家谓之言外句。含咀之久，不传之妙，隐然眉睫间，惟具眼者乃能赏之。

——金·元好问《自题乐府引》

临江仙

夜登小阁忆洛中旧游①

　　忆昔午桥桥上饮②，坐中多是豪英。长沟流月去无声，杏花疏影里，吹笛到天明。

　　二十余年如一梦③，此身虽在堪惊。闲登小阁看新晴，古今多少事，渔唱起三更。

●杏花疏影里

说明

　　该词为作者晚年退居青墩镇僧舍时抚今追昔之作，上片追思二十多年前的洛中友人和当时诗意安然的生活，下片则写北宋败亡，自己亦流离失所，备尝艰辛，表达了作者对南宋小朝廷偏安苟全的悲愤。

注 释

　①小阁：指作者当时寄居于浙江湖州青墩镇的僧舍，僧舍旁即为该阁楼。

　②午桥：别墅名，指午桥庄，又号绿野草堂，在洛阳城南十里处，为中堂名相裴度的府第。

　③二十余年：自作者为躲避"靖康之难"，从洛阳来到江南至今，历时已有二十多年。

译 文

　　回忆当年和好友们一起在午桥庄畅饮美酒，满座皆是人中豪杰。洁白的月光挥洒在悠长的河面上，静静地随着水波流逝，我们坐在杏花树那稀稀疏疏的影子里，用长笛吹奏出一曲又一曲，直到天色微明。

　　自从朝廷败亡，我南渡流亡至此，已经有二十多年了，这么长的岁月蓦然回首，竟然好似南柯一梦，自己虽然侥幸还活在人世间，但是回首往事，依然令我感到胆战心惊。今日我百无聊赖地登上小阁，欣赏那雨后初晴的动人景致，天下间多少古往今来、成王败寇之事，到头来，都化作了渔夫夜半哼唱的歌曲。

词 评

　　词之好处，有在句中者，有在句之前后际者。陈去非《虞美人》："吟诗日日待春风，及至桃花开后却匆匆。"此好在句中者也。《临江仙》："杏花疏影里，吹笛到天明。"此因仰承"忆昔"，俯注"一梦"，故此二句不觉豪酣转成怅悒，所谓好在句外者也。倘谓现在如此，则甚矣。

　　　　　　　　　　　　　　　　　——清·刘熙载《艺概·词曲概》

张元幹

　　张元幹（1091—约1161），字仲宗，号真隐山人、芦川居士，晚年又自称为芦川老隐，为芦川永福（今福建永泰）人，历任太学上舍生、陈留县丞。秦桧当国时，张元幹投入李纲麾下，坚决主张抗金，力谏死守，并作《贺新郎》一词赠予李纲，因此遭到秦桧的打击，被以他事追赴大理寺除名削籍。此后张元幹便漫游江浙一带，约七十岁时客死，葬于闽之螺山。其与张孝祥并称南宋初期"词坛双璧"。

贺新郎①

寄李伯纪丞相②

曳杖危楼去。斗垂天，沧波万顷，月流烟渚。扫尽浮云风不定，未放扁舟夜渡。宿雁落，寒芦深处。怅望关河空吊影，正人间，鼻息鸣鼍鼓③。谁伴我，醉中舞④？

十年一梦扬州路⑤。倚高寒，愁生故国，气吞骄虏⑥。要斩楼兰三尺剑⑦，遗恨琵琶旧语⑧。谩暗涩，铜华尘土⑨。唤取谪仙平章看，过苕溪，尚许垂纶否⑩？风浩荡，欲飞举。

说明

该词表达了作者对李纲反对议和、坚决主战的行为的支持和敬仰，希望李纲能够东山再起，重整朝纲，收复失地，同时劝诫当朝统治者应当吸取前朝的教训。全词充满了忠义之气，抒发了作者气吞骄虏和豪情壮志的爱国热忱。

注释

①**贺新郎**：词牌名。又名《贺新凉》《金缕曲》等。

②**李伯纪**：即李纲，北宋末年至南宋初年著名抗金英雄，字伯纪，号梁溪先生。靖康元年（1126），金兵攻入汴京，时其任京城四壁守御使，团结军民击退金兵，但不久却被主和派所排挤。宋高宗即位初，曾经起用其为相，并力图革新内政，但仅仅七十七天便遭罢免。绍兴二年（1132），复起用为湖南宣抚使兼知潭州，但不久又被罢官。后其多次上疏陈述抗金大计，但均未被采纳。绍兴十年（1140）正月十五病逝于仓前山椤严精舍寓所，赠少师。淳熙十六年（1189），特赠陇西郡开国公，谥号忠定。

③**鼻息鸣鼍鼓**：意思是当人们熟睡的时候，鼻息就好像是击打用鼍皮所蒙制的鼓一样，即"鼾声如雷"。鼍鼓，用鼍皮所蒙制的鼓。鼍，一种生活在水里的生物，俗称猪婆龙。

④**谁伴我，醉中舞**：这里是化用东晋祖逖和刘琨夜半闻鸡而同起舞剑的故事。

⑤**十年一梦扬州路**：化用杜牧诗歌《遣怀》"十年一觉扬州梦"，借指十年前，即建炎元年，金兵分道南侵，宋高宗避难于扬州，后至杭州，而扬州则被金兵焚毁。十

年之后，宋金和议已成，主战派惨遭迫害，恢复中原之梦破灭。

⑥**骄虏**：因《汉书·匈奴传》中称匈奴为"天之骄子"，故这里是代指金人。

⑦**要斩楼兰三尺剑**：指西汉傅介子出使西域而斩楼兰王的故事，见《汉书·傅介子传》。

⑧**遗恨琵琶旧语**：指汉代王昭君出塞和亲之事，因其善弹琵琶，有乐曲《昭君怨》，故而用"琵琶旧语"代指。

⑨**谩暗涩，铜华尘土**：指叹息和议已经成为定局，即使有宝剑也不能上阵杀敌，只能任由它生出铜锈，弃于尘土之中。暗涩，指宝剑上布满了铜锈，失去了光彩和作用。铜华，即铜锈。

⑩**垂纶**：即垂钓。纶，钓鱼用的丝线。因姜尚在渭水边垂钓，后遇周文王，故后世用垂钓来比喻隐居。

译文

拖着手里的拐杖独自上高楼，仰望那低垂在夜空中的北斗七星，俯瞰那翻滚着万顷碧波的沧江，月光流泻在烟雾迷蒙的洲渚。浮云被一扫而净，寒风飘荡不定，令我不能乘着小船连夜飞渡。鸿雁已经栖息在了那萧索的芦苇深处。我独自怀着惆怅的心情眺望着祖国破碎的山河，形影相吊、徒然无功，人间这个时候，正是人们熟睡、鼾声如雷之时，有谁肯陪伴我乘着酒兴而起舞呢？

扬州路走遍，十年仿佛一场噩梦。我独自倚靠着高楼栏杆，感受着夜的寒冷，心中想到故国，心中忧愁，恨不得能够一口气将那金人吞掉。我要用手中的宝剑亲手杀死那叛乱的金朝统治者，绝不让昭君出塞的悲剧重新上演。只是可恨和议已经成为定局，即使有宝剑也不能上阵杀敌，只能任由它生出铜锈，弃于尘土之中。我要请您来评论评论，经过苕溪的时候，我们是否还有垂纶放钓的机会？长风浩荡，吹得我雄心勃勃，忍不住想要乘风飞上九天而去。

词评

慷慨激昂，数百年后，尚可想其抑扬磊落之气。

————《四库全书总目提要》

贺新郎

送胡邦衡待制①

梦绕神州路②。**怅秋风，连营画角**③，**故宫离黍**④。**底事昆仑倾砥柱**⑤，**九地黄流乱注**⑥。**聚万落千村狐兔**⑦。**天意从来高难问**⑧，

况人情老易悲难诉。更南浦⑨，送君去。

凉生岸柳催残暑。耿斜河⑩，疏星残月，断云微度。万里江山知何处⑪？回首对床夜语⑫。雁不到，书成谁与⑬？目尽青天怀今古，肯儿曹恩怨相尔汝⑭！举大白⑮，听《金缕》⑯。

●凉生岸柳催残暑

说明

　　该词上片写对中原故国惨遭掳掠，对南宋朝廷腐败昏庸、卖国求安的悲愤和担忧，下片则追忆往事，述说离情，表现了朋友之间的真挚情谊和共同的爱国主义情怀。

注释

　　①**胡邦衡**：即胡铨，字邦衡，宋高宗时进士，为枢密院编修官，因为忤秦桧之意而反对主和，故一再遭到贬谪。**待制**：宋代的一种官名。

　　②**神州**：古代称中国为"赤县神州"，这里代指中原大地。

　　③**画角**：一种自西羌传来的古管乐器，形状如同竹筒，本细末大，以竹木或者皮革等制作而成，因为表面有彩绘而得名。其音高亢哀厉，故古代军中常用此来整肃军容、振奋士气、以警昏晓。帝王出巡之时，也常常用来戒严、报警。

　　④**故宫**：指汴京旧宫。**黍离**：指亡国之悲。

　　⑤**底事**：言何事。**昆仑倾砥柱**：传说中昆仑山有擎天柱，天柱倾则天塌。

　　⑥**九地黄流乱注**：古人相信黄河源出昆仑山，黄河中有天柱，天柱倾则黄河水泛滥，九州便有被淹没的危险，这里代指金兵的疯狂进攻。

　　⑦**聚万落千村狐兔**：出自范云诗歌《渡黄河》"不睹行人迹，但见狐兔兴"，这里形容中原地区被金兵践踏后的荒凉之景。

　　⑧**天意**：指帝王的心思。

　　⑨**南浦**：本义为南面的水边，后常用来称送别之地。

　　⑩**耿**：通"炯"，明亮的样子。

　　⑪**万里江山知何处**：因为胡邦衡被贬至广东，相距万里而称。

　　⑫**对床夜语**：指朋友之间亲密相处，长夜深谈。

　　⑬**雁不到，书成谁与**：指胡邦衡被贬至广东，雁飞不到，后比喻别后音信难通。

　　⑭**儿曹**：儿辈。**恩怨相尔汝**：出自韩愈诗歌《听颖师弹琴》："昵昵儿女语，恩怨

相尔汝"，即儿女亲昵之语也。

⑮**大白**：一种酒杯的名称。

⑯**《金缕》**：即《金缕曲》，又名《贺新郎》，即本词。

译文

　　我们这辈人一直对尚未收复的中原大地魂牵梦萦。现在正是金秋时节，风声萧瑟，这方面号角声声，仿佛是军容森严，可另一方面，那旧都汴京却已经是黍离稀疏，荒凉一片。不承想，这昆仑天柱、黄河中流砥柱竟然顷刻崩塌，以致中原大地全成沉陆，百姓饱受痛苦，金兵攻势汹汹，这古老文明的礼乐之邦，瞬间就成了狐兔横行、千村萧条的人间惨境。本来天意难测，人间又没有什么知己，也只有胡公您一个朋友陪我在福州，如今我还要送别你远去，以后我的满腹衷情又向何人诉说呢？

　　这送别的岸边有柳树依依随风飘拂，带来一丝夏末的凉意。我久久地伫立在岸边，望着你既去的征帆不忍离开，直到银河斜转，天上出现了一闪一闪的星星，云儿漂浮在夜空中。自此一别，不知道你要流落到万里之外的什么地方，我如果再想同你像以前一样长夜深谈，已经是不可能实现的了！雁之南飞，不度衡阳，只怕以后我们想要通音信也很困难，到时候我写了书信，要托何人寄往何处呢？不过，我们都是胸襟开阔、高瞻远瞩的人物，关注的是天下大事、今古兴亡，怎么能做小儿女之态呢？来来来，让我们举起酒杯，听我为你唱这一支《金缕曲》。

词评

　　张元幹送李纲和胡铨的两首《贺新郎》，堪称先后辉映的姊妹篇，都写得慷慨激昂，音调凄凉悲壮，深刻地表现了作者的爱国主义思想。尽管张元幹因作此词后被秦桧以他事"追赴大理削籍"，但是，他那种不畏风险、坚持正义的斗争精神，为人所共仰。

——唐圭璋《唐宋词鉴赏辞典》

石州慢①

己酉秋②，吴兴舟中作③

　　雨急云飞，惊散暮鸦，微弄凉月。谁家疏柳低迷④，几点流萤明灭。夜帆风驶，满湖烟水苍茫，菰蒲零乱秋声咽⑤。梦断酒醒时，倚危樯清绝⑥。

心折。长庚光怒⑦，群盗纵横⑧，逆胡猖獗。欲挽天河，一洗中原膏血。两宫何处⑨？塞垣只隔长江，唾壶空击悲歌缺⑩。万里想龙沙，泣孤臣吴越⑪。

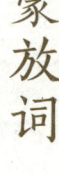

豪放词

● 烟水苍茫

说 明

该词是最早开始反映抗金内容的爱国词之一，具有不可磨灭的引导和认识作用，反映了特定年代的精神风貌，抒发了爱国士大夫们的满腔忧愤。

注 释

①**石州慢**：词牌名，一作《石州引》，又名《柳色黄》。

②**己酉**：指宋高宗建炎三年（1129）。

③**吴兴**：今浙江省湖州市。

④**低迷**：模模糊糊的样子。

⑤**菰蒲**：菰草和蒲草。**秋声咽**：指西风吹动，声音凄婉哽咽。

⑥**危樯**：船上高耸的桅杆。

⑦**长庚**：指金星。根据《史记·天官书》记载，金星主兵戈之事。

⑧**群盗**：指宋高宗建炎二年（1128）十二月，济南知府刘豫叛宋降金。三年（1129），苗傅、刘正彦又作乱，逼迫高宗传位太子，兵败被杀。

⑨**两宫**：指宋徽宗、宋钦宗二位皇帝。

⑩**唾壶**：据刘义庆《世说新语·豪爽》："王处仲每酒后，辄咏'老骥伏枥，志在千里。烈士暮年，壮心不已。'以如意打唾壶，壶口尽缺。"

⑪**孤臣**：这里是作者自指。**吴越**：古代吴国、赵国，今江浙一带，为南宋政府所在地。

译 文

一场秋风急雨惊散了傍晚枝头的乌鸦，雨过天晴，天空豁然开朗，过了一会儿之后，明月升空，月色清冷。在暮色之中，柳树枝条稀疏模糊，几只萤火虫在空中飞舞，发出忽明忽暗的光亮。驾舟扬帆，满湖水汽弥散，在月色朦胧中看得不甚清晰，秋风中菰草和蒲草随风摇曳，杂乱无章，西风瑟瑟，其声呜咽。梦断酒醒，倚靠在高耸的桅杆旁。

心中更觉凄切悲伤到摧折，以至于连金星都发怒了，国难之时又发生叛乱，金兵的气焰简直嚣张到了极点。我想要引来那天河之水，将中原父老被敌人屠杀的血肉冲洗掉。宋徽宗、宋钦宗二位皇帝现在在哪里？目前金朝和南宋仅仅一江之隔，形势迫在眉睫。只可叹我纵有豪情壮志，却也只能同那南朝时期的王处仲一样，就算将唾壶敲碎，也无法将一身决心付诸实践，无所作为。甚至我其实还比不上王处仲，他尚且可以纵情悲歌，我却连悲歌的勇气都没有。独自在万里之外的吴兴漂泊避乱，想起那被金兵掳去的宋徽宗、宋钦宗二位皇帝，我深感国运艰难，君主多难，忍不住痛哭流涕。

词 评

忠爱根于血性，勃不可遏。

——清·陈廷焯《词则·放歌集》

岳 飞

岳飞（1103—1141），字鹏举，相州汤阴（今属河南安阳）人。徽宗宣和四年（1122）应募从军，屡立战功，为承信郎。高宗即位，因上言北伐夺官。后投河北招讨使张所，为中军统领，以战功累迁枢密副使。为主和派秦桧所忌害，绍兴十一年（1141）以"莫须有"的"谋反"罪被害于大理寺狱中，年仅三十九岁。岳飞为抗金名将，孝宗淳熙六年（1179）追谥武穆，宁宗嘉定四年（1211）追封鄂王。岳飞擅词，遗著后人辑为《岳武穆集》。

小重山①

昨夜寒蛩不住鸣②。惊回千里梦③，已三更④。起来独自绕阶行。人悄悄，帘外月胧明⑤。

白首为功名⑥。旧山松竹老⑦，阻归程。欲将心事付瑶琴⑧。知音少⑨，弦断有谁听？

●山高水长阻归程

豪放词

该词描写了作者深夜梦回，独绕阶行，望月兴叹，壮志受阻、知音难寻的郁闷和忧愤，风格沉郁，有较高的艺术境界。

注 释

①**小重山**：词牌名，又名《小重山令》《柳色新》《小冲山》，唐朝时多用该调写宫女之怨。

②**寒蛩**：指秋天的蟋蟀。

③**千里梦**：奔赴千里外的前线杀敌报国的梦。

④**三更**：指半夜十一时到翌日凌晨一时。

⑤**月胧明**：形容月光暗淡不明亮。胧，朦胧。

⑥**功名**：这里代指驱逐金兵、收复中原失地、为国家建功立业。

⑦**旧山**：指家乡的山。

⑧**付**：付与。**瑶琴**：一种用美玉装饰的琴。

⑨**知音**：《列子·汤问》中记载，俞伯牙善鼓琴，而钟子期善听琴，俞伯牙琴音志在高山，钟子期曰"巍巍兮若泰山"，俞伯牙琴音志在流水，钟子期曰"洋洋兮若江河"，俞伯牙所念，钟子期必得之，后世遂以"知音"比喻知己。

译 文

昨天夜里，那秋天的蟋蟀一直哀鸣不断，我从奔赴千里外的前线杀敌报国的梦中惊醒，那时已经是三更天了。我站起身来，绕着台阶踽踽独行。周围的一切都静悄悄的，帘外，月光暗淡，不甚明亮。

我一向致力于驱逐金兵，收复中原失地，为国家建功立业，可惜现在头上都长出白发了，也未能实现这一理想，就像家乡山上的松竹一样只能颓然老矣，议和声重，我想要重返战场却受到了重重阻碍。我想要将自己的满怀心事都付与瑶琴，可是终究高山流水难遇知音，纵然我将琴弦弹断，又有谁会来倾听呢？

词 评

苍凉悲壮中亦复风流儒雅。

——清·陈廷焯《词则》

满江红①

怒发冲冠②，凭阑处，潇潇雨歇③。抬望眼，仰天长啸，壮怀激烈。三十功名尘与土，八千里路云和月。莫等闲，白了少年头，空悲切。

靖康耻④，犹未雪，臣子恨，何时灭。驾长车踏破，贺兰山缺⑤。壮志饥餐胡虏肉⑥，笑谈渴饮匈奴血。待从头，收拾旧山河，朝天阙⑦。

说明

这是一首传诵千古、气壮山河的名篇，表达了作者"精忠报国"的强烈爱国主义情怀，亦写出了所有爱国志士的共同心声。音调激昂，字字铿锵，风格悲壮，读之令人热血沸腾。

注释

①满江红：唐朝教坊曲名，后用作词牌名，双调九十三字。
②怒发冲冠：出自《史记·刺客列传》"士皆瞋目，发尽上指冠"，形容悲愤。
③潇潇：风雨之声。
④靖康耻：指靖康二年（1127），金兵攻陷汴京，将宋徽宗、宋钦宗及一干皇后妃嫔尽数掳走，中原地区就此沦丧的国耻之事。
⑤贺兰山：又名阿拉善山，在今宁夏回族自治区和内蒙古自治区交界处，这里泛指被金兵占领的地方。
⑥胡虏：同"匈奴"，对北方少数民族的称呼，这里代指敌人。
⑦朝天阙：即朝见帝王。天阙，指天子宫殿前的楼观。

译文

我气愤得头发都立了起来，独自凭栏远眺，风雨之声刚刚停歇。抬头望向那远处的天空，忍不住仰天长啸，心中精忠报国的壮志情怀沸腾激荡。三十年来我所建立的功名仿佛那空气中的尘土一般微不足道，转战南北八千余里，经过多少风云人生！好男儿一定要抓紧时间为国家建功立业，千万不可以白白浪费青春岁月，到老了只能独自哀叹，后悔不已。

靖康之难的耻辱还未洗刷，我作为国家的臣子，

●岳飞

心中愤恨何时才能将敌军消灭。我要驾着战车将那贺兰山一带夷为平地。我满怀壮志，饿了就吃敌人的血肉充饥，渴了就豪饮敌人的鲜血。等我将那失去的山河都重新收复回来，再朝见天子，向他报告胜利的喜讯！

词评

何等气概！何等志向！千载后读之，凛凛有生气焉。

——清·陈廷焯《白雨斋词话》

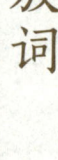

张抡

张抡，字才甫，号莲社居士，开封人，约宋高宗绍兴末前后在世。其喜好填词，每次应制进一词，宫中便付之丝竹。

烛影摇红①

上元有怀②

双阙中天③，凤楼十二春寒浅④。去年元夜奉宸游⑤，曾侍瑶池宴⑥。玉殿珠帘尽卷。拥群仙，蓬壶阆苑。五云深处⑦，万烛光中，揭天丝管。

驰隙流年⑧，恍如一瞬星霜换⑨。今宵谁念泣孤臣⑩，回首长安远⑪。可是尘缘未断。谩惆怅⑫，华胥梦短⑬。满怀幽恨，数点寒灯，几声归雁。

说明

该词是作者经历了靖康之难以后，于次年（1128）上元之夜所作。该词通过回忆去年上元佳节的欢乐和荣幸，与眼前的孤独和漂泊形成对比，表现了深沉的故国之思、亡国之痛。

注释

①烛影摇红：词牌名，又名《玉珥坠金环》《忆故人》《秋色横空》等。

②**上元**：农历正月十五日为上元节，又称元宵、元夜。

③**双阙**：指皇宫前面两边高大的城楼。阙，古代宫庙及墓门立双柱者谓之阙。

④**凤楼十二**：出自鲍照《代陈思王京洛篇》："凤楼十二重，四户八绮窗。"这里用于形容华美的宫殿楼台之多。

⑤**宸游**：帝王的巡游。宸，北极星之所在，后代指帝王的居所，也可以引申为帝王。

⑥**瑶池宴**：比喻宫廷里豪华奢侈的宴会。瑶池，古代神话传说中昆仑山上的池名，为西王母的居所，因西王母曾经在此宴请远道而来的周穆王，故后人便用瑶池来比喻仙境、游冶之处或者宫廷里豪华奢侈的宴会。

⑦**五云**：指五色祥云。

⑧**驰隙流年**：出自《庄子·知北游》："人生天地之间，若白驹之过隙。"比喻时光易逝，十分短暂。

⑨**星霜**：用来代指年岁，一星霜即一年。

⑩**今宵谁念泣孤臣**：出自张元幹《石州慢·己酉秋吴兴舟中作》："万里想龙沙，泣孤臣吴越。"孤臣，即流落之臣。

⑪**回首长安远**：典出自南朝宋刘义庆《世说新语·夙惠》：西晋时期，司马睿在南方建立起了偏安于江东的东晋王朝，但其经常怀念、感伤故乡长安的陷落。他的儿子晋明帝才只有几岁的时候，司马睿问他长安和太阳哪一个距离我们更远，明帝回答说"日近长安远"，因为"举目见日，不见长安"，后人便常常用"长安"来代指帝都，用"长安远、长安不见"等来代指向往帝都而不能至。

⑫**谩**：通"漫"，满，广泛。

⑬**华胥梦**：出自《列子·黄帝》："（黄帝）昼寝而梦，游于华胥氏之国。"这里是用来比喻汴京昔日的繁华景象。

📖 **译 文**

皇宫前面两边的城楼高耸入云，微凉的春寒弥漫在禁中华美的宫殿楼台之中。还记得去年的上元佳节之夜，我奉命跟随皇帝巡游，曾经参与了那豪华奢侈的宴会。宫殿里的珠帘全部都挽了起来。宫女们仿佛仙女一般簇拥着皇帝漫步于那仙境一样的宫廷园林之中，头上是五色的祥云，周围是千灯万烛明亮交辉，丝竹管弦之声传到了高高的九天之上。

时光易逝，十分短暂，星移斗转，转眼间又是霜降，一年又过去了。今天又是上元佳节，但是谁会想到我这流落之臣在这里独自流泪呢？回头远望，古都汴京已经是遥不可及，我对它的眷恋还没有被割断。想起汴京昔日的繁华景象，我只能空自悲伤。我怀着深深的哀怨，看着那凄凉的灯光，听见了几声归雁凄厉的鸣叫声。

词评

前段追忆徽庙,后直指目前,哀乐各至。

——明·沈际飞《草堂诗馀正集》

韩元吉

韩元吉(1118—1187),字无咎,号南涧,开封雍邱(今河南开封)人,其词作大多抒发山林情趣,主要作品有《南涧诗馀》《南涧甲乙稿》等,存词约八十首。

好事近^①

汴京赐宴,闻教坊乐,有感。

凝碧旧池头^②,一听管弦凄切。多少梨园声在^③,总不堪华发。

杏花无处避春愁,也傍野烟发。惟有御沟声断^④,似知人呜咽。

说　明

该词通过运用雷海清掷弃乐器而被安禄山肢解的典故,表达了同杜甫一样为国家衰微而哀鸣的情感,字句凄切,充满了爱国情思。

注释

①**好事近**:词牌名。又名《钓船笛》《翠圆枝》等。双调四十五字,仄韵。
②**凝碧旧池头**:唐朝洛阳禁苑中池名。
③**梨园**:泛指演剧的地方。
④**御沟**:皇宫里的水沟。

译文

想起旧日宫廷里的池苑,一听到管弦之声就倍感凄楚。听到那唱剧的声音,让人悲伤得要长出白发来。

就连杏花也无处躲避这巨大的春愁,只能依傍着荒郊野岭独自开放。只有那皇宫里水沟中的水静静地流淌着,生怕引起我的呜咽。

赋体如此，高于比兴。

——清·麦孺博《艺蘅馆词选》

袁去华

袁去华，生卒年均不详，字宣卿，江西奉新（一作豫章）人，绍兴十五年（1145）进士，改官知石首县而卒。善为歌词，曾经受到张孝祥的夸赞，有词一卷，存词九十多首，著有《文献通考》《袁宣卿词》和《适斋类稿》。

水调歌头

定王台①

雄跨洞庭野，楚望古湘州②。何王台殿，危基百尺自西刘。尚想霓旌千骑，依约入云歌吹，屈指几经秋。叹息繁华地，兴废两悠悠。

登临处，乔木老，大江流。书生报国无地，空白九分头。一夜寒生关塞，万里云埋陵阙，耿耿恨难休。徙倚霜风里，落日伴人愁。

● 落日伴人愁

说 明

该词画面雄浑，音调苍凉，充满了强烈的爱国情感，时代色彩鲜明，令张孝祥读后都大为欣赏，并"为书之"，引为同调。

注 释

①**定王台**：在今湖南省长沙市东部，据传为汉景帝之子定王刘发瞻望其母唐姬的陵墓而建。

②**楚望古湘州**：唐宋时期将各地按照其位置、规模、发展状况等划分为了若干个等级，这里的楚望即湘州为楚地的望郡。

译 文

定王台雄跨洞庭之滨和古湘州，台基百尺，巍然高耸，令人联想到当年定王的威仪，一定是旌旗如云，千乘华盖，丝竹歌吹，响遏行云。千年之后，当时的繁华早已烟消云散，斗转星移间，已经经过了多少朝代的兴废更迭。

眼前只有乔木和奔流的大江依旧万古不变，令人在感慨历史变迁的基础上，又生出岁月短暂、时光易逝的哀愁来，可叹我这一介书生竟然请缨无路、报国无门，空空地生出了满头白发。更可恨那朝廷昏庸无能，令大好河山一夜之间惨遭沦丧，就连象征着朝廷命脉的祖陵也被敌人的铁骑践踏，满腔愤恨，怎么能遏制得住！秋风萧瑟，落日昏黄，更为我添得几分哀愁。

词 评

这首词的显著特色是情景交融，虚实结合。描写定王台，其盛处从"危基百尺"展开想象，以定王当年的游赏盛况来侧写旁透，用笔空灵；其衰处则就登临所见，以环境背景的渲染烘托来表现，都极有思致。词中的景物，是一幅阔大而苍茫的画面；赞叹吟唱它的景中人则是一个胸有宏大抱负而无法实现，心境激楚悲凉的爱国志士，这就使词构成了意境雄浑苍凉的特色。

——唐圭璋《唐宋词鉴赏辞典》

陆 游

陆游（1125—1210），字务观，越州山阴（今浙江绍兴）人。年十二能诗文，以荫补登仕郎。宋高宗绍兴二十三年（1153）两浙转运司锁厅试，陆游为第一，以秦桧孙秦埙居其次，被抑置为末。第二年礼部试，主司复置陆游于前列，被秦桧黜落。秦桧死后，始为福州宁德主簿。孝宗即位，迁枢密院编修官兼编类圣政所检讨官，赐进士出身。因坚持抗金，屡遭主和派排斥。淳熙二年（1175），范成大帅蜀，为成都路安抚司参议官。三年(1176)，被劾摄知嘉州时燕饮颓放，罢职奉祠，

豪放词

因自号"放翁"。宁宗时官至宝章阁待制。晚年居山阴。陆游工诗、词、散文，亦长于史学。其诗多抒发爱国情怀和以身报国的壮志，也有一些闲适之作和反映爱情的诗篇。与尤袤、杨万里、范成大并称为"南渡后四大诗人"。有《剑南诗稿》《渭南文集》《南唐书》《老学庵笔记》《放翁词》。存词一百四十余首，是"辛派词人"的中坚。杨慎称其词纤丽处似秦观，雄慨处似苏轼。

诉衷情①

当年万里觅封侯，匹马戍梁州②。关河梦断何处③？尘暗旧貂裘。胡未灭，鬓先秋，泪空流。此生谁料，心在天山④，身老沧洲⑤。

说　明

该词上片先写昔日在战场上的意气风发，再写一番宏图只能在梦里实现的失落，下片接着感叹敌人未灭而英雄迟暮，风格苍凉悲壮，富有感染力。

注　释

①**诉衷情**：唐玄宗时教坊曲名，后用为词调。分单调、双调两体。一说是温庭筠创制。晚清舒梦兰《白香词谱》云："本调为温飞卿所创，取《离骚》中'众不可户说兮，孰云察余之中情'而曰《诉衷情》。"

②**戍**：守卫。

③**关河**：指潼关黄河所在之地，这里是泛指前线要塞。**梦断**：梦醒。

④**天山**：在中国西北部，这里代指南宋和金国相持的西北前线。

⑤**沧洲**：指靠近水的地方，常用来比喻隐士居住的地方。

译文

想我少年时一心建功立业，以封侯拜相自许，单枪匹马守卫梁州。却如今，那些守卫边疆的日子只会在梦里出现了，梦醒后便不知自

●身老沧洲

己身在何处，只看到那从前出征时穿的貂裘早已落满了灰尘。

金兵未灭，我已经先老了，只能白白地流眼泪。谁曾料到呢？我的一生原本一心一意在西北前线抗金，如今只能退隐养老！

夜游宫①

记梦寄师伯浑②

雪晓清笳乱起③，梦游处，不知何地。铁骑无声望似水。想关河，雁门西，青海际。

睡觉寒灯里，漏声断，月斜窗纸。自许封侯在万里。有谁知，鬓虽残，心未死！

说 明

该词以寄好友师伯浑为由，通过描写当年雪夜中的军旅生活和梦醒后的寂寥，表达了作者理想幻灭的感慨和执着的爱国精神。

注 释

①**夜游宫**：词牌名。晋人王嘉《拾遗记》："汉成帝于太液池旁起宵游宫。"调名或本此。又名《新念别》等。双调五十七字，上下阕各六句，四仄韵。

②**师伯浑**：师浑甫，字伯浑，和陆游相识于四川眉山。陆游认为其很有才气，并曾为其作品《师伯浑文集》作序。

③**笳**：古代号角一类的军乐。

译 文

这是一个飞雪的清晨，响亮的笳声从四面传来，梦中的我不知到了什么地方。只见膘肥的战马无声地望着远去的河水。这令我想起了边关的场景，如雁门关和青海边境。

在一盏寒灯里，我缓缓醒来，漏声已经停了，晓月斜斜地映在我的窗纸上。曾经自许在万里边关立赫赫战功、封侯拜相。到如今，谁知道我这白发之人，仍为国捐躯的不死雄心呢！

剑南屏除纤艳,独往独来,其峭峭沉郁之概,求之有宋诸家,无可方比。提要以为:"诗人之言,终为近雅,与词人之冶荡有殊。"是也。至谓:"游欲驿骑东坡、淮海之间,故奄有其胜,而皆不能造其极。"则或非放翁之本意欤?

——清·冯煦《宋六十一家词选》

鹊桥仙

夜闻杜鹃

茅檐人静,蓬窗灯暗①,春晚连江风雨。林莺巢燕总无声,但月夜,常啼杜宇。

催成清泪,惊残孤梦,又拣深枝飞去。故山犹自不堪听,况半世,飘然羁旅②。

说明

该词通过描述杜鹃夜啼的场景,表现了作者在官场生活中的失意和孤独,风格悲凉。

注释

①蓬窗:亦作蓬户,即用蓬草编制的窗户,比喻窗户简陋。

②羁旅:寄居他乡。羁,停留。

译文

晚春时节,江面上风雨连天,我那茅檐蓬窗的屋子里悄然无声,十分寂静,只有一盏晦暗的灯。这个时候,树林里的黄莺和燕子都安安静静的,只有那杜鹃鸟总是在这样的月夜里哀啼。

它的叫声惊扰了我的梦境,令我潸然泪下,它却又向树林深处飞去,叫声越来越远。我怎么敢听它的叫声呢?它令我多么想念我的故乡,可怜我这半百之人,如今还在异乡漂泊。

词评

去国离乡之感,触绪纷来,读之令人於邑。

——明·徐士俊《古今词统》

谢池春^①

壮岁从戎，曾是气吞残虏^②。阵云高，狼烟夜举^③。朱颜青鬓，拥雕戈西戍。笑儒冠，自来多误^④。

功名梦断，却泛扁舟吴楚。漫悲歌，伤怀吊古。烟波无际，望秦关何处？叹流年，又成虚度。

说明

该词为陆游晚年隐居家乡，追忆当年在南郑幕府的生活而作，表达了作者对现实生活的失望。

注释

①谢池春：词牌名，又作《玉莲花》《风中柳》等。

②虏：古代对北方少数民族的蔑称。

③狼烟：古代边疆以烧狼粪生烟为报警信号，故称烽火狼烟。

④笑儒冠，自来多误：出自杜甫诗歌《奉赠韦左丞丈二十二韵》："纨绔不饿死，儒冠多误身。"

译文

我曾在少壮之年参军入伍，上阵杀敌时十分英勇，气势豪迈。高空中堆积着层层的烟云，犹如浩荡的军阵，这是夜里点起了狼烟的缘故。我当时还是黑发俊美的少年，拿起雕花的戈就赶往西面进行守卫。那个时候，我常常嘲笑那些没有参军报效国家的儒生们简直是浪费自己的大好人生。

可如今，我建功立业的美梦已经破碎，只能在这吴楚之地泛一叶扁舟。缓缓唱起悲伤的歌曲，不由得让我吊古伤今。看着那烟波浩渺、一望无际的江面，我又忍不住向边关的方向望去，现在那里是什么样的战况呢？可叹我又虚度了这无限光阴！

词评

上片忆昔，追忆壮年时代两度从军的得意经历；下片感今，点出罢归山阴废置闲居的生活。前后对比，感慨万千。然而作者关注国家命运的精神渗透在字里行间，并不因衰老之年而有所减损。

——孔镜清

水调歌头

多景楼

江左占形胜^①，最数古徐州^②。连山如画，佳处缥缈著危楼。鼓角临风悲壮，烽火连空明灭，往事忆孙刘^③。千里曜戈甲^④，万灶宿貔貅^⑤。

露沾草，风落木，岁方秋。使君宏放^⑥，谈笑洗尽古今愁。不见襄阳登览，磨灭游人无数，遗恨黯难收。叔子独千载^⑦，名与汉江流。

说 明

该词为宋孝宗隆兴二年（1164）十月初，陆游陪同镇江府知事方滋登览北固山上甘露寺内的多景楼时所作，借记录一时之兴会而写千古之兴亡。

注 释

①**江左**：江东。江指长江。

②**徐州**：指镇江，又称南徐州。

③**往事忆孙刘**：指三国时孙权和刘备联合破曹之事。

④**曜**：照耀。

⑤**灶**：军中的炊灶，这里代指营垒。**貔貅**：古代神话传说中一种凶猛的瑞兽，又称天禄或辟邪，这里代指勇士。

⑥**使君**：古代对州郡长官的称呼，这里指方滋。**宏放**：通达豪放。

⑦**叔子**：西晋大将羊祜（hù），字叔子，镇守襄阳时曾登临悲叹。

译 文

江东这一带，地势最为险要的便是镇江。这里峰峦叠嶂，云水浩渺，高楼林立，江山如画。战事又起，烽火明灭，那风中的战鼓亦显得格外悲壮，这让我联想到当年孙权和刘备联合破曹之事。当时的场景一定是兵戈战甲排成千里，熠熠生辉，营垒中睡着猛士。

此时正是金秋时节，风吹叶落，寒露生起。方滋啊，你的气魄果真通达豪放，这登览而产生的今古愁，被你谈笑间就一扫而光。你看那到襄阳游览过的人虽然很多，可惜除了羊祜，剩下的人都没有完成建功立业的宏愿，空有一生怨恨和遗憾，只有羊祐的英名随长江万古长流。

词 评

陈之词"气舒"，故"劲气直达，大开大阖"；陆之词"气敛"，故"潜气内转，百折千回"。陈如满弓劲放，陆则引而不发。陆较陈多积蓄，多意蕴，因此更显得沉着凝重，悲慨苍凉。

——陈匪石《声执》

汉宫春①

初自南郑来成都作

羽箭雕弓，忆呼鹰古垒，截虎平川。吹笳暮归野帐，雪压青毡。淋漓醉墨，看龙蛇飞落蛮笺②。人误许③，诗情将略，一时才气超然。

何事又作南来，看重阳药市，元夕灯山？花时万人乐处，欹帽垂鞭④。闻歌感旧，尚时时流涕尊前。君记取，封侯事在。功名不信由天。

说 明

该词描写了作者对南郑时期从军生涯的回味和珍视，格调高亢昂扬，充分彰显了作者的爱国主义精神。

注 释

①汉宫春：词牌名，又名《汉宫春慢》《庆千秋》。

②蛮笺：指蜀地出产的一种彩色的信笺。

③许：赞许，推许。

④欹帽：歪戴帽子。

译 文

我当年经常在险峻的古垒边或者辽阔的平原上习武打猎，身上背着羽箭和雕花的弓，臂上架着雄鹰，甚至手缚猛虎，直到暮色四合，

●元夜观灯

豪放词

清箫声起才回到营地，那时营帐上的青毡已经积压起厚厚的雪花。痛快喝酒，挥毫泼墨，在彩色的信笺上笔走龙蛇。当时人们都错误地称赞我是个文武双全、才气超群的人物。

我为什么要离开前线又南下成都？为了逛重阳节的药市？为了赏元宵节如山的花灯？在那繁花盛开、万人游乐的地方，我歪戴着帽子，提着马鞭任马儿随意漫走。听到熟悉的歌曲，酒至醋畅时，我常常想起过去军营中的种种，端着酒杯，就不自觉地流下泪来。你应当记住，建功立业事在人为，不可听天由命。

词评

陆放翁词，安雅清澹，其尤佳者，在苏、秦间。然乏超然之致，天然之韵，是以人得测其所至。

——清·刘熙载《艺概·词曲概》

范成大

范成大（1126—1193），字至能、幼元，早年自号此山居士，晚年则号石湖居士，平江府吴县（今江苏苏州）人。因其卒后被加赠少师、崇国公，谥号文穆，故后世称其为"范文穆"。主要作品有《吴船录》《揽辔录》《吴郡志》《石湖集》《桂海虞衡志》等，风格清新妩媚、平易浅显，对后世影响很大，清初更是有"家剑南而户石湖"的说法。

水调歌头

细数十年事，十处过中秋。今年新梦①，忽到黄鹤旧山头②。老子个中不浅，此会天教重见，今古一南楼③。星汉淡无色，玉镜独空浮④。

敛秦烟，收楚雾⑤，熨江流⑥。关河离合⑦，南北依旧照清愁。想见姮娥冷眼⑧，应笑归来霜鬓⑨，空敝黑貂裘⑩。酾酒问蟾兔⑪，肯去伴沧洲⑫？

该词围绕中秋赏月，描写了自己眼见得时事艰难却无力力挽狂澜、十年奔走仕途而徒然无功的悲哀和意欲归隐田园的心思。淳熙九年（1182），范成大在建康任上连续五次上书，最终得归乡里。

注 释

①**新梦**：指未曾料到。

②**黄鹤旧山头**：黄鹤山，又名黄鹄山，在湖北武昌西，今称之为蛇山，相传仙人王子安曾经驾黄鹤路过此地，因而得名。

③**老子个中不浅，此会天教重见，今古一南楼**：《世说新语·容止》记载，东晋庾亮镇守武昌时，曾经和自己的僚属殷浩等人在秋夜登上南楼，并曰"老子于此处兴复不浅"，吟诗宴饮，谈笑甚欢，这里是作者借此典故来形容自己这次登南楼游乐的情景。个中，此中。

④**玉镜**：指月亮。

⑤**敛秦烟，收楚雾**：秦、楚分别指古时秦国和楚国所在之地，因北秦南楚，故这里借此泛指北地和南地。意思是北方的烟霭散去，南方的水雾消弭。

⑥**熨江流**：形容江面之平静。熨，烫平。江，长江。

⑦**离合**：偏义复词，指分裂。

⑧**冷眼**：指对待事物的冷静或冷淡的态度。

⑨**霜鬓**：鬓发如霜，形容年老的样子。

⑩**空敝黑貂裘**：指《战国策·秦策》中苏秦为游说秦王而连续十次上书，但均未被采纳，直至资财用尽，就连身上所穿的黑貂裘也破旧不堪，不得不离秦返家的故事。这里是代指作者理想未能实现。空，白白地。敝，破旧。

⑪**酾酒**：斟酒。**蟾兔**：传说中月宫里有玉兔和玉蟾蜍，这里用来代指月亮。

⑫**沧洲**：水边之地，比喻隐者居住的地方，这里代指作者故乡。

译 文

细细算来，我在官场上十年沉浮，在十个不同的地方度过了每年的中秋佳节，却没有想到今年竟然来到了黄鹤山。今天我登上山顶，豪兴匪浅，忽然联想到当年庾亮镇守武昌时，也曾经和自己的僚属殷浩等人在秋夜登上南楼，吟诗宴饮、谈笑甚欢的往事，看来这真是上天故意的安排，让历史上的情景重现，前人我辈皆游乐在南楼。银河浩渺，暗淡无光，只有月亮独自挂在高空中，皎洁明亮。

北方的烟霭散去，南方的水雾消弭，长江水面平静得像是被人熨烫过一般。如今南北分裂、山河破碎，只有这清冷的月光依旧笼罩着两地，引发人们无限的哀愁。想来那月宫里的嫦娥仙子冷眼旁观世事，看到我这白发苍苍、衣衫破旧、一事无成、快

豪放词

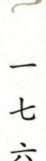

快归去的落魄相，肯定也要嘲笑我一番。斟满美酒，举杯对月，月亮啊，你可否愿意陪我归隐家乡？

张孝祥

张孝祥（1132—1170），字安国，号于湖居士，历阳乌江（今安徽和县乌江镇）人，绍兴二十四年（1154）进士第一名，曾因赞助张浚北伐被罢职，后知荆南府，兼荆湖北路安抚使，颇有政绩。词风豪放，著有《于湖词》《于湖居士文集》。

念奴娇

过洞庭

洞庭青草①，近中秋，更无一点风色。玉鉴琼田三万顷②，着我扁舟一叶。素月分辉，明河共影，表里俱澄澈。悠然心会，妙处难与君说。

应念岭表经年③，孤光自照④，肝胆皆冰雪。短发萧疏襟袖冷，稳泛沧溟空阔。尽挹西江⑤，细斟北斗，万象为宾客。扣舷独啸，不知今夕何夕。

说 明

乾道二年（1166），作者在广南西路经略安抚使任上被谗言中伤而罢官，自桂林途经洞庭湖时写下此词，表现了作者豪迈坦荡的胸怀和玉洁冰清的品格。

注 释

①洞庭青草：洞庭湖在湖南岳阳的西面，青草湖在洞庭湖的南面，两湖相连，并·

● 洞庭青草，近中秋，更无一点风色

称为洞庭湖。

②鉴：镜子。

③经年：指年复一年。

④孤光：指月亮，出自陆龟蒙诗歌《月成玄》："孤光照还没。"

⑤挹：舀，将液体盛出来。西江：因长江中上游在洞庭湖以西，故称西江。

译 文

现在已经快到中秋时节了，那洞庭湖上依旧寂静无风。月光下辽阔的湖面仿佛是玉做的镜子一样，洁白而光滑，承载着我这一叶小舟。湖中倒映着月亮和银河的身影，湖面上下都是一样的明亮干净。我沉浸在这空明的境界里，只觉韵味不尽，这种美好的感觉是我难以用语言来向你描述的。

我要感谢这月亮，它年复一年地徘徊于岭海之间，孤光自照，冰清玉洁。我须发稀少，衫衣单薄，安静地泛舟于这辽阔深沉的湖面上。我真想舀尽长江之水，用北斗星做成的酒勺细细品尝，世界万物都是我的客人。我尽情地拍打着我的船舷，独自放声高歌，早就不记得现在是何年何月了。

词 评

飘飘有凌云之气，觉东坡《水调》犹有尘心。

——清·王闿运《湘绮楼词选》

水调歌头

金山观月

江山自雄丽，风露与高寒①。寄声月姊，借我玉鉴此中看。幽壑鱼龙悲啸，倒影星辰摇动，海气夜漫漫。涌起白银阙，危驻紫金山②。

表独立，飞霞佩③，切云冠④。漱冰濯雪⑤，眇视万里一毫端⑥。回首三山何处，闻道群仙笑我，要我欲俱还。挥手从此去，翳凤更骖鸾⑦。

说　明

　　该词构思奇妙，虚实结合，创造出了一种飘然欲仙的浪漫艺术境界，表现了作者超然的才气和阔达的胸襟。

注　释

　　①**高寒**：月亮、月光。

　　②**紫金山**：又名钟山，在江苏省南京市市区东。

　　③**霞佩**：仙人的饰物。

　　④**切云冠**：高冠名。

　　⑤**濯**：洗。

　　⑥**眇**：远看。

　　⑦**翳凤**：原意为以凤羽为车盖，后指乘凤。**骖鸾**：指仙人驾驭鸾鸟云游。

译　文

　　这江山是何等的雄奇壮丽啊，清风吹动草露，月光清寒。想找人传话给嫦娥仙子，借她的玉镜来好好欣赏一下这美景。深谷中的鱼龙发出凄凉的悲鸣，星辰倒映在水中随水波轻轻摇动，海面上升起了雾气，长夜漫漫。在月光的照映下，那高高的紫金山上的建筑仿佛是用白银水晶筑造而成的。

　　站在这高山之上，俯视人间大地，头戴高冠，身佩飞霞，用冰雪沐浴洗漱，远观那万里之外的细微事物也能看得清清楚楚。回头看看，传说中的三座仙山在哪里呢？我听见仙人们笑着让我同他们一起返回仙居。我们挥一挥手，坐着鸾鸟驾驶凤羽为盖的车子扬长而去。

词　评

　　比游荆、湖间，得公《于湖集》，所作长短句，凡数百篇。读之，泠然、洒然，真非烟火食人辞语。予虽不及识荆，然其潇散出尘之姿，自在如神之笔，迈往凌云之气，犹可以想见也。

　　　　　　　　　　　　　　　　　　——宋·陈应行《毛本于湖词序》

六州歌头

长淮望断①，关塞莽然平②。征尘暗，霜风劲，悄边声。黯销凝③。追想当年事，殆天数④，非人力。洙泗上⑤，弦歌地，亦膻腥⑥。隔水毡乡⑦，落日牛羊下，区脱纵横。看名王宵猎⑧，骑火一川明，笳鼓悲鸣，遣人惊。

念腰间箭，匣中剑，空埃蠹⑨，竟何成！时易失，心徒壮，岁将零。渺神京⑩。干羽方怀远⑪，静烽燧，且休兵。冠盖使，纷驰骛，若为情！闻到中原遗老，常南望，翠葆霓旌⑫。使行人到此，忠愤气填膺，有泪如倾。

说明

该词上片写江淮前线宋金对峙的严峻态势，将敌人的"磨刀霍霍"与我方的"悄然无声"进行了鲜明的对比，下片则感慨自己壮志难酬，抨击了统治者误国误民的行径。

注释

①**长淮**：淮河。宋高宗绍兴十一年（1141）与金和议，以淮河为宋金的边界。

②**莽然**：草木茂盛的样子。

③**黯销凝**：形容感伤沉思。

④**殆**：大概，也许。

⑤**洙泗**：指洙水和泗水，是古代鲁国的两条河，流经曲阜。

⑥**膻腥**：牛羊的气味。

⑦**毡乡**：古代北方少数民族多住毡帐，故其居所被称为毡乡。

⑧**名王**：古代少数民族对贵族头领的称呼。

⑨**空埃蠹**：白白地积满了尘埃，被虫子

●长淮望断

蛀蚀，这里意指闲置不用。

⑩**神京**：指南宋京师临安（今浙江杭州）。

⑪**干羽**：古代的两种舞蹈用具——盾牌和雉羽。**怀远**：以文德怀柔远人，这里指朝廷对敌妥协退让。

⑫**翠葆霓旌**：用翠羽装饰的车盖，绘有云霓的彩旗，这里指皇帝的车驾。

译文

伫立在淮河边上注目远望，关塞上平原辽阔、草木茂盛。秋风猎猎，边塞上却无征尘，一片寂静。看到此，我不禁黯然神伤。回想当年中原沦陷之事，也许是天意如此，人力不可强挽。孔门弟子求学的洙水和泗水边，弦歌交奏的礼乐之邦，早已变得膻腥一片。淮河对面便是敌人的毡帐，牛羊在黄昏时分返回圈栏，四周布置了很多岗哨和据点。到了晚上，敌人的首领带领部下进行夜间军事演习，骑兵们手里拿着的火把照亮了整个平原，笳鼓悲鸣，令人心惊。

想到我腰间的长剑和匣中的羽箭长期闲置，我竟一事无成！时机总是轻易就失去了，我只能空有雄心，一年又要过去了，临安光复却遥遥无期。朝廷只知一味退让，边境上烽火安宁，战争暂时休止了。那求和的使臣来去匆匆，真是令人难为情。听说中原沦陷区的百姓常常翘首盼望看见皇帝的仪仗，使得行人来到此，总是义愤填膺、热泪盈眶。

词评

淋漓痛快，笔饱墨酣，读之令人起舞。

——清·陈廷焯《白雨斋词话》

浣溪沙

霜日明霄水蘸空，鸣鞘声里绣旗红①，澹烟衰草有无中。

万里中原烽火北，一尊浊酒戍楼东，酒阑挥泪向悲风。

说明

该词上片写塞北明丽壮阔的风景，下片抒发对中原沦陷的悲伤。

注释

①鞘：鞭鞘。

●霜日明霄水蘸空

译文

秋天的天空一片明净，远处水天相接，军营里绣旗飘扬，不时传来用力挥动马鞭的声音。淡淡的云烟笼罩着一片衰草，若有若无。

想到中原已经沦为烽火以北，我只能在东门的城楼上借酒消愁，喝完酒以后，再向着秋风落下眼泪。

词评

"万里中原烽火北，一尊浊酒戍楼东。酒阑挥泪向悲风。"慷慨激烈，发欲上指。词境虽不高，然足以使懦夫有立志。

——清·陈廷焯《白雨斋词话》

水调歌头

和庞佑父①

雪洗虏尘静，风约楚云留。何人为写悲壮，吹角古城楼。湖海平生豪气，关塞如今风景，剪烛看吴钩。剩喜燃犀处，骇浪与天浮。

忆当年，周与谢，富春秋。小乔初嫁，香囊未解②，勋业故优游。赤壁矶头落照，肥水桥边衰草，渺渺唤人愁。我欲乘风去，击楫誓中流。

●我欲乘风去

说明

绍兴三十一年（1161）冬，虞允文在采石矶击溃金主完颜亮的部队，取得了这场关系南宋生死存亡之战的胜利，词人遂怀着激动的心情写下此词。

注释

①庞佑父：亦作"庞佑甫"，名谦孺，与张孝祥、韩元吉等都有酬唱交游。

②香囊：《晋书·谢玄传》："玄少好佩紫罗兰香囊，（谢）安患之，而不欲伤其意，因戏赌取，即焚之于地，遂止。"

译 文

  此次击败金兵，将侵略者带来的污垢尘埃洗刷得一干二净，可惜我因为知江西抚州而只能留在这里，未能参加这次鼓舞人心的战斗。有谁来为这次胜利谱写悲壮的颂歌？我要命令士兵们在城楼上吹响号角。我一生志气豪迈，如今听到胜利的喜讯，忍不住要在夜里挑亮灯烛，检查自己的宝剑，随时准备和敌人决一死战。

  想当年，周瑜和谢玄还年纪轻轻，一个刚娶了小乔，一个还喜欢佩戴香囊，但都在从容不迫间就立下了不朽的功业。当年赤壁矶只有夕阳西下的残景，淝水桥边也满是衰草，回忆起在这些地方征战过的周瑜和谢玄，忍不住唤起人们的无边无际的忧愁。我发誓一定要实现为国效劳、恢复中原的宏图大志。

词 评

  衡尝获从公游，见公平昔为词，未尝著稿，笔酣兴健，顷刻即成，初若不经意，反复究观，未有一字无来处。如《歌头》《凯歌》《登无尽藏》《岳阳楼》诸曲，所谓骏发踔厉，寓以诗人句法者也。

——宋·汤衡《毛本于湖词序》

辛弃疾

  辛弃疾（1140—1207），字幼安，号稼轩，谥号"忠敏"，山东东路济南府历城县人，南宋著名豪放派词人之一，有"词中之龙"的美誉，与苏轼并称"苏辛"，与李清照并称"济南二安"。其一生以功业自诩，立志恢复中原，但却屡遭排挤，他命途多舛，其词作亦多表达忧国忧民的情怀或壮志难酬的愤懑，传世的有《稼轩长短句》等。

破阵子

为陈同甫赋壮词以寄之

醉里挑灯看剑①，**梦回吹角连营。八百里分麾下炙**②，**五十弦翻塞外声**③。**沙场秋点兵。**

  马作的卢飞快④，**弓如霹雳弦惊。了却君王天下事，赢得生前**

身后名。可怜白发生！

　　宋孝宗淳熙十五年（1188），陈亮（即陈同甫）往上饶拜访辛弃疾。两人在鹅湖寺相聚期间，相互激励，畅谈英雄理想，共议恢复中原的大计，并写出了很多酬答的唱和词，该词便写于此次相聚后分别之时。

注释

　　①挑灯：指将灯芯挑亮。
　　②八百里：《世说新语》中晋代王恺拥有的一头十分珍贵的牛的名字。麾下：即部下。麾，指军中的大旗。炙：切碎的熟肉。
　　③五十弦：原指瑟，这里泛指各种乐器。翻：演奏。塞外声：指粗犷悲壮的战歌。
　　④的卢：一种烈性良马的名字。传说为刘备的坐骑，因跑起来飞快而助刘备在荆州脱险。

译文

　　几分醉意中，我将营帐中的油灯挑亮，拿出自己的宝剑细细观赏，不知不觉便睡着了。在睡梦中，我仿佛又听到了那连片的号角声，看到了自己将烤熟的牛肉分发给部下们享用，各种乐器再次演奏起雄壮的歌曲为将士们鼓舞打气，以及秋天在战场上检阅部队的场景。

　　马儿飞奔起来快得堪比的卢，弓箭离弦好似发出一声惊雷。可惜我一生立志为君主完成收复中原的大业，赢得流芳千古的名声，却早早地就生出了白发！

词评

　　字字跳踯而出，"沙场"五字起，一片秋声，沉雄悲壮，凌轹千古。
　　　　　　　　　　　　　　——清·陈廷焯《云韶集》

●醉里挑灯看剑

西江月

夜行黄沙道中①

明月别枝惊鹊②，清风半夜鸣蝉。稻花香里说丰年，听取蛙声

一片。

　　七八个星天外，两三点雨山前。旧时茅店社林边③，路转溪桥忽见④。

说　明

　　短短一首小词，所选题材不过眼前常景，用语不加修饰，层次结构亦顺其自然，却刻物传神，于淡泊中见功夫的纯厚，堪称经典。

注　释

　　①黄沙：指黄沙岭，在今江西省上饶市西南处，辛弃疾在上饶的带湖闲居之时，经常会路过此地。

　　②别枝：树的斜枝。

　　③社：土地庙。

　　④见：通"现"，出现，显现。

译　文

　　明月攀上了树梢，惊动了在枝头栖息的喜鹊。夜风习习，十分清凉，远方传来的蝉鸣声让这夜显得更加寂静。人们沉浸在稻花的香气里，兴高采烈地谈论着丰收的喜人年景，耳边是青蛙呱呱的叫声，好像它们也在参与对丰收的讨论一样。

　　天空中闪烁着几颗小星星，行至山前时，却又下起了小雨。土地庙附近的树林里，依旧安静地坐落着那间我再熟悉不过的茅店小屋，而随着山回路转，同样让我记忆深刻的小溪和小桥也出现在了眼前。

词　评

　　作者以宁静的笔调描写了充满着活跃气氛的夏夜。一路行来，有清风、明月、疏星、微雨，也有鹊声、蝉声，还闻到了稻花香。走得久了，忽然看到那家熟识的小店，可以进去歇歇脚，愉悦之情，油然而生。

　　　　　　　　　　　　　　　　　　——唐圭璋《唐宋词选注》

永遇乐

京口北固亭怀古①

　　千古江山，英雄无觅，孙仲谋处②。舞榭歌台，风流总被，雨打风吹去。斜阳草树，寻常巷陌，人道寄奴曾住③。想当年，金戈铁马，气吞万里如虎。

元嘉草草④，封狼居胥⑤，赢得仓皇北顾。四十三年⑥，望中犹记，烽火扬州路。可堪回首，佛狸祠下⑦，一片神鸦社鼓⑧。凭谁问，廉颇老矣，尚能饭否？

宋宁宗开禧元年（1205），宰相意欲北伐，辛弃疾虽支持此举，但认为不可草率用兵，以免重蹈覆辙，因而被猜忌冷落，内心抑郁愤懑之时登临北固亭，写下了这首怀古词。

注 释

①**京口**：指今江苏省镇江市。**北固亭**：又称北顾亭，在镇江东北面的北固山上，面临长江。

②**孙仲谋**：三国时期孙权，字仲谋。

③**寄奴**：南朝宋武帝刘裕的小名。

④**元嘉**：南朝宋文帝刘义隆的年号（424—453）。

⑤**封狼居胥**：汉武帝时期，骠骑将军霍去病曾追击匈奴至狼居山（今内蒙古西北部），在山上筑坛祭神而还。

⑥**四十三年**：自辛弃疾绍兴三十二年（1162）渡江南归至写下此词，刚好满43年。

⑦**佛狸祠**：北魏拓跋焘的祠庙。

⑧**神鸦**：指祭祀的时候飞来觅食的乌鸦。**社鼓**：指社日祭神的鼓声。

译 文

壮丽的江山景色历经千秋万代依然不变，但像孙权那样的英雄人物却无处可寻了。当年的歌舞楼台和繁荣景象、英雄事迹都流逝在了历史的风雨之中，就连寄奴住过的地方，现在也不过是被夕阳映照得更加偏僻荒凉、杂草丛生的普通街巷罢了。

●廉颇肉袒负荆

然而那时，他率军北伐，武器精良，兵强马壮，那气势如下山的猛虎，将侵占中原的敌人全都赶回了北方。

刘裕的儿子亦兴兵北伐，也想建功立业，却因行事草率而落得仓皇逃窜，只落得远远地回望敌人的下场。四十三年了，遥望北方，我依然记得当年扬州一带的连绵烽火。往事不堪回首，北魏拓跋焘的祠庙前，人们依然若无其事地进行着热闹的祭祀活动，可惜我一片报国之心虽然不因年事已高而有所变化，但什么时候朝廷才会派人来像起用老将廉颇那样委我以重任呢？

词评

起句嫌有犷气，且使事太多，宜为岳氏所议。非稼轩之盛气，勿轻染指也。

——清·谭献《谭评词辨》

南乡子

登京口北固亭有怀

何处望神州？满眼风光北固楼。千古兴亡多少事？悠悠，不尽长江滚滚流。

年少万兜鍪^{móu}①，坐断东南战未休②。天下英雄谁敌手？曹刘③。生子当如孙仲谋④！

说明

宋宁宗嘉泰四年（1204）三月，辛弃疾被改派至镇江任知州时，常常登临北固亭，并联想到此时这抵御金人的第二道防线，在历史上也曾是英雄们建功立业之地，因而触景生怀，写下此词。

注释

①兜鍪：原意指古代作战士兵所戴的头盔，这里代指千军万马。

②坐断：坐镇，割据。

③曹刘：指曹操和刘备。

④生子当如孙仲谋：曹操率兵南下后，见到孙权的军队威武雄壮，因而感叹道"生子当如孙仲谋，刘景升儿子

●孙权

若豚犬耳"。

译 文

在哪里可以望见中原呢？登临北固楼，入眼皆是秀美的景色。从古至今，国家兴亡的大事有多少呢？恐怕如那滚滚东去的长江水一般连绵悠长数不清吧！

孙权少年得志，年纪轻轻就已经是三军统帅，能够坐镇东南鏖战，指挥若定，从未向敌人屈服。这天下间的英雄，恐怕也只有曹操和刘备才够资格算他的对手吧，难怪曹操要感慨"生儿子就应该像孙权这样"！

词 评

其词慷慨纵横，有不可一世之概，于倚声家为变调，而异军特起，能于剪红刻翠之外，屹然别立一宗，迄今不废。

——《四库全书总目提要》

菩萨蛮

书江西造口壁①

郁孤台下清江水②，中间多少行人泪。西北望长安，可怜无数山。

青山遮不住，毕竟东流去。江晚正愁余，山深闻鹧鸪。

说 明

宋孝宗淳熙三年（1176），辛弃疾任江西提点刑狱，路经造口登郁孤台时，想到当年金兵大举南侵，其中一路进江西紧追隆裕太后，沿途烧杀抢掠，百姓苦不堪言的往事，慷慨生悲，遂作此词书于造口壁上。

注 释

①**造口**：镇名，在今江西省万安县西南60里处。

②**郁孤台**：在今江西省赣州市西北田螺岭上。**清江**：旧时称赣江和沅江合流处为清江。

译 文

郁孤台下这清江的水中有多少是饱受离乱之苦的人的眼泪呢？我遥望西北方向，想看到长安城，可惜只能看到无数的山峰。

但是这青山却遮挡不住东流而去的江水。傍晚，夕阳斜照，深山中频频传来鹧鸪的叫声，这样的情景令我的心情更加忧愁。

水龙吟

登建康赏心亭①

　　楚天千里清秋②，水随天去秋无际。遥岑远目③，献愁供恨，玉簪螺髻。落日楼头，断鸿声里，江南游子。把吴钩看了④，栏干拍遍，无人会，登临意。

　　休说鲈鱼堪脍⑤，尽西风，季鹰归未⑥！求田问舍⑦，怕应羞见，刘郎才气⑧。可惜流年，忧愁风雨，树犹如此⑨。倩何人唤取⑩，红巾翠袖⑪，搵^{wèn}英雄泪⑫！

说明

　　写这首词时，辛弃疾正前往建康通判任上，在登临之际，见景生情，故作此词一抒心中因长期被朝廷冷落、满腔报国热忱无挥洒之地的悲愤之情。

注释

　　①建康：今江苏省南京市。赏心亭：故址为南京水西门上，下临著名的秦淮河，为当时的游览胜地之一。

　　②楚天：战国时长江中下游一带为楚国，故称楚天。

　　③遥岑：指远山。远目：极目眺望。

　　④吴钩：春秋时期吴王阖闾用的宝剑，因形状弯曲而得名。

●楚天千里清秋，水随天去秋无际

⑤鲈鱼堪脍：西晋张翰在洛阳为官，在秋天西风起时，想念起家乡美味的莼菜羹和鲈鱼脍，因而弃官回乡，后来便以"莼鲈之思"比喻思念家乡、辞官归隐。

⑥季鹰：张翰，字季鹰。

⑦求田问舍：三国时期，许汜曾向陈登请教买地置屋之事，陈登瞧不起他，便不与他言语，自己径直睡大床，让许汜睡下床。许汜向刘备抱怨此事，却被刘备批评在国家危难之时只知道为自己置地买房。

⑧刘郎：指刘备。

⑨树犹如此：《世说新语》中写桓温北伐时见到了自己过去种下的柳树已经长得十分粗壮，因而感慨"树犹如此，人何以堪"。

⑩倩：请（别人为自己做事）。

⑪红巾翠袖：女子的装饰，这里代指美女。

⑫揾：擦拭（眼泪）。

译文

南国秋日的天空是这样的清冷和辽阔，仿佛无边无际，就连江水也伴着这秋空奔流而去。我向着那远山极目眺望，看见群山形状各异，或如玉簪，或如螺髻，不仅引发了我对国土沦丧的忧愁和悲愤。落日的余晖照在这楼头，天空中传来孤雁的悲鸣，令我这漂泊江南的游子忍不住思念起家乡。我看着身上佩带的宝剑，愤愤地将楼上所有的栏杆都拍了一遍，却依然没有人可以体会我此时此刻登临的心境。

别说什么鲈鱼切碎了烹煮是难得的佳肴，西风已经吹尽，张季鹰回来了吗？像那在国家危难时刻却只想着为自己置地买房的许汜，恐怕会羞于见那雄才大略的刘备。可叹时光匆匆，国势依旧飘摇，我却只能虚度光阴，不能亲自上战场抗击敌人、收复山河。如今，我又能请谁为我唤来红颜知己，为我擦拭这英雄泪呢？

词评

公所作大声鞺鞳，小声铿鍧，横绝六合，扫空万古，自有苍生所未见。其秾纤绵密者，亦不在小晏、秦郎之下。

——宋·刘克庄《后村大全集》

西江月

遣兴

醉里且贪欢笑，要愁那得工夫。近来始觉古人书，信著全无是处①。

昨夜松边醉倒，问松"我醉何如②"。只疑松动要来扶，以手推松曰"去"③！

该词写于辛弃疾被废退闲居之时，表面上是写醉酒贪欢、不拘形迹，实际上却是在发泄内心对现实的不满和反抗。

①"近来"二句：意出自《孟子·尽心下》："尽信书，则不如无书。"孟子认为《尚书·武成》中的纪事不可完全相信。这里辛弃疾用此语的含意是讽刺时人枉读圣贤书而不尊圣贤之言去做事，是对现实不满的激愤之语。

②何如：怎么样。

③"只疑"二句：套用《汉书·龚胜传》："胜以手推（夏侯）常曰：'去！'"

喝醉了酒我便只想贪图欢乐，哪里有工夫去发愁呢？我近来才感觉到如果全信那些古人的书的话，其实一点儿用处都没有。

昨天夜里，我喝醉了倒在一棵松树边，于是笑着问它："我醉倒的样子怎么样啊？"说完我怀疑那松树竟然作势要来搀扶我，我立刻用手推开它嚷道："去你的！"

稼轩晚年来卜筑奇狮，专工长短句，累五百首有奇。但词家争斗秾纤，而稼轩率多抚时感事之作，磊砟英多，绝不作妮子态。

——汲古阁本《稼轩词跋》

鹧鸪天

有客慨然谈功名，因追念少年时事，戏作。

壮岁旌旗拥万夫，锦襜突骑渡江初①。燕兵夜娖银胡䩮②，汉箭朝飞金仆姑③。

追往事，叹今吾，春风不染白髭须④。却将万字平戎策，换得东家种树书⑤。

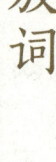
说 明

词人虽然自己称此词为戏作，然上片书慷慨激昂之事，下片写沉郁心伤之痛，入木三分地刻画了一个壮志未酬、报国无门的抗金名将形象，令人感慨。

注 释

①锦襜突骑：指穿着锦绣短衣的快速骑兵。

②燕兵：这里指金兵。妵：整理。银胡䩮：银色的箭袋。

③金仆姑：一种箭的名字，出自《左传·庄公十一年》。

④髭须：胡子。

⑤种树书：比喻辞官归田。

译 文

我年轻的时候，曾经带着一万多精锐的骑兵横渡长江。到了晚上，金兵们还在埋头整理他们的箭袋的时候，我方的金仆姑早已向他们飞射而去。

追忆往事，不禁让我感叹如今的自己，就算是春风也没有办法染黑我白色的胡须，我那几万字的平敌之策，也拿去和东边的邻居换作了讲如何种树的书籍。

词 评

激昂排宕，不可一世，是作者最出色、最有分量的小令词。

——清·彭孙遹《金粟词话》

贺新郎

同父见和再用韵答之

老大那堪说①。似而今，元龙臭味②，孟公瓜葛③。我病君来高歌饮，惊散楼头飞雪。笑富贵千钧如发。硬语盘空谁来听④？记当时，只有西窗月。重进酒，换鸣瑟。

事无两样人心别。问渠侬⑤：神州毕竟，几番离合？汗血盐车无人顾⑥，千里空收骏骨⑦。正目断关河路绝⑧。我最怜君中宵舞⑨，道"男儿到死心如铁"。看试手⑩，补天裂⑪。

说 明

这是一首形象鲜明、感情充沛的唱和词，用历来的人物、对时政的抨击和对富贵的蔑视以及陈亮"男儿到死心如铁"的言论赞美了陈亮高尚的品格，表现了作者和陈亮二人坚持主战、统一中原的豪情和决心。

①**老大**：年纪大了。

②**元龙臭味**：和元龙气味相投。元龙，陈登的字，东汉末年人，有"湖海之士，豪气不除"的美誉，因瞧不起忧家忘国的许汜，对其不理不睬而得到刘备的称赞。

③**孟公瓜葛**：与情真意笃的朋友交往。

④**硬语盘空**：出自韩愈诗《荐士》："横空盘硬语，妥帖力排奡。"形容文章气势雄伟，矫健有力。

⑤**渠**：他。**侬**：你。吴语方言，对他人的称呼，这里代指南宋当权者。

⑥**汗血盐车**：用宝马来拉盐车，形容埋没人才。

⑦**收骏骨**：出自《战国策·燕策一》，用燕昭王千金购千里马骨以求贤的故事比喻招揽人才。

⑧**目断**：纵目远眺。**关河**：边疆，边防。

⑨**怜**：爱惜，尊敬。

⑩**试手**：指大显身手。

⑪**补天裂**：女娲补天，这里代指收复中原。

我如今一事无成，老大徒伤悲，不值一提，也只有你和我与那陈登情志相投，因此我和你的交情也如孟公一样紧密真诚。我生病了，你前来探望，饮酒而作慷慨之歌，简直要震掉楼头的落雪。可笑金银财富不过人生中一鸿毛。治国之良策却又有谁愿意倾听采纳？依稀记得，侧耳欣赏的恐怕只有西窗前的那轮明月而已。来来来，再一次将杯中斟满美酒，唤来奏乐。

面对这同样的事实，人的心意和态度却有很大的差别，我不禁想要质问那些主和者："我们的国土究竟还要分裂多久？什么时候才能实现统一？"可叹宝马被派去拉盐车，你们居然还要不辞辛苦地求购宝马的尸骨！我远远地向那边疆望去，却只看到了一片风雪。我

●对谈国事

最喜欢你闻鸡起舞这一点。你常常说："男子汉大丈夫就应该视死如归，虽九死而其犹未悔。"且看你我二人大展身手，一同收复这破碎山河！

贺新郎

别茂嘉十二弟

绿树听鹈鴂^①，更那堪，鹧鸪声住，杜鹃声切。啼到春归无寻处，苦恨芳菲都歇。算未抵，人间离别。马上琵琶关塞黑^②。更长门翠辇辞金阙^③。看燕燕，送归妾。

将军百战身名裂^④。向河梁，回头万里，故人长绝^⑤。易水萧萧西风冷，满座衣冠似雪^⑥。正壮士，悲歌未彻。啼鸟还知如许恨，料不啼清泪长啼血。谁共我，醉明月？

说明

该词风格沉郁，下笔雄奇，借送别族弟之事抒怀才不遇、英雄无名、壮志未酬的悲愤。

注释

①**鹈鴂**：伯劳鸟。

②**马上琵琶**：指昭君出塞。

③**更长门翠辇辞金阙**：指陈阿娇失宠。

④**将军百战身名裂**：指汉武帝时期李陵。

⑤**"向河梁"三句**：指李陵辞别苏武。

⑥**"易水"二句**：指荆轲刺秦王之易水送别。

译文

绿树荫荫，伯劳鸟叫声凄凉，鹧鸪鸟声声"行不得也哥哥"令人不忍卒听，更有那杜鹃鸟频频"不如归去"的呼号。直到春天已去，这哀伤的啼叫声才停止，而那时，却又是百花凋零，亦令人痛苦忧愁。算起来，这些事情又哪里比得上人间的离别呢？想那汉朝时期，为了和亲，美人昭君在马上弹着琵琶，远赴荒凉苦寒的塞外，陈阿娇

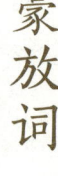

因为失宠，只能坐着翠绿的辇轿辞别那金殿，退居长门别馆。

春秋时期卫国庄姜，看着燕燕双飞，送别去国的归妾。汉武帝时李陵虽然身经百战，但终究因为归降匈奴而身败名裂，待苏武还朝，他站在河边桥头与之诀别，回望中原，故园已如梦。还有那易水边，燕太子丹带领宾客衣冠如雪、慷慨悲歌为勇士荆轲送行。如若那些啼鸣的鸟儿们懂得人世间这些离愁别恨，恐怕它不光是空啼两行清泪，而要咯血长啼！如今我便要与弟弟你分别了，以后又有谁可以同我一起醉酒赏月呢？

词 评

稼轩《贺新郎》词送茂嘉十二弟，章法绝妙。且语语有境界，此能品而几于神者。然非有意为之，故后人不能学也。

——王国维《人间词话》

水龙吟

甲辰岁寿韩南涧尚书①

渡江天马南来②，几人真是经纶手③？长安父老，新亭风景，可怜依旧④。夷甫诸人⑤，神州沉陆，几曾回首！算平戎万里，功名本是，真儒事，公知否？

况有文章山斗，对桐阴⑥，满庭清昼。当年堕地，而今试看，风云奔走。绿野风烟⑦，平泉林木⑧，东山歌酒⑨。待他年，整顿乾坤事了，为先生寿。

说 明

该词虽为祝寿而作，然意在与寿星韩元吉英雄相惜，通过赞美其才干和志向，表达了词人希望与之一同收复失地、再次建功立业的愿望。

注 释

①**韩南涧**：指曾任吏部尚书的韩元吉，字无咎，号南涧，其致仕后寓居上饶之带湖，常与因被弹劾而退隐于此的辛弃疾往来。

②**渡江天马南来**：原指晋王室南渡建立东晋，因晋代皇帝为司马氏，故称天马。这里代指南宋王朝的建立。

③**经纶**：原指整理乱丝，后比喻治国理政。

●谢安登东山

④**"长安"三句**：形容南宋人们对于山河废异的感慨。

⑤**夷甫**：西晋宰相王衍。

⑥**桐阴**：北宋时期，相州韩氏与颖川韩氏齐名，因后者门中多植梧桐树而被称为"桐木韩家"以区别于前者。

⑦**绿野**：唐朝中期，宰相裴度退居洛阳时的别墅称为"绿野堂"。

⑧**平泉**：晚唐时期，宰相李德裕在洛阳的别墅称为"平泉庄"。

⑨**东山歌酒**：出自《晋书·谢安传》："谢安寓居会稽，虽放情丘壑，然每游赏，必以妓女从。"

译文

自高宗皇帝建立南宋王朝以来，真正的治国能手有几人呢？百姓们翘首期盼北伐收复失地，南渡的士大夫们亦感慨国家依旧破碎，而像王衍那样的只知道清谈的人，何曾将国家统一放在心上？说起来，我也算是戎马一生，为了平定金兵而征战万里，元吉啊，你知道吗？

我们读书人真正的事业，就应当是横刀立马、青史留名。你的文章水平像韩愈一般可谓是文坛泰斗，且家世显赫，从小就志向远大，一旦风云际会，你必将大展身手。如今你虽然辞官在家，纵情山水，但我知道你报效国家的志向未减。等到他日你再出山完成祖国统一之时，我定要再次举杯为你祝寿。

词评

这是一首"以议论为词"的作品，且数用典故，但不觉其板，不觉其滞，条贯缕畅，大气包举；指点江山，激扬文字，沉着而痛快。这一因作者感情诚挚，曲折回荡，或起或伏，始终"以气节自负，以功业自诩"，深厚感人。二因"援古以证今"，又"用人若己"（《文心雕龙·事类》），熨帖自然。三则豪情胜慨，出之字清句隽（如裴度等三典），使全篇动荡多姿，"岂一味叫嚣者所能望其顶踵"。

——清·谢章铤《赌棋山庄词话》

豪放词

水龙吟

过南剑双溪楼

举头西北浮云①，倚天万里须长剑。人言此地，夜深长见，斗牛光焰。我觉山高，潭空水冷，月明星淡。待燃犀下看，凭栏却怕，风雷怒，鱼龙惨②。

峡束沧江对起③，过危楼，欲飞还敛。元龙老矣，不妨高卧，冰壶凉簟④。千古兴亡，百年悲笑，一时登览。问何人又卸，片帆沙岸，系斜阳缆⑤？

说明

这是作者受主和派诬陷而落职，途经南剑州，登览著名的双溪楼时，即景抒情之词。既强烈地表现了作者的爱国思想，亦不免流露出退隐高卧的消极情绪。

注释

①**西北浮云**：西北面的天空被浮云所遮蔽，这里喻指山河沦陷。
②**鱼龙**：代指朝中主和反战的小人。**惨**：狠毒。
③**束**：夹峙。
④**冰壶凉簟**：喝冷水，睡凉席，形容隐退自适的生活。
⑤**缆**：系船的绳子。

译文

抬头看那西北的天空，浮云蔽日，需要用长剑方能驾驭万里长空。人们都说这个地方在深夜常常能够看见斗牛星宿发出的火焰一般的光芒。我只觉山高水冷，淡云残月。待我点燃犀牛角，靠近栏杆，却又禁不住害怕震怒的风雷和水中凶残的怪物。

两侧的高山裹挟着东西两面冲来的江水，水花四起，意欲飞过高楼却终是收敛了。我虽然还有陈登的志向，但是身体和劲头已经大不如前了，不服老不行，倒不如回家卧在凉席上，喝点小酒，过闲适自在的生活。如今，登上这双溪楼，想到千古兴亡，方明白自己一生也不过是百年的悲欢离合而已。那边是什么人又一次卸下了白帆，在斜阳的光辉中抛锚系缆呢？

苏、辛皆至情至性人，故其词潇洒卓荦，悉出于温柔敦厚。世或以粗犷托苏、辛，固宜有视苏、辛为别调者矣。张玉田盛称白石，而不甚许稼轩，耳食者遂于两家有轩轾意。不知稼轩之体，白石尝效之矣。集中如《永遇乐》《汉宫春》诸阕，均次稼轩韵，其吐属气味，皆若秘响相通，何后人过分门户耶？

——清·刘熙载《艺概·词曲概》

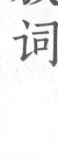

沁园春①

灵山齐庵赋时筑偃湖未成②

叠嶂西驰，万马回旋，众山欲东。正惊湍直下，跳珠倒溅，小桥横截，缺月初弓。老合投闲③，天教多事，检校长身十万松④。吾庐小，在龙蛇影外⑤，风雨声中。

争先见面重重，看爽气朝来三数峰。似谢家子弟，衣冠磊落，相如庭户，车骑雍容。我觉其间，雄深雅健，如对文章太史公⑥。新堤路，问偃湖何日，烟水蒙蒙？

说 明

辛弃疾是极其热爱祖国的山川风物的，他笔下的山水像人一般灵动而富有个性，使人如临其境，这首词便很好地体现了这一特色。

注 释

①沁园春：词牌名，又名《东仙》《寿星明》《洞庭春色》等。

②灵山：在江西上饶境内，雄伟秀丽，有"九华五老虚揽胜，不及灵山秀色多"之说。

③合：应该。

④检校：管理、巡查。**长身**：高大。

⑤龙蛇影：这里形容松树的影子。

⑥太史公：指司马迁。

译 文

重重叠叠的山峰像千军万马一样往西边奔腾而去，还有一些似乎想要掉头东去。湍急的江流倾泻而下，被小桥一拦截，引起珠玉四溅。那弯弯的月亮仿佛一张刚刚拉开的弓。人老了就应该过闲散的生活，可老天爷偏要多事，让我来掌管十万棵高大的松树。在它们龙蛇般盘曲的影子外，在风雨声中，我的住处显得那样渺小。

待云消雾散，山峰们争先露出身影和人们见面，我感觉到早晨一阵阵清爽的空气自山顶飘来。这一座座的山峰像当年谢家子弟的相貌一般秀美，又像司马相如的车骑一样雍容。我还感觉它们雄浑典雅，像司马迁的文风一般。走在刚刚修好的堤路上，我在想，什么时候偃湖才能修好，展示它烟水朦胧的美好景色呢？

[词评]

　　且说松（按，应为"说山"），而及谢家、相如、太史公，自非脱落故常者，未易阄其堂奥。

——明·杨慎《词品》

●叠嶂西驰，万马回旋，众山欲东

木兰花慢①

　　中秋饮酒，将旦②。客谓前人诗词有赋待月，无送月者，因用《天问》体赋③。

　　可怜今夕月，向何处，去悠悠？是别有人间，那边才见，光影东头？是天外，空汗漫，但长风浩浩送中秋？飞镜无根谁系？姮娥不嫁谁留？

　　谓经海底问无由，恍惚使人愁。怕万里长鲸，纵横触破，玉殿琼楼。虾蟆故堪浴水，问云何玉兔解沉浮？若道都齐无恙，云何渐渐如钩？

豪放词

● 可怜今夕月

该词以《天问》体写作，独树一帜，又打破词的上下片的格局，一连串地对月发问，表现了词人不拘一格、敢于创新的艺术气魄。

注　释

①木兰花慢：词牌名。原为唐教坊曲。双调，一〇一字，上片五平韵，下片七平韵。

②将旦：快要天亮。

③《天问》：屈原所作《楚辞》篇名，写作者对天发问，勇于探索。

译　文

今晚的月亮是多么可爱啊，你悠悠然地是要去前往哪里呢？是不是那边还有另外一个人间，所以这里才会见到你又冉冉在东面升起？还是那天外其实空无一物，只有猎猎长风为你送别？你好像是一面飞上天空的明镜，是因为被无形的绳索系着所以才没有掉下来吗？月宫里的嫦娥仙子至今尚未出嫁，是什么人留住了她？

我听说月儿你会从海底游过，可惜无从考证，这可真叫我发愁，担心那海里的鲸鱼会不会不小心撞倒月宫里的琼楼玉宇，而且月宫里的虾蟆肯定会游泳，但玉兔又是什么时候学会游泳呢？如果月宫里一切都安然无恙，那为什么这月儿又渐渐变成了弯钩呢？

词　评

稼轩中秋饮酒达旦，用《天问》体作《木兰花慢》以送月曰："可怜今夕月，向何处，去悠悠？是别有人间，那边才见，光影东头？"词人想象，直悟月轮绕地之理，与科学家密合，可谓神悟！

——王国维《人间词话》

水调歌头

舟次扬州和人韵

落日塞尘起①，胡骑猎清秋。汉家组练十万②，列舰耸层楼。

谁道投鞭飞渡^③，忆昔鸣髇血污^④，风雨佛狸愁。季子正年少^⑤，匹马黑貂裘。

今老矣，搔白首，过扬州。倦游欲去江上，手种橘千头。二客东南名胜^⑥，万卷诗书事业，尝试与君谋。莫射南山虎，直觅富民侯^⑦。

说明

　　淳熙五年（1178），辛弃疾调任为湖北转运副使。溯江西行，停泊在扬州时，曾与友人杨炎正、周显先唱和词，后作者南归之前，再次到扬州，抚今追昔，遂作此词。

注释

　　①塞尘起：指边疆又起战事。

　　②组练：指军队。

　　③投鞭飞渡：前秦苻坚率九十万大军南侵东晋，并自夸"以吾之众旅，投鞭于江，足断其流"，结果在淝水之战中大败。这里暗喻1161年金主完颜亮南侵时虽然气焰嚣张，却难逃兵败的下场。

　　④鸣髇血污：指完颜亮兵败后被部下所杀之事。鸣髇，即鸣镝，一种响箭。血污，死于非命。

　　⑤季子正年少，匹马黑貂裘：战国时期苏秦，字季子，为游说六国到处奔波，以至于身上穿的貂裘都因为积满灰尘而变成了黑色。

　　⑥二客：指杨炎正、周显先。

　　⑦"莫射"二句：出自《史记·李将军列传》"汉李广居蓝田南山中，闻郡有虎，尝自射之"和《汉书·食货志》"武帝末年悔征战之事，乃封丞相为富民侯"，这里是用于感叹朝廷现在偃武修文，做军事工作没有什么出头之日。

译文

　　夕阳西下，边境上又荡起了一圈圈灰尘，定是战事又起，那金兵趁着秋天丰收之时南下犯境。我方大军十万，江面上排列的军舰高耸如楼。那完颜亮像当年号称"投鞭断流"的苻坚一样气焰嚣张，结果落得个被自己部下杀害

●回首壮年时

的下场，佛狸率军南侵，亦是节节败退。我年轻的时候，也曾经如苏秦一般为了建功立业四处奔波，锐意进取。

如今我却已经老了，挠着满头白发又到了扬州。对于宦海沉浮，我已经感到了无限厌倦，真想到那上游去种千棵橘树，过我闲适自足的生活。你们都是东南地区有名的人物，胸有诗书，前途无量，让我试着为你们谋一个进步的策略吧：可不要学那李广在南山闲居射虎，而要争取当一个"富民侯"。

词 评

稼轩雄深雅健，自是本色，俱从南华、冲虚得来。然作词之多，亦无如稼轩者。中调、短令亦间作妩媚语。观其得意处，真有压倒古人之意。

——清·邹祗谟《远志斋词衷》

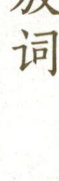

木兰花慢

席上送张仲固帅兴元

汉中开汉业，问此地，是耶非？想剑指三秦[①]，君王得意，一战东归。追亡事[②]，今不见，但山川满目泪沾衣[③]。落日胡尘未断，西风塞马空肥[④]。

一编书是帝王师[⑤]，小试去征西。更草草离筵，匆匆去路，愁满旌旗。君思我，回首处，正江涵秋影雁初飞[⑥]。安得车轮四角[⑦]，不堪带减腰围[⑧]。

说 明

该词借送别友人，借古讽今，抨击了南宋统治者妥协退让、偏安一隅的做法，表达了作者追求国家统一的强烈愿望。

注 释

①**剑指三秦**：指刘邦占领关中。三秦，即雍、塞、翟三国地。

②**追亡事**：指萧何追韩信之事。

③**山川满目泪沾衣**：出自李峤诗歌《汾阴行》："山川满目泪沾衣，富贵荣华能几时。不见只今汾水上，唯有年年秋雁飞。"

④**西风**：指秋风。

⑤**一编书是帝王师**：指张良受书成为帝王师。

⑥**正江涵秋影雁初飞**：出自杜牧诗歌《九日齐山登高》："江涵秋影雁初飞，与客携壶上翠微。"涵，沉浸。

⑦**车轮四角**：出自陆龟蒙诗歌《古意》："君心莫淡薄，妾意正栖托。愿得双车轮，一夜生四角。"这里指希望车子开不动从而将行人留下来的意思。

⑧**带减腰围**：取《古诗》"相去日以远，衣带日已缓"之意。这里指因为思念友人而逐渐消瘦。

译 文

这个地方就是当年汉朝开国的地方——汉中吗？想当年刘邦占据三秦，乘胜东进，与项羽楚汉相争，甚至因尊重人才而将韩信追回封为大将，这样的事情，恐怕现在是再难有了，有的只是满目破碎山河，令人落泪。金兵的进犯未止，而秋天朝廷边疆的战马却仍是白白养得那么健壮。

●更草草离筵，匆匆去路，愁满旌旗

你（指张仲固）就像那得了编书就能成为帝王师的张良一般，如今奉调兴元知府不过就是小试身手罢了。我设下这简单的宴席为你送行，你就要匆忙上路了，连那旌旗都仿佛飘满了悲愁。你想念我的时候，不妨回头看看那秋色满江、大雁南归的景致来缓解心情。唉，我恨不得想方设法让那车轮长出四角来将你留下，以后我恐怕要因为思念你而消瘦了。

词 评

辛稼轩别开天地，横绝古今，《论》《孟》《诗》小序、《左氏春秋》《南华》《离骚》《史》《汉》《世说》《选学》，李、杜诗，拉杂运用，弥见其笔力之峭。

——清·吴衡照《莲子居词话》

陈 亮

陈亮（1143—1194），字同甫，号龙川，婺州永康（今属浙江）人，

才思敏捷，喜论兵事，作品有《龙川词》《龙川文集》。

水调歌头

送章德茂大卿使虏

不见南师久，漫说北群空[1]。当场只手，毕竟还我万夫雄。自笑堂堂汉使，得似洋洋河水，依旧只流东？且复穹庐拜[2]，会向藁街逢[3]！

尧之都，舜之壤，禹之封。于中应有，一个半个仗孤臣！万里膻腥如许，千古英灵安在，磅礴几时通？天运何须问，赫日自当中[4]！

说　明

淳熙十二年（1185）十二月，宋孝宗命章德茂以大理寺少卿试户部尚书衔为贺万春节（金世宗完颜雍生辰）正使，作者作此词为其送行，表现了不甘屈辱、誓雪国耻的浩然正气。

注　释

①**北群空**：出自韩愈《送温处士赴河阳军序》"伯乐一过冀北之野而马群遂空"，指没有良马，这里比喻没有人才。

②**穹庐**：北方少数民族住的圆顶毡房，这里代指金廷。

③**藁街**：汉朝长安城南门内留给少数民族居住的地方。《汉书·陈汤传》载陈汤斩郅支单于后奏请"悬头藁街蛮夷邸间，以示万里明犯强汉者，虽远必诛"。

④**赫**：明亮。

译　文

朝廷久未出师北伐，金人便说我们没有人才了。你也是万夫之雄，这次出使金廷，希望可以力挽狂澜。我们汉人的使者，怎么能像那河水一样，只会日复一日东流呢？这次就暂且去金人的毡房拜会一下他们，将来我们定要斩获他们首领的项上人头在藁街示众。

他们夺走的是我汉族的土地，尧、舜、禹这些先祖们都曾生活在这些土地上。这里面总该有几个以向金人称臣为耻的仁人志士吧！金人将我们的国土弄得一片狼藉，我们先烈为国捐躯的精神到哪里去了？我们的民族正义何时才能得到伸张？金人的气数已尽自不待言，我们现在就像中天的骄阳，必将迎来胜利的曙光。

词评

龙川痛心北虏，亦屡见于词，如《水调歌头》……忠愤之气，随笔涌出，并足以唤醒当时振聩，正不必论词之工拙也。

——清·冯煦《蒿庵论词》

念奴娇

登多景楼

危楼还望，叹此意，今古几人曾会？鬼设神施，浑认作，天限南疆北界。一水横陈，连岗三面，做出争雄势。六朝何事，只成门户私计①**！**

因笑王谢诸人②**，登高怀远，也学英雄涕。凭却长江，管不到，河洛戈鋋无际**③**。正好长驱，不须反顾，寻取中流誓**④**。小儿破贼**⑤**，势成宁问强对**⑥**！**

说明

该词写作者登镇江多景楼，感叹这里的地势本来适合进攻，如今只被作防守用，议论惊奇，有英雄气概。

注释

①**私计**：私利。

②**王谢**：原指代东晋上层人士，这里代指掌权者。

③**河洛**：黄河和洛河，泛指中原。

④**中流誓**：《晋书·祖逖传》记载，祖逖北伐渡江时，曾"中流击楫而誓曰：'祖逖不能清中原而复济者，有如大江！'辞色壮烈，众人皆慨叹"。

⑤**小儿破贼**：出自《晋书·谢安传》《世说新语·雅量》，指谢安听到晋军在淝水之战大败苻坚的消息时，只是将手中的书放在一旁，脸色平静，并没有狂喜之态，客人问其缘由，谢安缓缓回答说："小儿辈（指谢安弟弟谢石和侄子谢玄）遂已破贼。"

⑥**强对**：《全宋词》作"彊（通'强'）对"。即强敌。

译 文

登上高高的多景楼向远处望去，不禁感叹：古往今来，我的心意有谁可以理解呢？镇江的地势本是鬼斧神工，险要异常，可这样的有利条件却只被当作了天然的南北分界而不是北上进攻的屏障！北面有长江横贯，东、西、南三面都有连绵的山冈，可谓是进可攻、退可守，是足以和北方金人决战争雄的形胜之地。可想而知，六朝旧事，原来不过都是因为那些掌权者和贵族只为自己的私利打算。

可笑王谢那等人，居然也学英雄们登临落泪。可他们依靠长江这一天险，认为可以长保平安无事，于是就偏安一隅，丝毫不想中原那广阔的土地早已被金人践踏。凭借这绝佳的地势，正好可以长驱直入，像当年的祖逖一样击楫中流，发誓收复中原，而不用担心后方的安危。所以更要像当年的谢安一样，要对取得北伐的胜利有充足的自信心，无须顾虑敌军的强大与否。

词 评

龙川之词，感愤淋漓，眷怀君国。稼轩之词，才思横溢，悲壮苍凉。例之古诗，远法太冲，近师李白，此纵横家之词也。

——刘师培《论文杂记》

一丛花①

溪堂玩月作

冰轮斜辗镜天长②，江练隐寒光。危阑醉倚人如画，隔烟村，何处鸣榔？乌鹊倦栖，鱼龙惊起，星斗挂垂杨。

芦花千顷水微茫，秋色满江乡。楼台恍似游仙梦，又疑是，洛浦潇湘③。风露浩然，山河影转，今古照凄凉。

说 明

该词为玩赏风景之作，描绘了月夜秋江的瑰丽景色，隐约透露出感时伤怀的情绪。

注 释

①**一丛花**：词牌名，又名《一丛花令》。
②**辗**：转动。
③**洛**：洛水，在今河南省，相传为洛神宓妃出没之地。**湘**：湘水，在今湖南省，

帝舜的两位夫人娥皇和女英没于湘水，遂为湘水之神。

译文

月亮徐徐地在天空中移动，如镜的江面上倒映着它的清辉，月光水色浑然一体。喝醉了酒，依靠在高高的栏杆上凭栏眺望，只见风景如画，远方的村落沉浸在烟霭迷蒙之中，隐约能听见渔夫捕鱼时用长木板敲打船舷的"桹桹"声。乌鸦倦而栖息，鱼龙惊而跃起，只有北斗星默默地挂在垂杨梢头。

芦花千顷，江水苍茫，江乡一派秋色。我伫立在楼台之上，恍惚感觉像是梦游仙境，又疑置身于洛水之滨、湘江之畔。寒气浓重，山河殊异，想来从古至今，月亮都是一样的照着心伤悲凉之人。

词评

士大夫厌厌无气，有言责者不敢吐一词，况若同甫一布衣乎！人不以为狂，则以为妄。

——明·方孝孺

崔与之

崔与之（1158—1239），字正子、正之，号菊坡，谥号"清献"，汴京（今河南开封）人，后徙居宁都、河源一带，嘉熙三年（1239）以观文殿大学士、提举洞霄宫致仕，累封至南海郡公，有作品《崔清献公集》。

水调歌头

题剑阁

万里云间戍，立马剑门关。乱山极目无际，直北是长安①。人苦百年涂炭，鬼哭三边锋镝，天道久应还。手写留屯奏，炯炯寸心丹。

对青灯，搔白首，漏声残。老来勋业未就，妨却一身闲。梅岭绿阴青子，蒲涧清泉白石，怪我旧盟寒。烽火平安夜，归梦到家山。

说 明

1219—1222 年，秦岭淮河以北的大片国土都已经丧于敌手，当时作者正出任成都知府兼任成都府路安抚使，登临剑阁，立马剑门，瞭望山河而感慨写下该词。

注 释

① **"乱山"二句**：化用杜甫诗歌《小寒食舟中作》："云白山青万余里，愁看直北是长安。"长安乃汉唐旧都，古诗词中常常用来代指都城，本词中借指北宋都城汴京。

译 文

剑门关地域辽阔，地势极高，我站立在剑门关，极目望向那远方的山峰，汴京在哪里呢？近百年来，人们饱受战乱涂炭之苦，但天道好还，否极泰来，金人的运势不会太长久，这种苦难的日子就要到头了，收复中原指日可待。我要亲手写下奏疏，留在四川屯守御金，我热血沸腾，一片赤子之心日月可鉴。

青灯荧荧，夜漏将尽，我挠着自己的满头白发。如今金人未灭，我本来打算功成身退、归老林泉的愿望便落空了，那故乡白云山上蒲涧的流泉和粤北梅岭上青青的梅子仿佛都在责怪我忘记了归隐田园的旧约。请你们不要责备我失约，每次战事暂缓、没有烽火的平安之夜，我的梦魂便回到了家乡！

词 评

非雄直而何。

——潘飞声《粤词雅》

黄 机

黄机，字几仲（一说几叔），东阳（今属浙江）人，宋宁宗时期在世，其胸怀爱国之心，但始终不得志，只做过几任州郡小官。黄机是豪放派作家，且颇有词誉，《四库全书简明目录》称其"才气磊落……极激楚苍凉之致"，今传《竹斋诗余》一卷。

豪放词

霜天晓角①

仪真江上夜泊②

寒江夜宿，长啸江之曲。水底鱼龙惊动，风卷地，浪翻屋。

诗情吟未足，酒兴断还续。草草兴亡休问③，功名泪，欲盈掬④。

说明

　　该词写作者夜泊于多次受到金兵骚扰的仪真，面对寒江，北望中原，百感交集，表达了其壮志难酬的悲愤之情。

注释

　　①**霜天晓角**：词牌名。又名《月当窗》《长桥月》《踏月》等。

　　②**仪真**：在今江苏省仪征市，位于长江北岸。该地区是南宋的前线，经常受到金兵的侵略和骚扰。

　　③**兴亡**：偏义复词，指"亡"。

　　④**盈掬**：满握，形容眼泪之多。

译文

　　我留宿在寒冷的长江边上，周围景色凄寒，我伫立在江边，心潮澎湃，不禁仰天长啸。这啸声携着卷地的狂风，搅起了惊天的巨浪，浪头将江上的小屋都冲翻了，就连潜藏在水底的鱼龙神怪都被惊动了，吓得赶紧跳出了江面。

　　我心中潜藏的诗意都被激发了出来，吟咏了很多首诗词但是还嫌不够，又断断续续地喝了很多的酒，还是觉得心中一腔愁绪难以排解。不要问为什么国家的衰亡就在一瞬间，我即使心有万千抱负又能如何？难以施展，便只有空空地流下这许许多多的眼泪罢了。

词评

　　皆沉郁苍凉，不复作草媚花香之语。

——《四库总目提要》

刘克庄

刘克庄（1187—1269），初名灼，字潜夫，号后村，福建省莆（pú）田市人。其词深受辛弃疾影响，多豪放之作，且有较强的议论化、散文化倾向，作品大多收录在《后村先生大全集》中。

沁园春

梦孚若①

何处相逢，登宝钗楼②，访铜雀台③。唤厨人斫就④，东溟鲸脍⑤，圉人呈罢⑥，西极龙媒⑦。天下英雄，使君与操⑧，余子谁堪共酒杯⑨。车千乘⑩，载燕南赵北⑪，剑客奇才。

饮酣画鼓如雷⑫。谁信被晨鸡唤回⑬。叹年光过尽，功名未立，书生老去，机会方来。使李将军，遇高皇帝⑭，万户侯何足道哉⑮。披衣起，但凄凉感旧，慷慨生哀。

说明

该词运用虚实结合的手法，借助梦境写对朋友的思念，表达了自己报国无门的愤懑之情。

注释

①孚若：指方信孺，字孚若，福建莆田人，因为出使金国不屈而出名，主要作品有《南冠萃稿》等。

②宝钗楼：在今陕西省咸阳市，为汉武帝时期所建。

③铜雀台：在今河北临漳县西南附近，为曹操所建。

④斫：用刀砍断。

⑤脍：切碎的细小肉块。

⑥圉人：指负责养马的官员。

⑦**西极**：指西域。古时西域多产良驹名马。**龙媒**：一种骏马的名字。

⑧**使君**：原是古代对一州郡最高长官的称呼，这里代指刘备。**操**：指曹操。

⑨**余子**：其他的人。

⑩**乘**：古时称一车四马为乘。

⑪**燕南赵北**：指今天河北和山西一带。

⑫**饮酣画鼓如雷**：一作"饮酣鼻息如雷"。画，指鼓上的纹饰。

⑬**谁信**：谁料、谁想。

⑭**高皇帝**：指汉高祖刘邦。

⑮**万户侯**：指李广虽然英勇善战，一生与匈奴交战七十多次，屡有战功，但终生未能封侯。

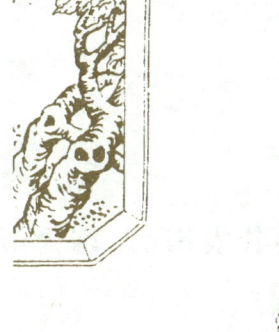

●投笔封侯报效国家

译　文

　　我们是在什么地方相逢的呢？我们同游宝钗楼，共登铜雀台。将厨师叫出来，让他将那东海里的鲸鱼切成细细的肉块供我们品尝，让马夫为我们牵来西域的宝马。这天下间的英雄人物，除了刘备和曹操，还有什么人有资格与我们共饮美酒呢？我们定要用千辆马车，将这大江南北的奇人侠士都网罗起来。

　　酣饮之后，倒头便睡，睡着的时候鼾声如雷，却没有想到被雄鸡报晓的啼叫声打破了我的美梦。可叹我的一生就快要过完了，但还没有建立什么功勋，难道非要等到我垂垂老矣的时候，才能有报国立功的机会吗？想那英勇闻名的飞将军李广，如果可以遇上珍爱人才的高皇帝刘邦，封一个区区的万户侯都不在话下。披上衣服起床，我感到凄凉寂寞，也更加怀念我的朋友你，心中无限哀伤感慨。

词　评

　　后村词与放翁、稼轩犹鼎三足，其生于南渡，拳拳君国，似放翁；志在有为，不欲以词人自域，似稼轩。

——冯煦《六十一家词选例言》

木兰花①

戏林推②

年年跃马长安市③，客舍似家家似寄④。青钱换酒日无何⑤，红烛呼卢宵不寐⑥。

易挑锦妇机中字⑦，难得玉人心下事⑧。男儿西北有神州，莫滴水西桥畔泪⑨。

该词为一首口吻诙谐，但戏笔中寓托庄重的规劝词，表达了作者"大丈夫生当国家有难的多事之秋，就应当以收复中原为己任"的思想，章法甚巧，感慨深沉。

①木兰花：词牌名，又名《玉楼春》。

②林推：词人的一位姓林的同乡，是一位推官（安抚司幕职）。

③长安市：这里是代指南宋都城临安（今浙江省杭州市）。

④客舍似家家似寄：形容客居的日子多于在家居住的日子。寄，指客居。

⑤青钱：古铜钱因为成色不同而分为青钱和黄钱两种。无何：不过问其他的事情。

⑥红烛呼卢：指晚上点上蜡烛进行赌博。呼卢，又名樗蒲，古代的一种赌博，削木为子，共五个，一子两面，一面涂黑，画上牛犊，一面涂白，画上雉鸡。五个子都是黑的话，叫作卢，为头彩，因为人们掷子的时候皆大声高喊，希望得到全黑，所以称之为"呼卢"。

⑦易挑锦妇机中字：典出自晋窦滔的妻子苏蕙，字若兰，善属文，窦滔仕

●年年跃马长安市

前秦苻坚为秦州刺史，被徙流沙，苏蕙在家织锦为回文璇玑图诗，用以赠滔，诗长八百四十一字，可以婉转循环以读，内容十分凄婉。

⑧**难得玉人心下事**：美人的心思都是难以捉摸的。玉人，美人，这里指妓女。

⑨**水西桥**：在今福建省建瓯市水西门，是当时的名桥之一，这里代指妓女居住的地方。

译 文

你年年骑着高头大马在临安城里跑来跑去，客居的日子多于在家居住的日子，好像客舍才是你的家，而家是客舍一样。你每天拿着青铜钱买酒喝，其他的事情一概不操心、不过问，吊儿郎当，到了晚上就点上蜡烛进行赌博，一玩儿就是一个通宵，彻夜不眠。

你要知道，妻子对你的真情易得，而妓女们的心思则难以捉摸。西北神州还没有收复，你作为男子汉大丈夫，就应该立志收复故土，不可以为了什么红粉知己就轻易地流下你男儿的泪水。

词 评

庄语亦可起懦。

——明·杨慎《词品》

一剪梅①

余赴广东，实之夜饯于风亭。

束缊宵行十里强②。挑得诗囊③，抛了衣囊。天寒路滑马蹄僵，元是王郎④，来送刘郎。

酒酣耳热说文章。惊倒邻墙，推倒胡床⑤。旁观拍手笑疏狂⑥。疏又何妨，狂又何妨？

说 明

宋理宗嘉熙三年（1239），刘克庄到广东潮州做通判，其挚友王实之设夜宴相送，因作此词，以戏谑调侃的笔调来抒发作者胸中之不平，以玩世不恭的疏狂外表来掩盖内心不得志的痛苦。

注 释

①**一剪梅**：词牌名。周邦彦词有"一剪梅花万样娇"句，故名《一剪梅》。

②**束缊**：用乱麻搓成火把。**宵行**：化用自《诗经·召南·小星》"肃肃宵征，夙夜在公"，这里形容远行劳苦。

③**诗囊**：装书的袋子。

④**元**：通"原"。

⑤**胡床**：一种坐具，也就是交椅，可以转缩，便于携带。

⑥**疏狂**：指不受拘束，纵情任性。

译文

举着用乱麻搓成的火把在夜里远行了十里有余，只顾着挑着诗囊赶路却将衣服都弄丢了。天气十分寒冷，路面湿滑，马蹄都快要冻僵了。这是在干什么呢？原来是我的好朋友王实之在为我刘克庄送行啊。

酒喝到尽兴时，耳根子发热。我们一起讨论起文章来，说话的声音之大惊倒了邻居的围墙，推倒了胡床，旁观的人们对我们拍手称笑，说我们实在是太任性粗疏而又狂妄自大了，于是我们回答他说："任性粗疏又怎么样？狂妄自大又怎么样呢？"

词评

潜夫感激豪宕，其词与安国相伯仲，去稼轩虽远，正不必让刘（过）、蒋（捷）。世人多好推刘、蒋，直以为稼轩后劲，何也？

——清·陈廷焯《白雨斋词话》

贺新郎

端 午

深院榴花吐。画帘开，练衣执扇①，午风清暑。儿女纷纷夸结束②，新样钗符艾虎③。早已有，游人观渡。老大逢场慵作戏④，任陌头⑤，年少争旗鼓⑥，溪雨急，浪花舞。

灵均标致高如许⑦。忆生平，既纫兰佩⑧，更怀椒醑⑨。谁信骚魂千载后，波底垂涎角黍⑩，又说是，蛟馋龙怒。把似而今醒到了⑪，料当年，醉死差无苦⑫。聊一笑，吊千古。

说明

该词通过描写端午节的风俗人情，借屈原之事，抒发了自己的怨愤之情。全篇针砭世情，传达出了一种举世皆浊我独醒的慨叹。

注释

①练衣：葛布衣，代指平民的穿着。

②结束：装束、打扮。

③钗符：指端午节时佩戴的一种头饰，也叫钗头符。**艾虎**：指旧俗端午节用艾作虎，或剪彩为虎，粘艾叶，戴以辟邪。

④逢场慵作戏：原意是指艺人遇到了合适的地方就开始表演，后代指嬉游的活动。慵，懒，懒得。

⑤陌头：头上裹着头巾。陌，头巾。

⑥争旗鼓：指摇旗击鼓为龙舟助威。

⑦灵均标致高如许：灵均是屈原的字，这里是形容屈原的风度。

⑧纫兰佩：连缀秋兰而佩于身，比喻品德高雅。

⑨椒：一种用来降神的香物。**醑**：指用于祭祀神灵的美酒。

⑩角黍：粽子。

⑪把似：假如。

⑫醉死差无苦：醉死了也几乎没有什么痛苦。差，差不多。

译文

庭院深深，鲜红的石榴花刚刚开放，我撩起画帘，穿着葛布衣，摇着绢扇，扇着清凉的风来消暑。少男少女们争着夸赞各自的新鲜衣着，头上插满了各种各样款式新颖的钗符和艾虎。这个时候，早就已经有人在江边驻足观看龙舟竞渡，可是我已经年纪大了，懒得再去参加这种嬉游的活动，任凭那些头上裹着白色头巾的男儿们竞相摇旗击鼓，为各自的龙舟助威。船桨在江面上激起了急雨般的水花，远远望去，只看见一片飞舞的浪花。

屈原风度翩翩，形象高大伟岸，平生最爱连缀秋兰而佩于身，怀揣着用来降神的香物和美酒祭祀神灵，品行高洁，品位高雅。谁会相信，千年之后，他会在那波涛之下对粽子垂涎三尺呢？还说什么怕那蛟龙因为嘴馋而发怒。倘若屈原能够清醒地活到现在，看到如今这可笑的行为和场景，恐怕还不如当年醉死，也免去忍受这般痛苦了。姑且以此作为笑谈吧，来凭吊屈原他老人家的千古英灵。

词评

非为灵均雪耻，实为无识者下一针砭。思理超超，意在笔墨之外。

——明·杨慎《词品》

卜算子

片片蝶衣轻①，点点猩红小②。道是天公不惜花，百种千般巧。

朝见树头繁，暮见枝头少。道是天公果惜花，雨洗风吹了③。

说明

刘克庄才华横溢，很有抱负，可惜却屡遭贬谪，历经挫折和坎坷。因此，其词作中也经常感叹"年光过尽，功名未立"。该词一改其往日奔放粗犷的风格，而是以隐晦婉转的笔触表达了自己备受压抑的愁苦之情，抒发了对当朝统治者压制、摧残人才的不满。

注释

①**蝶衣轻**：指花瓣轻盈，仿佛是蝴蝶的翅膀一样。

②**猩红**：形容颜色像猩猩的血一样鲜红。

③**了**：尽、完。

译文

花瓣轻盈，仿佛是蝴蝶的翅膀一样，颜色鲜红，娇小可爱。如果说上天不怜爱这些花朵，那又为何将它们设计得如此精致美妙？

早上还看见枝头繁花朵朵，傍晚就变得稀疏冷落。如果说上天怜爱这些花朵，却又为什么要用风雨来摧残它们呢？

词评

旨正而语有致。

——清·刘熙载《艺概》

贺新郎

送陈真州子华

北望神州路，试平章①，这场公事②，怎生分付③？记得太行山百万，曾入宗爷驾驭④。今把作握蛇骑虎⑤。君去京东豪杰喜，想投戈下拜真吾父⑥。谈笑里，定齐鲁。

两河萧瑟惟狐兔⑦。问当年，祖生去后⑧，有人来否？多少新亭挥泪客，谁梦中原块土⑨？算事业须由人做。应笑书生心胆怯，向车中，闭置如新妇。空目送，塞鸿去。

●空目送，塞鸿去

注释

①**平章**：筹划、议论。

②**公事**：指抗金的国家大事。

③**分付**：应付、处理、安排。

④**"记得"二句**：指靖康之变以后，一些在河北和山西等地聚结的抗金义军中不少人投靠了东京留守宗泽。

⑤**把作**：当作是。**握蛇骑虎**：手里握着猛蛇，胯下骑着猛虎，比喻情况十分危险。

⑥**"君去"二句**：化用了当年郭子仪的典故。郭子仪曾经只带领数十骑兵闯入回纥大营，回纥首领下马拜见，并称"真吾父也"。

⑦**两河**：指河北的东西两路。**狐兔**：这里代指敌人。

⑧**祖生**：指名将祖逖。

⑨**"多少"二句**：指那些士大夫们只会装模作样地在新亭痛哭流涕、沽名钓誉，却没有一个人肯真正付诸行动去抗击敌人、保家卫国。

译文

遥望北方通往中原的路途，我们试着来讨论一下这场抗击敌人、恢复中原的大事究竟要怎么处理才好呢？仍记得当年太行山的王善和杨进曾经聚结起百万义军，靖康之变以后投靠了东京留守宗泽。现在朝廷对待他们的态度是左右为难，总认为他们是身边潜在的危险。你这次到真州，京东路的义军们必定会十分欢喜，料想他们会放下武器，像拜当年的郭子仪一样拜你为父。在谈笑之间，就平定了齐鲁的忧患。

如今黄河两岸狐兔横行，一派萧索之景，敢问当年祖逖离开此地以后，还有谁来过这里吗？那些士大夫们只会装模作样地在新亭痛哭流涕、沽名钓誉，却没有一个人

肯真正付诸行动去抗击敌人、保家卫国,但是这种恢复中原的事业必须由适合的人来做。可笑我这种胆小的书生,只能乖乖坐在车里,就像是新媳妇儿一样,只能目送你如鸿雁一般远去。

词 评

直致近俗,乃效稼轩而不及者。

——宋·张炎《词林纪事》引《历代诗馀》

吴文英

　　吴文英(约1200—1260),字君特,号梦窗,晚年则号觉翁,四明(今浙江宁波)人,终身未第,游幕一生,有"词中李商隐"之称。其词作数量众多,多伤时忆悼、酬答之作,风格十分雅致,有一部《梦窗词集》传世。

八声甘州

灵岩陪庾幕诸公游①

　　渺空烟四远,是何年,青天坠长星②?幻苍崖云树③,名娃金屋④,残霸宫城⑤。箭径酸风射眼⑥,腻水染花腥⑦。时靸双鸳响⑧,廊叶秋声⑨。

　　宫里吴王沉醉,倩五湖倦客⑩,独钓醒醒。问苍波无语,华发奈山青。水涵空⑪,阑干高处,送乱鸦斜日落渔汀。连呼酒,上琴台去⑫,秋与云平。

说 明

　　该词通过凭吊吴宫古迹,追忆当年吴越争霸之事,抒发了对古今兴亡的感叹和自身白发无成的悔恨。全词气势雄伟,意境悠远,很有艺术境界。

豪放词

注 释

①**灵岩**：又作石鼓山，在今江苏省苏州市木渎镇西北方向，山顶建有一灵岩寺，据说是吴王夫差所建馆娃宫遗址。**庾幕**：对幕府僚属的美称，这里指的是苏州仓台幕府。

②**长星**：指彗星。

③**苍崖云树**：形容高山和树林。

④**名娃金屋**：名娃指越王勾践献给吴王夫差的美女西施，金屋则化用汉武帝金屋藏娇的典故来代指吴王在灵岩山为西施修建馆娃宫一事。

⑤**残霸**：指吴王夫差。其曾经破越败齐，称霸中原，但后来被越王勾践所灭，霸业有始无终，故曰"残霸"。

⑥**箭径**：即采香径。据《苏州府志》记载："采香径在香山之旁，小溪也。吴王种香于香山，使美人泛舟于溪水采香。今自灵岩山望之，一水直如矣，故俗名箭径。"

酸风射眼：出自李贺诗歌《金铜仙人辞汉歌》中"魏官牵牛指千里，东关酸风射眸子"之句，意思是寒风吹得人眼睛发痛。

⑦**腻水**：指卸妆洗脸后的脂粉水。

⑧**靸**：穿着（拖鞋）。**双鸳**：指鸳鸯履，一种木底的女鞋。

⑨**廊**：响屐廊。根据《吴郡志·古迹》"响屐廊在灵岩山寺,相传吴王令西施辈步屐。廊虚而响，故名"，因此，此处应指响屐廊。

⑩**五湖倦客**：因范蠡辅佐越王勾践成功灭吴以后，便及时功成身退，泛舟于五湖（即太湖），故词人称之为"五湖倦客"。

⑪**水涵空**：指湖水倒映着天空。

⑫**琴台**：在灵岩山上。

译 文

向四周极目远眺，只见万里长空烟云浩渺，不知道是什么时候，天空中落下的彗星陨石，幻化出了这座苍翠欲滴的山崖，这葱茏的云树，这残灭的春秋霸主吴王夫差为美人西施建造的馆娃宫，这气壮山河的霸业英雄。那灵岩山前的采香径好似一支笔直的弓箭，寒风吹得人眼睛发痛，宫女妃嫔们卸妆洗脸后的脂粉水沾染得岸边的花朵都带着些许的腥气。耳边传来了清脆的声响，是美人西施正穿着木底双鸳履在响屐廊缓步慢行的声响，还是那秋风吹动落叶的飒飒之声呢？

吴王夫差终日沉迷酒色而终致身死国灭，为人耻笑。只有那范蠡头脑清醒，辅佐越王勾践成功灭吴以后，便及时功成身退，泛舟垂钓于五湖。我想要问问这苍茫的水波，到底是什么力量左右着历史的兴衰？它沉默着，没有回答我的问题。我哀愁无奈，结果白发早生，而那无情的群山，却依旧郁郁葱葱。湖水倒映着天空，我独自凭栏，俯瞰远方的景色，却见到在夕阳的余晖之中，只有几只乌鸦纷飞落在凄凉的沙洲上。我连声呼唤着将美酒取来，我要赶紧登上琴台，去欣赏这秋光云霞的美丽景色。

贺新郎

陪履斋先生沧浪看梅①

乔木生云气②。访中兴英雄陈迹③，暗追前事。战舰东风悭借便④，梦断神州故里⑤。旋小筑⑥，吴宫闲地⑦。华表月明归夜鹤⑧，叹当时花竹今如此！枝上露，溅清泪。

邀头小簇行春队⑨，步苍苔寻幽别坞，问梅开未？重唱梅边新度曲，催发寒梢冻蕊。此心与，东君同意⑩。后不知今今非昔⑪，两无言，相对沧浪水。怀此恨，寄残醉。

说明

该词为咏怀古迹之词，通过怀念抗金名将韩世忠及时事，抒发了作者感时伤世的感慨。全词风格低沉悲慨，堪称忧国忧民的佳作。

注释

①**履斋先生**：指吴潜，字毅夫，号履斋、淳中，观文殿大学士，封庆国公。**沧浪**：即沧浪亭，在苏州府学东，最开始是吴越钱元池馆，后被废弃。

②**乔木**：这里指梅树。

③**中兴英雄**：指韩世忠，字良辰，延安（今陕西省绥德县）人，与岳飞、张俊和刘光世合称"中兴四将"。其出身贫寒，十八岁便应召入伍，身材魁梧，作战英勇，胸怀韬略，在抗击西夏和金人的战争中为宋朝做出了巨大的贡献。其为官正直，不肯依附秦桧。岳飞父子被处死后，其便辞去枢密使一职，终日借酒消愁，绍兴二十一年（1151）八月五日以太师致仕，同日病故于临安，享年六十三岁。

④**战舰东风悭借便**：指韩世忠黄天荡之捷，兀术掘新河逃走。悭，吝惜。

⑤**梦断神州故里**：指北宋领土沦陷。

⑥**旋**：归来、返回。**小筑**：指规模小而又非常雅致的住宅，一般都建于幽静之处。唐朝杜甫有诗《畏人》云："畏人成小筑，褊性合幽栖。"

⑦**吴宫闲地**：指春秋时期吴王的官殿。

⑧**华表月明归夜鹤**：典出自《搜神后记》卷一："丁令威，本（汉）辽东人，学道于灵虚山，后化鹤归辽，集城门华表柱。时有少年，举弓欲射之，鹤乃飞，徘徊空中而言曰：'有鸟有鸟丁令威，去家千年今始归。城郭如故人民非，何不学仙冢垒垒。'"华表，古代设在官殿、城垣、陵墓或者桥梁等前面兼做装饰之用的巨大柱子。

⑨**遨头**：太守的俗称。

⑩**东君**：春神为东君，这里指履斋先生。

⑪**后不知今今非昔**：出自王羲之《兰亭集序》："后之视今，亦犹今之视昔。"

译文

高大的梅树上翻滚吞吐着云气，我和履斋先生一同来到这里，追思前朝旧事，共同瞻仰大宋中兴英雄韩世忠的风仪和业绩。可叹当年的东风是那么的吝惜，就是不肯让将军的战舰借到一点儿力，好乘风破敌，结果导致抗金大业、恢复神州山河的梦想功亏一篑。将军收复中原的雄心壮志终究成了虚幻迷离的梦境，不得不含恨返回故乡，在那春秋时期吴王的官殿旧迹处筑起一间雅致的小舍。如果他能够化成仙鹤像那丁令威一样落在这个华表上，那么他也一定会为曾经花竹繁茂之地如今变得如此冷寂萧索而深深地感慨叹息吧！树梢花枝上有清莹的露珠点点，好似无数哀怨的眼泪一般。

吴太守领着游春的队伍在那长满青苔的小径石梯上行走，一路寻找韩将军的故居遗迹，去看看那里长的梅树开花了没有？在那梅花树边，我们唱起了新度的词曲，想要用这歌声来唤起沉睡的梅花，希望它再次将美丽的春光带回人间。此时此刻，我、履斋先生及春神，我们的心情都是一模一样的。如今，眼前的景色再也不像昔日，以后的景致恐怕还不如今日。面对着沧浪亭下的悠悠流水，我们相视无语，怀着共同的忧郁和悲愤频频举杯。

词评

前阕沧浪起，看梅结；后阕看梅起，沧浪结，章法一丝不走。

——清·陈洵《海绡说词》

高阳台①

过种山

帆落回潮，人归故国，山椒感慨重游②。弓折霜寒，机心已堕

沙鸥③。灯前宝剑清风断④，正五湖，雨笠扁舟。最无情，岩上闲花，腥染春愁。

当时白石苍松路，解勒回玉辇，雾掩山羞。木客歌阑⑤，青春一梦荒丘。年年古苑西风到，雁怨啼，绿水蒹秋。暮登临，几树残烟，西北高楼。

说明

种山在今浙江省绍兴市以北，越王勾践灭吴后，将功臣文种杀害并埋葬于此，后南宋高宗皇帝又因为误信秦桧谗言而杀害功臣岳飞，吴文英重过种山后念此而写下该词。

注释

①**高阳台**：词牌名，又名《庆春宫》《庆春泽慢》等，双调，一百字，前后片各十句，四平韵。

②**山椒**：山顶。

③**弓折霜寒，机心已堕沙鸥**：这里化用了《列子·黄帝篇》中的一个典故。讲的是有一个人喜欢鸟，经常和鸥鸟同行。结果有一日，其父要求他猎取鸥鸟，鸥鸟便久舞而不下。意思就是说，如果人动于内，则禽鸟也会有所察觉，这里作者是用来表明自己壮心未已。机心，指机巧功利之心。

④**清风**：一种宝剑的名字。

⑤**木客**：指山鬼。

译文

傍晚时分，潮水回落，舟船降帆靠岸，如今我重过种山，登上山顶，感慨非常。即便是霜冷弓断，沙鸥们也会被我的狩猎之心惊堕。我驾一叶扁舟，头戴青箬笠，身披绿蓑衣，迎着风雨遨游太湖，就着灯光观看我那清风宝剑。最可恨的是，那文种墓前的闲花野草，似乎也带着血腥的剑下之气，沾染成了春愁一片。

当年文种墓道的白石路两旁有几列青松，埋葬下文种之后，解开系马的缰绳，送葬的玉辇回去了，雾气香冥，就连这青山也为忠贤之人的逝世而替越国感到羞愧。秋坟山鬼歌罢，英雄人物的青春梦想就只剩下了这一座荒凉的墓冢了。种山一带的古林苑，每年的秋天都只有水边的鸿雁在碧绿的江水和红色的蓼花之间哀怨啼鸣。日暮登高阳台，只见几处残烟，几处高楼。

词评

求词于吾宋者，前有清真（周邦彦），后有梦窗。此非焕之言，四海之公言也。

——宋·尹焕《花庵词选引》

陈人杰

陈人杰（1218—1243），又名陈经国，字刚父，号龟峰，长乐（今福建福州）人。作为宋代词坛最短命的词人，其流传词作共三十一首，且均用《沁园春》调，是两宋词史上罕见的用调方式。

沁园春

丁酉岁感事①

谁使神州，百年陆沉②，青毡未还③？怅晨星残月，北州豪杰；西风斜日，东帝江山④。刘表坐谈⑤，深源轻进⑥，机会失之弹指间。伤心事，是年年冰合，在在风寒。

说和说战都难，算未必江沱堪宴安⑦。叹封侯心在，鳣鲸失水；平戎策就⑧，虎豹当关⑨。渠自无谋，事犹可做，更剔残灯抽剑看。麒麟阁，岂中兴人物，不画儒冠⑩？

> **说明**
>
> 该词猛烈地抨击了当朝统治者的腐朽无能、祸国殃民，表达了作者热爱祖国，渴望能马上请缨为国杀敌的热情。

> **注释**
>
> ①**丁酉岁感事**：指宋理宗嘉熙元年（1237）前后，蒙古灭金，发兵南侵攻宋，宋朝疆土大片大片地失陷，但惊慌失措的宋廷此时早已腐败不堪、回天乏力。
>
> ②**谁使神州，百年陆沉**：比喻土地被敌人侵占。典出自西晋王衍任宰相之时，正值匈奴南侵，他却只知道清谈，结果导致很多土地丧失，桓温愤慨地说："遂使神州陆沉，百年丘墟，王夷甫（王衍的字）诸人不得不任其责！"
>
> ③**青毡**：晋王献之夜卧，小偷入室偷尽其物，献之慢慢说道："偷儿，青毡吾家旧物，可特置之。"小偷听到以后吓得赶紧逃走了。这里作者是用"青毡"来比喻中原故土，

将敌人比作偷盗者。

④ **东帝江山**：代指江山岌岌可危的南宋。东帝，战国时期齐王称东帝，他自恃国力强大，不审时度势，结果被燕将乐毅攻破临淄，其出逃时被杀。

⑤ **刘表坐谈**：三国时期，刘备曾经劝荆州牧刘表袭许昌，刘表不听，坐失良机，悔之莫及。郭嘉说："（刘）表坐谈客耳！"

⑥ **深源轻进**：东晋殷浩，字深源，其都督五州军事，但只会高谈阔论，曾经发兵攻秦，结果先锋倒戈，其不得不弃军而逃。

⑦ **江沱**：沱江是长江的一个支流，这里是代指江南。

⑧ **平戎策**：指安定、镇压敌人的策略。

⑨ **虎豹当关**：出自《楚辞·招魂》："虎豹九关，啄害下人些。"后用"九关虎豹"来比喻凶残的权臣。

⑩ **"麒麟阁"三句**：指汉宣帝号称中兴之主，曾经下令将霍光等十一位功臣的画像置于未央宫麒麟阁上以表扬其功绩。这里作者是反问：难道只有武将才能够中兴立功，读书人就不能为国建功立业，享受被画在麒麟阁的殊荣吗？

译文

中原的国土大片大片地失陷，久久被蒙军侵占而难以收复，这究竟是谁的责任呢？如今北方的有志之士寥寥无几，而南宋的江山也是岌岌可危，时日无多。朝廷里一些人像是刘表一样只知道坐着空谈，因循守旧，软弱无能，而另一些人则像殷浩一样只知道说大话，行事轻率鲁莽，徒有虚名。在转瞬之间就失去了战胜敌人的机会，以致于北方强敌更加肆无忌惮地进攻南宋朝廷，使得南宋朝廷只能苟且偷安，犹如生活在水深火热之中。

当权者在和还是战的问题上根本拿不出什么好的策略，却只知道争吵不休，各执己见，而并没有真正有所作为，以致和不能安、战不能胜，即使有识之士也无计可施。我空有一身壮志，却犹如鳣鲸失水般处于困境之中，难以施展抱负，无法挽救国家于危亡。不过，国家的形势并非不可救药，尚有挽回的余地，有志之人应当励精图治才是。因此，我常常夜里挑灯看剑，仍旧心怀为国杀敌的希望。难道只有武将才能够中兴立功，读书人就不能为国建功立业，享受被画在麒麟阁的殊荣吗？

周 密

周密（1232—1298），字公谨，号草窗、霄斋、蘋洲、四水潜夫、弁阳啸翁、华不注山人等，祖籍济南，后流寓吴兴，宋末曾经担任义乌县令，入元后便隐居不仕。其主要作品有《齐东野语》《武林旧事》

《志雅堂要杂钞》和《癸辛杂识》等,有词集曰《蘋洲渔笛谱》《草窗词》,其词风格秀雅清润,颇有成就,与吴文英合称"二窗"。

一萼红①

登蓬莱阁有感

步深幽②。正云黄天淡,雪意未全休。鉴曲寒沙③,茂林烟草④,俯仰千古悠悠⑤。岁华晚,飘零渐远,谁念我,同载五湖舟?磴古松斜⑥,崖阴苔老⑦,一片清愁。

回首天涯归梦,几魂飞西浦⑧,泪洒东州。故国山川,故园心眼,还似王粲登楼。最负他,秦鬟妆镜⑨,好江山,何事此时游!为唤狂吟老监⑩,共赋销忧。

说 明

该词写作者登临古阁,观景伤情,词风含蓄委婉,但劲气内蕴,充满了对故国的惋惜和怀念之情。

注 释

①一萼红:词牌名。

②步:登上。

③鉴曲:出自《新唐书·贺知章传》"有诏赐《镜湖剡川》一曲",镜湖,即鉴湖。

④茂林:指兰亭,出自王羲之《兰亭集序》:"此处有崇山峻岭,茂林修竹。"

⑤俯仰千古悠悠:化用王羲之《兰亭集序》"俯仰之间,已为陈迹"之句。

⑥磴:指石级、山路。

⑦崖阴:山崖背阴之处。

⑧几:几度、几次。

⑨秦鬟妆镜:指形似发髻的秦望山(在今绍兴东南)和镜湖。

⑩狂吟老监:指贺知章。据《旧唐书·贺知章传》记载:"知章晚年尤加纵诞,无复规检,自号四明狂客,又称秘书外监,遨游里巷,醉后属词,动成卷轴,文不加点,咸有可观。"这里作者是感叹去哪里寻找像贺监这样的人,一起来吟咏消忧呢。

译 文

　　登上那盘曲幽深的小路，只见云黄天淡，犹有残雪，寒意未消。澄澈明净的镜湖映衬着墙垣破败的兰亭，修竹茂林、丛生衰草都被笼罩在凄凉柔和的云雾之中。俯仰之间，已经过去了悠悠千古岁月。我已经快要老了，可漂泊的步伐却不停歇，越行越远，不知道什么时候才是尽头。谁可以和我一起，远离尘嚣，避开这人世的离乱，驾驶一叶小舟泛于五湖四海？古老的石级旁，古松倒挂，横斜悠然，山崖背阴之处长满了厚厚的苔藓，景色十分凄冷，引发了我满腹唏嘘感慨的清愁。

　　回首往事，我独自天涯漂泊，对于故国故园，也只有在睡梦中才能回去。多少次了，我魂飞西浦、泪洒东州，如今终于故地重游，却生出了王粲登楼那样的悲哀感受。形似发髻的秦望山仿佛是美人正对着镜湖弄妆梳洗，惹人爱怜，这样美好的山河景色，却受到了经年的践踏和蹂躏，我为什么偏偏要在这个时候选择登临游览呢？算了，还是去哪里寻找一位像贺监那样的人，一起和我吟咏消忧，疏狂图一醉吧！

词 评

　　苍茫感慨情见乎词，虽使清真、白石为之，亦无以过，当为草窗集中压卷。

——清·陈廷焯《词则》

刘辰翁

　　刘辰翁（1233—1297），字会孟，号须溪，庐陵灌溪（今属江西吉安）人。景定三年（1262）中进士，一生致力于文学创作和文学批评活动。作品风格取法苏辛又自成一体，沉郁豪放而不加藻饰，讲求力透纸背，真挚感人。主要代表作品有《永遇乐·璧月初晴》《兰陵王·丙子送春》等。

兰陵王①

丙子送春②

送春去，春去人间无路。秋千外，芳草连天，谁遣风沙暗南浦。依依甚意绪？谩忆海门飞絮③。乱鸦过④，斗转城荒，不见来时试

灯处⑤。

　　春去最谁苦？但箭雁沉边⑥，梁燕无主⑦。杜鹃声里长门暮⑧。想玉树凋土，泪盘如露⑨。咸阳送客屡回顾，斜日未能度。

　　春去尚来否？正江令恨别⑩，庾信愁赋⑪。苏堤尽日风和雨⑫。叹神游故国，花记前度⑬。人生流落，顾孺子⑭，共夜语。

说　明

　　该词表面上是写送春，其实是哀悼南宋王朝的灭亡，通过描绘故国沉沦的衰败之景，反映了南宋遗民所经受的苦难，表达了词人心中的无限悲痛之情，寄托深远，凄凉哀绝。

注　释

①**兰陵王**：唐教坊曲名，后用为词牌。三段一百三十字或一百三十一字，仄韵。

②**丙子**：指宋恭帝德祐二年（1276）。

③**谩**：通"漫"，即空自追忆。**海门**：在今江苏省南通市东部，宋朝初年，凡是犯死罪获贷者，皆配隶于此。**飞絮**：这里代指南渡的宋室君臣。

④**乱鸦**：暗喻占据南宋都城的元朝侵略军。

⑤**试灯**：旧俗农历正月十五日元宵节晚上要张灯以祈丰稔，如果未到元宵节而张灯预赏则称之为试灯。

⑥**箭雁沉边**：中箭而坠逝的大雁一去不回，消失在边塞。

⑦**梁燕**：指亡国后的子民。

⑧**长门**：汉宫名，这里代指宋帝的宫阙。

⑨**玉树凋土，泪盘如露**：皆为金铜仙人的典故。汉代时期，人们相信神仙可以降露人间，如果喝下神露，就会长生不老。对于这一说法，汉武帝刘彻深信不疑，故在长安建章宫内铸造了高约六十七米的神明台，上面又铸造金铜仙人以双手捧铜盘以求得仙露。

⑩**江令**：指江总，其在陈后主时期曾经担任尚书令，故称"江令"，陈亡国之后，江总入隋朝北去。

⑪**庾信**：字子山、兰成，南北朝时期诗人、文学家，本辅佐梁元帝，后奉命出使西魏。其间，梁被西魏所灭，其被留在长安，深受器重。北周代魏后，依然对其不予放还。著有《愁赋》，写抑郁之情。

⑫**苏堤**：指西湖长堤，为苏轼守杭州时所筑造。

⑬**前度**：化用刘禹锡诗歌《再游玄都观》中"种桃道士归何处，前度刘郎今又来"

之句。

⑭**孺子**：指刘辰翁的儿子刘将孙，也擅长作词。

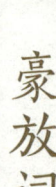

【译 文】

想要送春归去，可是天下之大，哪里是春天的归途？秋千外，芳草碧连天，是哪里刮来的风沙笼罩着南浦？令天色昏暗，令我心乱如麻，有苦难诉。我独自怀念着那些流落海门的人们，他们就如同那四处飘飞的柳絮一般无依无着。乱鸦飞过之后，星移斗转，物是人非，都城里一片荒凉萧条，当初试灯的热闹场景如今已经不复存在。

春天已经归去了，谁最悲伤痛苦呢？那些中箭而坠逝的大雁一去不回，消失在边塞，而梁间的栖燕失去了故主，杜宇声声，悲凉凄婉，荒废的宫苑中暮色深沉。珍贵的玉树已经长埋于黄土，金铜仙人承露的铜盘中，清露宛如一滴滴轻盈的泪珠。在它被送走离开咸阳的时候，是多么不舍！一步三回头，又赶上黄昏悲戚时分，这教人如何能够挨得过去啊！

春天啊，你这次归去，是否还会再次回到这里呢？我跟江总一样怨恨离别，愁苦得好似那写下《愁赋》的庾信，苏堤之上天天都是凄风苦雨。我叹息着故国昔日的美好时光，却也只能在梦里才能再次游历。美丽的花儿们也只能将它美好的姿态和身影记住。我的人生已经流落颓唐至此，唯有在深夜之中，和自己的儿子谈谈心罢了。

【词 评】

近人论词，或以须溪词为别调，非知人之言也。须溪词多真率语，满心而发，不假追琢，有掉臂游行之乐。其词笔多用中锋，风格道上，略与稼轩旗鼓相当。世俗之论，容或以稼轩为别调，宜其以别调目须溪也。

——清·况周颐

文天祥

文天祥（1236—1283），初名云孙，字宋瑞，一字履善，号文山、浮休道人，江西吉州庐陵（今江西吉安）人，著名的爱国诗人、民族英雄，与张世杰、陆秀夫并称为"宋末三杰"。宝祐四年（1256），文天祥状元及第，官至右丞相，封信国公，后在五坡岭兵败被俘，宁死不屈，于至元十九年（1283）在柴市英勇就义。主要作品有《正气歌》《指南录》《指南后录》和《文山诗集》等。

酹江月①

和友驿中言别

乾坤能大，算蛟龙元不是池中物。风雨牢愁无著处，那更寒蛩四壁。横槊题诗②，登楼作赋③，万事空中雪。江流如此，方来还有英杰。

堪笑一叶漂零，重来淮水，正凉风新发。镜里朱颜都变尽，只有丹心难灭。去去龙沙④，江山回首，一线青如发⑤。故人应念，杜鹃枝上残月。

说明

该词描写了作者的囚徒生活和宁死不降，并深信将来还会有更多的勇士起来抗争的信念，表现了作者的赤子忠心和高尚的民族气节。词风苍凉悲壮，激昂慷慨，直抒胸臆。

注释

①酹江月：词牌名，即《念奴娇》，得名于唐代天宝年间的一个名叫念奴的歌伎。

②横槊题诗：指曹操横槊赋诗。

③登楼作赋：指三国时期王粲因为恃才骄矜而屡遭挫折，登楼遣闷时趁着醉意吟诗作赋的典故。

④龙沙：出自《后汉书·班超传赞》："定远慷慨，专功西遐。坦步葱雪，咫尺龙沙。"葱雪、龙沙，均指北方的沙漠。

⑤一线青如发：出自苏轼诗歌《澄迈驿通潮阁》："青山一发是中原。"

译文

天地之大，你我皆是心怀大志的英雄豪杰，尽管现在像困在池中的蛟龙，但终将脱离困境，在广阔的天地间施展才能。现在这秋风苦雨，牢房里的蟋蟀叫个不停，令我心烦意乱、愁肠百转。当年曹操横槊赋诗，王粲登楼作赋，可惜这些往事最终都像空中的雪花一样消逝了。长江后浪推前浪，我相信将来肯定还会有更多的英雄豪杰像我一样继续完成我们未竟的事业。

可笑我现在仿佛一片孤零零的树叶随风飘零再次来到淮水河畔，却正好赶上凉风习习，寒意初发。镜中的我昔日年轻的容颜已经变样，只有一片赤胆忠心至死不渝。

此刻我就要离开都城，被放逐到北方的沙漠里，回望故国郁郁葱葱的江山离我已经是越来越远了。朋友们，我就要死了，以后你们怀念我的时候，就且听那树枝上的杜鹃的悲鸣吧，那是我的灵魂回来看望故国。

词评

文山词，有"风雨如晦，鸡鸣不已"之意，不知者以为变声，其实乃变之正也，故词当合其人之境地以观之。

——清·刘熙载《艺概·词曲概》

汪元量

汪元量（1241—1317），字大有，号水云、水云子、江南倦客、楚狂，钱塘（今浙江杭州）人，咸淳年间进士。文天祥因为抗元被俘后，汪元量经常不顾个人安危前去探望，并与其以诗唱和，相互激励。至元二十五年（1288）汪元量出家为道士，在江南一带结交抗元人士，图谋恢复宋室江山，晚年时退居杭州，以道士身份而终。其传世作品有《湖山类稿》五卷、《水云集》一卷，内容多反映亡国之悲、去国之痛，故而后世有"宋亡之诗史"的美誉。

莺啼序①

重过金陵

金陵故都最好，有朱楼迢递②。嗟倦客，又此凭高，槛外已少佳致③。更落尽梨花，飞尽杨花，春也成憔悴。问青山，三国英雄，六朝奇伟。

麦甸葵丘④，荒台败垒。鹿豕衔枯荠。正潮打孤城⑤，寂寞斜阳影里。听楼头，哀笳怨角，未把酒，愁心先醉。渐夜深，月满秦淮，烟笼寒水⑥。

凄凄惨惨，冷冷清清，灯火渡头市。慨商女不知兴废。隔江犹

唱庭花,余音亹亹^⑦。伤心千古,泪痕如洗。乌衣巷口青芜路,认依稀,王谢旧邻里^⑧。临春结绮^⑨。可怜红粉成灰,萧索白杨风起^⑩。

因思畴昔,铁索千寻^⑪,谩沉江底。挥羽扇,障西尘,便好角巾私第^⑫。清谈到底成何事。回首新亭,风景今如此。楚囚对泣何时已^⑬。叹人间,今古真儿戏!东风岁岁还来,吹入钟山,几重苍翠。

> 说明

　　本词以写登高所见景物着手,引出对三国时期、六朝兴废的疑问,借古伤今,表达了深沉的亡国之思。

> 注释

　　①**莺啼序**:词牌名,为最长的词调,篇幅较长,追于铺叙,是词中大赋,共二百四十字。首见于金代王喆词。王喆词首句为"莺啼序时绕红树",调名或由此而得。

　　②**迢递**:形容连绵曲折。

　　③**槛外已少佳致**:化用王勃《滕王阁序》:"阁中帝子今何在?槛外长江空自流。"

　　④**麦甸葵丘**:形容废墟、丘陵上都长满了葵麦。

　　⑤**正潮打孤城**:出自刘禹锡《金陵五题》之一《石头城》"山围故国周遭在,潮打空城寂寞回"之句。

　　⑥**月满秦淮,烟笼寒水**:出自杜牧诗歌《泊秦淮》:"烟笼寒水月笼沙,夜泊秦淮近酒家。"

　　⑦**亹亹**:形容久而未止。

　　⑧**"乌衣巷"三句**:化用自刘禹锡《金陵五题》之二《乌衣巷》"旧时王谢堂前燕,飞入寻常百姓家"之句。

　　⑨**临春结绮**:出自刘禹锡《金陵五题》之三《台城》:"结绮临春事最奢。"

　　⑩**"可怜"二句**:出自白居易诗歌《和关盼盼感事诗》:"见说白杨堪作柱,争教红粉不成灰。"

　　⑪**铁索千寻**:出自刘禹锡诗歌《西塞山

●飞尽杨花

怀古》："千寻铁锁沉江底。"

⑫"挥羽扇"三句：言晋王导事。《世说新语·轻诋》："庾公（亮）权重，足倾王公（导）。庾在石头，王在冶城坐，大风扬尘，王以扇拂尘曰：'元规尘污人。'"《雅量》载庾亮有东下意，王曰："若其欲来，吾角巾径还乌衣，何所稍严。"

⑬楚囚对泣何时已：出自《世说新语·言语》："过江诸人，每至美日，辄相邀新亭，借卉饮宴。周侯中坐而叹曰：'风景不殊，正自有山河之异。'皆相视流泪。唯王丞相愀然变色曰'当共戮力王室'，克复神州，何至作楚囚对。"楚囚，原本指春秋时期被俘到晋国的楚国郧公钟仪，后代指被囚禁者，也比喻处境窘迫、无计可施的人。

豪放词

译　文

金陵故都朱楼连绵曲折，在我心中是最好的都城。饱尝丧国之痛，心灰意懒的我此刻再次登临，槛栏外面那些美丽的景色此刻在我眼里却已经失去了魅力。这个春天显得是那样的憔悴，梨花落尽，杨花不飞。我忍不住想要问那青山："这还是当年三国时代英雄辈出，六朝时代奇人伟士迭现的金陵故都吗？"

到处都是长满了葵麦的废墟、荒丘，任凭麋鹿和野猪奔走践踏。在夕阳的斜晖中，潮水寂寞地拍打着城墙，我站在楼头，听那远方传来的哀怨的筚角声，还没有喝几杯酒，就因为满心的哀愁而醉倒了。夜色渐浓，我停泊在秦淮河畔，只见月色朦胧，河面上烟云笼罩，一片凄冷。

岸上，那曾经酒旗戏鼓、熙熙攘攘的闹市区，如今却一片凄凉惨淡、杳无人烟。感叹只有那茶楼酒肆里的歌女不知道朝代的兴废，仍然时时弹奏起那《玉树后庭花》这样的靡靡之音。想到千古兴亡一夕间，忍不住让我泪雨滂沱。那乌衣巷口青色的道路两旁，依稀可以认出是当年鼎盛一时的王、谢两大家族的住处。想到当年这里六朝权贵竞相奢华，一到春天便张灯结绮，如今都城已经变得荒凉一片，那些曾经的权贵又四散到哪里去了呢？

又想到以前东吴铁锁横江，仍抵挡不住东晋南下，最终被灭。如今南宋的士大夫们，就好比是当年的晋朝一样不能够戮力同心，共同抗敌，最后还因为清谈而误国。回首新亭，风景依旧，想起当年过江之人在这里相对而泣，他们应该也对曾经不能团结一致、共御外侮而后悔不已吧。感叹这世间今古之事，竟然像是儿戏一般！东风又每年按约吹至钟山，吹绿了满山的乔木，只是钟山依旧，风景已殊。

词　评

大声疾呼，风号雨泣。

——清·陈廷焯

无名氏

水调歌头

平生太湖上，短棹几经过。如今重到何事？愁比水云多。拟把匣中长剑，换取扁舟一叶，归去老渔蓑。银艾非吾事①，丘壑已蹉跎②。

脍新鲈，斟美酒，起悲歌③。太平生长，岂谓今日识兵戈？欲泻三江雪浪④，净洗胡尘千里，不用挽天河⑤！回首望霄汉⑥，双泪堕清波。

说明

该词表达了作者收复祖国山河的雄心和壮志难酬的激愤，全词风格豪放沉雄，首尾呼应，写出了有志之士面对国土沦丧时的共同心声，反映了在国事不宁的情况下个人身心无所寄托，有心报国却被压抑雪藏，只有寄情山水、归隐江湖的苦闷和彷徨。

注释

①**银艾**：代指做官。银，指银印。艾，指像艾草一样的绿色丝带，用于拴印。

②**丘壑**：山峰和河谷，泛指山野幽僻之地，这里是代指作者隐居的地方。**蹉跎**：指任由光阴白白地流逝而毫无作为、浪费时间。

③**"脍新鲈"三句**：吃着脍炙好的新鲜鲈鱼，喝着那清冽的美酒，唱着那慷慨悲壮的歌曲，即泛指隐居的生活。脍新鲈，化用晋朝张翰（字季鹰）因为秋风起时思念家乡吴江的鲈鱼脍、莼菜羹而辞官的典故。

④**三江**：指吴淞江、娄江和东江，三江均流入太湖。

⑤**挽天河**：化用自杜甫诗歌《洗兵马》"安得壮士挽天河,净洗兵甲长不用"之句。天河，银河，比喻战乱给国家和人民带来的灾难。

⑥**霄汉**：原指天空，这里代指京都、朝廷。

　　我一生中曾经多次泛舟经过这浩瀚无际的太湖，这里景色宜人，令人陶醉又倍感亲切，这次我是因为什么事情故地重游呢？我心头的忧愁比这里苍茫无际的湖水和烟云还要多。因为那个时候，北宋王朝还没有灭亡，但现在却是中原沦丧，南宋朝廷又偏安一隅，敌人频频南侵，剩下的国土河山也岌岌可危，又怎么能不叫我愁绪满怀呢？但纵然我有一身的壮志，却是报国无门、无可奈何，倒不如将自己准备驰骋沙场、奋勇杀敌的长剑换取一叶垂钓的扁舟，归隐江湖，做一个自由自在的渔翁吧。当官本来就不是我的事，我已经为此耽误了隐居的山水，白白浪费了这么些时光，让它们空等着我。

　　现在，我要吃着那脍炙好的新鲜鲈鱼，喝着那清洌的美酒，唱着那慷慨悲壮的歌曲，但一想起我这太平盛世里长大的人，居然也能遇见战争，饱受长年的兵戈战乱之苦。想到现实中祖国正在承受的沉重灾难，不由得我血脉偾张，恨不得倾泻三江之水，用巨浪洪涛洗净中原千里飘荡的胡尘，不用立壮志挽天河洗兵马，也要将入侵中原的敌人消灭得一干二净。可是，我虽然雄心勃勃，现实中朝廷却是依然醉生梦死和苟且偷安，作为统治者，他们并不允许人民通过战斗来收复故园，我的这一切设想和志向，恐怕最后都会因为朝廷的妥协退让而化为泡影，想到这一切，又忍不住让我倍感失望，眼泪簌簌地流下，落入那太湖清澈的湖水之中。

卷四 金・元・明・清

张中孚

张中孚（约 1096—1154），字信甫，自号长谷老人。喜读书，精于翰墨，词风悲凉。有《三谷集》。

蓦山溪

山河百二^①，自古关中好。壮岁喜功名，拥征鞍^②、貂裘绣帽。时移事改，萍梗落江湖^③，听楚语，厌蛮歌，往事知多少^④？

苍颜白发，故里欣重到。老马省曾行^⑤，也频嘶、冷烟残照。终南山色，不改旧时青^⑥，长安道，一回来，须信一回老^⑦。

说明

张中孚出身于一个世代为北宋高官的世家，他也曾任知镇戎军兼安抚使。但宋亡降金，他一生又历仕了宋金及伪齐刘豫，故被士大夫所讥讽，而他自己心中也十分矛盾痛苦，种种情状从这首词中可窥一斑。

注释

①山河百二：意谓秦地险固，两万人足以抵挡诸侯百万之兵。

②征鞍：远征的车马。

③"萍梗"句：像浮萍和茎梗一样漂泊在江湖上。

④往事知多少：李煜《虞美人》中有"春花秋月何时了，往事知多少"。

⑤老马：作者自比。

⑥"终南"二句：借用刘禹锡"不改南山色，其馀事事新"诗意，感慨人生世道的复杂。

⑦"长安"三句：白居易《长安道》中有"君不见，外州客，长安道；一回来，一回老"。

译文

关中自古就是要地，秦地险固，两万人足以抵挡诸侯百万之兵。我少壮时代也曾横刀立马，建功立业，锦帽貂裘，身名俱泰。然而，世事变迁，朝代更迭，昔日功成名就之士此刻却像浮萍和茎梗一样漂泊在江湖上，沦落任由他人。整日厌倦了轻歌曼舞，往事实在是不堪回首，有谁知道呢？

到了暮年，我满头白发，容颜已改，又一次回到了故乡。虽然老马识途，但也为眼前的暗淡萧条景象频频悲鸣。长安已经几度易主，只有那终南山色依然是青青如昔。

词 评

以清道之笔，写慷慨之怀，冷烟残照，老马频嘶，何其情之一往而深也。昔人评诗有云："刚健含婀娜。"余于此词亦云。

——况周颐《蕙风词话》卷三

蔡松年

蔡松年（1107—1159），字伯坚，号萧闲老人，冀州真定（今河北正定）人。北宋宣和末年从其父镇守燕山，宋军败绩后随父降金，天会年间授真定府判官。完颜宗弼与岳飞等人交战时，其担任兼总军中六部事，累官至右丞相，封卫国公，正隆四年卒，谥号文简，追封为吴国公。其词作风格秀丽隽永，与吴激齐名，当时人称"吴蔡体"，有作品《明秀集》流传于世。

念奴娇

还都后，诸公见追和赤壁词[①]，用韵者凡六人，亦复重赋。

《离骚》痛饮[②]，笑人生佳处，能消何物。夷甫当年成底事[③]，空想岩岩玉壁[④]。五亩苍烟，一丘寒碧[⑤]，岁晚忧风雪[⑥]。西州扶病[⑦]，至今悲感前杰。

我梦卜筑萧闲，觉来岩桂，十里幽香发。块磊胸中冰与炭[⑧]，一酌春风都灭。胜日神交，悠然得意，遗恨无毫发。古今同致，

永和徒记年月⑨。

●东山丝竹

说明

此词引用了几段史实，词人遥想古人之事，借此喻现今所遇。王衍同谢安的遭遇不禁令作者感慨万千，世事无常。作者看似怡然自得，其实词句间不免可见对官场之厌恶，官场自古如此，不如归隐过着闲适的生活。全词表现了作者乐观之处，愿忘却尘世俗怨，只在山水田园间自得其乐。整篇词意境高远，表达了作者内心自得其乐之感。

注释

①**追和赤壁词**：同苏轼《念奴娇·赤壁怀古》词步韵。

②**《离骚》痛饮**：出自《世说新语·任诞》："王孝伯言：名士不必须奇才，但使常得无事，痛饮酒，熟读《离骚》，便可称名士。"

③**夷甫**：王衍，字夷甫，东晋名士。其位居宰辅却不将心思放于政事，如同文人墨客一般闲情逸致。

④**岩岩玉壁**：指王衍，人们言其"岩岩清峙，壁立千仞"。

⑤**寒碧**：喻指寒竹。

⑥**风雪**：喻指忧患、危机。

⑦**西州扶病**：此处以谢安故事举例。谢安原为东晋名臣，其文武兼备，志向高远，淝水大捷后一度收复河南失地。然因位高权重遭人嫉恨，最终被迫离京不问朝政。太元十年，谢安带病入西州，不久后便病逝。

⑧**块磊**：指心有不平。**冰与炭**：喻水火之中难受不安，指矛盾的心情。

⑨**永和**：晋穆帝司马聃的年号。

译文

畅饮美酒，吟唱着《离骚》。人生在世，还有什么比这样的时光更加美好呢？想西晋名士王衍，一身清雅，君子之态，如玉如兰，最后却因只顾清谈而被敌人杀害，唯留遗恨。我隐居于此，田园风光雅致，朦胧的雾更是点缀，远处山丘青绿，溪水清澈。我居于这儿，清闲自在。只是到了岁月，担忧着风雪来袭。想起东晋名臣谢安最终被贬西州病逝，不由得心中感慨万千。

我心中向往着，在这儿田园之中修建我的萧闲堂，一旁桂花的芬芳远飘数里。曾经的怨愤与不平都随着一杯清酒，早已消逝不见。风和日丽的好日子和友人们相聚，

优哉游哉，闲适谈天，不再抱有遗憾与不平。想东晋永和九年之时，王羲之、谢安等人曾在兰亭饮酒诵诗，这样开怀之情何时都相同，古往今来均有，又何必特别书上"永和九年，岁在癸丑"之言呢。

完颜亮

完颜亮(1122—1161)，字元功，金太祖阿骨打庶长子完颜宗干次子，本名迪古乃。金熙宗时任丞相，皇统九年（1149）十二月，杀熙宗后自立为帝，改元天德。正隆六年率大军南下伐宋，同年部下发动兵变，为部下乱箭射死。次年，降封海陵王，谥炀。后被降为庶人，移出宗庙。词仅存四首。

念奴娇

天丁震怒①，掀翻银海②，散乱珠箔③。六出奇花飞滚滚④，平填了、山中丘壑。皓虎颠狂⑤，素麟猖獗⑥，掣断真珠索⑦。玉龙酣战，鳞甲满天飘落⑧。

谁念万里关山，征夫僵立⑨，缟带占旗脚⑩。色映戈矛，光摇剑戟，杀气横戎幕⑪。貔虎豪雄⑫，偏裨真勇，非与谈兵略⑬。须拚一醉，看取碧空寥廓。

说明

这首词被《水浒传》所引用，上阕重在咏雪，描绘了一幅大雪纷飞的壮美景象，天地间一片银白。作者将纷乱飘落的雪花比作种种壮阔的景象，在作者出色的想象力之下，狂放壮阔的北国雪景呈现在人们面前。下阕则是抒情，描绘了雪中依旧斗志昂扬的将士们，抒发了一位帝王心中的万丈豪情和志向所在。全词意境豪迈壮大，摄人心魄，尽显雪之魅力。

注 释

①**天丁**：天兵，一说为天上的六丁神。韩愈《调张籍》："仙宫敕六丁，雷电下取将。"

②**银海**：银色的海洋，形容冰雪在阳光照射下晶莹透彻的景象。陆游《月夕》："天如玻璃钟，倒覆湿银海。"

③**珠箔**：珠帘。此指雪花。

④**六出**：雪花别名，雪花为六角，故此称。

⑤**皓虎**：白色的老虎。

⑥**素麟**：白色的麒麟。

⑦**掣断**：拽断、扯断。

⑧**玉龙酣战，鳞甲满天飘落**：形容飞雪飘落的场景，化用张元："战罢玉龙三百万，败鳞残甲满天飞。"

⑨**僵立**：（因寒冷所致）僵硬直立。

⑩**缟带**：白色的衣带。韩愈《咏雪赠张籍》："随车翻缟带，逐马散银杯。"

⑪**戎幕**：行军作战时所搭建的营帐。

⑫**貔虎**：喻指军队分外勇猛。

⑬**兵略**：用兵的谋略。《淮南子·要略训》："兵略者，所以明战胜攻取之数，形机之势，诈谲之变，体因循之道，操持后之论也。"

译 文

纷纷而下的雪，仿佛天兵天将夹杂着怒火而来，层层白雪包裹着大地，阳光倾泻，又仿佛泛着银光的海面。一粒粒的雪接连不断地飘落，如同珍珠做的细帘一般。六角的雪花飘落而下，山中的丘壑变为了平地，敷满了雪花。这雪又好似癫狂的白虎，抑或是猖狂的白麒麟，一把扯断了穿着珍珠的线绳。又像那征战的玉龙，激烈的场面使得鳞甲都四处飘散。

谁人还记得在雄关山岭之上，无数将士依然伫立在寒风之中，战衣已然雪白，衣带和身旁的战旗连在了一起。长矛在雪中泛着青光，尤为刺眼。手中挥舞的兵器寒光凛凛，军帐之中战士热血沸腾，任凭冰雪纷纷。将士们个个如同猛兽般健壮，首领们都有谋有略，在一起讨论最新的战斗方案。这样的场景下，真应该举杯高歌，酣畅之时眯眼看着那广阔浩渺的蓝天。

词 评

金完颜亮，颇有辞章，尝作《昭君怨·雪》词："昨日樵村渔浦，今日琼川银渚。山色卷帘看，老峰峦。锦帐美人贪睡，不觉天花剪水。惊问是杨花，是芦花？"亮之他作，例倨强怪诞，殊有桀骜不在人下之气。

赵秉文

　　赵秉文（1159—1232），字周臣，号闲闲居士，磁州滏阳（今河北磁县）人。大定二十五年（1185）进士。泰和年间，官户部主事，翰林修撰。兴定年间，官至礼部尚书。后为翰林学士，兼修国史。其气质高雅，诗词字画皆可，有《闲闲老人滏水文集》二十卷。刘祁评价其："南渡后，文风一变，文多学奇古，诗多学风雅，曲赵闲闲、李屏山倡之。"

大江东去

用东坡先生韵

　　秋光一片，问苍苍桂影①，其中何物？一叶扁舟波万顷②，四顾粘天无壁③。叩枻长歌④，常娥欲下，万里挥冰雪。京尘千丈⑤，可能容此人杰⑥？

　　回首赤壁矶边⑦，骑鲸人去⑧，几度山花发。澹澹长空今古梦，只有归鸿明灭。我欲从公，乘风归去，散此麒麟发⑨。三山安在，玉箫吹断明月。

说明

　　秋月夜，看着月光如泻，作者看似赏景，实则心中悲凉。由眼前之景联想到当年苏轼夜游赤壁之事。而由写景转为抒情，作者对苏轼当年遭遇的愤慨与同情，由此也抒发的内心万千感慨，作者此刻亦是悲从中来。忧国忧民却无能为力，因国家深处危难而痛心，也因无可奈何，而心生消极。全词基调慷慨悲壮，借古伤今，表达了作者心中的无奈与苦闷，以及由此产生的消极出世思想。

注释

　　①苍苍：形容无边无际、辽远空旷。桂影：传说月宫之中有桂树与蟾蜍。

豪放词

②**一叶扁舟波万顷**：化用苏轼《赤壁赋》："白露横江，水光接天，纵一苇之所如，凌万顷之茫然。"扁舟，小船。

③**粘天无壁**：引自韩愈《祭河南张署员外文》："洞庭漫汗，粘天无壁。"形容空旷辽远，仿佛与天相连。

④**柂**：船舷。

⑤**京尘**：代指功名利禄之类的俗事。苏轼《次韵孙巨源见寄五绝》之五："不羡京尘骑马客，羡他淮月弄舟人。"

⑥**人杰**：出自《文子·上礼》："行可以为仪表，智足以决嫌疑，信可以守约，廉可以使分财，作事可法，出言可道，人杰也。"

⑦**矶**：石头。

⑧**骑鲸人**：指苏轼。苏轼《南歌子》："早知身世两聱牙，好伴骑鲸公子赋雄夸。"

⑨**麒麟发**：散乱的头发。

译文

深秋夜晚，月光倾泻在大地，我对月举杯，看着远处桂树下的月影，好奇里面究竟是什么？我乘一叶扁舟独自在波涛中，四周群山环绕。我用船桨击打着船舷，我要高歌一曲。看着夜空，嫦娥仿佛就要从天而降，带着那皎洁如雪的月光。京城中尘土飘扬，怎能容下英雄豪杰？

回首赤壁，早已不见那骑鲸之人。春秋年华易逝不复返，天空浩荡无边，千年之梦，遥远而不及。时间匆匆，转眼间早已灰飞烟灭，我愿意和苏东坡一样乘风归去，不理仪容。不知三座仙山在何处？唯有玉箫的乐声，伴着皎洁的月光。

词评

闲闲公乃以仙语追和之，非特词气放逸，绝去翰墨畦径，其字画亦无愧也。

——金·元好问《题闲闲书赤壁赋后》

王 渥

王渥（1186—1232），字仲泽。太原（今山西太原）人。金兴定二年（1218）进士。调管州司候，不赴。连辟寿州、商州、武胜三帅府经历官，在军中十年。后为尚书省掾吏，充枢密院经历官，迁右司郎中。正大七年（1230）使宋，有"中州豪士"之称。天兴元年于汴京被围，随内族引兵入援，从汝州过密县，遇蒙古军，殁于阵。今词仅存《水龙吟》一首。

水龙吟

从商帅国器猎①，同裕之赋②。

短衣匹马清秋，惯曾射虎南山下③。西风白水，石鲸鳞甲④，山川图画。千古神州，一时胜事，宾僚儒雅。快长堤万弩⑤，平冈千骑⑥，波涛卷、鱼龙夜⑦。

落日孤城鼓角，笑归来，长围初罢⑧。风云惨淡，貔貅得意，旌旗闲暇。万里天河，更须一洗，中原兵马⑨。看鞬櫜 (jiān gāo) 鸣咽⑩，咸阳道左，拜西还驾。

说 明

壮丽山河之间，秋高气爽，众人一同出行射猎。骏马奔腾似波涛，满心豪情壮志。词中可见作者欣喜欢悦之情，春风得意之景。宏大的打猎活动鼓舞着士气，亦充满豪迈爽朗之感。全词有着雄浑壮阔之美，作者借打猎赞颂了大金兵强马壮，同时表达了对友人的赞赏与钦佩。

●李广射虎南山下

注 释

①商帅：即完颜鼎，字国器。因镇商州（今山西商县），故名为商帅。其颇有威望，被称为贤将。

②裕之：即元好问，字裕之。

③"短衣"二句：杜甫《曲江三章》："短衣匹马随李广，看射猛虎终残年。"《史记·李将军列传》："广所居郡。闻有虎，尝自射之。"

④石鲸鳞甲：语出杜甫《秋兴八首》之七："织女机丝虚夜月，石鲸鳞甲动秋

风。"《三辅故事》载：昆明池中"刻石为鲸鱼，长三丈，每至雷雨，常鸣吼，鬐尾皆动"。

　　⑤**长堤万弩**：指吴越王钱镠（武肃王）射潮之事。《宋史·河渠志》："浙江通大海，日受两潮。梁开平中，钱武肃王始筑捍海塘，在候潮门外。潮水昼夜冲激，版筑不就。因命强弩数百，以射潮头。又致祷胥山祠。既而潮避钱塘，东击西陵，遂造竹器，积巨石，植以大木，堤岸既固，民居乃奠。"

　　⑥**平冈千骑**：化用苏轼《江城子》："锦帽貂裘，千骑卷平冈。"

　　⑦**鱼龙夜**：指秋日，古人认为鱼龙以秋为夜。杜修可注引《水经注》："鱼龙以秋日为夜。"

　　⑧**长围**：指打猎时为困住禽兽多人合围。《南史·宋高祖纪》："慕容超固其小城，乃设长围以守之。"

　　⑨**"万里天河"三句**：刘向《说苑》："武王伐纣，风霁，而乘以大雨。散宜生谏曰：'此非妖与？'王曰：'非也，天洗兵也。'"杜甫《洗兵马》诗："安得壮士挽天河，净洗甲兵长不用。"

　　⑩**鞬櫜**：古时放弓矢的器具。

译文

　　同商州主帅围猎，与元好问韵赋此词。

　　清秋时节，天高气爽，商州主帅常常穿着短衣前往南阳射猎，如李广射虎一般英勇。缓缓吹来的西风，弄皱了白水河，仿佛石雕的鲸鱼在晃动尾巴，山水间的风景美如笔触所绘出的壮丽画卷。像这般宏大的围猎场面，可谓千古神州一绝，商州主帅身旁文人雅士众多。射猎的队伍在山野迅速奔腾，如同波涛卷过这深秋之地。野兽在凶猛的攻势下已无处可逃。

　　黄昏日落，狩猎归来。大家欢声笑语，闲谈话家常，重新回到了城中。狩猎收获十分丰盛，天地仿佛都暗淡了几分，将士们面露喜悦。如此这般气势若是在战场上也必将大获全胜，不必再挥舞旌旗。商州主帅也必定会似武王伐纣般率领将士，攻破敌军，一举击退敌人，护国家安宁。那时候，商州主帅带领着将士们凯旋，百姓们必定热烈高歌，致以敬意。

词评

　　博通经史，有文采，善谈论，工书法，妙于琴事。

——金·元好问

元好问

元好问（1190—1257），字裕之，号遗山。太原秀容（今山西忻州）人，是金元之交时期北方文学的代表人物，对金元前后诗词文化有承上启下之用。其自幼聪慧，后得进士及第，官至知制诰。善作诗、文、词、曲。其中以诗作成就最高，以"丧乱诗"闻名。其词在金代影响深远，堪称金词之最。金灭亡后，元好问被囚禁长达数年之久。后回乡隐居，直至逝世。著有《遗山集》四十卷、《中州集》《中州乐府》，词有《遗山乐府》五卷。

临江仙

自洛阳往孟津道中作

今古北邙山下路①，黄尘老尽英雄。人生长恨水长东②。幽怀谁共语，远目送归鸿③。

盖世功名将底用，从前错怨天公。浩歌一曲酒千钟。男儿行处是，未要论穷通。

说明

自金宣宗兴定二年（1218），元好问举家搬迁至河南登封后，其行迹一直在河南地区，该词便写于其由洛阳赶赴孟津的路上，作者借景抒情，吊古伤今，抒发了未能建功立业的幽怨和自我超脱的放达。

注释

①**北邙山**：在今河南洛阳市北，因为古代的王侯公卿多葬于此山，故而有"黄尘老尽英雄"的感慨。

②**人生长恨水长东**：出自南唐后主李煜词《相见欢》。

③**"幽怀"二句**：化用贺铸词《六州歌头·少年侠气》："手寄七弦桐，目送归鸿。"

从古至今，那北邙山下的黄土埋葬了多少曾经盛极一时、叱咤风云的英雄人物。人生如流水，源源不断地向东奔流不复回，生命短暂且时光不可倒流，这是人类共同的遗恨。我心中有不平事，愁情满怀，又有谁来与我谈论排遣？我只能远远地目送那远去的大雁，兀自哀怨。

说到底，盖世功名又有什么用呢？到头来都是一场空，以前我对天意和命运的抱怨实在是太过浅薄了。不如抛开一切羁绊，且吟唱一曲长歌，纵饮千杯美酒。男儿在世，建功立业并不是妄举，但不可以为此而舍弃生命本来的目的，如果只是着眼于富贵荣华这些身外之物，则必然会导致穷则颓废猥琐，达则飞扬跋扈，因此切不可以贫富顺逆来作为人生的标准而审己度人。

好问才雄学赡，金元之际屹然为文章大宗，所撰《中州集》，意在以诗存史，去取尚不尽精。至所自作，则兴象深邃，风格遒上，无宋南渡末江湖诸人之习，亦无江西流派生拗粗犷之失，至古文，绳尺严密，众体悉备，而碑版志铭诸作，尤为具有法度。

——《四库全书总目·遗山集》

水调歌头

赋三门津①

黄河九天上，人鬼瞰重关②。长风怒卷高浪，飞洒日光寒。峻是吕梁千仞③，状似钱塘八月④，直下洗尘寰⑤。万象入横溃，依旧一峰闲⑥。

仰危巢⑦，双鹄过⑧，杳难攀⑨。人间此险何用，万古秘神奸⑩。不用燃犀下照⑪，未必佽飞强射⑫，有力障狂澜⑬。换取骑鲸客⑭，挝鼓过银山⑮。

该词描写了黄河三门津雄奇壮丽的自然风光，抒发了作者于国家危难之时以力挽狂澜为己任的信心和自豪。

●黄河九天上

豪放词

注　释

①**三门津**：即三门峡，原在今河南省三门峡市东北黄河中，因峡中有三门山而得名。

②**人鬼**：根据《陕州志》的记载："三门，中神门，南鬼门，北人门，惟人门修广可行舟。鬼门尤险，舟筏入者罕得脱。三门之广，约三十丈。"故"人鬼"应指三峡中的北人门和南鬼门。

③**吕梁千仞**：出自《列子·黄帝》："孔子观于吕梁，悬水三十仞，流沫四十里，鼋鼍鱼鳖之所不能游也。"

④**钱塘八月**：指钱塘江每年八月十八日最盛大的潮水。

⑤**尘寰**：尘世间。

⑥**一峰**：指中神门，也代指中流的砥柱山。

⑦**危巢**：出自苏轼《后赤壁赋》"攀栖鹘之危巢"，指搭建在悬崖高处的鸟巢。

⑧**鹄**：一种水鸟的名字，俗称为天鹅。

⑨**杳**：这里形容高远。

⑩**万古秘神奸**：据《左传·宣公三年》记载，夏禹曾将百物形象铸于鼎上而使百姓们知道什么是"神"和"奸"，这里的"神奸"指各种各样善恶美丑神奇之物。

⑪**燃犀下照**：指《晋书·温峤传》中所记载的典故：温峤到了牛渚矶，人们都说水下面有很多怪物，温峤便点燃犀牛角照着水面观看，过了一会儿，"见水族覆火，奇形异状，或乘马车著赤衣者"。

⑫**伏飞**：汉武帝时期的一种官职，主要掌管弋射鸟兽。

⑬**障狂澜**：语出自韩愈的《进学解》："障百川而东之，回狂澜于既倒。"

⑭**骑鲸客**：指勇士。

⑮**挝**：敲击。**银山**：出自张继《九日巴丘杨公台上宴集》"万叠银山寒浪起"，这里代指涛头。

译　文

　　黄河之水仿佛是从天河流泻而来，它的凶险令人鬼只能俯瞰而不敢飞跃。波涛怒吼，大风卷起一个又一个高高的浪头，激起的浪花在阳光下闪闪发光。这黄河的浪头之高堪比当年壁立千仞的吕梁山，声势之大仿佛让人看到了钱塘江每年八月十八日最盛大的潮水，在横空之下，一洗尘世的污秽。这黄河之水充斥万象，然而面对这惊天巨浪，中流的砥柱山却依然纹丝不动，气定神闲。

这砥柱山高峻非常，就好比是那搭建在悬崖高处的鸟巢，高远得令人难以攀登。人世间有这样险峻的地方是作何用处呢？原来是为了辨别忠奸，不需要燃犀下照看水中美景，也不需要用力拉弓弋射，就可以力挽狂澜。且召唤如骑鲸客一般的勇士，敲打着战鼓便飞跃了这险滩。

［词 评］

遗山之词，亦雄浑，亦博大。有骨干，有气象。以比坡公，得其厚矣，而雄不逮焉者。豪而后能雄，遗山所处不能豪，尤不忍豪。……其《水调歌头·赋三门津》"黄河九天上"云云，何尝不奇崛排奡。坡公之所不可及者，尤能于此等处不露筋骨耳。《水调歌头》当是遗山少作。晚岁鼎镬余生，栖迟零落，兴会何能飙举。

——清·况周颐《蕙风词话》

鹧鸪天

只近浮名不近情①。且看不饮更何成。三杯渐觉纷华远②，一斗都浇块磊平③。

醒复醉，醉还醒。灵均憔悴可怜生④。《离骚》读杀浑无味，好个诗家阮步兵⑤！

［说 明］

该词写借酒浇愁，抒发国破家亡、人世沧桑的流亡之痛，并表示不愿意步屈原的后尘，而是要效仿阮步兵借醉饮来逃避乱世，在醉梦中求得片刻的安宁。

［注 释］

①**情**：指人之常情。

②**纷华**：纷乱的浮华尘世。

③**块磊**：形容胸中的抑郁和不平。

④**灵均**：屈原，字灵均。

⑤**阮步兵**：因阮籍曾经担任步兵校尉，故世人称之为"阮步兵"，其崇奉老

●且看不饮更何成

庄的学说，在政治上采取谨慎避祸的态度。

那些只知道追求功名利禄、富贵荣华，而不知道喜欢喝酒贪杯是人之常情的人，即使他不喝酒，也未必就能有什么大的成就。几杯美酒下肚，我飘飘然感觉自己仿佛远离了这纷乱的浮华尘世，而再喝上一斗酒水以后，就连心中的抑郁和不平也都消散了。

我醒了就接着喝，喝醉了又清醒过来，想来那屈原总说什么"众人皆醉我独醒"，真真让人感觉他非常之可怜。他所写的《离骚》，我读来读去也没觉得有什么趣味，倒不如学那阮籍，既然爱喝酒就索性畅饮美酒拼一醉，岂不是更好！

词 评

元词清雄顿挫，闲婉浏亮，体制最备。

——元·徐世隆《遗山先生文集序》

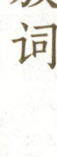

豪放词

江城子

醉来长袖舞鸡鸣[①]，短歌行[②]，壮心惊。西北神州，依旧一新亭[③]。三十六峰长剑在[④]，星斗气，郁峥嵘。

古来豪侠数幽并，鬓星星，竟何成！他日封侯，编简为谁青[⑤]？一掬（jū）钓鱼坛上泪[⑥]，风浩浩，雨冥冥。

说 明

该词上片写得气贯长虹、大气磅礴，下片则转入悲歌婉转、感慨深沉，从侧面反映了政治社会对其心灵造成的影响和内心的痛苦、矛盾。

注 释

①舞鸡鸣：指祖逖闻鸡起舞的故事，为励志报国的经典事例。

②短歌行：曹操宴会上酒酣时所作，为乐府歌辞，表达了曹操感叹人生苦短，雄图霸业尚未完成，渴望招贤纳士，帮助自己建功立业的梦想。

③西北神州，依旧一新亭：金朝曾经占有南宋的西北疆域，而该地区在当时却又被元人所占据。作者和金朝的有志之士同东晋名士一般，虽然痛心国丧，却无力回天，只能在新亭聚会，抛洒一腔热泪。

④三十六峰：指当时元好问正在游历的河南登封县嵩山三十六峰。

⑤编简为谁青：出自杜甫诗歌《故武卫将军挽歌三首》："封侯意疏阔，编简为谁青。"编简，古代将字刻在竹简上并编联成册，这里代指史书。

⑥**钓鱼坛：**浙江桐庐富春江严光所设的钓坛最为古代文人所称道，这里作者是以严光自比。

词译文

　　喝醉了酒，便卷起长袖，学那祖逖闻鸡起舞，想起当年曹操作《短歌行》感叹人生苦短，渴望招贤纳士，帮助自己建立雄图霸业的情形，不由得引发了我内心的惆怅。我亦积极用世，可惜时局艰难、报国无门，白白蹉跎了岁月。眼见得神州沉陆，我和金朝的有志之士同东晋名士一般，虽然痛心国丧，却无力回天，只能在新亭聚会，抛洒一腔热泪。这嵩山的三十六峰真好比三十六把倚天长剑，紫气凌霄、气冲斗牛，气象峥嵘。

　　自古以来，幽并便是豪侠云集之地，我有壮志凌云，应当也算豪侠之一，可惜现在人到中年，白发渐生，只能眼睁睁看国运衰微而不能为国立功、一事无成，怎么不令我感慨叹息呢？他日封侯、名垂史册的人物会是谁呢？不如学那严光，在这风雨如晦的末世隐逸江上而去吧。

词评

　　作为诗文，皆有法度可观，文体猝然为之一变。大较遗山诗祖李、杜，律切精深，而有豪放迈往之气；文宗韩、欧，正大明达，而无奇纤晦涩之语；乐府则清雄顿挫，闲婉浏亮，体制最备。又能用俗为雅，变故作新，得前辈不传之妙，东坡、稼轩而下不论也。

——元·徐世隆

江月晃重山①

初到嵩山②

　　塞上秋风鼓角，城头落日旌旗。少年鞍马适相宜。从军乐，莫问所从谁③。

　　候骑才通蓟北④，先声已动辽西⑤。归期犹及柳依依。春闺月，红袖不须啼⑥。

说明

　　该词上片写青年勇士乐于奔赴沙场战斗立功，下片则写作者对抗敌军队凯旋的希望。全词风格明快，洋溢着积极乐观的豪迈之情。

①**江月晃重山**：用《西江月》和《小重山》串合，故名《江月晃重山》。该词每阕上三句为"西江月"体，下两句用"小重山"体，双调五十四字，前后段各五句，用三平韵。

②**嵩山**：古代称之为"中岳"，在今河南省登封市北。

③**从军乐，莫问所从谁**：出自王粲诗歌《从军》："从军有苦乐，但问所从谁？"

④**候骑**：负责侦察的骑兵。**蓟北**：指蓟州北部，汉唐塞北之地。

⑤**辽西**：辽宁辽河以西的地区。

⑥**红袖**：代指美人。

　　秋风冽冽，边塞军营中传来战鼓号角声，夕阳之下，城头上的旗帜在缓缓飘动。少年就应当投身沙场，骑上战马，在边关纵情驰骋。只要能够享受从军的欢乐，又何必在乎跟从的是哪位将军首领呢？

　　负责侦察的骑兵刚刚通过蓟州北部，而部队的赫赫威名已经在辽西地区传扬开来。我们回到故乡的日子不会太久远了，那时候一定还是杨柳依依的春天。征人连战连胜，很快便能够凯旋，闺中美人不需要再因为思念而落泪。

　　二李（李白、李邕）后身。

——元·李冶

水龙吟

　　从商帅国器猎于南阳，同仲泽鼎玉赋此。

　　少年射虎名豪①，**等闲赤羽千夫膳**②。**金铃锦领，平原千骑，星流电转。路断飞潜，雾随腾沸，长围高卷。看川空谷静，旌旗动色，得意似，平生战。**

　　城月迢迢鼓角，夜如何，军中高宴，江淮草木，中原狐兔，先声自远。盖世韩彭③，**可能只办，寻常鹰犬。问元戎早晚，鸣鞭径去，解天山箭**④。

该词描写了元好问二十几岁时同金军著名的大将完颜鼎（字国器）一同在终南山射猎的豪阔场面，表现了其激昂慷慨的书生意气。

注 释

① **少年射虎名豪**：用西汉飞将军李广误认为草中石块是猛虎而拉弓射之，结果箭头深没石中的故事来反衬年纪轻轻就英勇闻名的商帅完颜国器。

② **等闲赤羽千夫膳**：出自杜甫诗歌《故武卫将军挽歌三首》，原意是称颂将

● 薛仁贵三箭定天山

帅塞外立功之事，而这里却写商帅完颜国器将这种事情视之等闲，足见其能力之高。

③ **韩彭**：指汉高祖刘邦手下著名的两位大将——韩信和彭越。

④ **"问元"三句**：唐朝大将薛仁贵曾经在天山战胜九姓突厥，因而有"将军三箭定天山"之称，这里是指商帅完颜国器必定会效仿薛仁贵，一举清除边患，展现将帅本色。

译 文

商帅你像那射虎的飞将军李广一样年纪轻轻就英勇闻名，随随便便就能够在塞外立下赫赫战功。金铃悬头、锦绣围脖的千骑骏马在平原上纵情驰骋，快如星流电转，气势雄大。你高超的武艺阻断了飞禽走兽逃跑的归路，乖乖地进入人们的囊中，马蹄周围紧紧地围绕着一圈白雾，射猎的队伍形成了合围之势，准备将猎物们一网打尽。围猎的场面之大，令山川旗帜都为之变色，吓得大气都不敢出，看着这一切，善战的商帅却像对待平时经常得胜的战役一样，并没有得意忘形，而是等闲视之，气概非凡。

到了晚上，月亮升起来了，城楼那边远远传来战鼓号角的声音，射猎队伍在军中进行欢宴，军威浩荡，令周围的草木狐兔见之而退避三舍。韩信和彭越也不过只是平常的走狗而已，而商帅你必定会效仿薛仁贵，一举清除边患，展现将帅本色。

词 评

乐府，诗家之大香奁也。遗山所著，清新婉丽，其自视似羞比秦、晁、贺、晏诸人，而直欲追配于东坡、稼轩之作，岂是以东坡为第一，而作者之难得也耶？

——李宗准《遗山乐府》序

刘秉忠

刘秉忠（1216—1274），邢州（今河北邢台）人。初名刘侃，又名子聪，拜官后，改名秉忠。字仲晦，号藏春散人。元朝政治家、文学家。少时曾于武安山为僧，从海云禅师游，后为官，至太保。元世祖赠太傅，封赵国公，谥号文贞。著有《藏春散人集》《藏春乐府》。

木兰花慢

混一后赋①

望乾坤浩荡，曾际会②，好风云。想汉鼎初成③，唐基始建，生物如春。东风吹遍原野，但无言、红绿自纷纷。花月留连醉客，江山憔悴醒人④。

龙蛇一屈一还伸⑤。未信丧斯文⑥。复上古淳风，先王大典⑦，不贵经纶。天君几时挥手，倒银河、直下洗嚣尘⑧。鼓舞五华鸑鷟⑨，讴歌一角麒麟⑩。

说　明

此词写于元朝初建之时，新的王朝带来了新的生命力，似春回大地，万物复苏，一片盎然。作者看着天地，仿佛看到了汉唐时王朝初建的景象，一切倍感相似。作者将元与汉唐相比，对新王朝充满了希望。百花盛开，清风拂面，芳香荡在心间，万物都生了兴旺之意。如春天般的王朝必然有着极强的生命力。

注　释

①**混一**：统一，齐一。此指元朝统一全国。

②**曾际会**：古谓君臣遇合，得以治理天下，为风云际会。杜甫《古柏行》："君臣已与时际会，树木犹为人爱惜。"

③**汉鼎初成**：此指元朝政权，建国开基。

④**憔悴醒人**：屈原《渔父》："屈原既放，游于江潭，行吟泽畔，颜色憔悴，形容枯槁。渔父见而问之，曰：'子非三闾大夫欤？何故至于斯？'屈原曰：'举世皆浊我独清，众人皆醉我独醒。是以见放。'"

⑤**龙蛇**：龙和蛇，词中比喻非常之人。

⑥**斯文**：指礼乐制度，也指文人。

⑦**先王**：指远古时期的尧、舜、禹、汤等圣贤君王。

⑧**嚣尘**：污浊的泥土，也用来指尘世间。

⑨**鸑鷟**：水鸟名，古代传说是祥瑞之鸟。《国语》："周之兴也，鸑鷟鸣于岐山。"

⑩**麒麟**：传说中的一种动物，吉祥之兽。《汉书·终军传》："从上幸雍祠五畤，获白麟，一角而五蹄。"

● 鼓舞五华鸑鷟，讴歌一角麒麟

译文

天地广阔无垠，坦荡而和平，一派安详之感，君臣相遇宛如风云变幻般莫测。汉唐时，天下初定大地万物复苏，春暖花开，处处充满着希望与生机。东风吹遍原野新王朝建立时，红花绿叶尽开放，世间人情多纷扰。有人为风花雪月所醉，亦有人为江山社稷所醒。

如龙蛇蛰居而起，屈而复伸一般，新王朝想必会注重礼教文识。上古时期，人民淳朴之风布于天下，旧时也曾有王朝整顿纲纪。现今王朝应如往昔那般，发扬古风。治理国家不易，遥想神祇倾泻银河，洗净世间污垢与破败，从此再无战争。只见鸑鷟鸟在跳舞，麒麟讴歌着世间太平。

词评

襄半塘老人跋《藏春乐府》云，雄廓而不失之伧楚，酝藉而不流于侧媚，余尝悬二语心目中，以赏会藏春词。

——清·况周颐《蕙风词话》

段克己

段克己（1196—1254），字复之，号遁庵。绛州稷山（今山西稷山）

人。早年与弟段成己已负才名，赵秉文称二人为"二妙"。金末时考取进士，入元不仕，与其弟避居于龙门山中。二人又被称为"儒林标榜"。其还为河汾诗派诗人，存世作品多为思恋故国。有诗词合集《二妙集》，有《遁斋乐府》一卷。

满江红

过汴梁故宫城①

塞马南来②，五陵草树无颜色③。云气黯、鼓鼙声震④，天穿地裂。百二河山俱失险⑤，将军束手无筹策⑥。渐烟尘⑦，飞度九重城⑧，蒙金阙。

长戈袅⑨，飞鸟绝。原厌肉⑩，川流血⑪。叹人生此际，动成长别。回首玉津春色早⑫，雕栏犹挂当时月。更西来，流水绕城根，空呜咽。

说明

这首词作于金灭亡后作者重回京都之时，词中蕴含着作者满心的悲愤与愁苦。国家兴亡，文人尤为感伤。作者上阕回忆元军铁骑来犯，朝堂上下无能。下阕重在写亡国之痛与心中的无奈与萧索。整首词直率且激昂，情景交融，作者的悲壮与沉痛可见一斑。

注释

① 汴梁：南宋、金两朝都城。今河南开封。

② 塞马：同"赛马"，此指塞外的蒙古军队，即元军。

③ 五陵：原意为五位皇帝的陵墓，即长陵、安陵、阳陵、茂陵、平陵。此处代指汴梁。

④ 鼓鼙：古代军中乐器，大鼓和小鼓。此处指战争。鼓，大鼓；鼙，小鼓。

⑤ 百二河山：形容山川地势险固。古人称函谷关之险峻可以两万人抵挡一百万大军。

⑥ 筹策：计谋策略。

⑦ 烟尘：战争燃起的烽烟、战火，指战争。

⑧ 九重城：指京都，皇宫。出自徐铉《纳后夕侍宴又三绝》："四海未知春色至，今宵先入九重城。"

⑨ 袅：摇曳。

⑩ 厌：通"餍"，饱足、满足。

⑪ 川流血：川谷里处处流淌着红色鲜血。杜甫《垂老别》："积尸草木腥，流血川原丹。"

⑫ 玉津：玉津园，汴梁南门外。陈旸《乐书·宾礼论·宴蕃使》："然用胡部乐以宴蕃使，宜于国门外玉津园作之。"

译文

　　凶残的元军一路向南奔袭而下，汴梁的草木都失了颜色。天空乌云密布，整个大地都裹挟在阴天之下，耳畔只能听到军鼓的声音，好似要震翻整个天地一般。险固的地势也被一一占领，朝堂无策，将士不敌。战争的烟火已弥漫到了京都，皇宫不复。

　　长戈飞舞着，战场一片萧瑟，飞鸟都已绝迹。尸体堆满了原野，山川间流淌着鲜血。战乱年代，亲友失散可谓是常事，不经意便成了永别。回想从前汴梁春日如酥，每每草木生机盎然，处处飘香。如今雕栏之上仍有着明月，汴梁却不再是从前的汴梁，寒风凛冽，护城河悲凉地呜咽。

赵孟頫

　　赵孟頫（1254—1322），字子昂，号松雪道人。吴兴（今浙江湖州）人。其虽为宋太祖十一世孙，却颇受忽必烈赏识，入元后官至翰林学士承旨，封魏国公，推恩三代，名满天下。后因朝堂矛盾借病乞归，隐居故里。不仅精于书画，且能诗词，著有《松雪词》。

虞美人

浙江舟中作

潮生潮落何时了？断送行人老①。销沉万古意无穷，尽在长空澹澹鸟飞中②。

海门几点青山小③，望极烟波渺④。何当驾我以长风⑤？便欲乘桴浮到日华东⑥。

作者作此词后不久便退隐，看着眼前的钱塘江，潮起潮落，不曾休憩，作者不禁联想于世人，人之生命易逝，朝之兴亡都抵不过这天地之壮阔。人们甘愿将生命浪费于此，却不见生命之易逝。作者一番兴叹后又忽而豁然开朗，何不隐于世，自在而洒脱。全词借景抒情，情与景自然交汇于一处，境界开阔，感情深沉。

注 释

①送：消耗，消磨。

②"销沉"二句：化用自杜牧《登乐游原》："长空澹澹孤鸟没，万古销沉向此中。"

③海门：钱塘江入海口。

④望极：望尽。

⑤何当：何时。

⑥桴：小竹筏或小木筏。日华：太阳的光华，此处指太阳。

译 文

钱塘江潮水起起落落似是不会停歇，这样的风景蹉跎了多少旅人，生命在永恒中逝去。天空淡淡如轻烟，远处的鸟儿轻轻掠过，天地万古永存。

远远望去，海水流入渺渺烟波，看不见尽头。青山点点，水波盈盈。若乘舟远去，漂浮到太阳东面的某个地方，从此隐居于世，独享山水之乐，便是心之所往。

邓千江

邓千江（生卒年不详），金代词人，临洮（今甘肃临洮）人。其生平不详，词仅存《望海潮》一首，以此闻名，被推为金人乐府第一，亦被后人颂为"宋金十大名曲"之一，与苏东坡、辛弃疾等著名词人相比之。

望海潮①

上兰州守中州府

云雷天堑②，金汤地险③，名藩自古皋兰④。营屯绣错⑤，山形米聚⑥，襟喉百二秦关。鏖战血犹殷⑦。见阵云冷落，时有雕盘。静塞楼头，晓月依旧，玉弓弯。

　　看看，定远西还⑧。有元戎阃令⑨，上将斋坛⑩。区脱昼空⑪，兜零夕举，甘泉又报平安⑫。吹笛虎牙间⑬。且宴陪朱履，歌按云鬟。招取英灵毅魄，长绕贺兰山。

说　明

　　整首词将守边将士英勇无畏的形象娓娓道来，全词虽未直接提及征战沙场、血染疆土的场面，却使人感受到塞外边关战士的英豪。词中描绘了兰州险要地势，及驻地部队的壮阔豪气。作者描写细致且传神，黄河天堑、金汤城池、水如云雷、月如弓，却也就此表现了磅礴气势，广阔画面，具有强烈的震撼力。歌颂了将士们伟大功勋及为国捐躯的英豪。

注　释

①望海潮：词牌名，柳永创制。

②云雷：黄河水涛声如雷，一说指军队声势浩大。**天堑**：天然的沟壍，此处指黄河。

③金汤：比喻城池坚不可摧，不可接近。《汉书·蒯通传》："边地之城，必将婴城固守，皆为金城汤池，不可攻也。"

④皋兰：今甘肃兰州。

⑤绣错：如锦绣一般交错。《战国策·秦策》："秦、韩之地，形相错如绣。"

⑥米聚：形容山势险峻。《后汉书·马援传》："（援）又于帝前聚米为山谷，指画形势，开示众军所从道径往来，分析曲折，昭然可晓。"

⑦鏖战：激烈的战斗。

⑧定远西还：指东汉班超被封为定远侯之事。《后汉书·班超传》载："故使军司马班超安集于寘以西，超遂逾葱岭，迄县度，出入二十二年，莫不宾从。……其封超为定远侯，邑千户。"

⑨阃：原意为门槛，后指在外的将帅或大臣。《史记》："阃以内者，寡人制之；阃以外者，将军制之。"

⑩上将斋坛：拜将仪式。《史记·淮阴侯列传》载萧何言："王必欲拜之，择良日，斋戒，设坛场，具礼，乃可耳。"

⑪区脱：匈奴语，意为防哨，此处代指西夏营帐。

⑫甘泉：秦、汉宫名，汉文帝时因匈奴进犯，烽火通于甘泉宫。

⑬虎牙：比喻武将。扬雄《执金吾箴》："设武官以御敌，如虎有牙，如鹰有爪。"

译文

因黄河水势汹涌，地势险要，加之古城固若金汤，难以靠近。皋兰自古便是稳固难攻的藩镇。营帐借着山地优势排列，如同锦绣交织一般，地势异常险峻，山峰错落叠嶂，易守难攻，二人可敌百人。战后只见遍野尸骸，血早已染红了大地。天空也好似悲伤暗淡，透露着惨淡之意。鹰偶尔掠过，叼食着血肉。夜晚皋兰城楼一片孤寂，唯有天上一弯明月如玉弓。

守边太尉功绩堪比班超出使西域归来被封定远侯一般。守边责任之重如同魏尚抵御匈奴、韩信登台拜将一般。如今边境安定平和，外敌不敢入侵，每晚都燃起象征平安的烟火，甘泉宫也不见狼烟烧起。皋兰城内歌舞升平，悠悠的羌笛声久久不散。武将们吹笛为乐，主帅军帐中宾客满堂，载歌载舞。忆起那些保家卫国逝去的英魂，他们的英名必定与贺兰山共存。

词评

金人乐府，称邓千江《望海潮》为第一。

——明·杨慎《词品》

张 埜

埜 yě

张埜（生卒年不详），元代词人。字埜夫，号古山。邯郸（今河北邯郸）人。官至翰林学士。词尤佳，有《古山乐府》二卷。

沁园春

泉南作

自入闽关①，形势山川，天开两边。见长溪漱玉②，千瓴倒建③；群峰泼黛，万马回旋④。石磴盘空，天梯架壑⑤，驿骑蹒跚鞭不前。心无那，怡鹧鸪声里，又听啼鹃。

区区仕宦谁怜。道有志、从来铁石坚。但长存一片，忠肝义胆；何愁半点，瘴雨蛮烟⑥。尽卷南溟，不供杯杓，得遂斯游岂偶然。

天公意，要淋漓醉墨，海外流传。

说　明

　　这首词描写山川景致险峻，气势磅礴，以夸张的手法使词更有豁达纵横之感。上阕写山之险峻，奇景令人心惊胆战，将此处艰险描写得淋漓尽致。下阕写作者不畏艰难险阻，定是要游览这绝世奇迹的乐观心态。词中涵盖了作者一颗爱国之心，这首词情景交融，语言壮阔，有豁达开朗之感。

注　释

　　①闽关：指福建泉州南蒲城梨关。
　　②长溪：福建长溪县。
　　③千瓴：形容地势险要。瓴，盛水的瓶子。《汉书·高祖纪》下："譬犹居高屋之上，建瓴水也。"
　　④万马回旋：群山宛若万马奔腾状。辛弃疾《沁园春》词："叠嶂西驰，万马回旋，众山欲东。"
　　⑤天梯：形容山路险峻。
　　⑥瘴雨蛮烟：指山中瘴气。

译　文

　　入闽关后，周围皆是悬崖峭壁，眼前的山峰高耸入云，仿佛要将天劈成两半。溪水自山上流下，水滴飞溅，仿佛用力敲打着石块，如同千瓶水倾倒而下。青峰如同泼了翠绿的颜料一般，群山如万马奔腾状。石磴仿佛架在空中的梯子一般，良驹即使被鞭子抽打也不敢向前。一筹莫展之时，耳边传来了鹧鸪与杜鹃的啼叫，似乎在说着不如归去。

　　天下间没有人在乎这个仕官，但我一颗报国之心坚定无比，忠义如同磐石般永存。面对如此险境没有丝毫畏惧，喝遍南冥之水，也不足供杯内之饮。能有这样的旷世绝游。必定是上天之意，使我泼墨作画，流传于世。

萨都剌

　　萨都剌（约1272—1355），亦作萨都拉。元代诗人、画家、书法家，有"虎卧龙跳之才"之称。字天锡，号直斋，回族（一说蒙古族）。萨都剌出生于雁门（今山西代县），其先世为西域人。为生计长年奔波经商，尝尽人间辛苦，后弃商从文，泰定四年（1327）进士。他虽然官职低微，但后人对他备极推崇，列为有元一代词人之冠。著有《雁门集》三卷、《天锡词》。

念奴娇

登石头城次东坡韵①

石头城上，望天低吴楚②，眼空无物。指点六朝形胜地，唯有青山如壁。蔽日旌旗③，连云樯橹，白骨纷如雪。一江南北，消磨多少豪杰。

寂寞避暑离宫④，东风辇路，芳草年年发。落日无人松径冷，鬼火高低明灭⑤。歌舞尊前，繁华镜里⑥，暗换青青发。伤心千古，秦淮一片明月⑦。

说　明

该词为作者在南京任职时所作。作者以感慨"六朝形胜"及赞颂历史遗迹之美壮，借此抒发怀古伤今之情。上阕重在描写风景，回想过往的历史，曾在这发生过多次战争，不知堆积了多少白骨。下阕借月夜抒情，明月如同过往，而曾经的人和事早已消散，淡如云烟。

注　释

①**石头城**：即金陵城，故址在今南京清凉山。

②**吴楚**：春秋吴楚之故地，今江、浙一带。

③**蔽日旌旗**：出自《战国策·楚策》："楚王游于云梦，结驷千乘，旌旗蔽日。"旌旗，泛指旗帜。

④**离宫**：皇帝在京城以外的行宫，出巡时所住。

⑤**明灭**：忽明忽暗。

⑥**繁华**：指鲜花盛开，比喻美丽青春。

⑦**伤心千古，秦淮一片明月**：秦淮河上明月依旧，可曾经的繁华已逝。该句化用刘禹锡《石头城》"淮水东边旧时月，夜深还过女墙来"。

豪放词

译文

　　石头城上，向远方眺望，昔日吴楚两国疆土与天色交融，空旷而辽阔。这里曾是六朝繁华胜地，现在唯有陡峭的山壁依然青翠。旧时战火纷飞，旌旗蔽日，战船连绵不绝，遍地白骨。大江南北，多少英雄豪杰葬于历史洪流，逝于时间长河。

　　避暑行宫满是寂寥，那时皇帝车驾走过的路，东风一遍遍拂过，已长出了遍地青草。每每黄昏日落，天渐渐染上墨色，松间小路只有忽明忽暗的鬼火，不见人影。旧时不知有多少对镜施粉理鬓的女子，乌黑的发丝悄悄变成满头白发。回首千古往事，却只见秦淮河上明月依旧，不由得暗自心伤。

词评

　　此词全用苏轼赤壁怀古词《念奴娇》原韵，千载之下，和苏词者极众但能如此者寥寥。此词虽和韵却不受束缚，反而因难见巧，思笔俱畅，论古道今，纵横驰骋，千载兴亡，历朝往事，驱策于腕下；眼前景物，胸中慨叹，交汇于笔端。深沉豪迈，凄凉悲慨兼而有之，味之令人动情，读之叹为观止。

　　　　　　　　　　　　　　——王步高《金元明清词鉴赏辞典》

许有壬

　　许有壬（1287—1364），字可用，号圭塘。相州汤阴（今河南汤阴）人。元仁宗延祐二年（1315）进士及第。辅佐元代多位君王，为官几十载，有"历事七朝，垂五十年"之说，是元中后期官至高位的汉人之一。曾担任集贤大学士、太子左谕德、中书左丞等职。其文学方面颇有建树，著有《至正集》《圭塘小稿》等。

水龙吟

过黄河

　　浊波浩浩东倾，今来古往无终极。经天亘地，滔滔流出，昆仑东北①。神浪狂飙，奔腾触裂，轰雷沃日。看中原形胜，千年王气。雄壮势、隆今昔②。

鼓枻茫茫万里③，棹歌声、响凝空碧。壮游汗漫④，山川绵邈⑤，飘飘吟迹。我欲乘槎⑥，直穷银汉，问津深入。唤君平一笑，谁夸汉客，取支机石⑦。

说明

　　作者感慨黄河之势，由黄河的壮丽景象，联想到当下国之强盛。全词情景交融，气势磅礴，风格豪放。词的上阕重在描写黄河雄浑壮阔之貌，巨浪滚滚，黄河之势顷刻可见。从空间、时间两方面分别表现黄河之壮美永存。下阕主要写作者在渡黄河之时，情绪高昂，内心备受黄河之势感染，想要游遍山水，甚至去往天宫的浪漫情怀，整首词洋溢着慷慨之情，侧面反映了作者的爱国之情，希望国家犹如黄河般壮阔雄浑。

注释

①**昆仑**：昆仑山，位于今新疆地区。

②**隆**：兴盛。

③**鼓**：敲打船舷。屈原《渔父》："渔父莞尔而笑，鼓枻而去。"

④**汗漫**：形容广阔、无边际。

⑤**绵邈**：形容辽远广阔。

⑥**乘槎**：原意为乘坐竹筏、木筏。此处指汉武帝令张骞穷河源，乘槎经月遇织女、牛郎之典故，出自晋人张华《博物志》卷十。后以此比喻入朝为官。

⑦**支机石**：传说为织女用来支撑织布机的石头。

译文

　　浑浊的黄河水，波涛壮阔，一路向东倾泻，古往今来春秋万载，不曾改变。黄河发源于昆仑山东北之地，横穿山河，水势汹涌之时巨浪翻滚，宛若雷声阵阵，气势磅礴。这般险要的地势，必将使中原永兴，现如今元朝之国势正如黄河之浩荡雄浑。

　　万里黄河之上，我乘一叶扁舟在浩渺的河水间纵情高歌，我要走遍壮丽山河，看遍美丽风景，在每一处留下我的足迹。我要乘船直到黄河之源，在银河间畅快遨游。且说来与你笑闻，有谁会真正夸奖我拿到了织女的支机石呢？

词评

　　雄浑闳隽，涌如层澜，迫而求之，则渊靓深实。

——元·欧阳玄

豪放词

刘 基

刘基（1311—1375），字伯温，号犁眉。青田（今浙江青田）人。天资聪慧，勤奋好学。其12岁考中秀才，23岁赴元朝京城大都一举考中进士。奈何元末世事不平，纵有一身抱负却难以施展，以致其四次出仕而又四次辞官。后遇朱元璋，为明朝开国功臣，官至御史中丞兼太史令。明初典章制度，多由其与宋濂等人商定。后为胡惟庸所诬，含忧而亡。其通经史，善诗文，词风兼清婉与慷慨。有《诚意伯文集》二十卷，词有《诚意伯诗馀》一卷。

水龙吟

鸡鸣风雨潇潇①，侧身天地无刘表②。啼鹃迸泪，落花飘恨，断魂飞绕。月暗云霄，星沉烟水，角声清袅③。问登楼王粲④，镜中白发，今宵又添多少？

极目乡关何处？渺青山、髻螺低小⑤。几回好梦，随风归去，被渠遮了。宝瑟弦僵，玉笙指冷，冥鸿天杪⑥。但侵阶莎草，满庭绿树，不知昏晓。

说明

作者作此词时还未同朱元璋相遇，此时作者空有一番志向，在乱世中却无法施展一身抱负。为此作者深感忧伤与悲凉，期冀着天下太平、政治清明，眼下却还相差甚远。词中用诸多意象描绘了悲凉之景，亦是在表作者心中悲凉之情。壮志未酬之时，思乡之情亦油然而生。

注释

①鸡鸣：化用自《诗经·郑风·风雨》："风雨潇潇，鸡鸣胶胶。"鸡鸣，象征君子之度，始终如一。风雨，象征乱世、不太平。

②**侧身**：同"厕身"，即置身。**刘表**：东汉高平人，字景升，任荆州刺史。当时中原战乱，荆州一隅较为安宁，百姓许多到那里避乱。

③**角**：古代军中一种乐器。

④**王粲**：字仲宣，三国时期之人，曾作《登楼赋》抒写因怀才不遇及由此而生的思乡之情。

⑤**髻螺**：古时妇女头上盘成螺形的发髻。此喻指山峰。

⑥**冥鸿**：高飞的鸿雁。**天杪**：即天边。杪，树木的末梢。

译文

乱世间，风雨飘零，君子之志却不曾改变。感叹这样的世道，竟然连刘表那般避世之所也没有，更何况是明君呢？杜鹃哀怨地啼叫，泪珠滚落下来，落花也渐渐飘落而下，徒有遗憾，伤心地在空中飞舞。拂晓之前，天空昏暗，不见月光，星星也隐于薄雾之中。想问问曾作《登楼赋》的王粲，那时你又多了多少白发？

看向远方，家乡又在何处。只见青山一片渺茫，一座座山峰矮如髻螺，在天边横立。几次美梦都被风儿吹散，被山峰所遮盖不知去了何处。琴瑟发僵，手指也越发寒冷，只能看着鸿雁高飞，消失天际。过阶的草木与蔽日的庭树，使人难辨晨昏。

词评

伯温词秀炼入神，永乐以后诸家远不能及。

——陈廷焯

高 启

高启（1336—1374），字季迪。吴郡长洲（今江苏苏州）人。元末隐居吴淞江畔青丘，自号青丘子。博学多才，工于诗文，以此出名。与杨基、张羽、徐贲并称为"吴中四杰"。明洪武二年（1369），应诏前往翰林院以国史编修参与修《元史》。洪武七年（1374），因所作《上梁文》激怒朱元璋而获罪，被腰斩。有《高太史大全集》十八卷、《凫藻集》五卷、《青丘集》《扣舷词》。

豪放词

沁园春

寄内兄周思谊①

忆昔初逢，意气相期，一何壮哉。拟献三千牍②，叫开汉阙③；蹑一双屩（juē）④，走上燕台⑤。我劝君酬⑥，君歌我舞，天地疏狂两秀才。惊回首，漫十年风月，四海尘埃。

摩挲旧剑生苔，叹同掩衡门尽草莱⑦。视黄金百镒（yì）⑧，已随手去；素丝几缕，欲上头来。莫厌栖栖，但存耿耿，得失区区何足哀。心惟愿，对尊中酒满，树上花开。

说 明

这是一首赠言词，以叙事抒情为主。回忆往昔少年轻狂的岁月，对比现如今的处境，虽心境早已不同，但仍然乐观，心怀希望。作者与友人共勉，道出了彼此应振奋精神，不向此般逆境所低头。全词气势雄浑，境界较高。

注 释

①内兄：妻子的兄长。

②三千牍：即三千言。林逋《深居杂兴》之五："上书可有三千牍，下笔曾无一百函。"苏轼《欧阳季默以油烟墨二丸见饷各长寸许戏作小诗》："且当注虫鱼，莫草三千牍。"王十朋注引《援史记》云："东方朔初入长安，至公交车上书，凡用三千奏牍。"

③汉阙：指朝廷。

④屩：草鞋。《史记·范雎蔡泽列传》："夫卿蹑屩担簦，一见赵王，赐白璧一双，黄金百镒，再见拜为上卿，三见卒受相印，封万户侯。"

⑤燕台：战国时燕昭王修筑的高台，上置千金，以招贤士，又名黄金台。

⑥酬：劝酒、敬酒。

⑦衡门：即横木为门，指贫士所居。

⑧镒：古代重量单位，一镒为二十四两。《战国策·秦策》："苏秦始将连横说秦惠王……书十上而说不行。黑貂之裘敝，黄金百斤尽。"

译 文

想起我们初遇之时，言语之间便感意气相投，都有着一身豪情壮志。那时我们想要献上三千言的长文，叩开朝堂之门。虽只穿一双草鞋，但我们必将走上那黄金台。我们二人相互鼓励，把酒言欢，载歌载舞，可谓是世间两个极为豪放的秀才。转眼间，已过去了十年，我们终究未能如愿步上黄金台，还沾染了一身尘埃。

可惜可叹哪，当年磨剑的石头如今早已布满了青苔，简陋的屋子也被野草所淹没。千金也已散去，可谓是身在困境，连白发也长出了几缕。但我们不能厌倦这样的生活，依旧要四处奔波，只要心中志向尚存，这些又算得了什么。愿日后我们满酒杯中，静待花开。

词 评

青丘词，信笔写去，不留滞于古，别有高境。

——清·陈廷焯《云韶集》

文徵明

　　文徵明（1470—1559），原名壁，字徵明，后更字为徵仲，号衡山居士，世称"文衡山"。长洲（今江苏苏州）人。在诗文上，与祝允明、唐寅、徐祯卿并称"吴中四才子"。在画史上与沈周、唐寅、仇英合称"吴门四家"。正德末，授翰林院待诏，后辞官归里。著有《甫田集》三十五卷。

满江红

题宋思陵与鄂王手敕墨本①，石田先生同赋。

拂拭残碑，敕飞字、依稀堪读。慨当初，倚飞何重，后来何酷。果是功成身合死。可怜事去言难赎②。最无辜、堪恨又堪悲，风波狱。

岂不念，疆圻蹙③。岂不念，徽钦辱④。念徽钦既返，此身何属。千载休谈南渡错，当时自怕中原复。笑区区、一桧亦何能⑤，逢其欲⑥。

说 明

　　此词表达作者对一代民族英雄岳飞冤死的惋惜与不平。整首词感情沉着而慷慨，对赵高宗的批判直白而有力。上阕直接切入主题，表岳飞之冤屈与忠义；下阕则进一步剖析岳飞之死，秦桧有过，而岳飞之死实则为宋高宗赵构所为。

注　释

①宋思陵：此指宋高宗赵构。思陵，宋高宗赵构之墓。**鄂王**：指南宋民族英雄、抗金名将岳飞。**手敕**：皇帝亲笔诏书。

②难赎：指难以挽回损失。

③疆圻蹙：国家领土缩小，指金人南侵，南宋的版图已远小于北宋。

④徽钦辱：宣和七年（1125），金兵直逼宋都汴京，宋徽宗赵佶急忙传位给宋钦宗赵桓。靖康二年（1127），金兵攻破汴京，掳徽宗、钦宗二帝北还，北宋由此灭亡。

⑤桧：指秦桧。秦桧（1090—1155），字会之，江宁（南京市）人。政和五年（1115）进士。1127年，随徽、钦二帝至金，四年后，金将他放还。后被高宗任礼部尚书，绍兴年间为相，深受宠信，力主议和，杀害岳飞。为官期间，罪行满满。

⑥逢：迎合。**欲**：愿望，需求。

译　文

　　轻拂去残碑上的尘土，忆起当年宋高宗对岳飞也曾那般器重，石刻的诏书无言地诉说着这一切。可为何后来对岳飞竟那般残忍，自古功高盖主就要落得如此下场吗？时光匆匆，曾经的石诏又怎能抵去岳飞最后的惨死。令人可悲可叹的是这一切竟被说成是秦桧等人杀害岳飞的风波亭冤狱。

　　宋高宗呐，国之疆土日渐缩小，徽钦二帝的被掳，你是否忆起这些国耻？你在乎的只是徽宗钦宗返回之后会离你而去的帝位吗？百年来人们都叹息不该南渡偏安一隅，而当年赵构害怕的便是收复中原哪。秦桧一人如何能杀害岳飞，不过是正合赵构之意罢了。

词　评

　　激昂感慨，自具论古只眼。

——《词统》

杨　慎

　　杨慎（1488—1559），字用修，号升庵。新都（今属四川人）。明代文学家，明代三大才子之首。明正德六年（1511）廷试第一，授翰林修撰。后因直谏忤逆圣心，受杖刑，贬至云南永昌卫，直至终老。其博学多才，涉猎广泛，既能诗词，又能论古考证。著述之富为明朝之最。有《升庵集》《升庵长短句》,撰有《词品》,辑有《百绯明珠》《词林万选》。

临江仙

廿一史弹词第三段说秦汉开场词①

滚滚长江东逝水②,浪花淘尽英雄③。是非成败转头空④。青山依旧在⑤,几度夕阳红⑥。

白发渔樵江渚上⑦,惯看秋月春风⑧。一壶浊酒喜相逢⑨。古今多少事⑩,都付笑谈中。

说 明

此词立意高远,道出深邃的人生哲理,过往岁月匆匆,在时间与历史的长河,是非成败都成了渺小的沙石。长江之浪东流不复返,古之英雄、豪杰也不复生。许多事物翩然而逝。全词看似悲观,实则为历史与得失之间寻求淡泊宁静。全词蕴含着豁达的情怀,高洁的情操,以白发老翁的生活折射出真正应该有的生活态度。人生何必拘泥于成败与得失,这些终会消逝。以隐士淡泊宁静的生活来揭示生命的价值,有回肠荡气之感。

注 释

①**廿一史弹词**:长篇弹词,杨慎所作。

②**滚滚长江东逝水**:化用杜甫《登高》:"无边落木萧萧下,不尽长江滚滚来。"

③**浪花淘尽英雄**:化用自苏轼《念奴娇》:"大江东去,浪淘尽,千古风流人物。"

④**是非成败转头空**:化用自白居易《自咏》:"百年随手过,万事转头空。"成败,即成功失败。《战国策·秦策三》:"良医知病人之死生,圣主明于成败之事。"

⑤**青山依旧在**:化用自郭祥正《再至汀州倅宅南楼》之二:"青山依旧人还老,一片离愁挂晚春。"青山,指山岭青葱,《管子·地员》:"青山十六施,百一十二尺而至于泉。"

⑥**夕阳红**:化用苏辙《洛阳试院楼上新晴》之二:"嵩少犹藏薄雾中,前山迤逦夕阳红。"

⑦**渔樵**:渔父和樵夫。二者均为隐者,此处指作者。高适《封丘作》:"我本渔樵孟诸野,一生自是悠悠者。"

⑧**秋月春风**:美好的时光。白居易《琵琶行》:"今年欢笑复明年,秋月春风等闲度。"

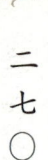

⑨**浊酒**：用糯米、黄米等粮食酿成的酒，看似混浊。张孝祥《浣溪沙》："一尊浊酒戍楼东，酒阑挥泪向悲风。"

⑩**古今**：指过往与现在。《史记·太史公自序》："故礼因人质为之节文，略协古今之变。"

●大浪淘沙

译文

长江之水滚滚向东流去不曾复返，从古至今多少英雄豪杰如浪花般消逝不复存在，何必去争什么是与非、成与败，转眼间一切都灰飞烟灭。唯有那青山永远长存，红日永远晨升昏落。

江边早已白了头的隐士，悠闲而自得。世事变迁，他早已领会，若是与故友相逢，便开怀畅饮，心生喜悦，古往今来的是是非非纷纷扰扰，成败荣辱都化为了酒中闲谈。

词评

用修小令，合者有五代人遗意，而时杂曲语，令读者短气。

——清·陈廷焯《白雨斋词话》

吴伟业

吴伟业（1609—1672），字骏公，号梅村，别署鹿樵生、灌隐主人、大云道人。太仓（今属江苏）人。明末清初著名诗人，与钱谦益、龚鼎孳并称"江左三大家"，开创娄东诗派。明崇祯四年（1631）进士。授翰林院编修，迁左庶子。南明时官少詹事。明亡后，隐居故里十年。顺治年间被迫出仕，因顾及家人，未能坚决抗清，在往后数年都为其心中痛苦。后借奉嗣母之丧南归，不复出仕。有《梅村家藏稿》《梅村诗馀》《秣陵春》等。

贺新郎

病中有感

万事催华发①。论龚生②、天年竟夭③，高名难没。吾病难将医药治，耿耿胸中热血。待洒向、西风残月。剖却心肝今置地，问华佗④、解我肠千结。追往恨，倍凄咽。

故人慷慨多奇节⑤。为当年、沉吟不断，草间偷活⑥。艾灸眉头瓜喷鼻⑦，今日须难决绝⑧。早患苦、重来千叠。脱屣妻孥_{xǐ nú}非易事⑨，竟一钱不值何须说⑩。人世事，几完缺⑪？

说 明

作者原本在明末时，有很高的名望，明亡后，作者许多故友均为国捐躯，抵死抗清。作者后被迫入清，不忍抛妻弃子便未随故友一般以死明志。因此作者后半生一直处于自责与痛苦之中。后作者借故离京告老还乡。此词充满悲凉与感慨，世事无常，奈何自己没有保住民族气节。

注 释

①**华发**：白发。
②**龚生**：即龚胜。据《汉书·龚胜传》载，王莽篡汉以后，其拒绝为新朝效力，称不事二主，于是绝食而死。
③**天年竟夭**：非正常生老病死。
④**华佗**：字元化，三国时名医。据记载会使用麻药手术。《后汉书·华佗传》："若在肠胃，则断截湔洗，除去疾秽，既而缝合，敷以神膏，四五日创愈，一月之间皆平复。"
⑤**故人**：指陈子龙、杨文骢、夏允彝父子等人，均为明就义。
⑥**草间偷活**：代指气节刚烈。出自《晋书·周颛传》："吾备位大臣。朝经丧败，宁可复草间求活，外投胡越邪！"
⑦**艾灸眉头瓜喷鼻**：指艾灸、瓜喷鼻两种治病方法。《隋书·麦铁杖传》："及辽东之役，（麦铁杖）请为前锋，顾谓医者吴景贤，曰：'大丈夫性命自有所在，岂能艾炷灸额，瓜蒂喷鼻，治黄不差，而卧死儿女手中乎？'"
⑧**决绝**：抉择、选择。

⑨**屣**：鞋。**妻孥**：妻子和儿女。出自《汉书·郊祀志》："天子曰：'嗟乎！诚得如黄帝，吾视去妻子如脱屣耳。'"杜甫《羌村》之一："妻孥怪我在，惊定还拭泪。"

⑩**一钱不值**：没有价值，不值一文。《史记·魏其武安侯列传》："（灌夫）乃骂临汝侯曰：'生平毁程不识不直一钱。'"

⑪**完缺**：未能保全名节。完，保全名节。缺，名节残缺。

译文

叹息世事变迁，自明灭我被迫入清后，满心愁苦与伤痛使我头发白了又白，想那龚胜竟未能终老，绝世而亡。可他保住了名节，不曾屈从。病由心而生，哪里有药物可以医治？我胸中的一腔热血，又有谁人知道？只盼着将这热血洒向故国，伴着那西风残月，我甘愿抛出我的心肝祭奠故国。若华佗还在，能否解开我的愁肠。每每想起往事，心中更加凄凉、悲苦。

当年许多故友为国慷慨捐躯，高风亮节可见一斑。奈何我当年未能下定决心，只因一念之差苟活于世。即便是燃艾灸额，瓜蒂喷鼻，也难以如此决绝。痛苦早已吞噬包围着我，刺痛着我。我无法抛妻弃子如同丢弃鞋子一般，我也因此变得一文不值。我又何必为自己强行辩解，世事无常，人生在世，又能有几次决定自己名节的机会呢？

词评

此绝笔也。自怨自艾，故与钱、龚不同。

——清·靳荣藩《吴诗集览》

沁园春

观　潮①

八月奔涛②，千尺崔嵬③，砉然欲惊④。似灵妃顾笑⑤，神鱼进舞，冯夷击鼓，白马来迎⑥。伍相鸱夷，钱王羽箭，怒气强于十万兵。峥嵘甚⑦，讶雪山中断，银汉西倾⑧。

孤舟铁笛风清。待万里乘槎问客星。叹鲸鲵未剪⑨，戈船满岸⑩，蟾蜍正吐，歌管倾城。狎浪儿童⑪，横江士女，笑指渔翁一叶轻。谁知道，是观潮枚叟，论水庄生。

该词看似在写钱塘江观潮之风景，潮水时而凶猛，高至数丈，时而舒缓，温婉翩翩，实则借观景抒发作者内心的情感与志向。钱塘江之潮在作者笔下气势如虹，纵横跌宕。潮水虽壮阔，却也有千般模样。作者思念着故国，却也知南明朝廷荒诞。此词抒发了作者对当下局势的忧患及对国家兴亡之感。

注 释

①观潮：此处指浙江杭州钱塘江之潮。

②八月奔涛：吴自牧《梦粱录·观潮》："临安风俗，四时奢侈，赏玩殆无虚日。西有湖光可爱，东有江潮堪观，皆绝景也。每岁八月内，潮怒性于常时，都人自十一日起，便有观者，至十六、十八日倾城而出，车马纷纷十八日最为繁盛，二十日则稍稀矣。"奔涛，浪涛奔腾。

③崔嵬：山高峻貌。

④砉然：皮骨相剥离之声。

⑤灵妃：借指水中仙子。

⑥白马来迎：形容潮水。《太平广记·神·伍子胥》："伍子胥累谏吴王，赐属镂剑而死。临终戒其子曰：'吾当朝暮乘潮，以观吴之败。'自是自海门山潮头，汹高数百尺，越钱塘渔浦，方渐低小。朝暮再来，其声震怒，雷奔电走百余里。时有见子胥乘素车白马，在潮头之中。因立庙以祠焉。"

⑦峥嵘：高峻，雄伟。

⑧银汉：指银河。

⑨鲸鲵：鲸和鲵都是水中凶猛动物，能吞食小鱼，古时以此比喻凶恶之人。此指清征服者。

⑩戈船：战船。

⑪狎浪儿童：即弄潮儿。

译 文

钱塘江之潮八月最为壮观，潮水激起的白浪，高至千尺，像高山般雄伟壮阔，潮声更是惊心动魄。潮水变得舒缓时，又如同水中仙子在微笑，一旁神鱼飞舞向前。潮水急骤而汹涌时，如同河伯冯夷擂鼓，潮头白浪如素车白马般奔腾。又像是伍子胥的尸体被

●月夜观潮

豪放词

二七四

装进鸱夷革浮在江上而发怒，吴越国王曾命人用万箭射退潮头，潮水之汹涌却在数万将士之上，堪比雪山崩断、天河向西倾泻。

小舟上，清风拂过，我独自吹着铁笛。也许我可以乘着扁舟行万里路，直到那仙境去。可惜清军强敌仍在，岸边满是战船。曾经南明王朝的子民已忘却了亡国之痛，歌舞伴着明月点缀着杭州城，那些弄潮的少年和乘船观赏景色的男女，他们笑我独乘一叶扁舟，却不知我是著有论水文字的庄子。

词 评

吴伟业诗馀二卷，韵协宫商，感均顽艳，允足接迹屯田，嗣音淮海。王士祯诗称"白发填词吴祭酒"，亦非虚美。

——《四库全书提要》

曹 溶

曹溶（1613—1685），字秋岳，一字洁躬、鉴躬，号倦圃、野航，又号花尹、锄菜翁、金陀老圃、白学先生。浙江秀水（今浙江嘉兴）人。明崇祯十年（1637）进士，官至御史。明亡后，入李自成政权。后降清，官至户部侍郎。尤善诗词，诗与龚鼎孳齐名，人称"龚曹"。词为浙西词派先导者。有《静惕堂集》。

满江红

钱塘观潮①

浪涌蓬莱②，高飞撼、宋家宫阙③。谁荡激、灵胥一怒④，惹冠冲发。点点征帆都卸了，海门急鼓声初发。似万群、风马骤银鞍，争超越。

江妃笑⑤，堆成雪。鲛人舞⑥，圆如月。正危楼湍转，晚来愁绝。城上吴山遮不住⑦，乱涛穿到严滩歇⑧。是英雄⑨、未死报仇心，秋时节。

说 明

钱塘江每每涨潮便声势浩大，作者以伍子胥的典故为基础，描绘了一幅汹涌澎湃的钱塘江观潮图。其中运用比喻、拟人、夸张等修辞手法，将钱塘江潮水之气势表现得淋漓尽致。作者既描绘出了壮丽动人的自然景观，又赞颂了古人英勇不屈的精神。这浩大的潮水仿佛打在了作者心中，浩大而宏伟，又带着人文情怀。

注 释

①**钱塘**：古县名。地址在今浙江省。词中指钱塘江。

②**蓬莱**：蓬莱山。与瀛洲、方壶并称为传说中的三座仙山。此处指江上小洲。

③**宋家宫阙**：因南宋都城临安位于钱塘江边，故以此代指临安（今杭州）。

④**灵胥**：指春秋时期吴国的伍子胥。传说伍子胥死后为潮神。陆游《舍西晚眺示子聿》："秋涛常记犯灵胥，季子双髦尚髭如。"文天祥《送行中斋》之三："鲁仲偶不逢，随世本非愿。灵胥目未抉，端欲诣所见。"

⑤**江妃**：传说中的神女。汉人刘向《列仙传·江妃二女》："江妃二女者，不知何所人也，出游于江汉之湄，逢郑交甫，见而悦之，不知其神人也。"

⑥**鲛人**：即传说中的人鱼。任昉《述异记》卷下："南海中有鲛人室，水居如鱼，不废机织，其眼泣则出珠。"

⑦**吴山**：山名，位于今杭州凤山门内。田汝成《西湖游览志·南山城内胜迹·吴山》载："春秋时为吴南界，以别于越，故曰吴山。或曰，以伍子胥故，讹伍为吴。故《郡志》亦称胥山，在镇海楼之右。盖天目为杭州诸山之宗，翔舞而东，结局于凤凰山，其支山左折，遂为吴山。"

⑧**严滩**：即严陵滩，东汉严子陵垂钓之处，位于今钱塘江下游富春江畔。唐人黄滔《祭先外舅》："实期归钓严滩，终栖郑谷。"

⑨**英雄**：指伍子胥，其化为潮神后怨恨吴王，作者以此含蓄表达了对清朝的不满。王充《论衡·书虚篇》："吴王夫差杀伍子胥，煮之于镬，乃以鸱夷囊，投之于江。子胥恚恨，驱水为涛，以溺杀人。"

译 文

钱塘江波涛汹涌，水势浩大。潮头袭来，如同蓬莱山般陡立。巨浪高高掀起，似是与天色融为一体。曾经的宋朝都城都被这番景象所震撼。是谁使潮水如此激荡汹涌？是那怒发冲冠的潮神伍子胥。江面上已看不到船只，滚滚潮声从入海口传来，似乎极力打鼓一般，脚下的土地仿佛也开始晃动。突然间浪头不断跳跃，如同万匹骏马奔腾而来，迅猛湍急，争相前行，声势浩大。

江面上仿佛有仙子阵阵欢笑，她撒下的珠串化为了浪花，又好似化作成堆的白雪。江水又好似人鱼在舞蹈，喜极而泣的泪珠化为了珍珠，像天上的明月一般皎洁透亮。

置身于高楼之上，看着江水湍急转折，水势凶猛，心中顿生悲愤之情。潮水不停地翻滚，吴山也无法阻挡，直至穿过严陵滩方才停歇。那被冤死的伍子胥至今仍难忍悲愤，将愤怒宣泄于深秋时节。

词 评

此词沉雄悲壮，卓为千古名作，如目睹潮至。雄文骇俗，读之起舞。

——清·陈廷焯《云韶集》

徐 灿

徐灿（约1618—1698），名或作粲。江苏长洲（今江苏苏州）人。字湘蘋，又字明深、明霞，号深明。明光禄丞徐子懋之女，清弘文院大学士陈之遴继室。陈之遴为明崇祯进士，官中允。入清，累官弘文院大学士，加少保。因结党营私，被流徙塞外。徐灿随夫谪徙，后陈之遴亡于徙所，值帝谒先陵，徐灿迎之道左陈情，乞夫骸骨南归。卜居桐溪之上，皈依佛法，奉母以终。徐灿饱读诗书，得父教诲，幼通书史，精书画，善诗文，尤工于词。有《拙政园诗馀》传世。

永遇乐

舟中感旧

无恙桃花，依然燕子，春景多别。前度刘郎①，重来江令②，往事何堪说。逝水残阳，龙归剑杳③，多少英雄泪血。千古恨，河山如许，豪华一瞬抛撇。

白玉楼前④，黄金台畔，夜夜只留明月。休笑垂杨，而今金尽，秾（nóng）李还消歇⑤。世事流云，人生飞絮，都付断猿悲咽⑥。西山在，愁容惨黛⑦，如共人凄切。

说明

故国已逝，连着眼前的景色也变了模样，昔日桃李芬芳，杨柳依依。而现在这一切在作者眼里都变了模样，曾经的西山也是一派好风光，崇祯帝自缢于此，西山也变得荒芜，一切都象征着旧的朝代结束，作者思及此悲从中来，丈夫虽出仕新朝，心中却仍旧为故国思。

注释

①**前度刘郎**：刘禹锡《再游玄都观绝句》诗引云："余贞元二十一年为屯田员外郎，时此观未有花。是岁出牧连州，寻贬朗州司马，居十年，召至京师。人人皆言有道士手植仙桃，满观如红霞，遂有前篇，以志一时之事。旋又出牧，今十有四年，复为主客郎中。重游玄都观，荡然无复一树，唯兔葵燕麦，动摇于春风耳。"又《再游玄都观绝句》："种桃道士归何处？前度刘郎今又来。"

②**江令**：指江总，其先后仕南朝梁、陈及隋三朝，陈时官至尚书令，称"江令"。此时为陈之遗仕清之初，已仕明、清二朝，故有此感。

③**龙归剑杳**：晋时张华、雷焕二人得龙泉、太阿双剑，二人死后，剑没入水中遁去。此处指明崇祯煤山自尽，明朝灭亡。

④**白玉楼**：后指文人去世。典故出自辛文房《唐才子传·李贺传》载："'贺'忽疾笃，恍惚昼见人绯衣驾赤虬腾下，持一版书，若太古雷文，曰：'上帝新作白玉楼成，立召君作记。'"

⑤**秾李**：美丽的李花。

⑥**断猿**：断肠之猿，比喻伤心欲绝。《世说新语·黜免》："桓公入蜀，至三峡中，部伍中有得猿子者，其母缘岸哀号，行百余里不去，遂跳上船，至便即绝。破视其腹中，肠皆寸寸断。公闻之，怒，命黜其人。"

⑦**惨黛**：愁眉，指心中忧愁。黛，一种可画眉的颜料，借指眉。

译文

桃花依旧盛开在枝头，仿佛含着笑，燕子也在空中翩翩起舞，这般春色盎然，已许久未见。那些曾经出仕旧朝之人，要重新出仕新朝，可叹往事不堪回首。残阳斜照，英雄已亡，宝剑也遁入水中不复出现。乱世剧变之下，多少英雄豪杰流尽血和泪。

●无恙桃花，依然燕子，春景多别

江河风光依旧，奈何世事已变，心中之志已无法实现，只能将这份遗憾留于后世，将一切繁华与内心豪情壮志都抛却。

曾经闻名天下的黄金台、白玉楼，唯剩天上一轮圆月相伴，凄凄冷冷。杨柳的枝条在春日本是嫩绿而鲜艳的，此时却只剩枯枝败叶。曾经桃花、李花开得茂盛而美丽，现在却不复当年。世事如同天上的云彩一般变幻莫测。人生也如同随风飘扬的柳絮一般，无法掌握方向。任猿猴断肠悲泣，京城西山如故，只可惜风光不再，大概也为这国家的灭亡而忧伤吧！

词 评

全章精炼，运用成典有唱叹之神，无堆垛之迹，不谓妇人有此杰笔，可与易安并峙千古矣。

——清·陈廷焯《词则》

王夫之

王夫之（1619—1692），字而农，号姜斋，又号夕堂、一瓢道人、双髻外史，湖南衡阳人。明崇祯十五年（1642）举人。明亡后，图复明，后归隐。不仅在文学上颇有建树，思想上更是出众，为思想家、哲学家、史学家、文学家、美学家。与黑格尔并称东西方哲学双子星座，他还是中国朴素唯物主义思想的集大成者、启蒙主义思想的先导者，与黄宗羲、顾炎武并称为明末清初的三大思想家。有《船山遗书》《鼓棹》《潇湘怨词》。

更漏子①

本意

斜月横②，疏星炯。不道秋宵真永③。声缓缓，滴泠泠④。双眸未易扃⑤。

霜叶坠⑥，幽虫絮⑦，薄酒何曾得醉⑧。天下事，少年心⑨。分

明点点深。

说 明

　　这首词以深秋之景烘托出全词的悲凉氛围，秋夜、霜叶、虫鸣、滴水，这几种意象均传神地表达了悲楚与寂寥，夜漫漫，作者忆起了少时志向，奈何如今故国已亡。作者道不尽的忧国忧民之情、悲凉难捱之绪才是作者真正失眠之因。

注 释

　①**更漏子**：又名《付金钗》《无漏子》《独倚楼》《翻翠袖》。大石调，又属商调。
　②**斜月**：指月已西斜，白居易《闲夕》："斜月入低廊，凉风满高树。"
　③**不道**：不堪，即难以承受。**永**：漫长。
　④**泠**：象声词，指声音清脆。
　⑤**扃**：原指门闩，喻闭门，此指关闭、合上。
　⑥**霜叶**：经霜后的叶子。苏轼《谒金门》词："霜叶未衰吹未落，半惊鸦喜鹊。"
　⑦**幽**：鸣叫。
　⑧**薄酒**：指酒味较淡，薄，少许。《庄子·胠箧》："鲁酒薄而邯郸围。"
　⑨**少年心**：何梦桂《夜坐有感》："瓮里故书前世梦，匣中孤剑少年心。"

译 文

　　天空弯月西斜，不多的几颗星星闪着光，这秋天的夜感觉十分漫长。耳畔响起滴水声，翻来覆去难入眠。

　　被霜打的叶子弯了腰，幽暗角落传来了虫子的鸣叫声。秋天的景色未免太显悲凉，一杯薄酒，怎么能消去我心中之愁。忆起少年时，一片丹心为国忧。可惜世事无常，曾经的热血随着这夜晚愈加地深。

词 评

　　船山词言皆有物，与并时批风抹露者迥殊，知此言可以言词旨。

——叶恭绰《广箧中词》

张煌言

　　张煌言（1620—1664），字玄著，号苍水，鄞县（今浙江宁波）人，南明诗人，官至兵部尚书。著名抗清英雄。1645年南京失守后，与钱肃乐等起兵抗清。其与郑成功亲率部队连下安徽二十余城，坚持抗清斗争近二十年。1664年，永历帝、监国鲁王、郑成功相继逝世，张煌言便隐居不出，后被掳遇害。其诗文朴实悲壮，爱国之情尤为醒目，多写于战场，表忧国忧民。与岳飞、于谦并称"西湖三杰"。有《张苍水集》。

满江红

怀岳忠武

萧瑟风云，埋没尽、英雄本色。最发指，驼酥羊酪①，故宫旧阙。青山未筑祁连冢②，沧海犹衔精卫石③。又谁知、铁马也郎当④，雕弓折。

谁讨贼？颜卿檄。谁抗虏？苏卿节⑤。拚三台坠紫⑥，九京藏碧。燕语呢喃新旧雨，雁声嘹呖兴亡月。怕他年、西台恸哭人，泪成血。

说 明

此词道出了一代民族英雄内心的凄凉与不甘，浓烈的爱国情怀可见一斑。作者追思那些抗敌名将，他们的精神可歌可颂，也正是作者的精神所在。虽大势已去，但仍心怀希望。国破之际，新朝已立，作者燃烧着的爱国情怀更为热烈，可总有许多无奈。心中有希望，便有明灯。

注 释

①驼酥羊酪：指清军。

②祁连冢：西汉名将霍去病之墓。其墓状若祁连山，以示其打击匈奴之褒奖。

③精卫石：精卫填海所用之石。

④郎当：破败。

⑤苏卿节：指苏武留居匈奴十九年而不屈。西汉时期，使臣苏武（字子卿）出使匈奴被扣，威逼利诱之下拒不投降。后令其至北海边牧羊，直至公羊生子方可被放。

⑥三台坠紫：比喻重臣之死。秦时有三公，分别为尚书、御史、谒者，汉朝延续该制。

译 文

海风瑟瑟，唯有一身冷清凄凉，残存的英雄气也渐渐消失殆尽。故国不再，皇城中已是清朝之人，心痛难以言喻。青山下我的祁连冢还不见踪影，也许精卫依旧在沧海之上。有谁看得见那失了气魄的铁马与折断的弯弓呢。

若要讨贼，应像颜杲卿那样传檄四方；若是抗虏，应如苏武般气节昂然。未来抗争与救国，我愿用血浇灌墓穴，舍弃生命。燕子轻声呢喃，大雁沉声嘹叫，风雨莫测，朝代更替。总有一天，会有人如同谢翱登西台祭奠文天祥一样，为我恸哭流泪。

陈维崧

陈维崧（1625—1682），字其年，号迦陵，江苏宜兴人。明末四公子之一陈贞慧之子。与吴兆骞、彭师度同被吴伟业誉为"江左三凤"。年幼便以文而名，十七岁应童子试，得第一。康熙十八年（1679），举博学鸿词科，授官翰林院检讨。明末清初词坛第一人，阳羡词派领袖（宜兴古称阳羡），其词风雄浑粗豪，悲慨健举，身边聚集了许多词风相近的文人，对清词有重要贡献，著有《湖海楼全集》。

醉落魄①

咏鹰

寒山几堵②。风低削碎中原路③。秋空一碧无今古。醉袒貂裘④，略记寻呼处⑤。

男儿身手和谁赌⑥。老来猛气还轩举⑦。人间多少闲狐兔⑧。月黑沙黄，此际偏思汝。

●高山出猎

说明

此词上阕如同一幅粗犷豪迈的水墨画，将苍鹰迅猛、高傲、雄健的形象刻画得栩栩如生，苍鹰自由掠过天空，作者也由此想到自己曾出猎，那时多么酣畅放肆。词间透露着浑然天成的豪迈之气。下阕作者由鹰联想到自身，借此抒情，虽怀才不遇，但壮心不已。整首词收放有度，气势磅礴，情思跳跃有力。

注 释

①**醉落魄**：词牌名。即《一斛珠》，又名《怨春风》《章台月》等。双调五十七字，仄韵。

②**堵**：量词，座。

③**风低**：指鹰乘风低掠而过。**削碎**：扫荡。

④**袒**：裸露，解开衣襟。

⑤**寻呼处**：呼鹰寻猎的地方。

⑥**赌**：较量输赢。

⑦**轩举**：高扬，精神饱满。

⑧**闲狐兔**：狐狸和兔子，被猎之物。比喻小人、奸佞之徒。

译 文

深秋的气息弥漫在空气中，高耸如壁的山峰映入眼帘，苍鹰掠过，雄健而有力，宛若要削碎平整的道路一般。秋日的天空总是静谧明亮，遥想当年我醉后敞开貂裘，呼鹰逐兽出猎的场面，还犹记在心。

身为男儿，怀有武功绝技，可除了打猎还能与谁一较高下呢？现在我虽上了年纪却依旧勇猛健硕，只因世间还有诸多狐兔之辈。当夜黑沙黄时，鹰会抓住时机出击，现在我也想如鹰一般搏击狐兔。

词 评

声色俱厉，较杜陵"安得尔辈开其群，驱出六合枭鸾分"之句，更为激烈。

——清·陈廷焯《白雨斋词话》

满江红

秋日经信陵君祠①

席帽聊萧②，偶经过、信陵祠下。正满目、荒台败叶，东京客舍③。九月惊风将落帽，半廊细雨时飘瓦。柏初红④、偏向坏墙边，离披打⑤。

今古事，堪悲诧，身世恨，从牵惹⑥。倘君而尚在，定怜余也。

我讵不如毛薛辈⑦，君宁甘与原尝亚⑧。叹侯嬴、老泪苦无多，如铅泻。

说明

  正值清明时节，作者恰路过信陵君祠，看着眼前荒凉之景，心中便有感而生。历史长河漫漫，蕴含着万千故事，春秋战国那样的时代已然遥远。那样的光阴后世文人志士企慕怀念，却再也没有那般浪漫而自由的时代。曾经各诸侯国集思广益、招揽人才，作者感慨自己生不逢时，为此深感悲哀。若在春秋战国，自己又怎会如此？

注释

  ①信陵君祠：故址于河南开封。信陵君，战国时魏国公子无忌，与春申君、平原君、孟尝君有"战国四君"之誉。

  ②席帽：古时的一种遮阳帽，形如斗笠。古人常以"席帽随身"指辛勤求取功名。**聊萧**：冷寂、萧瑟。

  ③东京：河南开封，战国时期魏国都城。

  ④柏：乌柏，其籽可制皂。陆深《俨山外集·豫章漫抄》："（柏）冬初叶落，结子放蜡，每颗作十字裂，一丛有数颗，望之若梅花初绽，枝柯诘曲。多在野水乱石之间，远近成林，真可画也。"

  ⑤离披：散乱状。

  ⑥从：因此。

  ⑦毛薛辈：指信陵君门客毛公、薛公。二人皆魏处士，秦国乘信陵君留赵不归出兵伐魏。二人冒死劝信陵君归国，解救魏国大难。

  ⑨原尝：指与信陵君齐名的平原君、孟尝君。**亚**：次一等。

译文

  我戴着草帽，却有几分萧瑟寂寥之感，不经意走过信陵祠堂，眼泪快要溢出。眼前的台阶满是枯败的黄叶，萧瑟荒凉，夜晚留宿于客舍。九月的风瑟瑟而过，帽子也随风飘零，走廊的雨水淅淅沥沥地洒在屋瓦之上。乌柏树的叶子已经上了秋霜变红，叶片散乱无章地躺在墙角。

  过去与现在交织，看着这一切，内心止不住愤然，怨恨自己的身世不得志。若是信陵君仍在世，一定不是这般境况。是我还不如毛公、薛公吗？是信陵君甘愿低于平原君、孟尝君吗？感慨良多，泪水模糊了面庞，悲伤却藏匿于心。

词评

  前半阕淡淡着笔，而凄凉呜咽，已如秋商叩林，哀端泻整。后半阕情不自禁。如此吊古，可谓神交冥漠。

点绛唇^①

<small>míng</small> 夜宿临洺驿^②

晴髻离离^③，太行山势如蝌蚪^④。稗花盈亩^⑤，一寸霜皮厚。

赵魏燕韩，历历堪回首。悲风吼，临洺驿口，黄叶中原走。

说 明

　　此词为作者名作。作者将巍峨磅礴的太行山景看作如蝌蚪般细小，却将稗花看得很大。对比的手法运用恰好，丝毫不显突兀。风景独好，作者看着眼前连绵不绝的山，将月光下的花儿看得分外仔细。如同作者将千年前的往事看得清楚，却模糊了眼前之象。作者的内心是茫然的，词所写之气魄是壮阔的。

注 释

　　①**点绛唇**：词牌名，取自南朝梁国江淹《咏美人春游》："白雪凝琼貌，明珠点绛唇。"又名《一痕沙》《点樱桃》等。全词上下两片，共九句，四十一个字。上片四句，从第二句起用三仄韵；下片五句，从第二句起用四仄韵。
　　②**临洺**：县名。今河北邯郸永年西。
　　③**髻**：原指妇女的发式，文中比喻山峰。辛弃疾《水龙吟》词："遥岑远目，献愁供恨，玉簪螺髻。"
　　④**蝌蚪**：青蛙幼时模样，此处指太行山势绵延。
　　⑤**稗花**：稗，一种形状似稻的野草，其花色白。

译 文

　　丘峦映入眼帘，晴日下宛若美人的发髻。远望曲折蜿蜒的太行山，好似蝌蚪一般。稗花在田中盛放，簇拥着，在月光下如同积了一寸多厚浓重的霜雪。
　　曾经这里赵魏燕韩连年兵祸的场面犹在眼前，往事不堪回首。风悲凉地吹着，遍地黄叶随风飞舞。

词 评

　　其年诸短调，波澜壮阔，气象万千，是何神勇。如《点绛唇》云："悲风吼，临洺驿口，黄叶中原走。"平叙中峰峦忽起，力量最雄。

——清·陈廷焯《白雨斋词话》

朱彝尊

朱彝尊（1629—1709），字锡鬯，号竹垞。又号金风亭长。汉族，秀水（今浙江嘉兴）人。清康熙十八年（1679）举博学鸿词，授检讨，入南书房，参修《明史》。其与陈维崧、纳兰性德并称为清初三大家。与王士禛诗齐名，被称为南北二宗。其通经史，工诗词，爱好藏书，为浙西词派创始人，词风清丽雅致。有《日下旧闻》《经义考》《曝书亭诗文集》等。

解佩令①

自题词集②

十年磨剑③，五陵结客④，把平生、涕泪都飘尽。老去填词，一半是、空中传恨⑤。几曾围、燕钗蝉鬓⑥？

不师秦七⑦，不师黄九⑧，倚新声⑨、玉田差近⑩。落拓江湖⑪，且分付、歌筵红粉⑫。料封侯、白头无分！

说明

这是一首作者为自己词集所题之词。上阕回忆了自己年少时为抗清复明而奔走努力，感慨国家兴亡，自己伶仃漂泊。下阕表述了自己的词风。这首词抒发了作者对过往的万千感慨，也点明了自己以词寄托情怀的美好心愿。全词真实而自然，道出自己半生所感，心中仍怀有故国，也不再如年少般轻快满心期待，只是静静地将愁思写于词间。

注释

①**解佩令**：词牌名。始见于北宋晏几道《小山乐府》。双调六十六字，上下片各五仄韵。

②**词集**：指朱彝尊《江湖载酒集》。

③**十年磨剑**：比喻多年勤奋刻苦。

④**五陵**：此处代指豪门大族。**结客**：结交宾客，多指结交豪侠之士。

⑤**空中传恨**：比喻虚浮的言情之作。

⑥**燕钗蝉鬓**：代指女子。燕钗，形似飞燕的钗子；蝉鬓，古代妇女一种盘发发式。

⑦**秦七**：指北宋词人秦观，因排行第七故此称。

⑧**黄九**：指北宋词人黄庭坚，因排行第九故此称。

⑨**倚新声**：按照新谱填词。

⑩**玉田**：南宋词人张炎，字玉田。

⑪**落拓**：放浪不羁，不拘于旧俗。**江湖**：泛指天下各地。

⑫**红粉**：指旧时女子化妆品。

[译 文]

十年间勤奋刻苦只为磨砺宝剑。广交天下豪杰，只为心中所愿。眼中的泪几乎都要流干。如今年华老去，想起过往的岁月，一半时间都在空虚之中愁苦。想想身边曾几何时围绕过头戴玉燕钗、梳着蝉鬓的美人呢？

不曾学习秦观之词的婉约，亦不曾学习黄庭坚之词的绮丽之风。我用新声调填词，风格与张炎颇近。我愿行走在天地间，过着放荡不羁的生活，想必我白发苍苍，也没有任何功名的缘分。

[词 评]

太史于南北宋词兼收并采，蔚为一代词宗，顾仅以玉田自拟。自题词稿《解佩令》云（略）。集中言情诸作，羌无故实，可知即风怀诗，亦未必真有所指。

——清·丁绍仪《听秋声馆词话》

屈大均

屈大均（1630—1696），初名邵龙，又名邵隆，字骚余，号非池，广东番禺人。作为明末清初著名学者、诗人，有"广东徐霞客"的美称。屈大均文学才能出众，其中以诗的成就最高，有李白、屈原遗风。虽致力于反清复明，却也关心社会风气、百姓生活。其作品在雍正、乾隆年间曾三次被严令禁毁，后世仍留其著述。生前著有《道援堂集》《翁山诗外》、词集《骚屑》。

长亭怨①

与李天生冬夜宿雁门关作②

记烧烛、雁门高处。积雪封城，冻云迷路。添尽香煤③，紫貂相拥夜深语。苦寒如许。难和尔、凄凉句④。一片望乡愁，饮不醉、垆头驼乳⑤。

无处。问长城旧主⑥，但见武灵遗墓。沙飞似箭，乱穿向、草中狐兔。那能使、口北关南，更重作、并州门户。且莫吊沙场，收拾秦弓归去⑦。

豪放词

说明

同为丧国之人，作者与友人夜宿雁门关，夜漫漫，愁思更是止不住溢出。眼前的景是凄凉萧瑟的，情更是如此。二人饮酒相慰，思念着故乡，更多的是怀念故国。作者想要酩酊大醉却不得，也许醉了便少几分悲愤，可再怎么喝，也终究是清醒的。正如作者一直都清楚着当下的形势。梦一场，却不能改变世事。

注释

①**长亭怨**：词牌名，或作《长亭怨慢》。因姜夔词"阅人多矣，谁得似，长亭树"句而得名。双调九十七字，仄韵。

②**李天生**：李因笃，字天生。明末诸生，早年曾参加抗清活动。**雁门关**：于今山西雁门关西雁门山上。

③**香煤**：指烤火用的煤炭。

④**凄凉句**：指李天生写的诗词。

⑤**垆**：旧时安放酒瓮的土台。**驼乳**：驼奶酒。

⑥**长城旧主**：指武灵王赵雍。战国时赵国武灵王推行变法，使赵国迅速强大，为"长城之主"。《史记·赵世家》："遂胡服招骑射。二十年，王略中山地，至宁葭；西略胡地，至榆中……北至燕、代，西至云中、九原。"

⑦**秦弓**：指良弓，此喻作者的抗清之志。因秦产良弓，故此称。《楚辞·九歌·国殇》："带长剑兮挟秦弓，首虽离兮心不惩。"

译文

记得那时我们在雁门关中夜宿。大雪纷飞，整座城都满是积雪。也许是太过于寒冷，天上的阴云都止住了脚步，迷了方向。裹着貂皮裘衣，彻夜长谈，把酒当歌。夜色寂寥，破败的环境，而你所作之词又是如此悲戚，实在难以相和。思及故乡，妄想大醉一场，可驼奶酒流过口舌，却未曾有丝毫醉意。

　　武灵王已逝，不知长城之主的故事从何寻觅，唯有眼前的坟墓。飞沙再过凶猛，也难以打败狐兔。怎么才能使口北关南之地重新成为故土边防的门户呢？空吊沙场却不能作为，收好良弓，南归另谋抗清之策才谓明智之举。

词　评

纵横排荡，稼轩神髓。

——叶恭绰《广箧中词》

顾贞观

　　顾贞观（1637—1714），清代文学家。字远平，后改华峰，号梁汾。江苏无锡人。康熙十一年（1672）举人。擢秘书院典籍。后馆纳兰相国家，与相国之子纳兰性德深交，情谊深厚。归乡后读书终老。其擅诗文，词尤佳。与陈维崧、朱彝尊并称"词家三绝"，又与纳兰性德、曹贞吉同为"京华三绝"。著有《弹指词》《积书岩集》等。

金缕曲① 二首

其 一

　　寄吴汉槎（chá）宁古塔②，以词代书，丙辰冬寓京师千佛寺，冰雪中作。

　　季子平安否③？便归来，平生万事，那堪回首。行路悠悠谁慰藉④？母老家贫子幼。记不起、从前杯酒。魑魅（chī）搏人应见惯⑤，总输他覆雨翻云手⑥。冰与雪，周旋久。

　　泪痕莫滴牛衣透⑦。数天涯、依然骨肉，几家能够。比似红颜多命薄，更不如今还有。只绝塞⑧、苦寒难受。廿载包胥承一诺，

盼乌头马角终相救[9]。置此札[10]，君怀袖。

说明

《金缕曲》二首是顾贞观以词代书写给友人吴兆骞的书信，亦是请求纳兰性德帮助营救其友的作品。两首词均饱含深情，感人肺腑。第一首着重描写吴兆骞边塞寒苦生活，惹人同情与愤慨。第二首重在写与友人的交情，升华情感。遥远的边塞，二十年的光阴，可叹可惜却又无可奈何，独有藏于心中的情谊。

注释

①**金缕曲**：词牌名，即《贺新郎》，因叶梦得贺新郎词有"谁为我唱金缕"句，而名《金缕曲》。

②**吴汉槎**：名兆骞，字汉槎。江苏吴江人。顺治举人，以科场案受人诬陷，流放黑龙江宁古塔二十余年。**宁古塔**：旧址于黑龙江宁安内，距北京数千里。

③**季子**：指吴汉槎。

④**行路**：过路人。**悠悠**：不相关的。

⑤**魑魅**：传说里的山林妖怪。此指汉槎为小人所陷害。

⑥**覆雨翻云手**：指陷害好人的阴毒小人。

⑦**牛衣**：乱麻编制的给牛御寒用的披盖物，此指乱麻编成的粗布衣。

⑧**绝塞**：极远的边塞。

⑨**乌头马角**：比喻不可能实现的事情。陈耀文《天中记·鸟》引《燕丹子》云："燕太子丹质于秦，秦王遇之无礼，不得意，欲归。秦王不听，谬言曰：'令乌白头，马生角，乃可。'丹仰天叹，乌即白头，马为生角。秦王不得已而遣之。"

⑩**置此札**：《古诗十九首·孟冬寒气至》："客从远方来，遗我一书札。上言长相思，下言久离别。置书怀袖中，三岁字不灭。"

译文

你最近好吗？若是你能回来，想起过往那些伤心岁月，必定心生悲戚。曾经把酒当歌、共诉心声，而今他们却已为陌路。你家中尚有老母幼儿，共饮千杯的日子早已消失。正人君子总免不了落入贼人之手，我们在寒冷之地，不知已有了多久。

●比似红颜多命薄

豪放词

生活虽艰辛难挨，不要哭泣悲鸣。泪水湿了衣衫又能如何。天下之人，许多不曾团团圆圆，而你性命尚存，又怎能轻言泣愿。遥远的边塞之地，怕是寒冷难抑，你怕是饱受这苦寒。回首间，二十年匆匆，你尚在边塞。我必定会实现曾经的诺言，像燕丹盼归使乌头白马生角般救你回家。以词代信，望君少有忧愁。

词评

二词纯以性情结撰而成，悲之深、慰之至，叮咛告戒，无一字不从肺腑流出，可以泣鬼神矣！

——清·陈廷焯《白雨斋诗话》

其　二

我亦飘零久①。十年来，深恩负尽，死生师友。宿昔齐名非忝窃②，试看杜陵消瘦③，曾不减、夜郎僝僽④。薄命长辞知己别，问人生到此凄凉否？千万恨，为兄剖。

兄生辛未吾丁丑。共些时、冰霜摧折，早衰蒲柳⑤。词赋从今须少作，留取心魂相守。但愿得、河清人寿⑥。归日急翻行戍稿，把空名料理传身后⑦。言不尽，观顿首。

注释

①飘零：漂泊。

②宿昔齐名：顾贞观年幼便为人所知，少时与吴汉槎齐名。宿昔，过去。忝窃：作者自谦，言妄得其名。

③杜陵消瘦：李白《戏赠杜甫》诗："借问别采太瘦生，总为从前作诗苦。"

④夜郎僝僽：李白曾被流夜郎（今贵州省西部）。此借杜甫和李白暗喻作者与吴兆骞。张辑《如梦令》："僝僽，僝僽，比着梅花谁瘦。"

⑤早衰蒲柳：蒲柳入秋即凋零。蒲柳，水杨。《世说新语·言语》："顾悦与简文同年而发蚤白。简文曰：'卿何以先白？'对曰：'蒲柳之姿，望秋而落；松柏之质，经霜弥茂。'"

⑥河清人寿：古时认为黄河水清则天下太平、政治清明。此处指作者希望友人早日归来。《左传·襄公八年》载子驷曰："周诗有之曰：'俟河之清，人寿几何。'"

⑦空名：指身后名。《晋书·张翰传》载："翰任心自适，不求当世，或谓之曰：'卿乃可纵适一时，独不为身后名邪？'答曰：'使我有身后名，不如即时一杯酒。'"

漂泊他乡的日子匆匆而过，记不清已然逝去多少岁月。中举已有十年，却未能报答你这般生死之交，是我辜负了你的深情厚谊。杜甫曾因担忧流放夜郎的李白而心中忧闷，为斯而瘦。我现在也如同这般模样，夫人已离开人世，又与你分别。我的心变得空荡荡，凄凉之意顿生。我将心中这每一份愁苦细细向你诉说。

你生于辛未年我生于丁丑。寒冷的日子难挨，我们都曾经历过那般摧残，如同早衰的蒲柳一般。今后你要同我相知相守，尽知己之情，诗词大可少作。愿有一天黄河不再满是泥沙，而你也可归来。那时你必定会整理这些年在边塞的文稿。可叹这些都是空谈，尚未从寒冷中挣脱出来。空有许多话，如何也道不尽，愿早日归来。

词 评

二词只如家常说话，而痛快淋漓，宛转反复，两人心迹，一一如见。此千秋绝调也。

——清·陈廷焯《词则·放歌集》

青玉案①

天然一帧荆关画②，谁打稿③，斜阳下？历历水残山剩也④。乱鸦千点⑤，落鸿孤咽，中有渔樵话⑥。

登临我亦悲秋者，向蔓草平原泪盈把⑦。自古有情终不化。青娥冢上，东风野火，烧出鸳鸯瓦⑧。

说 明

此词自有豪迈之气，大开大合，凝重而辽阔。眼前美景如画，作者不禁由衷感慨。上阕作者重在绘景，大自然之美如同泼墨之作。可惜历经兵燹破坏，唯剩残山剩水。悲凉之意顿时席卷而来。下阕由景入情，悲凉之意更强。青冢、野火、鸳鸯瓦，作者讨王朝兴亡，江山已逝，亦怀念故国，渴望复国。全词极具凄艳之美，伤秋之悲。

注 释

①**青玉案**：词牌名，取自汉·张衡《四愁诗》：

●登临我亦悲秋者

豪放词

"美人赠我锦绣段，何以报之青玉案。"又名《横塘路》《西湖路》，双调六十七字，前后阕各五仄韵，上去通押。

②**帧**：图画的一幅。**荆关**：指五代时期画家荆浩、关仝师徒，擅画山水画。

③**打稿**：起稿。

④**水残山剩**：化用杜甫《游何将军山林》（其五）："剩水沧江破，残山碣石开。"

⑤**乱鸦千点**：化用杨广诗："寒鸦千万点，流水绕孤村。"

⑥**渔樵话**：渔父与樵夫说着闲话。

⑦**盈把**：满把。把，一手握取的数量。

⑧**鸳鸯瓦**：两瓦片一俯一仰合成者。化用温庭筠《懊恼曲》："野土千年怨不平，至今烧作鸳鸯瓦。"

译文

傍晚的阳光洒下，眼前之境宛若荆关之画，不似真实。如此画作在心间翩翩起舞，却不知何人所作。看着眼前仅有的残山剩水，乌鸦乱飞，孤雁凄鸣，渔樵们家常闲话，心中顿感苍茫孤寂。

登上高处，我竟也成了伤春悲秋之人，茫茫平原上野草丛生，泪水不知间已湿了衣襟。思国之情难以平复，无法消散如烟。青娥墓下春风野火，我死后愿化作尘土，烧成鸳鸯瓦与故国相守。

词评

东风野火鸳鸯瓦，才是平生第一篇。

——清·孙尔准《论词绝句》

纳兰性德

　　纳兰性德（1655—1685），原名成德，字容若，号楞伽山人。满洲正黄旗人，叶赫那拉氏，太傅明珠之子。清朝著名词人，喜读汉籍，最善写词，词风与南唐后主李煜相似，有"清丽婉约，哀感顽艳，格高韵远，独具特色，直指本心"之说。纳兰性德一生短暂，病逝于寒疾，年仅三十岁。著有《通志堂集》《侧帽集》《饮水词》等，与顾贞观合辑清初人词为《今词初集》。今存诗词三百五十余首，为清词一大家，有"满洲词人第一"之誉。被王国维称为"以自然之眼观物，以自然之舌言情"的词人。

金缕曲

赠梁汾①

德也狂生耳②。偶然间、缁尘京国③，乌衣门第。有酒惟浇赵州土④，谁会成生此意。不信道、遂成知己。青眼高歌俱未老⑤，向樽前⑥、拭尽英雄泪。君不见，月如水。

共君此夜须沉醉。且由他、蛾眉谣诼⑦，古今同忌。身世悠悠何足问，冷笑置之而已。寻思起、从头翻悔。一日心期千劫在，后身缘⑧、恐结他生里。然诺重，君须记。

说明

此词可谓是纳兰性德成名作之一。时值纳兰性德初识顾贞观，得知其友吴兆骞被污流放的遭遇，决心帮助营救吴兆骞。此词抒发了作者对现实的不满与愤懑，对古今文人的遭遇所不平，将自己当下的情感一一道来。

注释

①**梁汾**：纳兰性德好友顾贞观，字华峰，号梁汾。两人于清康熙十五年相交，两人惺惺相惜，直至纳兰性德病逝。

②**德**：作者自称。

③**缁尘京国**：指奔走在多风尘的京城中供职，衣服被染成黑色。缁，染黑。出自陆机《为顾彦先赠妇》："京洛多风尘，素衣化为缁。"

④**赵州土**：作者此处将自己与平原君相较，以此自期。平原君死后未葬赵州，但因为是赵国公子，又是赵相，故称其墓为赵州土。作者此以平原君自比、自期。李贺《浩歌》诗："买丝绣作平原君，有酒惟浇赵州土。"

⑤**青眼**：表示对某人喜爱与尊重。喜则平视，为青眼；蔑视则眼向上视之，为白眼。《晋

● 共君此夜须沉醉

书·阮籍传》："籍能为青白眼，见礼俗之士，以白眼对之。及嵇喜来吊，籍作白眼，喜不怿而退。喜弟康闻之，乃赍酒挟琴造焉，籍大悦，乃见青眼。"

⑥樽：酒杯。

⑦蛾眉谣诼：化用自《楚辞·离骚》："众女嫉余之蛾眉兮，谣诼谓余以善淫。"表示作者洒脱，不畏他人之言，亦不受他人影响。

⑧后身缘：佛家语，指来生的缘分。

译文

我曾狂妄不羁，身在京城官场只因高贵门第的出身和命运不经意的安排。这却并非我内心所求，像赵国平原君那般广结天下贤德之士才是我所愿所期。这样的心思有谁真的懂我呢？未承想今日竟能遇到你这般知己。生命未逝，岁月仍长，让我们忘却悲伤，把酒当歌。

今夜我们只需尽情开怀畅饮，古今德才兼备的人总免不了受谣言之伤，且由他去。岁月漫漫，事事诸多，不必耿耿于怀，让它们如风般消散吧。即便日后我们遭遇苦难困境，友谊也一直长存。缘分可遇不可求，来生也难再遇您这样的知己。这番话，望您一直放于心上。

词评

或者谓（性德）高门贵胄，未必真嗜风雅，或当时贡谀者代为操觚耳。今其词具在，骚情古调，侠肠俊骨，隐隐奕奕……嗟乎！蛾眉谣诼，没世犹然。真赏难逢，为可累息。

——清·杨芳灿

沁园春

试望阴山①，黯然销魂②，无言徘徊。见青峰几簇③，去天才尺④，黄沙一片，匝地无埃⑤。碎叶城荒⑥，拂云堆远⑦，雕外寒烟惨不开。踟蹰久，忽砯崖转石⑧，万壑惊雷。

穷边自足愁怀，又何必平生多恨哉。只凄凉绝塞，蛾眉遗冢⑨，销沉腐草，骏骨空台⑩。北转河流，南横斗柄，略点微霜鬓早衰。君不信，向西风回首，百事堪哀。

说　明

　　整首词蕴含着怅然苍凉、愁苦忧郁的气息，塞外风情带来的感伤与作者藏于心中的忧郁汇在了一处，蜿蜒流长，缠绵而意难忘。阴山的风情壮阔，又含着凄凉之感。眼前的景让作者想起了过往种种，历史的脚步总不停歇，作者内心的怅然又增了几分。

注　释

　　①**阴山**：今河套以北、大漠以南山脉统称。《史记·秦始皇本纪》："自榆中并河以东，属之阴山。"王昌龄《出塞》："但使龙城飞将在，不教胡马度阴山。"

　　②**黯然销魂**：化用江淹《别赋》："黯然销魂者，唯别而已。"

　　③**簇**：簇拥，聚集。

　　④**去天才尺**：指山峰极其高峻。

　　⑤**匝地**：遍地、满地。

　　⑥**碎叶城**：唐代古城，今吉尔吉斯斯坦共和国北部托克马克市附近。《唐书·地理志》："（碎叶城）城北有碎叶水，水北四十里有羯丹山，十姓可汗每立君长于此。"

　　⑦**拂云堆**：古地名，今内蒙古五原县。欧阳忞《舆地广记》卷十七："唐景云二年，朔方军总管张仁愿筑三受降城。中受降城有拂云堆祠。"

　　⑧**砯**：水击打岩石的声音。

　　⑨**蛾眉遗冢**：指昭君之墓。

　　⑩**空台**：燕昭王曾设高台以招贤纳士，现今只剩一座空台。《战国策·燕策》：燕昭王欲招贤兴国，郭隗谏之曰："臣闻古之君人，有以千金求千里马者，三年不能得。涓人言于君曰：'请求之。'君遣之。三月得千里马，马已死，买其首五百金，反以报君。君大怒，曰：'所求者生马，安事死马而捐五百金！'涓人对曰：'死马且买之五百金，况生马乎！天下必以王为能市马，马今至矣。'于是不能期年，千里之马至者三。今王诚欲致士，先从隗始，隗且见事，况贤于隗者乎？岂远千里哉？"于是昭王为隗筑宫而师之。乐毅自魏往，邹衍自齐往，剧辛自赵往，士争凑燕。

译　文

　　看着塞外的阴山，隐隐间心生感伤，彷徨沉默着。眼前的青峰直入云霄，仿佛与天空触手可及。遍地黄沙却未曾有一丝尘埃。碎叶城已是荒芜，拂云堆遥远而不及。雕鹰穿梭云层之下，伴着寒冷的雾气。我徘徊在这儿，山崖上传来巨石撞击的声音，如从万丈深渊中传来阵阵雷声。

　　边塞生出的荒凉之意直抵人心中，荡起苦涩的涟漪，与我原本的怅然交融。昔日昭君出塞，而今美人已逝独留青冢。荒漠野草之中昔日燕昭王为迎接天下贤达而筑的黄金台也独剩一座空台。世间万物大抵如此，河流依旧北流，北斗柄仍向南。那些愁苦的人已生出了白发，秋风吹不走往事，愁思还长存于心。

此词苍凉沉郁，颇有苏辛之风。上片描绘阴山凄凉苍茫的边塞之景，下片融史于景，其岁月之叹悲凉慷慨。

——徐燕婷、朱惠国《纳兰词评注》

郑 燮
xiè

郑燮（1693—1765），字克柔，一字近人，号板桥，兴化（今属江苏）人。康熙秀才、雍正举人、乾隆进士，曾任山东范县知县，后调潍县令，因请开仓赈济灾民被罢职。其艺术造诣非凡，善诗词，工书画，画竹、兰、石尤佳。其诗、书、画，被称为"三绝"，为"扬州八怪"之一。其生平狂放不羁，特立独行，言论多大胆、"怪异"，有《郑板桥全集》。

贺新郎

徐青藤草书一卷①

墨沈余香剩②。扫长笺、狂花扑水，破云堆岭③。云尽花空无一物，荡荡银河泻影。又略点、箕张鬼井④。未敢披图容易玩⑤，拨烟霞直上嵩华顶。与帝座，呼相近。

半生未挂朝衫领⑥。狠秋风⑦、青衫剥去⑧，秃头光颈。只有文
　hǎng
章书画笔，无古无今独逞。并无复自家门径。拔取金刀⑬眉目割，破头颅、血迸苔花冷。亦不是，人间病。

全词笔调气势雄浑，将徐青藤之作描写得出神入化。徐青藤被认为是疯子，而作者看见了他压抑而痛苦的内心，有所共鸣，被他的怪与才所折服。文人诸多，如徐青藤这般独此一位。作者发自内心欣赏敬佩这位怪人，曾刻印称自己为"徐青藤门下走狗郑燮"。

①**徐青藤**：徐渭，字文长，号青藤，山阴人。善写草书。自评曰："吾书第一，诗次之，文次之，画又次之。"

②**墨沈**：墨汁。

③**狂花扑水，破云堆岭**：形容草书风格恣肆雄浑，不拘一格。如狂风吹树，墨滴飞溅；墨浓如重山叠岭，墨干丝连如破云之势。苏轼《子由新修汝州龙兴寺吴画壁》："始知真放本精微，不比狂花生客慧。"

④**箕张鬼井**：廿八宿四星名，形若墨滴如星般璀璨。

⑤**披图**：展开图卷。**容易**：随意，草率。

⑥**半生**：徐渭一生不曾做官，此处半生特指其发狂之前。

⑦**狠**：怨恨。

⑧**青衿**：学子、学士之服。多代指秀才，也泛指读书人。

译 文

徐青藤草书卷中还留有墨香，笔势初起便扫过整张纸卷，动作行云流水如同狂风袭来，墨花飞溅。又如同重山叠岭被云朵拥抱。接着笔势又有了变化，狂乱之景不再。纸张上宛若星辰浮现，平静而舒缓，如银河之上。这卷草书惊天地泣鬼神，不敢轻易观赏把玩。整幅画卷境界高远，栩栩如生。看着画卷如同亲自置身于华山、嵩山之巅，临近帝座星宿。

徐青藤虽半生从未做官，却因杀妻被关入监狱。他的文章与字画自成一派，古今无人能及。他发狂时常常自残，他的病想必确是非比寻常。

词 评

文长、且园才横而笔豪，而燮亦有倔强不驯之气，所以不谋而合。

——《题画·靳秋田索画》

沁园春

恨

花亦无知，月亦无聊，酒亦无灵。把夭桃斫断^{zhuó}①，煞他风景②，鹦哥煮熟，佐我杯羹。焚砚烧书，椎琴裂画③，毁尽文章抹尽名。荥阳郑^{xíng}④，有慕歌家世，乞食风情。

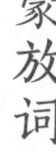

单寒骨相难更⑤，笑席帽青衫太瘦生⑥。看蓬门秋草⑦，年年破巷，疏窗细雨，夜夜孤灯。难道天公，还箝恨口^{qián}⑧，不许长吁一两声？癫狂甚，取乌丝百幅⑨，细写凄清。

说 明

这是一首叛逆狂放之词，连连否定文人雅趣，又用自嘲而鸣心中之不平，充分体现了郑板桥虽一介寒士而高傲自视、笑睨王侯、豪放不羁的性格，但在格律上又非常之严谨，很有美感，堪称填词之范本。

●花亦无知，月亦无聊，酒亦无灵

注 释

①夭桃：指茂盛的桃树。斫：砍。

②煞：同"杀"，减损、减少。

③椎：捶打。

④荥阳郑：原指郑元和的故事。相传荥阳为郑氏郡望，郑元和即为荥阳人，后流落长安，靠唱莲花落而在街头乞食，生活困顿时被妓女李亚仙（又作李娃）救助，当郑元和当上大官之后，李亚仙也便被封为了国夫人。这里郑板桥用"荥阳郑"自称，以示对封建礼法的不屑。

⑤骨相：指人的骨骼样貌，迷信称人的骨相决定了人一生命运的好坏。

⑥席帽青衫：明清时期科举考试时儒生或者秀才所着服饰。太瘦生：太瘦的意思。生，语气助动词。

⑦蓬门：代指穷苦之人居住的地方。

⑧箝：通"钳"，钳制。

⑨乌丝：一种专门用于书写、带黑格的纸张或绢素，全名为乌丝栏。

译 文

花朵不知道我心中的怨恨，月亮也不能帮我排解心中的忧愁，就连美酒都起不了什么作用、发挥失灵了。将那鲜艳茂盛的桃树砍掉，将鹦鹉这种可爱的鸟儿煮熟了作为下酒菜，把笔墨纸砚、琴棋书画、诗词歌赋文章等等美好的东西统统都烧毁，就连赞誉、名声也不要了，也许只有这样，才更能表达和抒发我心中的痛恨。郑元和本是官宦子弟，却因为和妓女李亚仙恋爱而被老鸨设计散尽囊中财物，只能在街头帮人家唱丧歌度日，最后甚至沦为了乞丐，好在李亚仙未忘旧情，在其困顿之时予以搭救，这才帮助郑元和日后高中，出人头地。而我郑板桥的先祖也曾有过流落街头、教歌度曲的历史，但是那又怎么样呢？我们不靠做官，哪怕是乞食于人，也照样可以活下来，而且活得自由自在，你们那些个封建礼法实在是太无趣了！

我这个人吧，天生就是穷酸之相，无法更改，瘦弱的身体藏在单薄的青衫中，戴起席帽来，反而令人觉得可笑。我常年居住在这破败的巷子里，门前秋草丛生，窗户都遮挡不住风雨，每个漫漫长夜只有一盏孤灯与我为伴，老天爷待我都已经如此不公了，却还要堵住我的悠悠之口，连我叹一口气都不允许吗？我这个人就是性格癫狂得很，心中藏着这么多不平，又怎么可能不表达出来呢？拿出百余幅乌丝栏纸张，我要在这上面细细地描写我这心中绵长的凄苦和怨恨。

词　评

南通州李瞻云，曾于成都摩诃池上听人诵予《恨》字词，至"蓬门秋草，年年破巷，疏窗细雨，夜夜孤灯"皆有费咨涕演之意。后询其人，盖已家弦户诵有年。

——清·郑板桥《刘柳鄙册子》

林则徐

林则徐（1785—1850），字元抚，又字少穆、石麟，晚号俟村老人、俟村退叟、七十二峰退叟、瓶泉居士、栎社散人等，福建侯官（今福建闽侯）人。清朝知名政治家，曾主张严禁鸦片，鸦片战争主要人物。被称为"中国近代开眼看世界第一人"，其一生虽致力于抵抗西方入侵，但却对西方文化、思想均呈开放态度。其爱国情怀更是可见一斑，为清朝重臣，官至一品。林则徐及幕僚翻译的文书被晚清思想家魏源合编为《海国图志》，对晚清及近代影响巨大。

高阳台

和嶰筠前辈韵①
<small>xiè yún</small>

玉粟收余②，金丝种后③，蕃航别有蛮烟④。双管横陈⑤，何人对拥无眠。不知呼吸成滋味⑥，爱挑灯、夜永如年⑦。最堪怜⑧，是一泥丸⑨，捐万缗钱⑩。
<small>mín</small>

春雷欻破零丁穴⑪，笑蜃楼气尽，无复灰然。沙角台高，乱帆收向天边⑫。浮槎漫许陪霓节⑬，看澄波、似镜长圆。更应传，绝岛重洋，取次回舷。
<small>chá</small>

注　释

①**嶰筠**：指两广总督邓廷桢，其字嶰筠。

②**玉粟**：罂粟，草本植物，果实和果壳均可入药，果汁可制成鸦片。

③**金丝**："吕宋烟草曰金丝。"指产于菲律宾吕宋岛上的一种烟草。

④**蕃航**：指来自外国的船只。

⑤**双管**：两支烟枪。指抽鸦片的两人对卧吸食毒品。管，烟枪。

⑥**成滋味**：指对鸦片上瘾。

⑦**夜永**：长夜，整个夜晚。

⑧**堪怜**：可怜，可惜。

⑨**一泥丸**：鸦片烟头像一个小泥丸，故作此称。

⑩**万缗钱**：万贯钱。缗，量词，形容成串铜钱。

⑪**欻**：拟声字，形容迅速划过的摩擦声。**零丁**：即伶仃洋，今广东省珠江口。鸦片战争前，伶仃洋和伶仃岛曾被英美鸦片贩子强占，成为对我国进行鸦片走私的跳板。

⑫**乱帆**：私运鸦片的商船。

⑬**浮槎**：传说中来往于海上和天河之间的木筏。此指词人自称。**漫许陪**：姑且允许相陪。**霓节**：本指玉帝的仪仗，后指使臣的节仗。词中指两广总督邓廷桢。

译文

旧时罂粟成片种植，随风摇曳，人们用其制药或制作烟草。现今商船漂洋过海，从英国贩运而来的却是罂粟制成的鸦片。人们已日趋沉溺于鸦片，不分日夜地摆着烟枪。鸦片的味道笼罩全身，夜漫长如年。为了如泥丸般大小的鸦片，人们舍弃了万贯家财，令人可叹可惜。

禁烟令已下，雨后春雷响彻大地。零丁洋不再平静，异国商人的发财梦碎于心间。沙头角高耸的炮台使商船与敌舰落荒而逃。水面又渐渐平静下来，不见载有鸦片的商船。

词评

上片写鸦片对中国人民造成的祸害，通过形象描绘，表达哀愤心肠，字字饱含血泪。下片转入禁烟抗英的伟大场面，与邓廷桢二人的昂扬斗志和胜利信心，气魄雄壮，风调激荡，足以当词史而无愧。

——钱仲联《清词三百首》

龚自珍

　　龚自珍（1792—1841），一名巩祚，又名易简，字尔玉，又字璱人，号定庵，又号羽琌山民。出身于官宦、学者家庭，道光九年（1829）进士。中进士后，曾任内阁中书、礼部主事等职。晚清杰出的思想家、文学家、诗人，近代改良主义、启蒙主义的先驱者。博学多才，自有书诗气，支持林则徐禁烟之举，反对君主专制。为文纵横博奥，自成一家，诗词绮丽，特立独行。著有《定庵文集》。

湘　月①

　　壬申夏，泛舟西湖，述怀有赋，时予别杭州盖十年矣。

天风吹我②，堕湖山一角，果然清丽③。曾是东华生小客④，回首苍茫无际。屠狗功名⑤，雕龙文卷⑥，岂是平生意？乡亲苏小⑦，定应笑我非计。

才见一抹斜阳，半堤香草，顿惹清愁起^⑧。罗袜音尘何处觅^⑨？渺渺予怀孤寄^⑩。怨去吹箫，狂来说剑，两样消魂味。两般春梦^⑪，橹声荡入云水。

说 明

此词写意优美如斯，惆怅绵长之感包裹于词中。眼前的景色清秀动人，湖光山色，撩人心扉。作者故地重游，心绪与往日不同，在翩然美景面前，那些已逝的可叹往昔浮于眼前。悲凉的情绪环绕在全文，青春已然蹉跎，壮志依旧未筹。上阕追忆往昔，下阕借景抒情。往事如斯，风景犹然，逝去的岁月终将在心上烙上印痕。

注 释

①湘月：词牌名，即《念奴娇》。又名《百字令》《醉江月》《大江东去》，双调一百字，上下片各十句四仄韵，一韵到底，不甚拘平仄。

②天风：指风。风自天空，故称天风。

③果然清丽：真的是美丽极了。

④东华：指京城。

⑤屠狗功名：卑贱的人取得大的功名，此指不以功名为念。《史记·樊哙列传》："舞阳侯樊哙者，沛人也。以屠狗为事。"

⑥雕龙文卷：比喻善于著文、修饰辞藻。《史记·孟子荀卿列传》载驺奭"颇采骑衍之术以纪文"，"齐人曰：谈天衍，雕龙奭。"

⑦乡亲苏小：指苏小小，南齐时杭州名妓。

⑧顿惹：一下便勾起了我的愁思。

⑨罗袜音尘：指美人步履轻逸。化用自曹植《洛神赋》："凌波微步，罗袜生尘。"

⑩渺渺：极目眺望。

⑪两般春梦：指功名与文名。

译 文

风来势汹汹，我被吹落在一片湖光山色间，西湖还是那般美丽而缥缈。不觉间，想起了少时住在京城的那些岁月，过往的生活茫茫然而无尽头。微薄的功名利禄怎能是我心中所求，志向所在？若是苏小小听闻，必定笑我不知生计左右。

西湖风光迷人，斜阳半坠，绿草如茵。看着这般别致的风景，心中顿时升起一番清愁。我心中所想究竟该如何实现呢？看着湖水，我将我的幽思都寄放于此。箫声缓缓流出的丝丝愁绪抑或是谈兵论武刀剑之侠的豪气，都令人心之向往。它们如同春天的幻梦，在泛舟摇桨声中渐行渐远，消散在云水之间。

蒋春霖

蒋春霖（1818—1868），字鹿潭。江苏江阴人，年少负名，时人以"乳虎"目之。咸丰元年（1851），任两淮盐运使东台分司富安场大使。咸丰六年（1856），移家东台。咸丰十年（1860），移居泰州。同治七年（1868），偕姬人黄婉君赴衢州访友，卒于吴江。有《水云楼词》二卷。谭献《箧中词》评："流别甚正，家数颇大，与成容若、项莲生，二百年中，分鼎三足。"

木兰花慢

江行晚过北固山①

泊秦淮雨霁②，又灯火，送归船。正树拥云昏，星垂野阔，暝色浮天。芦边夜潮骤起，晕波心、月影荡江圆。梦醒谁歌楚些^{suò}③？泠泠霜激哀弦④。

婵娟⑤，不语对愁眠⑥。往事恨难捐。看莽莽南徐⑦，苍苍北固，如此山川。钩连、更无铁锁，任排空樯橹自回旋⑧。寂寞鱼龙睡稳⑨，伤心付与秋烟。

说 明

这首词借景寄情，作者借江边孤寂苍茫之景，梦中哀伤幽怨之歌，影后孤身一人表达内心忧愁、苦闷之情。作者看国家危难，遭他人入侵，却束手无策。作者一边担忧祖国安危，一边又为国家衰败而伤痛。全词写景壮阔淋漓，抒情发自肺腑，顿感悲凉与无奈。

注 释

①**北固山**：位于今江苏镇江北，地势险要。
②**秦淮**：即秦淮河。

③**些**：句尾语气词。《楚辞·招魂》："魂兮归来，去君之恒干，何为四方些。"洪兴祖补注引沈括曰："今夔、峡、湖、湘及南北江獠人，凡禁呪句尾皆称些，乃楚人旧俗。"歌楚些，此指唱楚地乐歌。

④**泠泠**：形容声音清越。

⑤**婵娟**：月亮。

⑥**对愁眠**：化用张继《枫桥夜泊》："月落乌啼霜满天，江枫渔火对愁眠。"

⑦**南徐**：此指镇江。沈约《宋书·志·州郡一·南徐州》："文帝元嘉八年，更以江北为南兖州，江南为南徐州，治京口。割扬州之晋陵，兖州之九郡侨在江南者属焉，故南徐州备有徐、兖、幽、冀、青、并、扬七州郡邑。"

⑧**排空**：凌空，于高空。**樯橹**：代指船。

⑨**寂寞鱼龙**：意为秋日寂寥。化用杜甫《秋兴八首》："鱼龙寂寞秋江冷，故国平居有所思。"

【译　文】

我将船停在秦淮河边，恰逢雨过天晴，空气清新，扑面而来，两岸的灯火与船上的光亮仿佛都在送别我这归乡之人。云彩拥抱着树，周围便是昏暗的一片，眼前是广阔的旷野，星星仿佛触手可及，夜色渐深，天空仿佛从水面染上了昏暗的墨色。船停留在江边芦苇之中，夜晚突然听见高昂的潮水声。江面泛着一圈又一圈的光晕，星星点点。月亮的影子印在江面，也随江水荡漾，我在船上轻眠，梦醒时分好似听到了哀伤悲怨的《楚辞》，江面上传来阵阵琴声，悲凉而忧伤。

仔细一看，天边月光悄悄倾泻，与我在一起的只有漫无边际的黑夜和一片忧伤苦楚。天上的明月总能让人想起诸多往事，有多少无法忘记，又有多少难以消除？原野广阔无尽，群山苍茫，坚固，如此壮阔，美丽的山河，原以为在长江天堑上封锁敌人便无法攻进，未承想现在敌方的军舰在长江行进，我只能将内心的伤痛与愁苦化为秋天江面上的烟雾。

【词　评】

似此皆精警雄秀，造句之妙，不减乐笑翁（张炎）。

——清·陈廷焯《白雨斋词话》

谭嗣同

谭嗣同（1865—1898），字复生，号壮飞，湖南浏阳人。中国近代著名政治家、思想家，维新派人士。甲午战争后，深感国之危机，曾在浏阳倡立学社。光绪二十四年（1898）入京见光绪帝，充军机处章京。其力求国之富强，主张变法，为国所谋。后戊戌变法失败，甘愿上断头台以示决心，谭嗣同为"戊戌六君子"之一，也是中国近代第一个为变法所流血之人。有《仁学》《寥天一阁文》《莽苍苍斋诗》《远遗堂集外文》，词仅存一首《望海潮》。

望海潮

自题小像

曾经沧海，又来沙漠，四千里外关河。骨相空谈^①，肠轮自转^②，回头十八年过。春梦醒来么？对春帆细雨，独自吟哦。唯有瓶花，数枝相伴不须多。

寒江才脱渔蓑^③。剩风尘面貌，自看如何？鉴不因人^④，形还问影^⑤，岂缘醉后颜酡^⑥。拔剑欲高歌。有几根侠骨，禁得揉搓？忽说此人是我，睁眼细瞧科^⑦。

说明

此词抒写了作者当下壮志难酬的悲抑之情。作者少时曾怀有雄心壮志，而今走过许多，如作者所言，看过大海，走过沙漠。在此时作者却颇感力不从心，何时能成就一番事业是作者所不知的，惆怅而自怜，慷慨而激昂。

注释

①**骨相**：指人的体格相貌，古时常以此估测一个人的前程后事。
②**肠轮自转**：指愁绪萦绕不散。**肠轮**：古乐府《古歌》："心思不能言，肠中车轮转。"
③**寒江才脱渔蓑**：化用自柳宗元《江雪》："孤舟蓑笠翁，独钓寒江雪。"
④**鉴**：镜子。
⑤**形还问影**：《庄子·齐物论》，"罔两问景（影）曰：'曩子行，今子止。曩子坐，今子起。何其无特操欤？'景（影）曰：'吾有待而然者邪？吾所待又有待而然者邪？吾待蛇蚹蜩翼邪？恶识所以然，恶识所以不然。'"

⑥**颜酡**：指饮酒后脸红。周履靖《拂霓裳·和晏同叔》词："金尊频劝饮，俄顷已酡颜。"

⑦**科**：古典戏剧中表示动作的用词。

译文

我曾经看过大海，此刻踏上四千里之外的边塞沙漠。曾有人看我骨骼，说我必成大业。岁月翩然而逝，十八年匆匆走过，而我却只有肠轮自转。是否已到了梦醒时分？我曾对着春帆细雨许下的豪情壮志，此刻唯有面前的花儿相对，却也足矣。

在南方略寒的江边除去衮衣片刻，便又来到了这空旷辽远的西北之塞。看着镜中人，唯有满面的风尘。镜子不遂我意，试问镜中人酒后满面红颜的我在何处？我拔出宝剑想要尽情高歌，可我仍存的几根侠骨还经得起现实这般对待。耳边仿佛传来声响，说镜中人是我，我细细看去，几乎不能相信。

梁启超

梁启超（1873—1929），字卓如，号任公，又号饮冰室主人。广东新会人。中国近代史上著名的政治活动家、启蒙思想家、资产阶级宣传家、教育家、史学家和文学家。戊戌变法领袖之一。光绪十五年（1889）举人，光绪二十四年（1898）以六品衔入京。与康有为在主张变法失败后，逃往日本。晚年于清华大学研究院讲学，潜心著述，有《饮冰室合集》。

水调歌头

拍碎双玉斗①，慷慨一何多②。满腔都是血泪，无处着悲歌。三百年来王气，满目山河依旧④，人事竟如何④？百户尚牛酒⑤，四塞已干戈⑥。

千金剑⑦，万言策⑧，两蹉跎。醉中呵壁自语⑨，醒后一滂沱⑩。不恨年华去也，只恐少年心事，强半为销磨。愿替众生病，稽首礼维摩。

说　明

　　这首词作于甲午战争失败后,清朝已至暮年,百姓却不知觉醒。作者对国家的衰落、统治者的无能、百姓的不知所慷慨悲愤。奈何一人之力甚微,作者心中饱含伤痛。表达了作者内心的愁苦与悲伤,渴望人民觉悟、国家复兴的心愿。

注　释

　　①**玉斗**:酒杯。《史记·项羽本纪》:"我持白璧一双,欲献项王,玉斗一双,欲与亚父。会其怒,不敢献。公为我献之。"

　　②**慷慨**:感慨。《古诗十九首·西北有高楼》:"一弹再三叹,慷慨有余哀。"

　　③**满目山河**:《世说新语·言语》:"过江诸人,每至美日,辄相邀新亭,藉卉饮宴。周侯中坐而叹曰:'风景不殊,正自有山河之异!'皆相视流泪。唯王丞相(导)愀然变色曰:'当共戮力王室,克复神州,何至作楚囚相对!'"

　　④**人事**:尘间之事。《乐府诗集·焦仲卿妻》:"自君别我后,人事不可量。"

　　⑤**牛酒**:牛和酒,常用于古代祭祀。《史记·封禅书》:"赐民百户牛一酒十石。"

　　⑥**干戈**:战争。

　　⑦**千金剑**:此处指宝剑。《吕氏春秋·异宝》:"(伍员)解其剑以予丈人曰:'此千金之剑也。愿献之丈人。'"

　　⑧**万言策**:上书长篇箴言。康有为、梁启超曾上书请求变法。

　　⑨**呵壁**:指不得志而心含愤懑。出自王逸《〈天问〉序》:"屈原放逐,彷徨山泽。见楚有先王之庙及公卿祠堂,图画天地山川神灵,琦玮僪佹,及古贤圣怪物行事。因书其壁,呵而问之,以渫愤懑。"

　　⑩**滂沱**:形容泪如雨下。

译　文

　　内心气愤而伤痛,摔碎手中玉斗,仍难以平息心中愤慨。竟如此悲哀,心中在流血,却不知与何人诉说。难道清朝仅经得起这三百年吗?山河壮丽依旧,却已物是人非。人们苟且偷生,祈求太平,却不曾看见祖国满目疮痍。

　　无论文武,我们已落后列强太多。醉酒之后和墙畅谈一番,醒后便又泪流满面,止不住泪水。我不怕这些,只可惜我那年少未实现的抱负。我愿祈求佛祖,以我的生命或健康,换取百姓觉悟。

秋 瑾

秋瑾（1875—1907），初名闺瑾，字璇卿，号竞雄。生于福建，长于山阴（今浙江绍兴）。秋瑾是中国近代女思想家、女权倡导者，近代民主革命斗士。其于光绪三十年（1904）赴日本留学，后加入光复会、同盟会，并被推选为同盟会评议员。光绪三十三年（1907），其组织光复军准备起义，事泄被捕，慷慨就义。著有《秋瑾集》。

满江红

小住京华①，早又是、中秋佳节。为篱下②、黄花开遍③，秋容如拭。四面歌残终破楚④，八年风味徒思浙⑤。苦将侬⑥、强派作蛾眉⑦，殊未屑。

身不得，男儿列，心却比，男儿烈。算平生肝胆，因人常热。俗子胸襟谁识我？英雄末路当磨折。莽红尘、何处觅知音⑧？青衫湿⑨。

说 明

此词诉说了作者内心如男儿般的雄心壮志，却也带着一丝彷徨与迷茫。上阕将作者八年贵妇人生活的痛苦和思乡之情娓娓道来，下阕则进一步表达自己内心的志向，自己堪比男儿，可又有几人懂，知音难觅。作者内心的担忧和伤愁化为泪滴，染湿了衣衫。词中蕴含着刚健的气魄，亦真实反映了作者刚走上革命道路的内心与思想。

注 释

①京华：京城的美称，此指北京，作者自出嫁后至此时一直居于北京。
②为篱下：此为化用陶渊明《饮酒》其五中"采菊东篱下，悠然见南山"的诗句。
③黄花：指菊花，此处化用了李清照《醉花阴》词："莫道不销魂，帘卷西风，人比黄花瘦。"
④四面歌残终破楚：《史记·项羽本纪》："项王军壁垓下，兵少食尽。汉军及诸

侯兵围之数重。夜闻汉军四面皆楚歌。项王乃大惊曰：'汉皆已得楚乎？是何楚人之多也。'"

⑤**八年风味徒思浙**：此时作者已成婚八年，在京城的时光令作者分外想念故乡浙江的风味。

⑥**侬**：我，这里指作者。

⑦**蛾眉**：女子，这里借指作者当时贵妇人的身份。

⑧**何处觅知音**：知音即知己，此句化用李昭玘《和程适正见赠》其二："簿领栖迟叹陆沉，滔滔何处觅知音。"

⑨**青衫**：古时学子之服。指地位低微者。白居易《琵琶行》："座中泣下谁最多，江州司马青衫湿。"

译 文

在京城的时光翩然飞逝，又到了中秋佳节。篱笆下的菊花芬芳美丽，秋天的天空空净明亮，仿佛有人擦拭了一番。我被家庭所困，四面楚歌，失了自由与真我，终有一天我会离开这牢笼。离开故乡的八年间我思念着江浙，记忆中的风味难以忘却。贵妇人的生活并非我心之所望。

我并非男儿，却有一颗比男儿更要刚烈的心。肝胆相照，常常热心助人。这样的我又怎能是一般人的胸襟所能理解的呢？英雄总有历经苦难的时刻，在看不到希望的那些时光。天下之大，我又能去何处寻觅知己呢？思及此，泪水已漫湿了衣襟。

词 评

秋瑾的"青衫之泪"，绝不是消极的自怨自艾，而是积极的探索和追寻。词中蕴含了词人强烈的爱国主义情怀，对之后的革命起到了思想上的推动作用。

——朱姗《语文博览，阅读有得》

鹧鸪天

祖国沉沦感不禁①，闲来海外觅知音②。金瓯已缺总须补③，为国牺牲敢惜身。

嗟险阻，叹飘零。关山万里作雄行④。休言女子非英物，夜夜龙泉壁上鸣⑤。

说 明

此词表达了作者浓烈的爱国之情与斗争热情。作者此时已离开了夫家，自费前往日

豪放词

三一○

本留学，寻求救国之路，并在日本结识了鲁迅等人。上阕描述了国家情况危急，作者前往日本意在救国。下阕抒发了作者为救国不惜牺牲、不畏苦难的豪情壮志。整首词慷慨激昂，大有巾帼不让须眉之感。作者的爱国情怀和进步思想在此词中表达得淋漓尽致。

注 释

①沉沦：陷入困苦、危难之中。作者作此词时，中国正饱受列强凌辱侵略。

②海外：此处指日本，作者于光绪三十年（1904）东渡日本求学，寻找救国之路。

③金瓯：比喻国家领土完整与否，出自《南史·朱异传》："我国家犹若金瓯，无一伤缺。"金瓯，原指酒器。文天祥《满江红·代王夫人作》："算妾身、不愿似天家，金瓯缺。"作者作此词时，香港、台湾两地已被割让。

④作雄行：穿着男装出行。

⑤龙泉：意指宝剑。曹植《与杨德祖书》："有南威之容，乃可以论于淑媛；有龙泉之利，乃可以议于断割。"《晋书·张华传》："（雷）焕到县，掘狱屋基，入地四丈余，得一石函，光气非常，中有双剑，并刻题：一曰龙泉，一曰太阿。"

译 文

祖国现在正遭受着危难，列强虎视眈眈，这一切令人悲愤痛心。我远赴日本寻找志同道合之士。国家疆土已然残缺，必将要有人重新填补这缺失。我愿意为国牺牲，在所不惜。

虽然革命之路充满着艰难险阻，漂泊充斥着孤独。我会将这番艰苦看作万里长路，像男儿一般前行。莫说女子中没有英雄豪杰，我时刻记着国难，愿为国献身，就如同我的"宝剑"夜夜在低鸣一般。